풍류랑의
애가 中

즐거운지식 29

고|천|석|역|사|소|설

풍류랑의 애가 中

〈의병장 고경명 시인〉 | 고천석 지음

이담 Books

고경명은 장병들에게 말의 피를 권하며 결전 의지를 다지고 있다(포충사 소장)

고경명 의병진의 담양 출진(용산 전쟁기념관)

금산성 1차전에서 벌인 전투는 치열했다(포충사 소장)

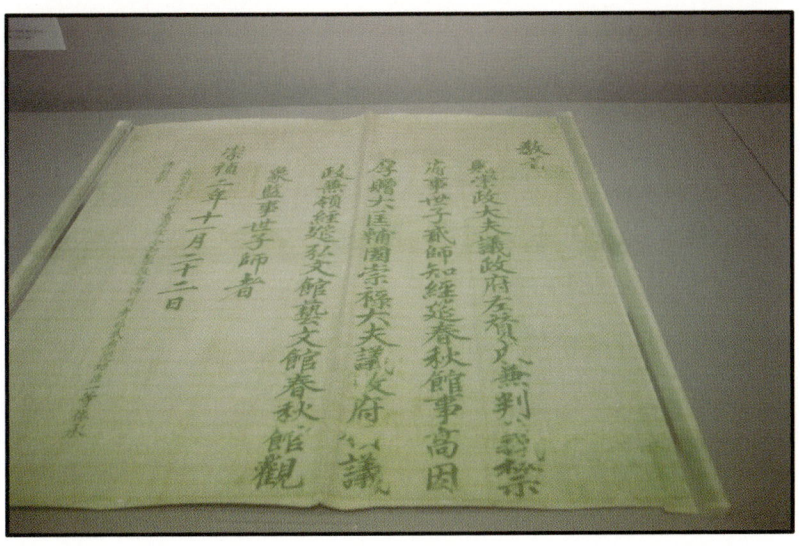

1629(崇禎2)년 11월 22일 발급해 고인후를 영의정에 추증한 교지(포충사 소장)

창의거병도(倡義擧兵圖) - (오승윤(吳承潤)작)
금산 전투에서 1차 공격 후 부대 재정렬

금산전투지역이 지금은 대부분 개발 되었다. 싸움터의 흔적을 찾기가 쉽지 않았다.
(충남 금산군 금성면 연곤평야일대)

고인후의 묘소(담양군 창평면 유천리)는 쓸쓸해 보였다. 노령산맥이 이어지는 월봉산을 배경으로 해 노적봉 언덕에 자리한 이 묘역은 3백 정보에 이르는 광활한 산야에 위치했다. 이곳 창 평에 먼저 정착했던 안양 김 씨가 손자사위 함풍 이 씨 이경에게 물려주었던 것을 이경은 또다시 사위 고인후에게 물려준 산림이었다.

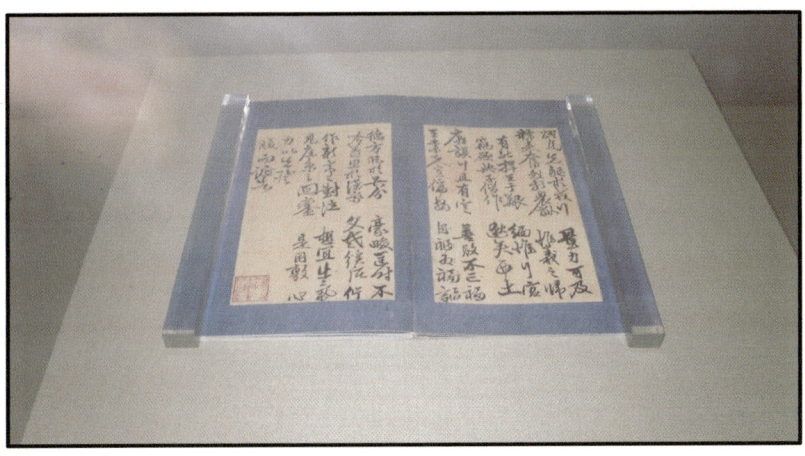

마상격문(馬上檄文) - 고경명이 의병을 일으키도록 말 위에서 썼다는 글

작가의 말

　이 「풍류랑의 애가」를 집필하는데, 교훈은 현실의 효용성을 기대하
게 된다는 것에 많은 고민이 뒤 따랐다.

　효용론에는 도덕의 기초 또는 인생의 지상 목표로 삼게 되는 공리
설(교훈)을 들 수 있는데, 즉 공리적인 문학작품은 독자들에게 인생의
질적인 변화를 요구하게 된다. 그런 기대를 충족하려면 이야기내용이
우선 감동을 주어야 한다고 생각했다.

　그런 마음이 들기까지 톨스토이의 예술 감화 론을 생각하게 되었다.

　'위대한 문학은 독자들에게 삶의 지혜를 줄 수 있어야 한다.' 그것
은 감화로 가능한 것이다. 문학의 가치를 그 사회의 효용 면에서 구
하는 사람들은 대체로 교훈주의 문학관을 가졌다고 보기에 그렇다.

　어떤 독자는 혹시 공자(孔子)' 맹자(孟子)에 대한 편견을 갖고 있을
지 모른다. 문화혁명 때(1966~76) 공자는 중국 공산주의 척결대상이
었다. 그러나 '21세기에 와서는 분명 유교와 공자가 긍정적으로 재평
가 받으며 부활하는 움직임'이 일고 있다. '적절한 조화로 다함께 공
존하고, 화목하게 지내자(和衷共濟講信修睦).' 이것은 '예를 행할 때
조화로움을 귀하게 여긴다(禮之用和爲貴).'는 이 '조화'론이 건설과

평화의 시대인 오늘날, 공자와 유가의 '생활철학인 유가사상의 긍정적 요소들이 중국의 입지를 강화하게 될 것'이란 믿음이 서려있기에 그리리라. 두웨이밍1)(杜維明, 하버드대 교수)은 "종교와 민족, 국가를 초월해 문명이 서로 조화롭게 공존해야한다."고 했다.

조선의 의병장으로 알려진 역사적인 한 시인을 추적하면서 그의 고매한 선비정신과 그의 문학에 매료되어 더욱 관심을 갖지 않을 수 없었다.

따라서 그가 접했던 동양의 철학이 궁극적으로 인생의 어느 경지를 추구하는 것인 만큼, 어떻게 하면 사람다운 사람이 되는지 그의 사상을 바르게 이해하고자 했다. 제봉이 접한 고전에는 풍요로운 정신문화 속에 아름다운 삶을 노래하고 있었다.

이 글이 세상에 빛을 보기 전, 잉태의 조짐은 28년 전으로 거슬러 올라가야한다. 출산의 고통은 그때부터 시작되었다고나 할까. 한 시인의 이야기를 집필하겠다는 동기가 된 것은 당시 한국정신문화연구원(지금은, 한국학 중앙 연구원)이 발행한, 제봉전서(전5권)와 정기 록을 처음 접하고서 부터다.

이 책은 난해한 한시와 임진란 싸움터에서 시인(3부자와 유팽로, 안영, 양대박 등이 포함 된)이 순절한 과정과 그의 관료시기, 유람 등을 그려 낸 서사적 산문과 운문으로 국역 한 책이었다. 이 책을 몇 차례 독파했으나 이해하는 데 어려움이 없지 않았다. 어떻게 써야 이해하기 쉬운 글이 될까? 문장은 읽기 좋고 이해하기 쉽게 쓰여야 했다. 그러려면 그에 걸맞은 어휘력이 풍부해야 간결한 문체를 구성하게 되는데, 생각대로 문장이 전개되지는 않았다. 알기 쉬운 문장에 흥미를 더해주는 이야기가 나오려면 읽기와 쓰기 공부가 더 많이 요구될 수밖에 없었다. 그러기를 20여년, 자료 수집과 현장답사 과정의 세월이 또 5

년여가 무정하게 흘러가 버린다. 주경야독이 아니면 생을 이어갈 수 없는 불가피한 형편이 뒤따랐기에 그랬다.

이 이야기를 야사에 가깝게 그리면서 원본의 서사적 정사내용을 살리고자 했다. 그 시대의 문학적 정서의 흐름을 훼손되지 않게 하기 위해서이다. 산문 형식으로 엮었던 이유가 바로 거기에 있다. 의병장 이전에 그는 공인된 조선조의 한 문장가이고 시인이었다. 그의 시는 3000수가 넘는 것으로 파악되었다. 시인으로서 그의 아름다운 심성은 급기야 국가에 대한 충성으로 살신성인의 경지에 이른 것이다.

따라서 추론의 성격을 띤 문장이나 내용이 난해한 점이 많을 것이다. 이는 어디까지나 소설적 착상에서 비롯된 것이란 점을 이해한다면 난해한 점은 너그럽게 이해 해 되지 않을까 싶다. 이야기를 서술하는 데 한 가지 걸림돌은…… 조선조 때 쓰던 표의적 음절문자(漢字)를 그대로 본문에 살려둔 것은 그 때의 문장에 대한 올바른 판단은 독자의 몫으로 남기고 싶었다. 또한 그 시대의 분위기를 살리기 위해서이다. 아무래도 400년 전의 문장 분위기를 어느 정도 유지하려다 보니 문장이 굳어진 느낌을 지워버릴 수 없었다.

무엇보다도 진주 삼장사에 대한 역사적 진실이 밝혀졌으면 하는 마음이 간절하다.

또 한 가지는 여기에 등장하는 주된 인물의 행적에 대한 객관성 유지다. 그러나 한 문장 한 문장 이야기를 서술해 가면서 400여 년 전 한 공인의 행적은 개인이나 한 가문의 역사이기 전에 조선의 한 시대를 장식한 역사라는 점을 인지하게 되었다.

이는 사사로운 것이 아니기에 스스로에게 객관성을 다그쳐 묻지 않을 수 없었다. 따라서 주인공에 대한 미사여구로 그의 행적을 결코 과대포장하지 않으려 애썼다. 역사적인 사실을 가감해서는 안 될 일이기에, 냉철하게 대처하려 한 것이다. 난해한 부분만을 찾아 최대한 부연해 가능한 역사적인 사실을 근간으로 해 나름대로 이야기를 서술하고 싶었다.

귀밑머리 성근 노 문사에 대한 마음이 읽혀진 것은, 생명이 조락하는 가을에 바라보는 노후의 쓸쓸함에서 자연과 시를 아끼고 사랑했던 것에 있었다.

이는 도연명의 삶을 우러르게 되고, 전원생활을 통해 음악을 즐기고 독서를 생활화 한 것이다. 부와 권력에 초연하고, 교양의 특징을 인생 조화로움에 두었다. 세상의 평화와 사랑을 추구한 것이라든가, 인생에 대한 사랑의 감정이 넘쳐흘렀다. 이처럼 인생의 깊이를 사랑하기는 하나 스스로 절도를 저버리지 않았다는 것에 공경 심을 가진다.

시인이 느꼈을 법한 속세에서의 성공과 실패가 설사 허망하다는 생각까지 이르지 않았다 하더라도 세상일엔 초탈해 했음을 이해할 것 같았다. 인생에서 실패도 반면교사로 삼을 수 있기에 그렇다.

이렇듯 정신적인 달관의 경지에 이르렀다고 속세를 반항하거나, 적대시하지 않는 삶에도 생각을 같이했다. 그는 자연의 순리에 순종했다. 자연스럽게 죽음을 맞고자 하는 긍정적인 사고를 갖고 있었다. 이처럼 시인의 생애는 그가 남긴 시와도 같은 자연스럽고 솔직한 선비였다. 그는 정신면에서 성숙해진 결과 이 같은 참된 '조화'의 경지에 도달 한 것으로 보인다.

부모를 부양하기위해 벼슬살이의 불가피성엔 도연명과 시인이 어느 면에선 같았다. 한 가지 예외적인 것, 그들의 공통적인 약점은, 술을 몹시 좋아 한 것이다. 그러나 그것이 당시 풍류랑들의 정서이고 낙으로 삼았던 삶을 어찌하랴.

당시 조선 조정의 붕당정치 실태와 성리학적 사상, 호수의 물새처럼 담박한 강태공과도 같은 심정을 헤아리게 된다.

독자들은 이 「풍류랑의 애가」를 통해 탈속한 아름답고 풍요로운 서정시를 만끽하는데 도움이 될까 적이 의심스럽기는 하다. 정치, 사상적이 아닌 순수 문사인 그가 400여 년 전 조선 명산(금강산. 무등산.)의 등산길 따라 소쇄원 등 강호문학의 요람을 찾아 나서는데 안내자의 역할을 하고 싶었다. 정철의 관동별곡을 생각하면서 금강산을 유람하고 또한 관서 8경까지 생시에 두루 돌아볼 수 있다면 얼마나 좋을까. 화자는 꿈속에서 얻은 일이라 아쉬움이 많았다.

조선의 한 통역관은 사신들을 따라 중국에서 한 여인에 대한 연민 어린 동정을 베푸느라 국가에 채무를 지게 되고, 그는 공금횡령죄(빚을 갚지 못한 죄)로 결국 옥고까지 치르게 된다. 이번 사신 길에 그는 '宗系辨誣'의 승낙을 중국 조정으로부터 받아오지 못한다면 목이 달아날 것이라는 추상같은 선조의 명령을 받고 떠나게 된다. 그는 그런 명령을 기필코 이행하고 조선으로 돌아와야 했다. 그는 그런 조건으로 출옥되어 떠난 중국 연경을 향한 사신들의 행렬에 함께 한 것이다. 이 같은 한 통역관의 풍전등화 같은 운명이 걸린 이야기. 그가 한 여인에게 동정을 베풀었던 인연으로 임란에 나라를 구하려고 물질과 수십만의 병력을 명나라로부터 지원받게 되는 성공적인 외교…… 보은의 선물과 남은 그의 생명은 나라를 위해 소중하게 쓰이게 되는 그 통역관의 극적인 운명, '종계변무'를 서술하는데, 은연중 눈언저리에 이슬이 맺힌 것을 뒤늦게 발견하기도 했다.

명종의 어필이 담긴 병풍62폭에 지어올린 시인의 62편의 시는 또 다른 감정이 솟구치기도 했다.

의고주의에 바탕을 둔, 그의 잠재의식의 상징화(그 나름, 꿈의 재해석), 도학과 절의정신으로 위대한 인생 애를 가진 도연명의 노년을 장식한 그의 '귀거래사'의 여정에도 발길을 따르고 싶었다. 그리고 시인의 우주적 정신세계의 탐색을 동반, 그가 이끈 의병대장 양대박의 부자에 의한 운암승첩, 금산 1차 전투의 치열함에서 그의 3부자와 충직한 막하 장들이 함께 흔연히 산화한 참된 조선 선비의 표상이 무엇인가를 이해하게 된다면 화자로서는 더 할 나위없는 영광일 것이다.

시인이 42세가 되던 해 4월, 당시 광주 목사 임 훈의 초청을 받아 이달 20일 증심사를 거쳐 산에 오르기 시작한다. 24일 하산하는 과정, 소쇄원 등지에서 여흥을 즐기기까지의 산수유람 기행문을 만나게 된다.

이 기행문을 통해 무등산 주변의 유서 깊은 산사 고적들이 흥미 있게 그려져 있다.

또한 시인의 격문은 호소력이 강하면서도 경건 문학 체의 글로 가슴에 다가왔다. 순절할 의지가 담긴 격문은, 예의바른 글귀라든가 심간心肝(깊이 감추어 둔 마음)을 열어 놓아 혈류가 크고 작은 심장판막에서 펌프질해 대는 혈류의 순환소리처럼 애절함을 느낀다. 즉 영혼의 부르짖는 소리로 귀전을 맴돌고 있는 것 같았다.

시인이 임진란을 당해 구국의 뜻으로 쓴 격문과 통문 등은 말 잔등에 올라서 썼다는 유명한 "馬上檄文" 창의문도 있었다.

그럼에도 예전 학계에서는 『정기록』.『제봉전서』등의 글은 문학작품으로 거의 도외시되고 있었다. 다행히 조원래(趙湲來: 국립순천향대 인문학부 교수)박사는 그의 저서 "새로운 觀点의 임진왜란 사 硏究"에서 '高敬命의 의병운동과 제1차 금산전투'를 다루었다. 전 조선대학교 이사장을 지낸 박선홍 선생은 저서 『無等山』를 통해 "유서석록과 절의 지사 재봉 3부자"를 썼다. 김은숙(고려대 대학원)은 「高敬命詩 硏究」의 논문집을 발간했다. 그밖에도 "고경명의 사상과 의병운동의 배경(이을호, 강주진, 조성을, 안진호, 오종일)"에 대한 연구, "호남 의병의 활동과 고경명 3부자의 순절(김진봉, 김정진, 조원래, 하태규)", "의병운동의 의와 평가"(정옥자, 이해준)논문을 발표했다. 이처럼 연이어 '고경명 선생의 업적에 대한 재조명'이 시작 된 것은 최근의 일이지만 어찌하든 다행한 일이다. 광주 광역시립 국극 단에서는 정기 공연 중에 창극(唱劇)<의병장 고경명>(부제: 자미 탄의 눈물)을 두 차례(2007, 2008년) 공연했다. 또한 국립진주박물관 (관장, 강 대규)에서는 "임진왜란 사"를 연차적으로 발간하기 위한 계획 중에 그 첫 번째로 '壬辰倭亂史 고경명의 의병운동'을 다루어 「학술서」를 발간했다.

특히 시인이 역사적인 인물로 높이 평가되는 이유 중에 『정기록』의 서문을 쓴 윤근수, 윤두수 형제를 비롯해 이정구, 이항복과 이이, 정철, 기대승, 이달, 이지함, 김인후, 박순, 양응정 등 많은 선비들과의 교류였다. 그런데 그에 대한 일반적인 인식은 그의 문학보다는 충의와 절의에 대한 것만을 이해한 경우이다. 충의라는 것은 주로 무(武)만을 앞세워 강조한 탓이기도 하지만 사실 시인이 남겨놓은 시문을 보아도 시문에 능한 사람이었다. 다만 임란 때 의병을 규합 앞장섰기에 의병장으로 더 많이 알려진 것이다. 그가 지방 수령들에게 수차례에 걸쳐 보낸 격문에서도 '내 집안이 군려를 배우지 않음은 모두 아는 바다.' 라고 했다. 그는 결코 무인이 아니었다. 충절의 노 문사일 뿐이다. 선비로서 의병장이 되어 칼날을 범했기에 그처럼 감동적이고도 살신성인 적인 인물로 평가 된 것이다. 구국일념의 역사의식이 투철한 조선의 선비정신을 독자들은 이글에서 감지하게 될 것이다.

정신적인 산물인 지식이든 물질적인 것이든 더 받기 위해서는 이미 받은 것을 내어주어야 했다. 받은 것을 움켜쥐고 내주지 않는다면 정체현상이 일어난다. 받은 것도 쓸모없는 것이 되어버린다. 이 같은 사실을 새삼 깨닫는다.

　물레방아는 물을 자유롭게 흐르도록 작용한다. 그래서 흐르는 물로부터 물레방아는 힘을 얻는다. 이 깨달은 바를 다른 사람에게 전해주지 않으면 안 된다는 이치도 터득했다. 독자들도 함께 의의 풍요로움으로 성숙해갈 것이다. 어떤 사실을 알고 올바로 이해하기만 한다면 진리는 같은 근원에서 나온 하나라는 사실을 알 수 있었기 때문이다. 이 소설에서 유별난 것은 본 이야기에 나오는 일부 근대 인물들을 제외하고는 역사적인 인물 대부분 그들의 약력을 기술했다는 점을 상기하고 싶다.

　이 "풍류랑의 애가"가 태어나게 했던 결정적인 인물은 작중인물 고경명의 막내 고용후의 역할이 매우 크다는 것을 밝힌다. 그는 아버지의 저작물을 평생을 두고 준비하면서 장서각인 목판본으로 옮겨놓은 사람이다.

　고 씨 전 종문을 위한 헌신적인 봉사와 특히 충렬 공 제봉 「고경명 기념사업」을 위해 물신양면으로 자기의 시간과 재물을 아끼지 않는 故 三勉 高永斗[2] 전이사장은 많은 금액을 문중에 희사하여 운영 기틀을 마련해 놓았다. 포충사 인접에 있던 그의 거처에서 먼저 포충사를 둘러보고 회사를 출근할 정도로 조상을 섬긴 그의 효행에 절로 고개가 숙여진다.

　고 제철[3](고 씨 중앙종문회 및 장학회 회장. 송원 학원 재단 이사장. 송원 그룹 회장)님의 노고와 후원에 감사드린다. 그는 선조들의 의로운 희생과 업적을 끊임없이 널리 선양하고 있다. 조상에 대해 기념되고 의로운 충절을 지속적으로 선양하고 있는 그의 효행과 믿음은 하나의 신앙이었다. 조상을 위한 희사는 한만큼 축복이 따른다는 것이 그의 신념인 듯싶었다. 「고경명 기념 사업회」와 종친들의 장학 사업에 거금을 희사하고, 미래의 꿈나무들을 위한 교육 사업과 복지사회 건설을 묵묵히 돕고 있는 그의 마음을 선대께서는 얼마나 가상히 여기실까. 이 세상에서 이들은 모두 진정한 대인이었다.

신간을 출간 할 때마다 크게 후원을 아끼지 않았던 (주)포리머 임호식[4] 사장에게도 고마움을 전한다.

현란한 문장과 이야기를 바로잡는 데 도움을 준 소설가 김병총[5] 선생, 난해한 한시와 역사적인 인물을 바로잡아주고 감수 해 준 이효우 李孝友[6](고서화 보존연구소 소장. 명지대 겸임교수. 낙원 표구사 대표.)님. 고재유高在維[7](법학박사. 전 광주 광역시장. 광주여자대학교 명예교수)님의 혜안에 감복한다. 특히 이 오라비의 아름다운 삶을 위해 일생을 헌신해 온 누이 행지高幸枝[8]에게 감사한다. 이 책을 준비하는 동안에도 그녀는 크게 후원을 해 주었다. 이 「풍류랑의 애가」를 엮어내느라 애써준 사단법인 한국학술정보(주) 채 종준[9] 사장님과 출판 기획팀, 편집팀, 디자인팀 관계자 에게 깊이 감사한다. 그리고 이 이야기가 책으로 나오기까지 집필 작업을 하는 동안 차를 따르고 음식 등 모든 일에 시중들다시피 해 준 사랑하는 아내와 두 딸에게도 고마움을 전한다.

2009년 09월
봉화산 기슭 우거에서
高天錫이 쓰다.

차례

중권

17. 묵자의 하늘나라

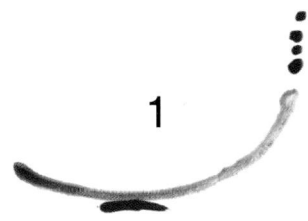

1

제봉은 살신성인과 같은 맥락에서 <묵자>의 하늘이라는 형이상
학적인 신비로운 가르침에 매료되어 그의 마음에 흠뻑 젖어 들었
던 때가 있었다. 그가 남겨 놓은 시라든가 다른 기록에서도 하느님
에 대한 외경심이 감지되는 것을 보면 묵자의 가르침이 아마도 그
에게 상당한 영향을 끼친 것이 아닐까 싶다.

묵자의 가르침이 과연 어떤 것이기에 제봉이 매력을 느꼈을까. 이
이야기를 통해 혹여 제봉의 깊은 심중을 꿰뚫어 볼 수 있지 않을까.

묵적1)

전국시대에서 한때는 유가의 사상보다 묵적의 사상인 '묵가'가

---

1) 墨翟(B.C. 480～390)
중국 춘추 전국시대의 노魯나라 철학자. 이름은 적(翟), 제자백가의 하나인 묵가의 시
조, ≪묵적≫은 묵가의 사상을 쓴 철학책, 형식, 계급, 사욕(私慾)을 타파하고 절대적
인 천명에 따라 겸애와 興利(殖利: 이익을 늘리다)에 노력할 것을 권장했다. 그는 근
검할 것을 주장하고 음악을 기피하고, 전쟁을 싫어했다. 숙명설을 부정했다. 그러나 중
국 제가에 볼 수 없는 영혼. 귀신의 실재를 역설하고 종교적인 색채를 띠었으나, 후계자
가 없어 前漢의 中期에 소멸하고 말았다.

천하를 휩쓸고 있었다. 그는 기원전 공자(B.C. 552～479)보다 70여 년 정도 늦고 공자가 죽은 바로 그 무렵에 태어난 것으로 추정된다. 묵적이 죽은 바로 그 무렵에 맹자가 태어났으니 묵적은 공자와 맹자 사이의 인물이었다.

묵적에 대해 사마천의 ≪사기≫에서 짧은 기록을 찾을 수 있었다.

"묵적은 송나라의 대부로서 성을 잘 지키고 비용을 절약했다. 어떤 사람은 그를 공자와 동시대라고 말하고, 어떤 사람은 공자 이후라고 말하고는 있지만 분명치는 않았다."

춘추시대의 말엽부터 전국시대에 이르는 그 시대적 격변기에 살았던 사람이라는 점은 분명했다. 송·초나라 설이지만 공자가 태어난 노나라라는 것이 정설이다.

……청나라 말기의 계몽 사상가이자 문학가였던 대학자 양계초[2]가 묵자를 '작은 예수교'라고 하고 사회적으로나 경제적 사상 면에서는 '큰 마르크스(marx, karl) 대마극사(大馬克思)'라고 부르고 있다는 점이다.

……실제로 묵자는 예수와도 같은 생애와 놀랍도록 같은 사상을 부르짖고 있었다.

묵자, 그는 온 세상 사람들이 자기처럼 다른 사람을 사랑해야 한다는 겸애를 주장했다. 기독교의 박애 사상과도 같았다.

---

2) 梁啓超(1873～1930)
　　중국 청나라 말기 淸末 민국초[1]의 사상가. 자는 卓如, 호는 壬公, 飮冰室主人, 廣東省 新會 출생, 민족혁명을 고취하고 공화제를 선전했다. 민국초기에 진보당수, 사법총장을 역임했다. 經學, 史學, 불교학에 능통했다. 저서에 ≪중국역사연구≫ 등이 있다.
　　1) 民國 初(民國革命): 淸朝를 타도하고 중화민국을 건설한 혁명을 말한다. 협의로는 1911년의 辛亥革命만을 말하나, 광의로는 1913년 7월 國民黨의 李烈鈞이 遠世凱에 대항하여 江西에서 군병을 일으킨 제2혁명과 雲南에서 唐繼堯, 蔡鍔 등이 주동이 되어 호국전쟁을 일으킨 1915～1916년의 제3혁명까지를 말한다.

묵자는 위선적인 자애로 빠지기 쉬운 자기위주의 사랑을 부인했다. 자기위주의 사랑은 의식적이건 무의식적이건 모순을 합리화시키는 수단으로 전락하기 때문이라고 했다. 묵자는 오히려 그러한 모순을 낳는 사람들의 의식구조가 사회혼란의 바탕이 된다고 생각했다. 이러한 인간적인 또는 사회적 모순과 싸우기 위해 겸애를 내세웠다.

이를테면 높은 지위에서 아래의 불쌍하고 가난한 사람에게 내려주는 등의 것은 사랑이 아니라는 것이다. 사회의 가장 밑바닥에서 스스로 땀을 흘려 일하고 진정한 우정과 사랑 가운데 사람들을 사랑하려는 것이다. 부지런히 일하고 절약할 것을 사람들에게 가르친다. 몸소 자기 제자들을 거느리고 그것을 실천했던 것이다.

중국의 사상가들 중에서 묵자처럼 행동했던 적극적인 사람은 찾을 수 없었다. "남을 사랑하면 반드시 남들도 그를 사랑해 주고, 남을 미워하면 반드시 남들도 그를 미워하게 될 것이다." ≪겸애 편≫

이것이 묵자가 가르친 사랑의 원리다. 타고난 신분의 차별이나 계급 같은 것이 있어서는 아니 되었다. 누구나 열심히 노력하고, 남을 사랑하면 훌륭한 사람이 될 수 있었다. 또한 훌륭한 사회를 건설할 수 있다고 믿었다.

이런 사상이 당시 사회 저변에 확대되어 널리 퍼졌다. 사회분위기가 이렇게 흐르자 당시의 지배계급 또는 상류계급인 군자들의 눈에는 묵자의 학문이란 '노예 역부의 도'≪순자≫로밖에 보지 못했다.

묵자의 이 같은 이론은 단순했다. 그러나 그것을 지탱하는 무게가 끝없이 큰 것이었다. 그래서 어지러운 전국시대 사람들의 마음을 사로잡아 묵자의 이론은 거의 유가의 세력을 압도하고 있었다.

인류에 끼친 영향력에서 바라볼 때, 묵자가 중국에서 태어난 '제2의 예수'라고 부를 만했다.

우선 예수를 믿는 사람들의 주장대로라면, 하느님을 영적인 아버지로, 육체적인 어머니를 마리아로, 가난한 목수인 요셉의 입양아로 태어났다고 하듯 묵자도 비천한 집에서 태어난 것이다.

공자와 맹자 등 뛰어난 사상가들 대부분이 비록 몰락했다고는 하지만 명문가의 후손으로 태어난 것에 비추어 보면 묵자는 천민 출신이었다.

이러한 사실은 초나라가 운제[3]를 이용하여 송나라를 치려 하였을 때 묵자가 그 소문을 듣고 노나라로부터 열흘 밤 열흘 낮을 쉬지 않고 달려간다는 ≪묵자≫의 <공수> 편에 나오는 일화를 통해 여실히 알 수 있었다.

묵자가 돌아가는 길에 송나라를 지났다. 마침 비가 와 그곳 마을 문안에 들어가 비를 피하려고 집 안에 들어가려고 했으나 불가촉천민이라 하여 문전박대를 당한다.

실제로 묵자는 초나라의 왕을 만나 보고는 이렇게 말한다.

"저는 북방의 천한 사람입니다. (臣北方之鄙人也) 들건대 대왕께서 송나라를 공격하려 하신다는 데 정말 그렇습니까."

스스로 비인, 즉 천한 사람이라고 자칭했던 묵자. ≪여씨춘추≫

---

3) 雲梯: 높은 사다리를 말하는데, 옛날에 城을 공격할 때 사용하였던 구름에 닿을 만큼 높은 사다리라는 말에서 비롯된 것이다.

<고의> 편에는 묵자 스스로 이렇게 말했다고 기록하고 있다.

"저는 몸에 따라서 옷을 입고, 배나 채우려 음식을 먹으며, 떠돌아다니는 천한 사람들과 친하게 지내고 있으니, 감히 벼슬을 할 엄두를 내지 못하고 있습니다."

이같이 자신을 '천한 사람들과 지내고 있는 비천한 사람'이라고 표현하고 있는 묵자의 모습은 '내가 이 세상에 죄인을 부르러 왔다.'라고 율법학자들에게 선언하고 일부러 병자, 죄인, 세리, 이방인들과 어울렸던 예수의 행동을 떠올리게 된다.

많은 학자들은 묵자의 성인 '墨'이 형벌을 뜻하는 것으로 경형4), 즉 죄를 지으면 얼굴에 묵형을 하여, 먹물로 문신하는 형벌에서 비롯된 것이라고 말했다. 그래서 묵자는 얼굴에 먹물문신을 했던 죄인 출신이었을 것이라고 소문을 퍼뜨린 것 같았다.

---

4) 黥刑: 墨刑. 옛날, 죄인의 살에 먹실로 罪名을 써 넣던 형벌. 양반은 이 형을 받아도 특별한 경우 이외에는 면해 주었다.

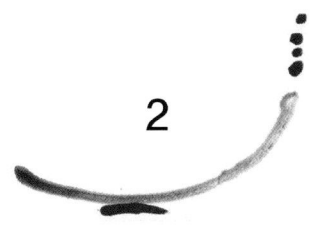

2

　또 다른 이야기로는 '묵'은 검정색을 의미하므로 그가 입던 검정색 옷과 그의 얼굴이 검은 데서 붙여진 이름으로 묵자는 인도에서 건너온 브라만(brahman) 교도이거나 회교를 믿는 아랍사람이라고 주장하는 이들도 있었다.

　묵자의 사상이 전통적인 중화사상에서 본다면 아무래도 이해할 수 없는 '이교도'적인 사상이자 태생적으로 불가한 사상이기 때문일 것이다. 또 다른 가설을 든다면, 아랍인이라면 분명 얼굴색이 중동지역 사람과 같이 짙지 않은 엷은 흑색의 얼굴에 골격은 동양보다 비교적 서양 쪽에 더 가까운 브라만계일 것이다. 그렇다면 중근동태생이 분명할 텐데, 그는 동양사상을 배우기 위해 유소년시절에 홀로 중국까지 흘러들어 온 것은 아닐까 하는 것이 두 번째로 의문점이었다. 중국인의 시각에선 사상 면에서도 그렇고 석연치 않은 차림새 언행 등은 지극히 이국적인 것이 분명했기 때문이다.

　묵자가 유소년 때부터 중국에 유입되었다면 분명 진리를 찾아

떠도는 유람객일 수도 있는 것이다. 공자의 학문을 접해 연구했다는 것은 지극히 자연스러운 일일 것이다. 그의 과거를 묵자 자신이든 그를 잘 아는 어느 누가 말해 주지 않는다면 애초부터 유가출신으로 인정할 수밖에…… 아니, 묵자의 태생지가 중국이었느냐 아니면 브라만계에서 흘러든 것이냐는 것은 그렇게 중요하지 않았다. 디앤에이(DNA)를 물려받은 혈통이 어디냐는 것을 제기할 수도 있는 중요한 문제가 남아 있기 때문이다.

<회남자>5)는 묵자가 '유가의 학문을 공부하고, 공자의 학술을 전수받았으며 옛 성인의 학문을 닦고, 육예6)의 이론에 통달하도록' 유가사상을 자신의 기초학문으로 삼았다는 것이다. 이는 공자가 죽은 이후 노나라에서 개인적인 강학이 성행하였을 때 이었으니까. 유가를 공부했던 것은 지극히 자연스러운 것이어서 그에 대한 것은 왈가왈부하지 않아도 될 것이었다.

어느 순간 묵자는 유학에 반기를 들고 유가를 박차고 뛰쳐나간 것이라는데…….

진정으로 유소년 때부터 목적하는 바가 있어 중국에 잠입해 들어온 것이 사실이라면, 그가 진리라는 것을 익혀 비교해 본바, 동양의 진리라는 것이 하늘과 명확히 그 맥이 닿지 않았다고 본 것이다. 진리는 그 기준점이라든가 뿌리가 하늘로부터 비롯된 것이라야 종교성을 지닐 것이라고 묵자는 믿고 있었는지 모른다. 그뿐인가.

---

5) 淮南子(B.C. ?～123)
중국 前漢의 학자. 성은 劉, 이름은 安, 高祖의 손자로 회남왕에 책봉되었다. 중국 전한의 회남왕인 유안이 편저한 철학서 현재 남은 것이 21권. 정식 명칭은 ≪淮南鴻烈≫ 여기서는 이 책을 가리킨다.
6) 六藝: 고대 중국 교육의 여섯 가지 과목(禮, 樂, 射, 御, 書, 數) 六學을 말한다.

무한의 경지에 도달할 수 없는 사상은 유한성에 머무를 것이고 이는 생동감 없이 역사에 묻혀 버릴 수도 있다는 수동태의 진리에 지나지 않다는 결론을 묵자 스스로 내리게 되자 때를 기다렸다는 듯 이윽고 배교를 결행한 것은 아닐까.

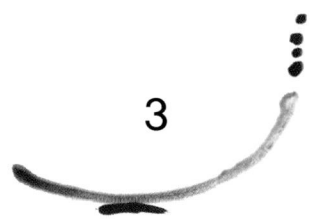

3

또 다른 추론이 있다면 진리를 추구한 끝에 그의 태생적 혈통이
라든가 배타성으로 뜻하지 않았던 어느 순간에 우발적인 행동에서
나타난 것으로 단정하기엔 석연치 않았다. 어떤 큰 변혁이 일어날
때 돌발적인 일보다 계획된 것, 즉 시나리오(scenrio) 없이 행해지는
일은 극히 드물기에 그렇다. 묵자가 얼마나 오랫동안 유가에 매달
렸느냐는 것도 중요한 단서로 작용할 테지만, 물론 유가의 가르침
에 묵자가 바라던 바가 충족되었다면 당초 계획된 일이라 하더라
도 결행에 옮겨지지 않을 수도 있었다.

왜냐하면 묵자는 진정으로 생명력 있는 진리를 찾고자 유가에
몰입하였다고 보기 때문이다. 설득력 있어 보이는 실질적인 이유로
좀 더 구체적인 예를 다음에서 만날 수 있었다.

묵자가 공자에게 최초로 느꼈던 불만은 이러했다. 공자가 세상을
올바로 다스리려 애쓴 반면 묵자는 그 자신이 천민의 출신인 관계
로 봉건제도가 지닌 모순 때문에 부당하게 고난을 겪어야 되는 백

성들의 비참한 현실에 눈을 뜨게 되었다.

특히 유가가 통치계급의 입장을 옹호하며 예악을 위주로 하여 서주(西周)[7] 초기의 봉건사회를 재현하려고 노력한다는 사실에 대해서 큰 반감을 갖게 된 것이다.

어느 순간 묵자는 사람들의 친소(친함과 버성김, 즉 벌어져서 틈이 있다)와 존비(지위와 신분 따위의 높음과 낮음) 관계를 엄격히 따져 봉건계급 제도를 확고히 하려는 유가의 태도와 예악이나 따지며 귀족이나 제후들에게 기생하는 유가의 비생산성을 공격하기 시작했다.

묵적의 사상을 전하는 ≪묵자≫라는 책 전체가 유가의 모순에 대항하는 성격을 띠고 있지만 그중에서도 특히 유가에 대한 통렬한 비판을 제목 그대로 <비유> 편에 집중되어 있었다.

<비유> 편은 원래 상하 두 편으로 나누어져 있었으나 상편은 없어지고 하편만 남아 전해지고 있는데, 이 글에서 묵자는 유가의 비생산성을 공격한 것이다.

"또한 그들은 예의와 음악을 번거롭게 꾸미어 사람들을 어지럽히고 오랫동안 상을 입고 거짓 슬퍼함으로써 부모님을 속인다. 운명을 믿어 가난에 빠져 있으면서도 고상하고 잘난 체하고 근본을 어기고 할 일은 버리고서 태만하게 편안히 지내며 먹고 마시기를 탐하면서 일을 하는 것은 게으르다. 그래서 굶주림과 헐벗음에 빠져 있거나 얼어 죽거나 굶어 죽을 위험에 놓여 있으면서도 이를 벗

---

7) 西周: 중국 周나라 제1대 武王부터 제12대 幽王 때까지의 이름. 서울인 鎬京이 東遷 뒤 洛邑의 서쪽에 있었던 데서 나온 말이다.

어나는 수가 없었다.

이것은 마치 거지와도 같았으니 두더지처럼 음식을 저장하며 숫양처럼 먹을 것을 찾고 발견되면 멧돼지처럼 튀어나온다."

군자들은 이것을 비웃으면 성을 내면서 이와 같이 말한다.

"형편없는 자들아. 너희들이 어찌 훌륭한 선비정신을 알겠느냐."

"여름에는 보리나 벼를 동냥하다가, 모든 곡식이 다 거둬들여지면 큰 초상집만을 쫓아다니는데 자식과 식구들도 모두 거느리고 가서 음식을 실컷 먹는다. 몇 집 초상만 치르고 나면 충분히 살아날 수 있게 된다. 남의 집을 근거로 하여 살찌고 남의 들(전답)을 의지하여 부를 쌓는다. 부잣집에 초상이 나면 곧 크게 기뻐하면서 말하기를……"

"이것이야말로 입고 먹는 꼬투리이다."라고 부르짖는다.

이러한 유가에 대한 묵자의 비판은 마치 공자에 대한 안영[8]의 비난과 흡사했다. 공자가 제(齊)나라[9]에 오자 경공 안영은

"대체로 유자는 말만 그럴싸하지 바른 규범을 지키지 못하면서 여러 나라를 유세하고 구걸하며 빌리기만 잘하니 나라를 위하는

---

8) 晏嬰(B.C. ?~500)
   중국 춘추시대 齊나라의 大夫. 夷維 사람, 자는 平仲, 靈公, 莊公을 섬기고, 景公의 宰相이 되었다. 節儉力行한 그의 언행은 공자에게도 영향을 미쳤다. 후대 사람이 그의 언행을 서술하여 ≪晏子春秋≫를 지었다. 존칭으로 晏子라고 불렀다.
9) 齊나라: 중국 춘추시대의 한 나라. 周武王이 太公望에게 봉하여 준 나라. 山東省일대를 영토로 해 29대 739년에 그 家臣 田氏에게 빼앗기고 말았다. 南齊, 北齊.(B.C. 1123~386)

짓은 못 됩니다.”

무례하게도 자기의 스승에 대한 이 공격적인 말을 기록에서 읽고 난 맹자는 후에 이렇게 대답하고 있었다.

“저울추란 것을 아는가. 이 저울추는 고정되어 있지 않고, 물건의 무게에 따라 움직이고 이동하지 않는가.”

맹자는 형편에 따른 불가피성을 말한 것이다. 물리적인 이 세상엔 원칙에 있어 절대란 없다는 것. 상황에 따라 불변이 아닌 가변적이라는 것이다. 즉 살아 움직이는 것들의 원동력임을 설파한 것이다.

한 비유를 빌리자면 ‘남자가 여자에게 물건을 주지 않는 것이 예이다.’란 가르침에 ‘목숨을 건지려고 형수의 손을 잡는 것’이라든가 혹은 ‘안식일에 병을 고치느라 안식일을 범한다.’고 비난한 형식주의자 바리새(Pharisees)파의 주장이라든가, ‘사람이 흙더미에 깔려 있는데도 흙을 파헤쳐 구출하지 말아야 한다든가’, ‘여인이 물에 빠져 촌각을 다투는데도 손을 뻗어 끌어 올려 주지 말아야 한다’는 것은 아닐 터였다. 자기 자신들을 깨끗하게 하기 위해 일반서민 계급과 구별하여 차등을 두려는 율법주의에 빠져 헤어나지 못하는 위선자들의 주장과 다를 바 없었다.

맹자의 ‘무항산무항심’은 “인간을 도덕적으로 살게 하려면 우선적으로 인간다운 삶을 살게 하는 경제적 기반부터 닦아야 한다.”는 현실주의자인 것이다.

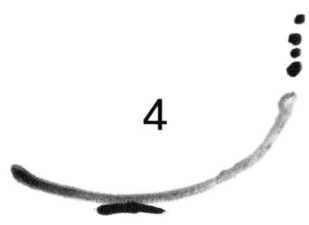

4

　…… 유가는 안영에서부터 묵자에 이르기까지 100여 년 이상 '허례허식을 일삼는 말만 그럴듯하게 하는 유자의 무리'로 비난받아 온 것이다.

　묵자의 태도는 공자의 제자 중 비교적 후학에 속하지만 유학의 전승과 발전에 가장 깊은 영향을 끼쳤던 자하[10]와의 설전에서도 드러난다.

　자하는 공자보다 마흔네 살 아래였다. 말년에는 서하에 살면서 제자들 교육에 힘썼는데 공자가 죽을 무렵에 태어난 묵적은 자연 자하에게서 유학을 공부하기도 하고 논쟁을 하기도 했을 것이다.

　특히 말년에 자하는 아들을 잃고 지나치게 애통한 나머지 너무 울어 눈이 먼 장님이 되었다.

　자하는 공자가 남기고 간 진귀한 구슬을 간직하고 있었던 수법

---

10) 子夏(생몰미상)
　　중국 춘추시대 孔門 十哲의 한 사람. 본명은 卜商, 자하는 자이다. 魏나라 文侯의
　　스승, 공자문하 중에서 후세에까지 가장 많은 영향을 끼쳤다.

(스승으로부터 중요한 가르침을 전승 받는 일) 제자이기도 했다.

그러한 자하의 무리와 묵자가 어느 날 논쟁을 벌인다.

자하의 무리가 묵자에게 물었다.

"군자도 싸우는 일이 있습니까."

묵자가 대답한다.

"군자는 싸우는 일이 없습니다."

자하의 제자가 또 묻는다.

"개나 돼지도 싸우는 일이 있는데, 어찌 선비에겐 싸우는 일이 없겠습니까."

묵자가 대답한다.

"슬픈 일이군요. 말로는 탕 임금과 문왕을 일컬으면서도 행동은 개나 돼지에 비유하다니 슬픈 일이오."

이러한 유가에 대한 비난은 유학과 북학[11]을 함께 공부한 자하의 무리와의 대화에서도 그대로 드러난다. 이 장면은 《묵자》의 <공맹> 편에 두 대목이나 실려 있었다.

묵자가 자하의 무리에게 말한다.

"유가의 도에는 천하를 잃게 하기에 충분한 네 가지 주장이 있다.

유가에서는 '하늘이 밝지 않고 귀신은 신령스럽지 않다고 하면 하늘과 귀신에 대하여 아무 말도 하지 않는데, 이는 천하를 잃기에 충분한 것이다. 또 후히 장사를 지내고 오래 복상을 하면서 관의 겉 관을 중후하게 하고 많은 수의를 마련하여 장사 지내는 일을 이

---

11) 北學: 중국 남북조시대에 北朝에서 행하여진 學風. 後漢의 古文學的 經學을 墨守하고 번잡한 實證을 존중했는데, 새로운 발전적인 해석을 전혀 볼 수 없다.

사하듯 한다. 삼 년 동안 곡하고 울어서 부축해 준 뒤에야 일어날 수 있고, 지팡이를 짚은 뒤에야 다닐 수 있으니, 귀로는 듣는 것이 없다.'

　이것만 하여도 천하를 잃게 하기에 충분한 것이다.

　또 악기를 연주하고 노래하고 춤추면서 가락을 즐기는데 이것도 천하를 잃기에 충분한 짓이다. 또 운명이 있다고 하면서 가난함과 부함이나 오래 살고 일찍 죽는 것과 다스려지고 어지러워지는 것과 편안하고 위태로운 것은 정해진 바 있어서 덜거나 더해 줄 수가 없는 것이라 했다. 윗사람이 된 자가 그렇게 행동하면 반드시 정사를 다스릴 수가 없다. 아랫사람들이 그렇게 행동하면 반드시 일에 종사하지 않게 될 것이니 이것 또한 천하를 잃기에 충분한 것이다.”

　개나 소 등 동물로 태어난 것은 어쩔 수가 없다. 왜 짐승으로 태어났는가? 원망하거나 불만을 토로하여도 별도리가 없다. 그것들은 하늘로부터 그런 생명을 받아 그렇게 태어난 것이다. 조물자에 의해 만들어진, 즉 피조물의 형태로 태어난 것을 어쩌란 말인가. 그렇다면 그런 피조물들이 무엇 때문에 하느님에게 예배하는가. 예배하면 운명이 달라지기라도 하는가. 아니었다. 그들은 피조물인 채로 공경하여 하느님을 영화롭게 하기 위해 의무적인 예배를 할 뿐이다. 사후의 일은 하느님의 몫이다. 하느님의 일은 아무도 알지 못한다.

　18세기 말엽부터 19세기 초까지 서구 기독교계의 가르침으로 부상했던 이 같은 예정론자의 주장대로라면 천진무구한 때는 두려움과 공포감에서 그 가르침을 잘 따를지는 몰라도 ‘……아랫사람들이 그렇게 행동하면 반드시 일에 종사하지 않게 될 것……'이라는 묵자의 주장처럼 민초들은 생을 자포자기하고 방탕한 삶으로 퇴락하지 않는다고 누가 장담할까.

자하의 무리가 다시 말한다.

"너무 심하십니다. 선생님의 유가에 대한 공격은 지나치십니다."

묵자가 또 대답한다.

"유가의 본시 이와 같은 네 가지 주장이 없는데도 내가 이렇게 말한다면 곧 그것을 공격하는 것이라고 말할 것이다. 지금 유가에서 본시 이러한 네 가지 주장이 있는 것은 분명할진대, 내가 그것을 지적하여 말한다면 또 이것을 공격이라 할 것이나, 그렇지 않다. 모순된 것을 알려 주는 것이다."

유가에 대한 묵적의 공격은 이처럼 학문적인 것만은 아니었다.

어릴 적 한때 자신의 사부에 가까운 사람일지도 모를 공자에게 직접적으로 공격을 하기도 했다.

어느 날, 공자가 그의 문하 제자들과 한가로이 앉아 있다가 말했다.

"순 임금은 자기 아버지 고수를 만나면 불안해하였는데 이때의 천하는 위태로웠다.

주공 단은 훌륭한 사람이 못 되지 않을까 무엇 때문에 그의 가족을 버리고 객지에 머물러 살았는가."

공자가 행한 것은 이러한 마음씨에서 나온 것이다. 그를 따르던 제자들은 모두 공자를 본받았다. 자공12)과 계로13)는 공회를 도와

---

12) 子貢(B.C. 520~456?)
중국 춘추시대 衛나라의 儒家. 성은 端木, 이름은 賜, 자공은 그의 자이다. 그는 공자의 제자로서 十哲의 한 사람이다. 후에 정계에 나가 魯, 衛의 재상이 되었다.

13) 季路: 공자의 제자인 子路를 달리 이르는 말이다.

위(魏)나라를 어지럽혔고 양화는 노나라에서 반란을 일으켰다. 불힐(佛肹)은 중모(中牟)지방에서 반란을 일으켰다. 칠조개(漆雕開)는 사형을 당했다. 어지러움이 이보다 더 클 수 있을까.

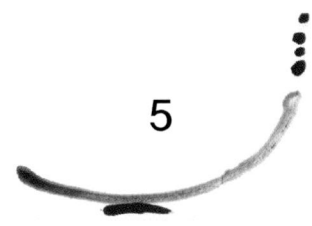

5

후생이 제자가 되면 스승을 목표로 하여 반드시 그의 말을 닦고 그의 행동을 본받으며 힘이 모자라고 지혜가 미치지 않을 정도가 되어야만 그만두게 된다.

그때 공자의 행동이 이와 같았으니, 유가 사람들은 의심받는 게 당연한 것이다.

묵자는 공자가 평소에는 순임금과 주공을 마음속으로 존경하고 있으면서도 '의심을 품고 있었던 것'을 맹비난했다.

공자가 의심을 품고 있으니 그를 따르던 제자들 역시 의심을 품고 나라를 어지럽힐 수밖에 없었다.

'지금 공자의 행동이 이와 같으니 유가 사람들은 의심을 받는 것이 당연하다.(今孔某之行如此儒士則河以疑*)는 것이 묵자의 결언이었다.

그뿐이 아니라 공자에 대한 묵자의 비난은 이 정도면 다행이다.

그러나 묵자는 공자를 '더럽고 사악하고 거짓된 사람'이라고 극단적인 말까지 서슴없이 퍼부었다.

어느 날, 노나라의 애공이 공자를 맞이하게 되었다. 공자는 방석이 반듯하지 않아 보이면 앉지 않았다. 그는 고기가 바르게 썰어져 있지 않아도 먹지 않았다.

애공 집에서 나와 돌아오는 길에 동행하던 제자 자로가 물었다.

"어찌 스승께서는 진(秦)나라와 채(蔡)나라의 사이에 계실 때와는 이처럼 반대가 되십니까."

그러자 공자가

"이리 오너라. 내가 너에게만 이야기해 주마, 전에는 그대와 함께 구차히 살아가기에 바빴지만 지금은 그대와 함께 구차히 의로움을 행하려 하고 있다. 잘 들어 두어라. 무릇 굶주리고 곤궁할 때에는 함부로 취하여 자신을 살리는 일을 사양하지 않아야 할 것 아니냐. 그러나 풍부하고 배가 부르면 곧 거짓된 행동으로라도 스스로를 꾸며야 할 것 이니라."

이처럼 노나라의 왕실보다는 권력자인 계손에게 아부했던 공자의 행실과 궁지에 빠져 있을 때에는 어디서 났는지 묻지도 않고 돼지고기와 술을 넙죽 받아먹고, 이와는 달리 군주의 대접을 받게 되니 바르게 썰어지지 않으면 고기를 먹지도 않은 공자의 이중적이고 위선적인 모습을 일일이 열거한 후 묵자는 마침내 다음과 같이 모욕적인 말을 했던 것이다.

"더럽고 사악하며 거짓되기가 이보다 더 큰 게 있겠는가.(汚邪許僞以大於此)"

묵적의 주장에 몰입해 있던 제봉은 이 대목에 와서는 섬뜩한 느낌이 들었다. '묵적의 사상이 신비의 경지로부터 태동한 것으로 알고 세인의 흥미를 유발 하고 있는 것은 사실이나, 이렇게까지 공자의 사상을 비난하고 헐뜯어도 되는가. 자아(自我)로부터 비롯된 사상이 설사 참되고 불변한 진리가 된다 하더라도 겸양지덕한 마음으로 설득할 것이지 다른 사상을 저주하듯 미워해야 하는가.'라는 생각이 미칠 때 제봉은 손사래를 친 것이다. 평소 개인사에서도 남의 단점을 이야기하는 것을 금기시해 오지 않았던가. 친구 간 대화 중에 어쩌다 남의 흉을 볼 때는 딴청을 부리거나 여간 거북스러울 때는 슬그머니 자리를 피해 장단을 맞춘다거나 동조하지 않았다. 제봉은 자신을 공격해 신상에 불이익이 가해지더라도 그들을 나무라거나 탓하지 않는 삶을 좌우명으로 삼아 왔다. 모든 것을 자신의 잘못으로 돌려 버린 것이다. 이런 이타적인 정신이야말로 남을 아낄 줄 아는 종교적 삶이 아닐까. 혹여 자녀들의 입에 남의 궂은 이야기가 오르내리면 엄하게 다스렸다. 그들의 올바른 품성을 길러 주고자 함이었다. 그의 가문에는 <세독충정>의 정신이 지금까지도 면면히 이어져 내려오고 있었다. 제봉은 그의 가문 대대로 후손들에게 '순수함으로 세상을 바라보되, 인정은 두터워야 하고, 나라에 나가서는 충성스럽고도 옳은 일을 지키되, 의지를 굽히지 않아야 한다.'는 정신이 유지되기를 바랐던 것이다. 그의 그런 정신은 아마도 선친으로부터 비롯된 것이겠지만 그의 어머니가 받은 종일품인 '정경부인'의 작호와도 무관치 않을 듯싶었다. 임진란에 절개를 굳게 지켜 두 아들과 함께 삼부자가 순절하고 출가한 그의 두 딸에게는 정열(貞烈)의 대접이 주어질 만한 여인이 스스로 탄생된 것만 보아도 알만 했다. 그의 가훈인 <세독충정>의 정신은 제봉

스스로도 지켰지만 일본병사들 앞에 그의 딸까지 정절을 지키기 위해 굳이 목숨까지 내놓아야 했던가의 물음에는 고개가 갸우뚱해지는 것이 무리는 아니었다. 당시 반가에서는 여인의 정절에 대한 도덕적 기준을 생명보다 우위에 두었던가. 어떤 여인은 한강 나룻배 안에 동승했던 일본군에게 손목을 잡혔다고 해 더럽혀진 손목을 단칼에 잘라 냈다는 이야기에는 정말 마음이 섬뜩해진다.

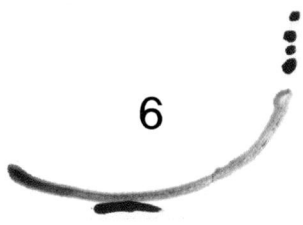

6

제봉의 가훈 <세독충정> 중에 '貞'은 주역의 내 괘로서 많은 의미를 담고 있었다. 제봉은 이 '정' 자를 주역에서 가져다 가훈에 포함시킨 것이다. 그런 결과 글자의 상징성이 의미하듯 가까이는 그의 가문에 한 어머니의 '정경부인' 딸의 '정열' 세 아들의 '忠貞과 孝心' 집안 여인들의 '貞潔'함. 주인을 따라 전쟁터에서 함께 순직한 사촌들과 두 노복의 충성심을 합하면 당대에 임진란으로 한 가문에서 순절자가 십여 명에 가깝다. 또한 그의 충성심에 합심하여 모여든 친구와 선비들, 헤아릴 수 없이 많은 의병들의 살신성인 정신의 죽음은 어디서 비롯된 것일까.

이런 그의 정신은 자기보다 남을 먼저 배려하려는 충심에서 울어난 이타심에 있었다. 그럼에도 비난을 앞세워 남을 배려는커녕 무분별하게 싸움의 전초전을 조성하려는 묵자의 행태가 도저히 이해할 수 없었던 것이다.

맹자 역시 평소에 '세상에 사람이 생겨난 이후로 공자보다 더 빼어난 인물은 나오지 않았다.'라고 선언하고 공자는 성인으로서 때를 알아서 해 나간 사람의 행적을 집대성하고…… 오직 소망이라던 '공자를 본받으며 살아가고 싶다.'고 자신의 의견을 피력한 유가의 강장 맹자로서는 참을 수 없는 수모를 당한 것이다.

그러므로 성인 공자를 '더럽고 사악하고 거짓된 사기꾼'이라고 맹비난한 묵자에 대하여 맹자는 하늘 아래서는 도저히 공생할 수 없는 '불구대천'의 원수라고 어찌 생각하지 않을 수 있을까.

맹자의 생각엔 '양주와 묵자의 도가 없어지지 않으면 공자의 도는 드러나지 않으니, 나는 양주와 묵자를 막으며, 방자한 말을 몰아내고 사설을 없애고, 치우치는 행동을 막으려는 것이다.'라고 했던 말은 철천지원수인 묵자와 한바탕 성전을 벌이지 않으면 안 된다는 비장한 각오를 나타낸 출사표와 같은 것이었다.

실제로 ≪한비자≫[14]의 <현학> 편을 보면 이런 말이 들어 있다.

"세상에 두드러진 학파는 유가와 묵가인데 유가의 정점은 공자이고 묵가의 정점은 묵적이다."

그러나 맹자가 살았을 전국시대 때에는 오히려 유가보다 묵가가 세상에 가득 차서 맹자의 표현대로 천하의 언론이 묵가 아니면 양주[15]로 돌아가는 절대 위기에 봉착하고 있었다. 그런데 묵적은 어떤

---

14) 韓非子는, 韓非의 경칭. 중국 춘추 시대 말기의 법치주의자, 한나라의 公子로 刑名法術을 즐겨 荀子의 성악설(이기적인 심정을 근원적인 것으로 보고, 인간의 본성은 惡이라고 주장하는 학설이다. 곧 인간은 선천적으로 한없는 욕망을 가지고 있어 그대로 방치하면 싸움만 일어나 마침내 파멸하고 말 것이기 때문에 예의로써 이것을 바로 잡아야 한다고 주장한다.) 老莊의 무위자연설(人爲를 부정하는 사상 중에서 특히 노장 사상의 기본적 개념을 이룬다. 유교의 仁義나 형식주의에 대하여 주장한 것으로 자연 그대로의 理想境이다. ≪노자≫의 무를 천지만물의 근간이라고 하는 사상에 따른다면 무위자연은 만물의 본체가 된다는 것)을 받아들여 법가의 학설을 대성했다. 한비가 撰한 책 20권 55편이다. 刑名思想의 제창이다. 원이름은 韓子이나, 후세에 唐나라의 韓愈를 韓子라 부르는 것과 구별하기 위하여 '한비자'라 일컫게 된 것이다.

연유로 자기의 정신적 고향과도 같은 유가의 세계를 배격한 것일까.

또한 묵적은 유가라는 기초적인 사상에서 어떻게 예수가 부르짖었던 사랑, 즉 겸애라는 진리를 발견할 수 있었을까.

제봉으로서는 관심을 끄는 사상이면서도 자못 궁금한 일이었다. 묵자는 공자도 미처 깨닫지 못한 하늘의 개념을 이해함으로써 하늘의 주재자에 대한 인격까지 깨달을 수 있었다.

"스스로를 '하느님의 아들'이라고 말한 예수처럼 묵자 역시 '만물의 창조자이며 인격적인 주재자'인 하느님의 존재를 발견하고 동양사상 최초로 '하느님'을 부르짖은 동양의 예수라고나 할까."

---

15) 楊朱: 중국 전국시대의 공자 이후, 맹자 이전의 학자. 老子의 무위 독선 설을 따라서 염세적 인생관을 세우고 爲我 방종의 쾌락주의를 주장하여 일시 그 세력이 떨치더니 주(周)나라 말기에 쇠퇴하였다. 존칭은 楊子.

7

묵자가 유가에서 벗어난 결정적인 동기는 만물의 창조자이고 주재자인 하느님의 존재를 알게 된 이후부터일 것이다. 물론 공자 역시 하늘의 존재를 부인하지는 않았다.

어느 날 공자가 송나라를 지나는데, 도중에 환퇴(桓魋)란 자에게 위협을 받았을 때였다. '하늘이 내게 덕을 부여해 주셨거늘, 환퇴가 나를 어찌하겠는가'라고 말했던 것을 봐도 알 수 있었다. 또 공자는 하늘이야말로 이 우주만물의 지배자며, 올바른 도의 근원이라고 생각하여 이렇게 말하기도 했다.

"하늘에 죄를 지으면 빌 곳도 없게 된다.(獲罪於天無所禱也)"

공자의 이러한 하늘에 대한 믿음은 가장 사랑했던 제자 안연이 죽었을 때 '아아, 하늘이 나를 망치는구나' 하고 애통해했던 것에서도 엿볼 수 있었다.

묵자는 그러한 공자의 운명으로서의 하늘을 바라본 것에 반기를 들었다. 예부터 중국인들은 하늘에 대한 관념을 대충 5가지로 분류하고 있었다.

그 하나는 '물질적인 하늘'로서 '땅'과 대비가 되는 것, 또 하나는 만물의 창조자이자 주재자로서의 하늘로 이른바 '상제나 황천'과 같은 인격적인 존재를 들었다.

세 번째로는 '운명'으로서의 하늘, 사람으로서는 어쩔 수 없는 숙명론의 대상이었다.

네 번째, 자연으로서의 하늘, '천체의 운행'을 가리키며,

다섯 번째는 '의리'로서의 하늘, 곧 '우주 최고의 진리'를 가리킨 것이다.

이 중에서도 공자의 '하늘 관'의 핵심은 세 번째인 운명론적인 것이다. 공자는 하늘이나 하느님을 믿으라고 가르치거나 이에 대해 구체적으로 설법을 한 일은 없었던 것 같다. 사람마다 갖고 태어나는 천명은 사람으로서는 어쩔 수 없이 타고난 것이라 했다. 이런 점으로 보아 공자는 운명론자라고 자타가 인정할 수밖에 없었다.

그러나 묵자는 공자의 이러한 '하늘 관'에 대해서도 동의하지 않았다.

이미 자하의 무리와 대화에서 '유가에서는 하늘에 대해서 아무런 말도 하지 않았는데, 이는 천하를 잃기에 충분한 것이다.'라고 말문을 열었던 묵자는 '유가는 하늘만 믿고 노력은 하지 않은 게으른 운명론자들'이라고 비난하면서 '무소부재'하고 '무소불명'한 하느님의 존재에 대해 다음과 같이 선포한다.

"……하늘이 백성들을 두터이 사랑하고 계시다는 것을 내가 알고 있는 것이 있다.

해와 달과 별들을 펼쳐 놓고서 그들을 밝게 인도하시고 춘하추동의 사계절을 만들어 놓음으로써 우주의 질서를 확립하셨다.

눈과 서리, 비, 이슬 같은 것을 내려 주어 오곡과 삼베가 자라고 누에를 칠 수 있게 하여 백성들이 그것에서 제물과 이익을 얻게 하셨다. 산천과 계곡이 형성되고 여러 가지 일들을 정해 놓음으로써 착한 백성과 악한 백성을 굽어보시고 왕공(신분이 고귀한 사람)과 후백(후작과 백작, 봉건제에서의 군주)들을 세워 그들을 통해 현명한 이들에게는 상을 주고, 포악한 자에게는 벌을 주도록 하셨다. 쇠와 나무와 새와 짐승 등 이 모든 것이 사람을 위해 마련 해 놓으신 것이다. …… 그 밖에 백성들이 입고 먹을 것 …… 을 마련하도록 하신 것이다."

묵자의 이러한 '하늘나라의 선언'은 구약성경에 나오는 창세기를 연상케 했다.

"빛과 어둠을 나누고, 곡식과 과일이 자라도록 하고 해와 별을 두시고…… 땅과 풀과 씨 맺는 채소와 각기 종류대로 나누어 생물을 번성하게 하라…… 궁창에는 새가 날라 하시고 ……바다의 짐승들과 ……움직이는 모든 생물은 그 종류대로……창조하시니…… 생육하고 번성하여 ……충만하라."

최초의 사람에게 이른 것이다.

많은 과학자들의 판단은 19세기경에 이미 만물의 궁극적인 원인에 대해 동일한 결론에 이른 바 있었다. 이들은 물질을 구성하는 것을 전부 분해하여, 물질이 에너지를 방출한다는 사실을 발견했다. '靈'적인 상태 역시 방출하는 에너지라는 사실을 알아내었다. '영'은 만물 속에 침투해 있고 만물 속에서 방사하고 있는 것이었다. 모든 원소는 근본원소, 즉 방사 에너지가 나타난 것이다. 이 에

너지는 단순히 맹목적인 힘이 아니었다. 그것은 감성과 지성이 있고, 자기 자신이 무엇을 하는지 의식할 줄 아는 힘[氣]이었다. 일체의 배후에서 일체에 침투해 있는 이 창조 에너지는 자기 자신을 자각했고, 자기 자신의 행위를 인식했다. 거기에 어떻게 해야 하는지까지 알고 있었다. 세상은 이것을 혹 '신' 또는 '하느님'의 작용이라고 할지 모른다. 경전의 표현대로라면 하느님은 '전지전능' 또는 '무소부재'하기 때문이리라.

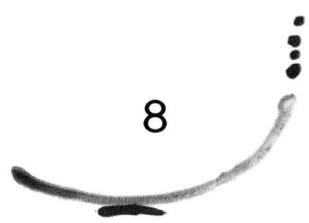

8

묵자는 심오한 천체와 오묘한 자연을 바라보며 하느님의 섭리를 깨달았던 것일까. 우주만물의 주관자는 어떤 형태로 어딘가에 존재하고 있는 것일까. 이미 부여된 의지로 행동하는 동·식물은, 각각의 활동상황이 천체 어느 곳에 저장되든 아니면 개개의 지적세포16)에 낱낱이 내장되도록 해 놓고 그 결과로 하느님은 인간에 대한 신상필벌을 논할 것인가. 천체의 뭇별들이 자전하도록 프로그램화하고 삼라만상의 운행 과정과 그 결실을 지켜보는 그가 '……보시기에 좋았더라……' 하며 기뻐하시는가.

묵자는 이를 주재한 하느님은 만물의 창조자이며 주재의 관리자로서 인격임을 분명하게 밝히고 있었다. '춘하추동'의 사계절을 두고 눈과 비를 내려 오곡을 자라게 하며 백성들이 그를 통해 일용할

---

16) (知的)細胞: 생물체의 기본적 구성단위. 즉 주체가 되는 것은 생명현상을 영위하는 원형질로서 세포核과 세포질로 구분된다. 일반적으로 중심에 세포핵이 한 개 있고 그 주위를 세포막이 에워싸고 있다. 동물의 세포는 細胞膜이 없고 원형질막으로 구획된다. 식물의 세포는 셀룰로스(纖維素, cellulose)로 된 세포막으로 덮여 있어 현미경으로나 볼 수 있는 극히 작은 생활체이다. 동·식물의 종류, 조직종류에 따라 그 크기, 모양 구성요소 등이 달라진다. 그 종류는 여러 가지이다.

양식을 얻고, 이익을 얻게 하셨다는 것이다.

그뿐인가. 하느님은 백성들의 착한 것과 악한 것을 살펴보시고 현명한 사람에게는 상을 주고 포악한 사람에게는 벌을 주는 '권선징악'을 분명히 하는 '전지전능'의 절대자였다. 백성들을 지배하는 왕이나 후백들도 선량한 백성들을 의롭게 잘 보살펴야 한다는 하늘의 법도와 세상의 올바른 질서를 유지하기 위해 그들을 부정하지는 않은 것 같다. 백성들의 훌륭한 지도자가 필요하기에 허락했을 것이다.

이 충격적인 묵자의 하늘나라 선언은 마치 요르단(Jordan) 강에서 침례를 받고 나서 예수가 한 첫말은 "회개하라. 하늘나라가 가까이 왔다."라고 외친 것을 연상케 한다.

9

묵자는 기원전 479년에 태어나 기원전 381년경에 세상을 떠난 것
으로 추정하고 있는데 이것이 사실이라면 그는 이 세상에서 98년간
을 살다가 떠난 사람이니 지금의 수명에 비교하면 장수한 편이었다.

묵자가 생존 시 유가를 배워 터득하고 나서 그가 판단한 것은
오직 봉건사회를 실현키 위한 것이었다. 그러기 위해서 그들은 왕
도정치를 외치면서, 심지어는 싸움도 서슴지 않았다. 묵자는 그들
의 삶이 호화롭고 사치스러우며 향락에 빠져드는 것을 용납할 수
없었던 것이다.

제봉 역시 유가의 근본정신이 결코 그릇된 것은 아니나, 군주를
정점으로 벼슬아치들은 권신의 길과 무분별하게 재물을 탐하는 자
들이 많았다. 그들과는 또 다른 부류로서 춘궁기에는 끼니를 거르
는 백성들의 이반된 삶과는 너무나 동떨어진 나라의 실상임을 깨
달은 것이다. 그 실상을 판별하고부터는 벼슬길에서 그의 정신은
서서히 멀어져 갔다. 뿐만 아니라 대대로 명문을 이어 왔으나 궁핍

한 삶이 몸에 배인 그로서는 태생적으로 보나 그의 사상으로 보아 새로운 세상으로 바뀌어 온 백성과 군주가 함께 기회 균등의 물질이 주어지고 차별 없는 세상을 추구했던 것은 아닐까. 그가 처한 세상이 그렇게만 된다면 자신을 내어 준다 하여도 여한이 없을 것이었다. 세상이 바뀌는 날이 언제 도래할지? 그때를 위해 그의 한 몸 불태워 이 강산에 넋이 되어서라도 배성들의 풍요로운 삶을 지켜보리라! 다짐하면서 유가의 운명론에 따라 한 걸음 한 걸음 내딛고 있는가. 아니면 그가 선망하는 묵자가 말한 하느님의 영원한 세계로 떠나기 위해 음덕을 하나하나 쌓고 있음이런가.

천지를 창조한 창조주의 시각에선 임금이나 제후만을 위한 세상은 결코 아닐 터였다. 모든 백성이 하느님의 자녀일진대, 어찌 권력은 세습화되고 특정인들만을 위한 예의와 도를 부르짖는다는 것은 결국 그들의 권력을 다지려는 하나의 통치술이 아닌가. 이런 유가의 모순된 것들이 묵자에게뿐 아니라 제봉에게도 여간 껄끄러운 것이 아니었다.

종교적 심성이 깃들었다고 하는 사람들의 믿음에서 바라본 바로는, 인간이 어둡고 한적한 곳에 숨어서 그릇된 행동을 저지른다고 하느님이 몰라서 그냥 내버려 두는 것은 아닐 것이다. 만물에겐 모두가 지적 기능이 주어진 것처럼 인간에게도 지적 기능과 더불어 의지라는 것이 허락되어 있었다. 즉 사려 깊게 선택하고 결심하도록 인간의 오감에 감지기능이 내장된 것이다. 행동하는 지식과 능력이 우주의 한 객체로서 하느님으로부터 그런 감각의 시스템(system)이 인간의 몸에 장착되었다고 보기 때문이다. 인간은 그 같은 도덕적 행위의 주체가 되고 또 다른 객체가 되도록 정신작용을 하느님으로부터 부여받은 것일 터이다.

그럼에도 천하의 군자들은 하느님에 대해 외경심을 갖고 있지 않았다고 이해한 것이다. 그것은 인간을 숙명에 맡길 뿐 하느님의 오묘한 뜻을 깨닫지 못하고 있는 것 같았다. 하느님의 역량은 이 세상 천지만물을 관리하고 그분의 일은 영원한 것이다. 그렇게 선언한 묵자는 무소부재한 하느님의 공평하고 만백성을 평등하게 돌보신다는 진리를 주장하고 있는 것이다.

> 하늘의 운행은 광대하고도 사사로움이 없으며
> 그 베푸는 것은 두터우면서도 멈추는 일이 없고
> 그 밝음은 오래되어 어두워지지 않는 것이다.
> (天之行廣而無私 其施厚而不息 其明久而不衰)

이로써 묵자는 사적인 욕심을 부리지 않고 베푸는 것은 후하면서도 중단을 하지 않았다. 밝음은 오래토록 꺼지지 않는다. '영원'의 근원인 하느님으로부터 깨달은 진리는 두 가지로 함축할 수 있었다.

그것은 '평화', 즉 '조화'롭고도 위대한 '사랑'이었다.

"하느님 앞에 ……남의 것을 빼앗기 위해 싸움을 걸어 인명을 해치는 행위는 하느님의 용서를 받을 수 없는 것이니……" 이는 하늘의 법도에 어긋나기 때문이다.

이와 같이 묵자의 평화, 즉 조화에 대한 설법은 ≪묵자≫의 <비공> 편에 상세히 수록하고 있었다.

이 비공이란 글자가 뜻하는바, 그대로 '남을 공격해서 전쟁 따위를 일으켜서는 절대로 용납할 수 없다.'라는 것이 묵자의 확고한 신념을 제봉인들 어찌 바라지 않았을까.

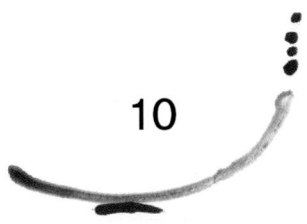

10

이상에서 제기한 이야기가 결코 시대에 뒤떨어진 진부한 것은 아닐 것이다. 그럼에도 한 개인이나 그가 속한 사회를 막론하고 근본적인 이치를 무시하고 이룩된 것은 사상누각에 불과했다.

그러나 사회 기능이 전문화되고 분업화로 첨단화된 21기를 맞는 인류에게는 능률적이고 생산성이 따라 주지 않을 때 실용성도 무가치한 것으로 간주된다.

미래를 꿰뚫을 줄 아는 맹자는 오늘날 우리에게 시의적절한 사상을 펼쳐 보인 것일까.

주전 500년경에 주장했던 공자의 사상을 재정립한 것을 맹자는 말한다.

정신적인 노동과 육체적인 노동은 분리되는 것이 합리적이라는 사실을……

(勞心自治人 勞力自治於人)

'마음을 수고롭게 하는 자는 남을 다스리고 몸을 수고롭게 하는 자는 남에게 다스림을 받는다.' 즉 생각을 일깨우는 지적인 노력은 인간이 나아가야 할 방향을 터득했을 테니 사람을 옳은 길로 안내할 수 있으나 단순하게 피동적으로 육체적인 생활이 전부인 사람은 나아가야 할 인생의 길을 알 턱이 없으니 아는 사람의 안내에 따라야 하는 처지가 아닐까. 이 같은 맹자의 주장은 18세기 영국에서 일어난 산업혁명의 진보의 기본적 발상인 것이다. '사람은 각자가 맡은 직능의 전문화가 보다 효율적이므로 반드시 분업화가 이루어져야……' 이것이 혁신적인 경제 논리인 것이었다.

여기서 분명히 한계를 짓는다면, (상대적이고 차별화된 현상의 사리분별을 위해) 세상의 경험을 쌓아 사물에 적당한 판단을 가지자는 것이다. 자연의 직접적인 상태를 이용한 농업, 수산업, 목축업, 광공업 등은 일차산업이다. 인류가 살아가는 데 최소한의 생명조건으로, 인간의 기본적인 삶의 형태인 이 방법을 인류는 멀리할 수도 부정해서도 안 될 것이다. 천재지변의 대 재앙과 전쟁으로 황폐화된 때는 사람의 마음이 생명조건인 근본이 우선일 수밖에 없었다. 그때는 의식주의 해결을 위해 직접적으로 보탬이 되지 않는 여타의 물건들은 그 효용의 가치가 많이 상실되고 말 테니까. 인간에게는 등 따습고 배부른 삶만 있는 것은 결코 아니었다. 굶주리고 헐벗을 때가 닥쳐오지 않으리라는 보장도 없었다. 역사의 궤적을 더듬어 보면 자연의 삶인 농경사회로부터 과학이 최첨단에 이른 오늘에 이르기까지 이 지구상에는 자연재해와 전쟁은 끊임없이 지속되어 왔고, 지금도 계속되고 있었다.

인류의 수레바퀴는 잠시 동안의 평화가 유지되다가 도덕적으로 타락하고 또다시 전쟁을 일으키는 것으로 반복되어 오지 않았던가.

그렇게 인류는 지난 천년의 평화로운 역사를 지탱하기 어려웠다.

자연은 아름다운 것이고, 인류가 생존해 나가야 하는 터전이고 생명의 원천인 것이다. 이것을 존중하고 몸소 수고로 경험을 쌓을 때 농경의 신성함을 깨닫게 될 것이다. 특히 농업은 근대에 와서도 자급자족이 중요시되고 있는 터에, 농사의 인구는 급격히 줄고 있는 이때 행여, 곡물 수출국의 농산물이 자연재해로 가격이 폭등하거나 그나마 공급될 물량이 자국을 보호하겠다는 정치성을 띠게 된다면 70퍼센트 이상 수입국은 그 식량난을 어찌 해결할 것인가. 이 나라에서는 이농과 일정한 쌀 생산량을 유지하기 위해 그 대비책을 서두르지 않는다면 앞으로 닥치게 될지도 모를 재앙을 피할 길은 없을 것이다. 이로써 농업의 중시정책은 국가적 자립의 경지까지 도달해야 하는 것이다.

맹자의 가르침처럼, 사람은 누구나 살고 싶어 한다. 그러나 의가 더욱 중요시되기 때문에 의를 버리고까지 구차하게 살려고 하지 않는다. 사람은 누구나 죽음을 좋아할 리야 없지만, 불의가 싫기에 죽음에 이르는 고통과 슬픔이 따르더라도 이를 두려워하지 않는 것이다.

'인'은 '사람의 마음'이고 '의'는 '사람의 길'이라는데 그 길을 놓아두고, 그 마음까지 놓아 버리고 찾을 줄 모르니 이 아니 슬픈가! ……집 안에 닭과 강아지가 보이지 않으면 찾으려고 나서겠지만, 자아, 즉 자기 마음을 놓아 버려 행방이 묘연한데도 왜 찾지 않으려는지. 학문의 길이 별다른 것이겠는가. 그 놓아 버린 마음을 찾는 것이 삶의 지혜이고 학문을 닦는 길이 아닐는지……

제봉의 견문은 그러했다. 자연스럽게 그의 시에는 중국의 역사와 이치와 덕행 등이 담겨질 터였다. 외국 사신과 정담을 나누려면 그의 나라에서 일어나는 시사에 밝아야 대화가 자유롭지 않을까. 당시 중국 사신을 맞이하는 원접사나 서장관은 중국의 역사와 시사에 밝은 사람을 주로 내세우려 했을 것이다.

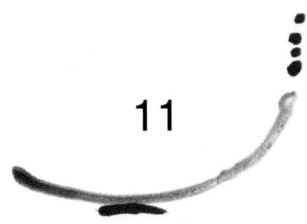

11

제봉이 율곡의 종사관직을 맡는 과정에서 어찌 순탄히 넘어갈 리 있었을까. 그 직을 노리던 또 한 사람이 있었다. 그는 사간원의 한 관원을 시켜 그 자신의 주장을 내세우도록 압력을 넣었다. 그럼 에도 율곡은 이에 굴하지 않고 제봉의 식견과 덕망과 문장을 조정 에 강력히 내세웠기에 얼마 안 가서 갑론을박의 막은 내려진다. 상 대방의 배경도 만만치 않았으나 율곡의 입김만은 이겨 내지 못했 던 모양이다.

제봉은 일찍 「하서집」을 읽다가 깊은 느낌이 들었다.

하늘처럼 높은 이 하서 자는
붙잡으려 해도 따를 수 없네.

이런 사람 지금은 어디 갔는지
올바른 우리 길이 묻혔구나.

보배 같은 문집을 펴 놓으니
엄숙한 마음이 저절로 생긴다.

문장조차 떨어지는 이 오늘날에
두 번 세 번 읽을수록 눈물만 난다오.

제봉은 일찍이 김인후를 그의 거처로 찾아갔다가 만나지 못하고 그의 뜰 앞에 노란 국화와 흰 국화 두 종류가 있는 것을 본 다음, 시 한 절구를 읊어 놓았다.

정색은 노란 것이 좋다지만
깨끗한 모습은 흰 빛깔도 괜찮아

세상사람 제 나름대로 구별하나
풍상을 겪는 데는 일반이라오.

이 두 편의 시는 언제 지었는지 기록으로는 명확히 남아 있지 않았다.

이때 그는 자신에게 좋은 느낌을 갖도록 우정 어린 백광훈17)의 안부편지를 받고 그에게 즉시 고마운 마음을 담은 답서를 띠우면서 한번 찾아와 주기를 간곡히 바랐다.

"지금 정답게 보내준 필촉을 받으니 감사한 마음 한량없네. 요즈음 조금 쉬려고 정순18)을 내었다니, 그렇게 되면 조용히 만나 이야

---

17) 白光勳(1537~1582)
선조 때의 시인. 자는 彰卿, 본관은 海美이고 전남 해남 사람. 詩才가 뛰어난 사람이다. 그는 崔慶昌, 李達과 함께 三唐 시인으로 불린다.
李山海, 崔岦, 등과 더불어 八文章(백광훈, 宋翼弼, 이산해, 최경창, 최입, 李純仁, 尹卓然, 河應臨 등)의 칭호를 얻었다. 그는 글씨에도 일가를 이루었다.
18) 呈旬: 각 官衙의 郎官이 致仕(나이 많아서 벼슬을 사양하고 물러나려고)를 빌 때, 열

기할 수 있겠구려. 한번 찾아오기 바라네."

여기서 정순을 내었다는 것은, 각 관아의 낭관(조선왕조 때 각 관하의 당하관의 총칭. 문관은 정3품)이 치사를 빌 때 열흘마다 한 번씩 세 차례를 연거푸 사직서를 내었다는 말이다. 정감 넘치는 붓 놀림에서 오는 느낌을 그에게 가져다준 백광훈은 그의 안부 편지 내용 중에 나이가 많아서 벼슬을 사양하고 물러나겠다는 것을 한 달 동안 연거푸 3차례나 선조에게 사직서를 제출했다는 말이 들어 있었다. 제봉은 그에게 반가운 마음 한량없음을 표하면서 백광훈이 한번 찾아주기를 간절히 바랐다.

선조 18년(을유, 1585) 그해 봄에 제봉은 특별한 왕명으로 세 계급을 뛰어넘는 군자감정에 오르게 된다. 군자감은 군수품의 출납을 맡아보는 일이었다. 선조는 '경명의 문장으로 보아 낮은 직에만 머물러 있기가 너무 아깝다.'라고 한 데서 결정된 것이다.

군자감이란 군수품의 출납을 맡아보는 관아의 책임자로서 제봉에게는 파격적인 진급이었다. 선조임금의 특단이 없이는 불가능한 일이었다. 그가 너무나 오랫동안 말직에서 맴돌고 있다는 것을 알고 있던 선조의 심중에 측은지심이 일어 베푼 특별한 은혜였으리라는 것을 그가 모를 리야 있을까. 아니나 다를까. 그는 선조의 명령임에도 감히 그 직에 응하지 않았다.

그로서는 충격이 너무나도 컸던 것일까. 오랫동안 머물던 낮은 직급에 만성이 된 터라지만, 그래도 평소 은근히 진급을 기대해 오지 않았던가. 그럼에도 급작스런 명령이 기대 이상으로 한꺼번에 3계단이나 건너뛰기에는 그의 의지의 걸음 폭이 미치지 못하리라

흘마다 한 번씩 세 차례를 연거푸 정사(사직)한다.

여긴 것일까. 아니면 건강문제로 영예로움에 대한 의욕이 꺾기고 만 뒤였던가. 아무튼 그에겐 무슨 곡절이 있어도 말할 수 없는 내면의 갈등이 일고 있는 것이 분명하다.

그가 군자감의 직책을 뿌리친 배경에는 그의 전력을 들어 반대하는 신하도 물론 있었을 것이다. 그런 등등의 연유들이 그로 하여금 더욱이 높은 관직을 부담스러워 했을지 모른다. 만일 그 직에 응할 경우를 생각해 보지 않을 수 없었다. 분명 반대자들은 그가 자리에 탐욕이 들어 기어이 꿰차고 있다고 얼마나 날뛰고 그 자리에서 끌어내리려 갖은 험담의 소리가 나올 것인가.

임금은 그의 문장으로 보아 하위직에서만 머물러 있는 것을 안타까이 여겨 이런 파격적인 명령이 내려진 것이거늘……

왕의 명령도 결국 무위로 돌아가고 말았다. 높은 직분이면 뭘 할 것인가. 당자가 그 직분을 사양하는데, 왕인들 어쩌겠는가. 별수 없는 일이었다. 혹여 분수에 맞지 않는 직급이라고? 평양감사도 자기 싫으면 그만이라는데……

이 관직은 고종 31년(1894)에 가서 결국 폐지되고 만다.

그럼에도 그해 여름에 제봉은 순창군수로 다시 임명을 받는다. 그의 인사는 늘어졌다 줄어들었다 하는 고무줄 인사라고나 할까. 인사에 거절했던 당자도 고무줄 인사정책에 일조를 한 것이다. 어찌 됐건 이번마저 거절하면 분명 그는 병환 중에 있지 않고서야 그렇게 쉽게 사양하지는 못할 것이다.

여태껏 주위의 시시비비가 부질없는 생각에서 나온 것이라는 것을 잠재우듯이 그는 순창군수를 받아들이고 곧 부임해 떠난다. 명령을 내린 왕으로서도 또한 그로서도 다행스런 일이다. 그는 격에

맞는 옷을 입고 자기 그릇을 찾아 현지로 떠났다고 봐야 여러모로
마음이 편안할 것 같다.

18. 연경의 칙서

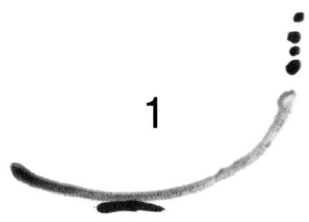

1

연경에서의 칙서! 제봉은 6년(선조, 12) 전 연경을 회상하면 정말 감격스럽게도 감회가 새로울 것이다. 그는 서장관으로 김계휘 그 일행들과 함께 연경에 다녀온 것이다. 그는 자신들을 최대로 낮춘 천한 것들로 비하시켜 가며 예부상서 앞에 엎드려 진정서를 올렸다.

얼마나 치욕스러운 읍소였던가. 진성서 내용엔 자신들과 조선의 왕을 낮추어 정중한 예를 갖춘 글의 주청이었다. 반면 중국조정은 최대로 추겨 세운 문구를 사용했다. 김계휘와 제봉 등이 지난 일을 돌이켜보면 명나라 조정에 피 눈물이 범벅된 채 조아리며 얼마나 애걸복걸해야 했는가.

그들은 당시 중국에서 편찬 중인 신전(神殿)이 완성될 때까지 기다리며 연경을 절대로 떠날 수 없다고 통사정을 해 가며 애통해하고 절박했던 조선 임금의 처지를 눈물겹게 호소했던 것이다.

세상천지에 나는 짐승들도 밤이 되면 둥지를 찾아 평화로이 잠들건만 조선 임금께서는 그늘진 언덕에 엎어 놓은 항아리 밑에 갇혀 있는 것처럼 햇볕을 그리워하고 있다는 것도 상기시켰다.

임금은 즐거운 음악이 흘러나와도 즐거움을 모르고 화려한 의복도 좋게 여기지 않는다고 했다. 심지어 잠자리까지 편치 못한 임금의 심기를 역설하기까지 했다.

잘못된 기록을 바르게 고치려고 조선 조정은 얼마나 많은 세월 동안 얼마나 많은 사신과 인력을, 얼마나 많은 비용을 들이며 연경에 파견했던가.

제봉은 그토록 많은 세월이 흘러도 해결될 기미가 없던 때를 회상하지 않을 수 없었다. 그때야말로 조선의 신하들에겐 치욕의 나날이었다. 그때 연경에서 허락 없이 물러간다면 그들에겐 오직 죽음만 있을 뿐이라고 조아렸던 것이다.

비인들을 불쌍히 여겨 달라고 읍소하고 눈물겹게 호소했던 그때로부터 왕실 파계의 잘못된 기록이 6년이 지난 뒤 이윽고 오늘에야 고쳐졌다는 통보의 감격스런 칙서였다.

조선 왕실 파계의 잘못된 기록의 내력과 이를 바로잡기 위해 수차례에 걸친 조선 사신들이 명나라에 주청했던 그 내용과 과정은 이러했다.

……공민왕[1]이 피살되자 당시 공신이던 이인임[2]이 나이 어린 우왕[3]을 세웠다.

---

1) 恭愍王(1352~1374)
  고려 31대 왕. 즉위하자 元나라와 인척관계를 맺고 권세를 부리던 奇氏일족을 살육 제거하는 한편 원이 점령했던 평안. 함경 두 道를 실력으로써 회복하고, 원나라를 따랐던 연호와 官制를 개정하여 文宗시대 이전의 구제에 복귀했다. 말년에는 辛旽을 종용하여 정치를 그르치어 마침내 宦官 崔萬生과 嬖臣 洪倫에게 시해당했다.

2) 李仁任(?~1388)
  고려의 권신. 星州 사람. 공민왕 때 2차에 걸친 紅巾賊을 쳐서 일등공신이 되었다. 그후 左侍中. 守門下侍中이 되었다. 우왕을 옹립한 공으로 권신이 되었다. 그 黨與와 함께 충신을 몰아내고 매관매직을 자행하는 등 많은 秕政을 저질렀다. 뒤에 崔瑩, 李成桂 등에 의해 사형당했다.

3) 禑王
  고려의 32대 왕. 辛旽의 시녀 般若의 소생. 공민왕이 신돈의 집에 微行하여 낳은 아

명나라 사신 채빈4)이 본국에 돌아가 공민왕 피살 사건을 보고하
면 재상이던 자신에게 책임이 돌아올까 염려되어 돌아가는 길목에
자객을 보내 지키고 있다가 채빈을 살해하게 한 것이다.

이인임은 정도전, 권근, 이첨 등의 친명파를 몰아내고 권력을 휘
둘렀다. 그러나 얼마 안 가 이성계5)가 최영6)과 함께 군사를 일으
켜 이인임을 곧바로 유배시켜 버린 것이다.

그러나 이성계의 정적인 윤이7)와 이초8)가 명나라로 망명해 이성
계가 친원파 권신, 이인임의 후사라고 모함하여 허위 보고를 했다.

명나라는 이 말을 듣고「태조실록」과「대명회전」에 그냥 기록해
버린 것이다. 명나라 제도를 기록한 책인 이「태조실록」과「대명회
전」은 1502년 이동양9) 등이 명나라 효종(재위1487~1505)의 칙명
을 받들어 편찬한 180권이나 되는 방대한 책이었다.

들이라고 한다. 兒名은 모니노(牟尼奴). 공민왕이 죽은 후 열 살에 왕이 되었다. 점차
장성하여 감에 따라 음탕한 생활을 하다가 14년(1388)에 威化島에서 회군한 이성계에
의해 폐위되어 江華로 이배되었다. 그 이듬해 江陵에서 恭讓王이 보낸 자객에 의해
살해당했다.(1364~1389; 재위, 1375~1388)

4) 채빈: 明나라 사신. 이인임이 보낸 자객에 의해 명나라로 돌아가던 길목에서 살해되었다.

5) 李成桂: 조선왕조 초대 임금인 태조의 이름. 즉위하여 旦이라고 고쳤다. 咸南 永興출
신, 고려의 무장이었으나 1388년 威化島 回軍 이후 三軍都摠制使가 되었다가 1392
년 군신에게 추대되어 왕위에 올랐다.(1335~1408; 재위, 1392~1398)

6) 崔瑩(1316~1388)
고려 禑王 때의 장군. 충신. 친원파로서 우왕 14년에 팔도 도통사가 되어 明나라를 치
고자 군사를 일으켰으나, 이성계의 회군으로 실패했다. 후에 결국 이성계에게 피살되
었다. 시호는 武愍.

7) 윤이: 이성계의 정적.

8) 이초: 이성계의 정적.

9) 李東陽: 1502년 명나라 효종의 칙령에 따라「태조실록」,「대명회전」을 편찬했다. 180
권이나 되는 방대한 책이다.

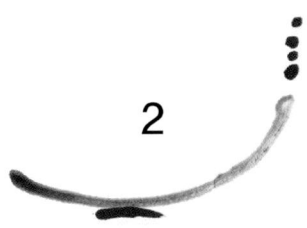

2

'이성계는 이인임의 아들이다.'라고 『태조실록』과 『대명회전』에 그렇게 기록되었다는 것을 안 이성계와 조선 조정은 그 심기가 어떠했을까. 이인임은 이성계 자신과 권력을 다투던 정적이었다. 조선은 이러한 말을 듣고 매우 놀라지 않을 수 없었다. 조선 왕가는 자신들의 정통성을 아주 중요시했기 때문이다.

이 성계가 자신의 정적이던 사람의 아들로 기록된 것은 당시로서는 절대 용납될 수 없는 일이었다. 수많은 사신들을 여러 차례 파견하여 그렇지 않다고 말하고 기록을 바로잡아 주기를 진정한 바 있었다.

이성계의 아버지는 이자춘이라고 자신의 가계를 설명하고 또 이인임의 가계에 대해서도 매우 상세하게 보고하기 위해 명나라로 사신들과 그들 일행이 한 번 행차할 때마다 수백 명을 따르게 한 것이다. 조선 조정은 그 후로도 수없는 해가 지나도록 줄기차게 사신을 보냈던 것이다. 그러나 『대명회전』은 고쳐지지 않았다.

당시로서는 '종계변무'야말로 조선전기에 있어서 최고 왕실외교의 현안이었다.

명나라는 그들의 잘못이 아니라고 공식적인 변명을 이렇게 늘어놓을지 모른다. '애초에 조선 사람이 전해 준 내용을 그대로 기록했을 뿐이다. 그리고 수정 본을 다시 발행하려면 시기가 있는 것이고 여건이 갖추어진 연후라야지, 국사의 기록을 사사롭게 아무 때나 고치고 할 수 없다.'는 것이 그들의 주장일 것이다. 그러나 분명한 것은 그 말을 전했던 사람이 조선 왕의 승인하에 조정에서 선택된 공식적인 사신이었느냐 하는 점이다. 그런 공식적인 절차가 아닌 조선의 반역자들의 말을 들어 사사롭게 기록한다는 것은 명나라의 엄연한 실책이었다.

그럼에도 공식사절단을 보내 수차례에 걸쳐 사신들의 온갖 굴욕적인 수모를 당하면서 고치도록 강력하게 요구했건만 명나라 조정은 잘못된 기록을 좀처럼 바로잡으려 하지 않았다. 이런 태도는 명나라의 오만함을 드러낸 것이었다. 조선 측에서 계속 매달리면 매달릴수록 명나라는 외교적으로 악용하려든다는 의심을 피하기 어려웠다.

19. 통역관 홍순언과 예부시랑 석성

1

　오랫동안 해결을 보지 못했던 '종계변무' 이번엔 한 사람의 통역관이던 홍순언*이 이 일을 떠맡게 된다.

　그때, 홍순언은, '종계변무' 주청사 일행들과 함께 북경 사행 길에 오르게 된다. 그로서는 이번 사행 길은 혹 돌아올 수 없는 길이란 것도 잘 알고 있었다.

　그야말로 홍순언의 목숨은 풍전등화와도 같았다.

　그의 일행이 명나라를 향해 출발할 무렵 선조는 노기를 띠고 이렇게 교지를 내려 말했다.

　"이것은 역관의 죄로다. 이번에 가서 또 시정약속을 받아 내지 못한다면 반드시 수석 통역관의 목을 베리라."

　역관들 중에는 누구도 '종계변무'로 연경에 가기를 자원하는 자가 없게 되자, 그들은 서로 의논을 했다.

_____

* 홍순언
　그는 중국어 통역관이다.
　임진란 때 명나라 국방부장관이던 석성과 개인적인 친분으로 석성의 적극적인 협력을 받아 원군을 지원받게 된 공로자

"홍순언은 살아서 옥문 밖으로 나올 희망이 없다. 그러니 그가 빚진 돈을 우리들이 대신 갚아 주고 풀려나오게 하여 그를 연경으로 보내는 것이 좋겠다. 그는 비록 죽는다 해도 한스러울 것이 없을 것이다."

역관들은 마음이 서로 의기상투했다. 그들은 곧바로 감옥에 갇혀 있는 순언을 찾아간다. 이 사실을 알리자 순언도 기꺼이 허락한다.

홍순언은 통역관으로서 이미 10년 전 '종계변무'의 임무를 띠고 북경에 다녀온 적이 있었다.

그때 연경에 도착한 순언과 주청사 일행은 명나라 예부상서(장관급 벼슬)를 만난다.

예부상서에게 순언이 말한다.

"'대명회전'을 새로 편찬한다고 하니 이번에는 잘못 기록된 부분을 고쳐 주시기 바랍니다."

예부상서가 대답한다.

"분명한 상황을 모르니까 조사해서 당신들이 갈 때 알려 주겠소. 절은 필요 없소. 돌아들 가시오."

예부상서의 퉁명스런 대답은 지극히 냉소적이었다.

태조 이성계와 이인임의 가계를 자세히 적어 보냈지만 명나라 예부상서의 답변은 처음 사신일행이 들었던 때와 다르지 않았다.

"이 일은 우리가 이미 알고 있는 일이오. 그러니까 이미 황제께서 아는 내용을 또다시 아뢸 수가 없소."

"한 번 더 여쭈어 보시면 안 되겠습니까?"

"'대명회전'을 다시 편찬하게 되면 귀국이 원하는 내용이 저절로 들어갈 것이니 이제 더 이상 말하지 않겠소."

이렇게 10년 전에도 겪었던 일이었다. 이번에도 성사될 가능성은
희박해 보인다.

2

선조 17년(갑신, 1584) 5월, 유홍과 정사 황정욱 등, '종계변무'를 해결하기 위해 다시 북경에 도착한 순언은 동악묘에서 제사를 지낸다. 이곳은 산동 성, 태안 북쪽에 있는 태산의 신을 모신 묘역이었다. 조양 문에서는 2리 밖에 있는 도교 사원으로 원나라 때 세워진 것이다. 명나라 때는 언제나 조선의 사신이 베이징(北京)에 거의 다다랐을 무렵 먼저 동악묘에 들러 제사를 지낸다. 자신의 여정이 평안하도록 제사를 지낸 후 조양 문으로 가던 길목이었다. 순언은 황정욱을 따라서 연경에 이르러 주위를 둘러보았을 때, 조양문 밖에 비단 장막이 구름처럼 펼쳐진 채 휘날리고 있었다. 통역관 홍순언 일행을 환영하는 현수막이었다. 북경으로 들어가는 입구인 조양 문에 도착했을 때 생각지 않던 놀라운 사실이 그를 기다리고 있었다. 운명이 바뀌는 순간이었다. '종계변무'사 통역관인 홍순언과 그의 일행, 그들을 반가워할 사람은 아무도 없고 그들에겐 냉대만 기다리고 있을 줄 알았던 것인데, 그럼에도 애타게 홍순언을 찾는 이들이 마중을 나와 있었다. 명나라 장수였다.

"이번에 공이 오신다는 말을 듣고 예부의 석 시랑께서 부인과 함께 공을 맞이하러 나왔습니다.

그동안 홍 통역관이 오는지 계속 찾았습니다."

석성[1] 예부시랑은 지금의 외무부 차관급이었다. 홍순언을 맞이한 사람은 명나라의 예부시랑이 조선 역관을 맞으러 나왔다는 것은 있을 수 없는 일이었다.

이것은 조선 사신으로서는 매우 극적인 대접을 받는 것이다. 당시 명나라의 예부 안에는 주객청리사가 있는데 이곳의 통사판관이라는 말단 직원이 조양 문으로 나와 조선의 사신을 맞이해 통관으로 가는 것이 일반적인 관례인데 예부시랑이 직접 나왔다는 것은 전례 없는 매우 파격적인 접대란 것을 의미했다. 예부시랑은 순언을 대면하자 선뜻 이렇게 물었다.

"군은 통주에서 은혜를 베푼 일을 기억하시오? 내가 아내의 말을 들으니 군은 참으로 천하의 의로운 선비요."라고 했다.

그때 계집종 열댓 명에 부인이 에워싸인 채 장막 안에서 나왔다.

예부시랑의 아내는 지난날 통주에서 만났던 바로 아름다운 그 여인이었다.

예부시랑이 조양 문까지 마중 나온 것도 당황스러운 일인데 그의 아내는 홍 순언에게 절까지 올리려 한다.

---

1) 석성(石星)
중국 명나라의 문신. 벼슬이 병부상서에 올랐다. 임진란 때, 祖承訓, 李如松을 원군으로 조선에 파병했다. 한편으로는 沈惟敬을 시켜 일본과 화의를 추진했다. 蔚山, 南原에서 明軍이 대패하자 채포되어 옥사했다. 조선에서는 1594년 사당을 세워 이여송과 함께 合祀했다.

홍순언이 이를 사양하려 하자, 예부시랑의 부인이 말한다.

"이것은 은혜에 보답하여 절하는 것이니 받으셔야 합니다. 군의 높은 은혜를 입어 부모님 장례를 지낼 수 있었습니다. 그 감화에 마음이 맺혔습니다. 그러니 그 은혜를 어느 날엔들 잊었겠습니까?"

그리고는 자계상자 10개에 비단이 각각 10필씩 담긴 선물을 내놓는 것이 아닌가. 순언은 너무나도 감격했다. 그러나 이 선물만은 다시 거두어 줄 것을 간청하고 선물 받기를 극구 사양했다.

순언으로서는 그때 사실을 까마득히 잊었던 일이었다.

그녀는 그 후 중국 예부시랑의 처가 되어 있었다. 부인은 순언이 주청사들과 지난번 명나라에 갔을 때 통주에서 우연찮게도 만난 사실이 있었다. 그때 만났던 여인과 순언의 인연은 이렇게 시작된다.

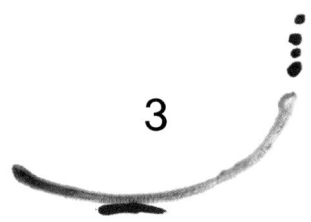

3

홍순언은 젊어서부터 호방하고 의기가 있는 사람이었다(洪純彦
少落拓有義氣燕到通州夜有靑).

일찍이 명나라 연경에 가다가 통주에 이르러 그는 어느 날 밤에
기생집에 들르게 되는데……

중국어 역관 홍순언. 북경에 도착하기 하루 전 그와 사신 일행은
통주에 도착해 있었다. 조선에서 출발한 지 2개월여 만이었다. 순
언은 이곳 통주에서 하룻밤을 묵기로 했다. 길을 걷던 그의 발걸음
은 자기도 모르게 한 기생집으로 옮겨져 간다.

조선에서 역사에 기록될 그의 운명적인 밤이 다가오고 있었다.
순언에겐 정말 예상치 못한 여인이었다. 그때를 회상한 순언의 기
억을 더듬어 본다.

기생집을 찾은 그에게 한 아름다운 여인이 눈에 들어온 것이다.
가냘프고도 청순한 이미지의 소녀는 가냘픈 몸매에 얼굴표정엔 더
욱 가련해 보인다. 이 젊은 여인의 미모에 순언은 황홀감을 느끼기

보다 어쩐지 연민이 더 앞선다. 미모의 소녀에겐 무슨 곡절이 있음이 분명하다. 그런 생각이 들자 그녀가 더욱 궁금해진다. 순언은 주인에게 그녀를 소개해 달라고 부탁한다. 그때 여인은 어쩐 일인지 소복을 입고 있었다.

무슨 일일까? 순언은 더욱 궁금해 그녀에게 사연을 물어본다.

"제 부모는 본디 절강 사람인데 명나라 북경에 와서 벼슬살이를 하다가 얼마 후 불행하게 돌림병에 걸려 두 분 다 돌아가셨습니다. 부모님의 시신이 들어 있는 관이 지금 객사에 있습니다. 저는 외동딸입니다. 부모님을 고향으로 모셔가 장례를 치를 돈이 없어서 마지못해 스스로 이곳에 나왔습니다."

조금 전 짐작대로 순언은 그녀가 몹시 가여웠다. 여인에게 필요한 돈은 3백금, 적지 않은 돈이었다.

순언은 전대를 풀었다. 그는 전대 안에 든 은전을 모두 털고 말았다. 그 돈이 나라의 공금임에도…… 여인은 조선의 이 의인에게 이름을 물었다. 순언은 대답하려 하지 않았다.

"대인께서 이름을 말씀해 주시지 않으시면 저도 주시는 이것을 받을 수 없습니다."라고 한다.

그런 분위기에 순언은 애절한 여인의 간청을 거절할 수 없었다. 순언은 마지못해…… "성은 '홍洪'이라 하오."

그렇게 성만 말해 준다. 다음 날이 되어 순언은 동행인들에게 기막힌 이 사실을 이야기했다. 그러나 그들은 순언을 바보라고 비웃는다.

곤경에 처한 여인을 구해 준 의로운 남자, 그리고 그를 비웃는 주위 사람들, 퍽 대조적인 광경이 아닐 수 없다.

조선에 돌아오자 순언은 공금을 유용한 죄로 감옥에 갇힌 몸이 되고 말았다. 대체적으로 당시 역관들은 중국을 드나들 때 당상은 포은[2] 3천 냥, 당하는 2천 냥을 정해 각자가 은을 꿰차고 북경으로 가서 무역을 해 비용을 충당하도록 되어 있었다. 또는 직급에 따라 정해진 양의 고려인삼 등을 가지고 들어가는 것이 일반적이었다. 그것을 팔아서 비용을 충당하고자 한 것이다. 이를테면 작은 무역상을 겸한 것이기에 금전은 여유 있게 융통할 수 있었다.

---

2) 包銀: 조선왕조 후기에, 삼(蔘)의 수출을 금지한 후, 燕行使에게 삼 대신 여비에 충당하게 한 은(銀). 삼 10근 대신에 은 2천 냥으로 쳤다.

4

순언 덕분에 부모님 장례를 치르고 무사히 몸을 보존할 수 있었던 이 여인은 그 은혜를 두고두고 잊지 않았다.

석성은 순언과 그 정사 일행을 극진히 대접했다. 석성은 이번 사행의 목적을 순언에게 물어 알게 되었고…… 곧바로 도움을 주겠다고 약속했다.

'종계변무'는 마침 석성이 시랑으로 있는 예부의 소관이었다. 순언은 북경에 머무르며 답을 기다렸다. 석성은 칙명까지 어기며 애를 쓰지만 시간은 한 달이 넘게 흘러간다. 순언이 사신들의 숙소인 회동관에 머무른 지 두 달이 채 되지 않았을 때이었다. 이윽고 반가운 소식이 이곳 회동관으로 날아든다.

<대명회전 만력 본 1587>을 가지고 돌아온 사람은 유홍과 그의 일행이었다. 그러니까 1584년 5월에 통역관 홍순언과 주청사 황정욱 일행을 보내어 고치게 된 것이다. 1587년에 <대명회전 만력 본 1587> 새롭게 출간된 것을 가져오게 된다. 이때, 선조는 직

접 모화관까지 나가 칙사를 맞아들이고 종묘에 종계개정(宗系改正)을 고하는 제를 올리게 한다.

「대명회전」은 이윽고 조선의 요구대로 바뀌었다. 수정 본인 「대명회전 만력 본」에 그 내용이 실려 있었다.

이성계의 세계에 대해 매우 분명히 나와 있었다.

이성계는 함경남도 영흥에서 태어났다. 고려의 무장이었으나 1388년 위화도 회군, 이후 삼군 도총제사가 되었다가 1392년 군신에게 추대되어 왕위에 오른 것이다. 이성계는 전주의 혈통을 물려받았는데, 시조인 이한3)의 가계에서 나온 사람이었다.

---

3) 李翰: 時調人. 이성계의 先祖.

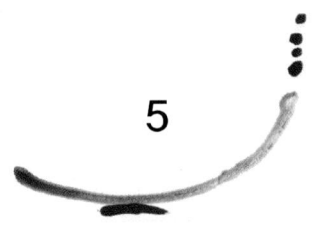

5

만력 본(1587)에는 이성계는 이자춘의 아들이다. '子春是爲成
柱之'라고 바르게 표기되었다. 그러나 정덕 본(1510)에는 이성계
는 이인임의 아들이다. '李仁人及子李成桂'라고 기록되어 있었
다. 정덕 본에는 분명하게 이성계의 숙적이던 이인임의 이름이
있었다.

순언은 조선 80년에 걸친 숙원사업을 비로소 해결하게 된 것이
다. 그가 정사일행과 함께 귀국길에 올라 압록강가에 이르렀을 때
그의 일행을 뒤쫓아 오는 사람들이 있었다.

석성의 부인이 보낸 선물을 가지고 오는 사람들이었다.

그들은 나전칠기로 만든 함 10개를 가져왔다. 자개상자와 그 함
속에는 석성부인이 직접 짠 비단이 10필씩 들어 있었다. 보은의 선
물이었다. 모두 일백 필이나 되는 비단 옷감에 '보은'이라고 새겨
진 글자까지도 모두 부인이 직접 수놓은 것이었다.

사실 그때, 조선 조정은 역관 홍순언에게 그렇게 큰 기대를 갖지

않았다.

선조는 이번에 해결하지 못하고 돌아오면 다름 아닌 역관의 목을 베려고 단단히 마음먹고 있었다. 중재자 역할을 하는 역관들의 농간이 깔려 있지 않는지 선조는 의심을 가질 수밖에 없었다.

'너무나도 오랜 세월을 끌어왔기 때문에…… 역관들이 요령껏 수완을 잘 발휘했더라면 쉽게 해결될 수도 있는 것이 아닌가?' 하는 생각을 떨쳐 버릴 수 없었다.

옥에 갇혀 있어 살아남을지 보장되지 않은 몸, 목숨이 달아날 각오로 동료역관들의 제안을 받아들인 순언은 지금 죽음의 명나라 사행 길을 택한 것이었다.

그러나 순언이 돌아왔을 때의 선조와 조선 조정 신하들의 기쁨이란 이루 형언할 수 없었다.

≪광국지경록≫을 보면 당시 선조가 얼마나 감격했는지 알 수 있었다.

'선묘어제'에 '금수의 나라를 예의의 나라로 돌아가게 하니 나라가 다시 만들어졌다.'

순언은 이런 연유로 나라를 빛낸 공신이 되었다. 선조는 '종계변무'를 성공시킨 신료들에게 광국공신의 칭호를 내린다.

일등: 윤근수, 황정욱, 유홍4)(3명)

이등: 홍성민, 이후백, 윤두수, 한응인5), 윤섬6), 윤동7), 홍순언

---

4) 유홍(1524~1594)
   선조 때의 상신. 자는 止叔, 호는 松塘, 杞溪 사람. '종계변무'의 공으로 광국공신이
   되었다. 임진왜란 때 세자를 시종하였다. 전란이 끝난 다음 선조 25년(1592)에 좌의정
   이 되었다. 시호는 忠穆.
5) 韓應寅(1554~1614)
   조선왕조 중기의 문신. 자는 春卿, 호는 白拙齋, 柳村, 淸州 사람. 鄭汝立의 모반을

(7명)

삼등: 김주, 이양원, 황림,8) 윤탁연, 정철, 이산해, 기대승, 유성룡, 최황9)(9명) 등 모두 19명이었다.

19명의 광국공신 중 통역관은 오직 홍순언뿐이었다. 이런 지위가

고변한 공으로 평난공신에 책록되고, '종계변무'의 공으로 광국공신이 되었다. 임진왜란 때, 팔도순찰사로 공을 세웠다. 서울 수복 후 호조판서가 되었다. 宣祖가 위독하게 되자 遺教七臣의 한 사람이 되어 영창대군의 보호를 부탁받았다가 光海君 5년(1613) 계축옥사(광해군 5년(1613)에 大北派에서 일으킨 화옥. 1608년 광해군이 즉위하자 대북의 鄭仁弘, 李爾瞻 등은 小北이 선조의 친아들인 영창대군을 옹립하려 했다는 구실로 소북의 영수인 영의정 柳永慶을 사사케 한 후, 소북을 축출했다.)에 연루되어 관작을 삭탈당했다. 시호는 忠靖.

6) 尹暹(1561~1592)
선조 때의 문신. 義人(義士), 자는 汝進, 호는 果齋, 南原 사람.
선조 16년(1583) 별시문과에 을과로 급제했다. 검열, 주서, 정자, 교리, 정언, 지평 등을 거친다. 1587년 서장관으로 명나라에 가서 명나라 측 기록에 조선태조 이성계의 조상이 李仁任으로 잘못 기재된 것을 바로잡는 데 기여한 공이 있다 하여 1590년 광국공신 2등이 되었다.
龍城府院君에 봉해졌다. 1592년 임진란 때, 교리로서 李鎰의 종사관이 되어 尙州城에서 적과 싸우다가 성의 함락과 함께 전사했다.
순변사 이일은 도망가고 박지, 이경류와 최후까지 선전하다가 전사하였다. 세상에서 이들 세 사람을 三從事라 불렀다. 시호는 文烈.

7) 尹洞
선조 19년(1586) 별시문과에 병과로 급제. 1589년 禮曹正郞으로서 聖節使의 서장관으로 명나라에 가 종계변무하고 돌아와 司瞻寺僉正에 올랐다. 지평을 거쳐 다음해 종계변무의 공으로 광국공신 2등으로 茂陵府院君에 책록, 忠勳府都事에 발탁되었다. 1592년 임진왜란 때 세자를 成川으로 시종했다. 다음해 사성으로 왕을 호종하고 군기사정이 되었다. 1596년 헌납, 장령을 거쳐 좌부승지가 되고, 그 후 공조판서, 도총관, 지의금부사 등을 거쳐 1603년 공조판서가 되었다. 1605년 호조판서, 판중추부사를 역임했다. 광해군 3년(1611) 판의금부사로서 앞서 임진왜란 때의 호종의 공으로 보국숭록대부에 올라 茂城府院君으로 改封되었다.

8) 黃琳: 자는 汝溫, 관직은 이조판서

9) 崔滉
자는 彦明, 호는 月潭, 명종 21년(1566) 별시문과에 병과로 급제, 선조 5년(1572) 學論을 거쳐 검열이 되었다. 1579년 함경도암행어사로 나가 지방의 전한(餞寒) 및 방어대책 8條를 상소했다. 그 후 정언, 해운판관, 遂安郡守 등을 역임하고, 이어 장령, 집의, 사헌을 거쳐 대사간, 대사헌을 지냈다. 1583년 성절사. 1589년 사은부사로 각각 명나라에 다녀왔다. 1590년 이조판서에 올라 광국, 평란 두 공신에 각각 3등으로 책록되었다. 海城君에 봉해졌다. 1592년 임진왜란 때는 熙川으로 왕비와 세자빈을 배종하고, 1597년 좌찬성에 이르렀다.

역관으로서는 사실 오를 수 없는 자리였다.

　선조는 순언에게 우림위장(종2품) 당능군(唐陵君) 칭호를 하사했다.

　군호를 받는다는 것은 신하로서는 최고의 영예로움이었다.

　거기다 선조는 순언에게 땅과 노비까지 하사했다.

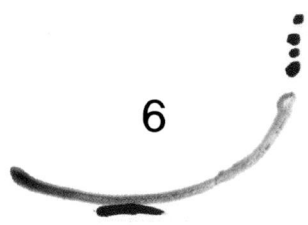

6

1592년 4월 임진왜란이 발발했을 때, 왜군이 상륙 하루 만에 동래성이 점령되고 20일 후엔 서울까지 함락된다. 선조가 치욕스런 피난길에 올라야 할 만큼 상황은 급박하게 돌아가고 있었다.

조선으로서는 명나라의 도움에 기댈 수밖에 없었다. 그러나 명나라 조정은 조선 파병을 주저할 뿐 좀처럼 군사를 지원해 주려 하지 않았다. ≪서애 집≫에는 이런 내용이 적혀 있었다.

"……조선은 외국입니다. 외국끼리 싸우는 것인데 우리 명나라가 도울 필요가 없습니다.

압록강을 굳게 수비하면서 현재나 지켜보는 것이 좋겠습니다.

조선이 갑자기 새처럼 숨는 것은 분명히 스스로 초래한 재앙입니다. 우리가 멀리 외국까지 가서 돕는 것은 옳지 못합니다."

세도가 당당하던 한 신하의 말이었다.

조선을 돕자고 주장하는 이는 오직 병부상서 석성 한 사람이었다.

석성은 동명사람. 그는 1559년 진사이과에 급제했다. 그는 명(明)나라 목종[10]에게 직간(맞대면으로 왕의 잘못을 지적)하다가 파직된 바 있었다. 그러나 얼마 안 가 다시 관직에 복귀하여 병부상서직에까지 오르게 된다. 그때 병부상서는 지금의 국방부장관이다. 그가 말한다.

"조선은 중국에 외국이라고 할 수 없습니다. 조선의 사정은 우리의 사정입니다. 만일 왜적이 조선에 살게 되면 요동을 침범할 것이고 또 나아가 산해관에 이르면 북경이 위태롭게 됩니다. 조선은 다른 나라와는 사정이 전혀 다릅니다."

명나라 조정은 도요토미 히데요시(풍신수길)가 조선에서 길을 빌려 가지고 명으로 넘어가려고 한다는 것을 이미 알고 있었다. 즉 군사적인 최후의 공격목표가 명국자신이라는 사실을 알고 있었기 때문에 그들은 전략적인 판단을 하고 있는 것이다. 어차피 명나라인 자신들이 공격의 최종목표라고 한다면 조선에 들어가 미리 일본군을 막는 것이 어떤 면에서는 최선의 공격이 최선의 방어라고 하는 차원에서 전략적인 결단을 서두르게 된 배경이었다.

석성의 주장은 '입술이 망하면 이가 시리다.'라는 이른바 '순망치한'의 논리였다. 일본이 만약 조선 땅을 점령하면 그다음은 명나라로 향할 것이 분명했다. 그럼에도 명나라가 조선을 돕는 데 주저하게 하는 또 다른 이유가 있었다. 임진왜란이 일어나기 전부터 명나라에서는 이미 일본의 움직임을 주목하는 동시에 조선까지 의심하고 있었다. 조선이 일본과 함께 명나라를 공격하려 한다는 소문이 요동지방에 널리 퍼져 있었기 때문이다.

---

10) 穆宗
고려 7대 왕. 천품이 매우 약해 金致陽(목종 때의 권신) 등이 마음대로 세력을 부렸다. 말년에 김치양이 반란을 일으켜 康兆(목종 때 고려의 무신)를 불러 평정하고자 했으나, 오히려 강조에게 피살되었다.(980~1009; 재위, 998~1009)

7

임진왜란이 시작되기 1년 전이었다. 그러니까 1591년의 해이다.

만리장성이 시작되는 (하북성 동북 경계, 동단에 있는 도시) 산해관에 홍순언이 도착한다. 바로 그때,

"너희 나라가 왜놈들과 함께 배반을 한 주제에 무엇 때문에 여기를 왔느냐?"

명나라 사람들은 그에게 손가락질을 해 가면서 욕을 퍼부었다.

임진왜란이 일어난 지 불과 보름여 만에 선조가 평양까지 피난을 오자 명나라 조정의 의심은 더해 갔다.

임금이 피난을 가장하여 왜군의 길잡이가 되어 북상하고 있다는 것이다.

명나라는 사람을 조선 임금에게 보내 직접 확인을 하기도 했다.

명나라 관리 송국신[11]이 칙서를 내밀면서 말했다.

"그대 나라가 모반을 도모한다는 말이 있다. 나라가 이 지경이

---

11) 송국신: 명나라 관리.

됐는데 어떻게 팔도 관찰사 중 누구 한 사람도 한마디 말하는 이가 없고, 팔도에서 누구 하나 의병을 일으키는 사람이 없을 수가 있소? 이것은 명에 대한 음흉한 반역이 분명하오.……"

"제가 일찍이 국왕을 뵌 적이 있기 때문에 국왕이 실재로 피난 온 것인지 아닌지 확인해 올 것입니다."라고 말하고 송국신은 명나라 조정에 승인을 받은 뒤 피난처에 있던 조선 국왕을 만나러 득달같이 달려온 것이다.

명나라의 원군이 오기를 기다리는 선조로서는 암담한 일이었다.

사태가 다급해지자 병부상서 석성은 다른 고위 사신이 아닌 역관 홍순언을 급히 불렀다. 명나라가 조선을 믿게 하려면 조선에서도 움직임을 보여야 한다는 것이다. 석성이 말했다.

"당신 나라 일에 나 혼자 힘을 다하고 있소, 하지만 다른 대신들의 뜻은 나와 다르오. 당신 나라에서 사신을 보내 원병을 청한다면 내가 힘을 쓸 것이오. 그래서 빨리 사신을 보내어 원병을 청하도록 하오."

순언은 석성의 말을 조선 조정에 급히 전달했다. 피란지에 있던 선조는 당시 도체찰사이던 영의정 유성룡을 명나라에 급파했다. 명나라조정에서 의심하고 있는 일련의 소문들은 실상이 없는 풍설(風說)이란 것을 분명히 밝혔다. 비로소 명나라는 조선에 원군을 파병하게 된 것이다.

임진왜란 때 명나라의 도움을 받게 된 데는 '종계변무'의 외교에서 한 실무 통역관의 그와 같은 숨은 역할이 있었다. 이 같은 명나라의 참전을 이끌어 내는 데는 개인적인 우의와 두터운 신뢰가 바탕이 된 것이다. 물론 요식행위로 공식적인 특사가 파견되어 공식적인 외교정사를 펼쳐야 했음은 두말할 나위 없었다. 표면적인 이런저런 절차가 진행되고 이윽고 20여 만이 넘는 원군을 얻게 되었다. 명나라로서도 앞서 상황을 말했던 것처럼 국방장관의 한 사람의 주장이라지만, 여러 정황으로 보아 병력을 파견하지 않으면 안 되었다. 어떤 조치가 그들의 국익이 되는가는 당시로서는 불문가지였다. 일본을 조선에서 선제압하는 것이 타당하다는 분위가 무르익어 가는 정황이었다. 그런 분위기로 이끈 숨은 공은 홍순언과 석성에게 있었다. 어떻든 결국 결정적인 것은 그 두 사람이 해 냈다는 것을 누가 부인할까. 이것은 뛰어난 외교적 역량을 발휘한 결과였다.

외교를 성공으로 이끌었던 역량에는 사람의 본성에서 근본을 찾을 수 있지 않을까. 한 역관의 신분은 당시로선 중인계층에 한정되어 있었다. 언어통역을 다루는 하나의 전문직이라고는 하지만, 중·소 상공업자나 소지주, 월급 생활자와도 같은 신분으로 취급되었다. 그래서 그의 신분상승에는 한계가 있었다. 그의 사회적 지위는 무한정 상승할 수 없었다. 그럼에도 역관이 되려면 까다로운 잡과시험제도를 통과해야만 자격이 주어지는 것이다. 어느 특정국의 역관이 되려면 그 상대 나라의 문화에 정통해야 했음은 물론, 법률과 관습까지 습득한다면 더욱 유익할 것이었다. 가능하다면 양쪽 당사국에 거주했던 경험을 가지고 있으면서 전직 관원출신이거나 선비의 신분이라면 더욱 금상첨화가 아닐까.

아무튼 순언은 명나라의 윤리와 도덕에 관한 것도 몸에 젖어 있을 터였다.

그 기원이 960년대 송(宋)나라 때까지 거슬러 올라야 할지 모르나 인성을 닦는 유학에 뿌리를 둔 한 철학에도 순언은 정통했는지 모른다.

보다 더 깊은 철학적 고찰을 통해 우주의 본체와 인성에 관한 연구를 집대성한 주자학의 가르침 말이다. 고려 말에 조선에 들어왔던가. 여하튼 조선왕조 때 나라를 다스리는 철학적 배경인 국시가 될 정도로 조선 선비들 사회에 널리 퍼진 성리학이었다. 이 시대에 와서도 인간의 본성에 많은 영향을 끼치고 있으니 불변의 진리가 되는 격이었다. 가르침 중에는 사람의 본성에서 우러난다는 4가지 마음씨를 분석한 '사단'이 있었다. 즉 어진(仁) 마음에서 일어난다는 측은지심, 의(義)로움에서 우러난다는 수오지심, 예(禮)절은 밝음에서 비롯된다는 사양지심, 지(知)에서 나온다는 시비지심이 바로 그것이었다.

8

맹자는 말한다. 측은하게 여기는 심정은, '인'의 근본이고, 수치를 알고 악을 미워하는 마음은, '의'의 근본이고, 사양하는 마음은, '예'의 근본이고, 시비를 가리는 마음은, '지'의 근본이라고……

맹자는 또 말한다. 사람은 태어나면서 하늘이 우리에게 준 착한 마음을 가지고 있다는 '성선설'을 주장한 것이다. 성선설의 바탕은 사단에서 비롯된 것이었다.

즉 인간은 누구나 못 견디겠다는 마음 '불인지심'이 있다고 했다. 이것을 맹자는 더 구체적으로 네 가지로 예를 들었다. 측은히 여기는 마음이 '측은지심'이라면, 수치와 악을 미워하는 마음은 '수오지심'이라 했다.

사양하는 마음이 '사양지심'일 때, 사람 간에 시비와 선악을 가리는 마음은 '시비지심'이라는 것이다. 이 네 가지는 사람이면 누구나 태어날 때부터 타고난다고…… 만약 이런 마음이 없다면 인간이 아니라고 했다. 이 네 가지는 '인·의·예·지'라고 하는 윤리

도덕의 싹이자 근본이고, 발단이자 시발이라고 일컬은 것이다. 위와 같은 '사단'이 있기에 인간들은 인의예지를 높이고 또 지킬 수가 있는 것이다.

주자는 '측은·수오·사양·시비'는 정(情)이고, '인·의·예·지'는 성(性)이다.

(惻隱·羞惡·辭讓·是非 情也, 仁·義·禮·智 性也)라 하고, '마음이 이들을 통합한다'[心統性情者也]라고 했다.

이렇듯 '사단'은 인간의 사지와 마찬가지로 타고난 것이다. '인·의·예·지' 같은 덕행을 인간은 누구나 실천할 수가 있다는 것이다. 그것을 못 한다고 하는 사람은 스스로 자기 사지를 잘라 버린 것과 같이 '사단'을 내동댕이치는 자 적자, 즉 인생을 자포자기한 자인 것이다.

이런 성리학의 가르침이 순언의 몸과 마음에 젖어 있지 않았다면 어찌 어진 마음을 가질 수 있었을까.

어진 마음이 없는데 어찌 측은히 여겨지던 한 여인에 대해 연민을 느낄 수 있었을까.

그의 인격에 의로움이 자리했기에, 아니할 수 없어 의롭지 못한 것에 빠져들려는 한 여인, 그녀가 처한 환경에 대한 노함이 있었던 것이다. 불의에는 이를 배격하려는 인류의 동류의식이 있지 않고서야 어찌 가능할까. 특히, 사나이로서 동류의식에서 나온 그의 부끄러움이 연약한 여인을 보호하겠다는 마음으로 작용한 것이다. 그녀의 절박한 처지가 순언에게는 남의 일이 아니었다. 순언은 그녀의 어린 나이 차이로 보아 오라비와 누이 터울이 아니라면 혹은 그녀와 같은 아름다운 딸이 있을지도 모른다.

그는 예절이 몸에 밴 선비였기에 꽃다운 소녀의 앞날을 위해 그녀의 간청을 사양했다. 한 여인의 정절을 범접하지 않고 지켜 준 것이다. 부모상을 당해 상복을 입고 있는 가녀린 소녀를 보호하지 못할지언정 어찌 금수와도 같은 행동을 할 것인가. 그것이 의로운 선비의 표상이 아니었을까.

공자의 가르침에, 예의가 몸에 밴 선비인가의 판별은 아무도 모를 것 같은 어두운 곳에 있을 때의 몸가짐의 태도라 했다.

그는 지력, 즉 지혜가 있는 사람이었다. 그 힘으로 도리에 대한 정확한 판단을 내릴 수 있었다. 이윽고 마음속의 미망을 끊고 다잡을 수 있었던 것이다.

조선으로 돌아가는 길에 순언은 경비를 털어 무기재료를 구입한다. 명나라에서는 반출이 금지된 품목이지만 석성의 허락이 있었기에 가능했다. 활을 만드는 궁각(물소뿔) 1,308편과 화약재료인 염초 20근을 구했다. 나라를 사랑하는 그의 깊은 뜻이 헤아려진다.

순언의 활약은 여기서 그치지 않았다. 조선으로 돌아온 그는 명나라 장군 이여송[12]의 통역관이 되어 전쟁터를 따라다닌다. 그때 가장 시급한 일은 평양성의 탈환이었다.

명나라와 조선의 연합군이 평양성을 탈환하면서 전세는 반전되었다.

이후로도 전쟁은 7년이나 계속되었다. 이는 임진년에 이어 또다

---

12) 李如松(?~1598)
중국 明나라의 무장. 자는 子茂, 호는 仰城, 遼東 鐵嶺衛 사람. 선조 25년(1592) 임진왜란 때 조선을 도우려고 왔다. 평양에서 고시니유끼나가(小西行長)를 격파했다. 碧蹄館 싸움에서는 고바야까와 다가까게(小早川隆景)에 敗하였다. 그 뒤로는 적극적인 활동을 하지 않았다.

시 정유년에 일어난 전쟁이기에 정유재란이라고 부른다.

명나라는 총 21만 명의 군사와 882만의 은화를 임진란 당시 조선에 지원했다.

마침내 1598년 조선의 재침략을 감행했던 도요또미 히데요시가 죽자 그해 9월 일본군은 철수하기 시작했다.

순언은 일본과의 전쟁이 끝나 가던 해에 자신의 책임도 다 끝낸 듯 세상을 하직한다.

조선에 임란이 끝나자 다른 한편 파병을 주장한 명나라 국방부 장관 석성은 막대한 군비를 소모했다는 책임을 물어 투옥된다. 결국 석성은 그곳에서 결국 옥사하고 말았다.

본 말이 전도된 것 같지만 조선의 은인이었던 석성의 후손들에 대해 조금 더 살펴보고 본 이야기를 계속 이어 가리라.

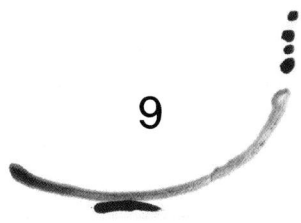

9

　그러니까 석성이 국방부 장관으로 병권을 휘두를 때였다. 그전에 그의 처의 정절을 지켜 주고 기생집에서 구출해 준 홍순언에 대한 은혜를 잊지 않고 있던 차에 '종계변무'의 주청 차 자국 명나라에 들어온 순언의 책무를 도와줌으로써 거의 100여 년이 가까워지는 조선 숙원을 풀어 준 것이다. 그것은 순언에 대한 일차적인 보은이었다. 명나라는 도리의 종주국 입장에서 보면 그들에게서 전해진 가르침에 대한 윤리적 행위가 조선의 한 통역관에게서도 발견된 것으로 여길 터였다. 그것이 바로 지켜본 당시 종주국이라 생각하던 나라의 자긍심이 아니었을까.

　인간의 본성이 갖추어야 할 인자함이라든가 의로움, 예절 또는 지혜 같은 속성은 바로 그들이 주장하던 바였으니까. 동이족에겐 그것으로 다져진 인격자가 흔치 않으리라 의심을 가졌을지도 모르지만, 그럼에도 동이족 중에 그들의 가르침이 순언과 같은 인격자를 길러 냈다는 것에 국록을 먹고 명나라를 대표하는 석성으로서는 명나라의 자존을 높이고 그의 자긍심에 한껏 취해 있을 터였다. 마음속에 품었던 석성의 그런 뿌듯한 자긍심이야말로 그의 조국을 자랑스럽게 여기는 참애국의 길이 아니고 무엇일까.

석성은 순언과의 그런 개인적인 인과관계로 맺어진 두 번째 보은으로 조선에 많은 군사를 동원해 도와주었다. 그런 결과 석성은 명의 조정으로부터 엄청난 국력을 낭비했다는 지탄도 함께 받은 것이다. 애당초 조선 파병을 싫어했던 반대자들과 심유경[13]이 벼르고 벼르던 앙갚음의 작용인지 모른다. 그 같은 앙갚음의 보복으로 '국력을 낭비했다'는 죄목을 반대파들이 그에게 뒤집어 씌워 버린 결과가 아닐까. 어떻든 조선을 일본으로부터 구하는데, 도움을 주었던 병부상서 석성은 그에 대한 책임을 면할 길이 없었다. 석성은 죄인의 신분으로 전락하고 말았으니. 결국 그는 옥에 갇힌 몸이 되었다. 그런 죄로 위험에 직면했던 석성의 아들 석담[14]과 그의 후손들은 어떻게 되었을까? 어떤 기관에서 답사한 결과로는 석성의 후손들은 지금도 조선에서 대를 이어 가고 있었다.

석성의 후손들은 그의 유언에 따라 조선에 귀화하게 된다.

석성은 옥에서 죽기 전 가족들이 위태로워질 것을 염려했다. 그의 두 아들과 부인은 석성의 유언에 따라 조선으로 넘어온다. 선조는 그들에게 해주에 땅을 주어 정착하게 했다. 그때부터 해주 석씨가 시작된 배경이 바로 그것이다. 하지만 그 후 곧 바로 명나라가

---

13) 沈惟敬(?~1600)
　　중국 명나라의 사신. 절강 사람, 본디 상인출신. 임진란 때에 한국에 들어와 일본군과 화평을 주장. 수차 일본에 왕래하여 교섭이 결렬되었는데도 거짓으로 和議 성립보고를 하였다. 정유재란이 일어나 사실이 탄로되어 宜寧에서 明將에게 잡히어 처형되었다.
14) 石潭: 명나라 국방부장관 石星의 아들.

멸망하게 되자, 다시 청나라가 들어서게 된다. 해주 석씨 일가는 다시 위험에 직면하게 된 것이다.

명나라가 망하고 청나라가 득세하니까 청나라에서 조선에 들어가 무조건 명나라 유민을 잡아들이라고 했다. 그들은 행여 죽을까봐 그들 앞에 나가지 못한다. 일시 정착했던 곳에서 더 먼 곳을 향해 다시 피난을 떠나지 않으면 안 된다. 명나라 국방부장관이었던 석성의 가족들은 피란처를 찾아 계속 남쪽으로 내려오다가 큰 산골짜기에 이르게 된다. 그곳이 바로 지리산 산골이었다. 석씨 후손들은 그곳에서 지금까지 정착하게 된 것이 그들 조상 석성으로부터 시작된 조선과의 인연을 맺었던 한 가문의 역사인 셈이다.

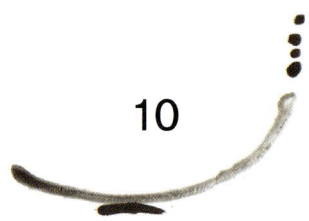

10

400여 년 전 어려움에 처한 한 여자, 그녀를 가엾게 여긴 의로운 조선의 한 남자가 역사를 바꾼 것은 공자의 어진 마음에서 일어난다는 순언이 베푼 측은지심과 은혜를 잊지 않은 그녀의 마음이었다.

해주 석씨뿐만 아니라 같은 시기에 소주(蘇州)가 씨인 유약[15]은 소요안찰사(고려 때의 節度使)로 조선에 와 안주(安州) 싸움에서 공을 세운다. 그가 조선에 귀화하여 부산에 정착하게 된 때부터 후손들의 삶이 조선에서 이어지게 된 것이었다. 그는 신종[16] 때 추밀원사, 병부상서, 문연각태학사(文淵閣太學士) 등을 지내다가 임진란 때 조선에 와서 일본과 싸웠다. 정유재란 때는 그의 아들 상[17]

---

15) 賈維鑰: 神宗 때, 추밀원사, 병부상서 등을 지내다가 소요안찰사로(고려 때의 절도사) 임란 때, 조선을 지원하여 공을 세웠다.

16) 神宗
중국 명나라 제13대 황제. 張居正(중국 명나라의 정치가)을 등용하여 국력을 튼튼하게 했으나 임진왜란 때의 조선 출병 등 萬曆(신종의 치세 연호)의 三大征 등으로 국력이 약해졌다. 가혹한 徵稅로 민심을 잃었다. 萬曆帝(1563~1620; 재위, 1572~1620)

17) 賈祥: 가유약의 아들.

과 손자 침[18]과 함께 조선에서 공을 세운다. 그 외에도 절강(浙江) 팽씨인 우덕[19]은 1597년(선조 30) 정유재란 때 중군 부총병서로서 동원장사로 뽑힌 아들 신고[20]와 함께 조선에서 공을 세우고 곧바로 귀화한 것이다. 적강 신씨, 상봉 마씨 등은 모두 임진왜란 때 조선을 위해 싸운 명나라 장군들의 후손이었다. 조선의 역사가 된 조선의 과거이자 현재가 된 귀한 인연들이었다. 역사란 장대한 시간과 공간을 놓고 볼 때, 찰나에 불과한 그 짧은 인연이 그들 개인과 가족은 물론 나라의 운명까지 바꾸어 놓은 것이다.

역사란 이렇게 수많은 인연이 씨줄과 날줄이 되어 한 필의 비단과 같은 결과를 만드는 과정이 아닐까.

'그 씨줄과 날줄의 교차점엔 홍순언이란 한 개인이 조선시대 외교의 최전방에서 활약했던 나라의 역관이 있었던 것'이다. 선조는 그가 사는 동네를 '보은단동'이란 이름을 내렸다. 지금 그곳은 롯데호텔 부근인데 우연찮게 외국에서 파견된 선교사들에 의해 한때는 교회당이 세워진 적도 있었다. 그리고 그 후로는 동네를 기념하여 조그마한 대리석 기념비를 두어 흔적을 남겨 놓았다.

---

18) 賈琛: 가유약의 손자.

19) 彭友德: 中軍副摠兵署.

20) 彭信古: 東援將士.

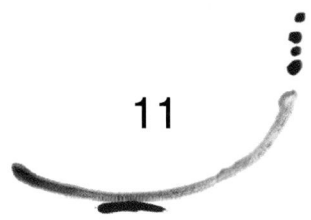

11

선조 23년(경인, 1590)의 해에는 제봉이 광국 일등공신 해평군 윤근수*의 '녹훈교서'를 지어 임금에게 올린다.

임금께서 말씀하시기를 "대마다 나지 않는 이 뛰어난 공훈을 마침 오늘날 보았고, 옛날에도 없던 이 거룩한 업적을 직접 내가 절감하게 되었다.

9묘에 계신 조종(祖宗)의 영을 위로할 수 있고 백 년 동안 신인이 모두 품은 유감을 해소할 수 있으므로 모든 이 작상에 대해 제한하지 않는다.

오직 경은 금석 같은 자질로 명망이 훌륭했다. 경의에 밝고 쓸모 있는 학문으로 오랫동안 연각에서 글도 지었다. 전고(전거가 되는 옛일)에서 널리 배워서 아는 것이 많아 사물에 막히는 데가 없고 보고 들어서 얻은 지식 등 많은 재주로 여러 차례 선실(궁전)에서는 경을 위해 기다리며 준비까지 했다.

경은 덕이 적은 나와도 마음과 뜻이 일치했을 뿐만 아니라 경은 이미 선조(先朝) 때부터 발탁되었으니, 경의 경력을 따지면 모든 실적이 참 훌륭하다 하겠다. 우리 국계에 대한 오점은 저 황제의 변무를 분명히 받았던 것이다. 마치 천지가 다시 새롭고 일월(日月)이 다시 밝은 듯하다.

이는 대개 모든 조종의 영이 하늘에서 남모르게 도우시고, 또 여러 신하들이 간곡히 변명한 때문일 것이다. 이렇게 소설(원통한 죄를 밝히어 씻었다)된 황은이 벌써 만력21) 시대 초기에 있었던 것인데, 조상께서 보답하는 나의 정성이 부족하여 여러 신하에게 많이 걱정시킨 셈이다. 주륜22)을 받은 이후로는 한전23)이 완성되기만 기다릴 뿐이었는데 처음으로 한 질 반시(반포하여 계시함)한 것이 전서가 아니란 것을 애석하게 여기고 어떻게 해서라도 꼭 변무를 해야 하겠다는 마음으로 두 번 세 번 호소하기까지 이르렀었다.

경이 독현24)이란 탄식을 가질까 염려하여 억지로 시킬 수도 없었지만은 경이 순국할 뜻이 있다는 것을 알았기에 이 막중한 책임을 맡기게 된 것이다.

경도 나의 생각이 이렇다는 것을 알고 사명을 갖고 먼 길을 떠나게 되었다.

여러 역관의 말을 빌리지 않고 국계의 억울한 실정을 직접적으로 주달하자, 대우도 한층 더 받게 되었고 사명도 제대로 다 이행

---

21) 萬曆: 明나라 제13대, 임금 神宗 朱翊鈞의 연호.
22) 周綸: 天子의 詔書, 周나라 때 絲綸에 비유해 한 말.
23) 漢典: 중국의 典章, 諸侯가 중국에 대한 존칭.
24) 獨賢: 자기 혼자만이 국가를 위해 수고한다는 뜻. ≪시경(詩經)≫ 小雅北山章에 "普天之下 莫非王土 率土之濱 莫非王臣 大夫不均 我從事獨賢"이란 말이 있다.

하게 되었다.

이를 행하기가 얼마나 괴롭고 힘이 드는 것이었을까?

옛날 어떤 이가 옥(玉)을 의심스럽게 여긴 임금에게 발을 잘리면서 세 번까지 바치고, 또 북소리를 듣기 싫어하는 장수에게 한 번 울려 승리를 거두었다는 사실과 똑같다고 여긴다.

이 같은 괴로움이 성력이 없었다면 저 금궤25)에 감춰 두는 보전이 접해26) 한구석에 떨어질 수 있겠는가?

이 보전이란 경사에서도 꼭 비부(귀중한 물품을 간직해 두는 곳, 주로 궁중의 서고)에만 넣어 두는 것인데, 황상께서 특별히 은혜를 베풀어 아랫것들인 우리에게 내려 주었으니 어찌 황송한 일이 아닐까.

옛날 역사를 따져 보아도 오늘날처럼 거룩한 일이 어디 있을까? 상서로운 화기27)가 바위와 목초에 솟는 듯하니, 아름다운 소문이 청구28)에 골고루 퍼지게 될 것이다. 모두 밤낮으로 국가를 생각하는 경의 성력이 하늘을 감동시킨 데에서 말미암아 이 세상에 뛰어난 공을 세우고 옛날에도 없던 이 특은을 받게 되었다. 과덕한 나로서는 무한한 영광으로 생각한다. 경을 늘 쳐다보면서 길이 힘을 입게 될 것이다.

훈부29)의 구전에 따라 경에게 해평군이란 작호를 내리고, 광국공

---

25) 金櫃: 금으로 만든 궤. ≪한서(漢書)≫ 高帝紀에 "輿功臣剖符作誓 丹書鐵券金櫃石室 藏之宗廟"라고 했다.

26) 鰈海: 東海에는 가자미가 많이 생산된다 하여 朝鮮의 별칭으로 사용했다.

27) 和氣: 따스하고 화창한 일기.

28) 靑丘: 五色 중에 靑色이 東에 속한다 하여 東方을 가리킨 것이다.

29) 勳府: 忠勳府의 약칭이다.

신 일등30)으로 삼는다.

태산처럼 굳고 하수처럼 깊은 맹세는 녹권에 실려 있으니 저버릴 수 없을 것이고 잘생긴 모습도 앞으로 단청각31)에 그림으로 그려 붙이게 될 것이다.

공적은 기상32)에 기록하고 이름은 묘정33)에 새길 것이다.

아! 군신이란 일체인 만큼, 좋건 나쁘건 간에 마음을 꼭 같이 해야 할 것이다.

시종이 어긋나지 않으면 얼마든지 잘할 수 있고 사직에 나타나는 공을 영구히 잊을 수 없을 것이다.

이렇게 교시하니 다 알아서 하기를 바란다.”

---

30) 光國功臣一等: 선조 23년(1590), 명(明)나라 역사에 李氏 世系가 잘못 기록된 것을 고친 공으로 19명에게 내린 훈명. 그중에 尹根壽 등은 1등으로 훈명되었다.

31) 丹靑閣: 功臣의 像을 그려 붙이던 집이다.

32) 旗常: 쌍룡을 그린 기. 「周禮」에 “銘彼旗常 勒廟鐘鼎”이라 했다.

33) 廟鼎: 宗廟祭享 때 쓰는 솥. 歐陽脩의 晝錦堂記에 ‘銘廟鼎而被絃歌’라는 말이 나온다. 구양수는 중국 宋나라의 문인이면서 정치가였다. 그의 호는 醉翁 또는 六一居士, 唐宋 팔대가의 한 사람이다.

12

　선조의 명에 따라 제봉이 찬술한 윤근수에 대한 녹훈교서, 19명 (1등부터 3등에 이르는)의 대표, 일등으로 추서될 것에 윤근수의 이름을 선택한 것이다. 그는 일등으로도 맨 먼저 오를 사람이기에 당연한 것이리라. 명종 때부터 제봉과 함께 발탁된 그에게는 누구보다도 그를 가까이에서 잘 아는 이가 제봉이 아닐까 싶어 선조는 녹훈교서를 제봉에게 짓도록 맡겼는지 모른다.

　제봉처럼 그도 해박한 경전에 대한 지식(역경, 서경, 시경, 예기, 춘추, 이상 5경과 대학, 논어, 맹자, 중용 등)을 터득했고, 또한 사물을 바르게 보고 본질을 분별하는 뛰어난 판단력이나 견실한 생각을 갖고 있다는 것으로 교서의 문장은 시작된다.

　그렇게 널리 배워서 익힌 지식으로 막힘없는 국사와 옛적부터 대대로 내려온 유서 깊은 일과 규칙의 효율적인 운영은 물론, 왕실과 나라의 길흉에 대한 실적이 훌륭했다는 공적 내용으로 제봉의 필치가 담겨 있는 것이다.

많은 사신들의 숨은 노력에 그의 변무가 보태어져 태조부터 명종에 이르는 군주의 조상들의 영혼을 위로할 수 있다고 했다. 거의 1백여 년이 가깝게 미루어져 왔던 것이니 이 얼마나 장구한 시간인가. 조선 왕가로서는 큰 부담으로 작용한 사건이라 아니할 수 없었다.

그들 조종들이 적게는 수십 년 많게는 백여 년이 가깝도록 해결되지 않아 한을 털지 못하고 눈을 감았다. 이 사건은 조선 왕가와 조선 조정에만 국한된 것은 아니었다. 그것을 바로 잡기 위해 얼마나 많은 사신들이 명나라를 드나들었을까. 때에 따라서는 한 번 행차하는 데 2~3백 명이 넘는 사람들이 많게는 6개월여의 시간을 길거리에 쏟으면서 왕복했다. 이는 엄청난 인력 낭비요 국력 소모인 것이다. 거기에 종사했던 사신과 그 많은 인력 또는 그로 인해 파생된 업무를 처리해야 하는 관리들, 이제 이승을 떠난 이루 헤아릴 수 없이 많은 영혼들이 품은 애달픈 감정을 해소할 수 있었다고 본 것이다.

20. 정3품 당상관

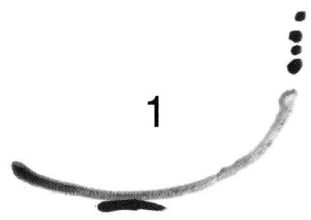

1

그해 가을에 제봉은 선조로부터 통정대부에 승급명령을 받는다. 문관의 정3품인 당상관의 품계에 오른 것이다. 그러니까 선조 23년 (경인, 1590) 58세가 되던 그해 여름에 내섬시 정에 임명됨과 동시에 승문원지제교 겸 춘추관 편수관으로 승진되었다. 각 궁가의 토산물을 진상하는 것과 2품 이상의 관원에게 주는 술과 일본인, 여진인에게 주는 음식, 필목 등을 맡아보는 관아인 내섬시의 책임자였다. 그뿐인가, 이웃나라와의 교제를 위한 외교문서를 맡아보는 직무도 병행하여 관장하는 승문원 지제교의 일도 그의 책임하에 들어 있었다.

시정의 기록도 아울러 맡아야 하는 춘추관, 책을 편집하고 수정하는 것까지 도맡아야 하는 막중한 편수관의 책임이 그의 어깨 위에 지워진 것이다. 직무치고는 몹시 현란했다. 책임은 주어지지 않고 권한만 있다면 모를까. 그가 어찌 이 일의 책임을 감당할 것인가. 평소 그의 병약해 보이는 몸과 곧은 성정을 탓하는 것은 부질

없는 일일까.

그러나 대신들이 어전에서 제봉의 문장을 강력히 추천하는데 그로서는 왕의 임명을 삼가 받지 않을 수 없었다.

그해 가을엔 다시 동래부사로 명령이 내려진다. 역시나 했다. 곧바로 동래부사로 부임한다. 그에게는 이제 청환의 요직을 거쳤으니 더 큰 책임이 따르는 동래부사로서 막중한 책임이 주어진 것일까. 앞바다에 행여 왜적의 침입을 저지할 책임감 있는 사람을 파견해 두어야 선조와 조정이 안심이 된다고 여겼을까.

조정에서는 그의 강직한 성정으로 보아 책임의식이 뚜렷한 사람임을 간파하고 임명했으리라.

한편으로 그에겐 어느 직에 있거나 부정적인 대명사의 고정된 옛 직급 형조좌랑, 병조좌랑, 지제교 이 세 글자의 직함을 오랫동안 벗어나지 못했던 것처럼 그에겐 또 다른 대명사인 청렴과 결백, 그리고 지조가 굳다는 말이 사후에도 계속 회자되고 있었다.

부임했던 곳의 아전과 백성들에게도 그의 깨끗하게 처신한 청렴성과 지조에 대해 고마워하는 마음을 일깨워 주었던 것도 사실이었다.

다음해 여름, 동래부사에서 해직되자 그는 서울로 올라온다. 중앙에 들어오니 그를 향한 조정분위기는 싸늘한 바람이 불어 닥쳐 냉랭하기만 했다.

조정에서는 때마침 사헌부의 벼슬아치들 간에 정철에 대해 서로 비난하고 공격하는 분위기였다. 정철의 추천을 받았다는 제봉도 예외일 수는 없었다.

그는 조정의 추악한 광경을 목격하고는 곧바로 필마를 타고 고향으로 내려와 버린다. 지각신경이 무디도록 귓바퀴를 더럽힌 당쟁의 허튼 잡소리를 서석산 폭포수에 헹궈 내기라도 하려는가.

아심한 밤이면 그는 마음에 품은 생각을 읊어 풀기도 하고 사기에 묻혀 지낸다.

그날 저녁에도 그랬다. 세상은 이리도 변화무쌍한데 깊은 시름에 잠겨 외로움을 풀지 않으면 안 되었다.

이 밤에 회포를 한번 풀어 볼거나 ……

가물거리는 등불이 외로워 보이는가!
이슥토록 턱을 괴고 앉자 있게
옛것은 이토록 새롭게 변하련만
내일이 어찌 오늘과 같으랴!
책을 펼쳐들자 병도 찾아드는 걸 어쩌랴!
마뜩찮은 일 꼬리에 꼬리를 무는데
서편 저 숲엔 비바람만 휘몰아 쳐 댄다.

유후전을 읽는다.

초나라가 패하자 평정 해 뜻을 이룬 진나라
늘그막엔 적송자* 따라 노닌다.
본래는 한나라를 위해 원수 갚으려 했으나
유방 밑에서 어찌 부질없는 꾀만 부려야 할까.

그는 사기 열전 가운데 한고조의 전기를 읽었다. 장량[1]의 시는 신비스러운 운치와 음조에 따른 것과는 조금 달랐다. 하나의 독후시라고나 할까. 유후(留侯)에 의하면 장량은 전국시대 때 한(韓)나라에서 태어난 사람이었다. 진나라가 한나라를 침략하던 때, 장량은 이를 보복하기 위해 박량사에서 진시황을 치려고 했다. 불행히도 그는 뜻을 이루지 못한다.

그는 이름을 바꾸고 숨어 지내다가 나중에 한고조, 즉 유방을 도와 천하의 통일을 이루게 된다.

그는 모사에 뛰어난 사람이었다. 유방의 신하가 되어 항우[2]를 무찔러 한(漢)나라를 통일한 후에 유후에 책봉되었다.(소하[3], 한신[4]과 함께 한나라 창업의 삼걸이라 부른다.)

그를 따라 함께 놀았다는데, 그가 누구일까? 그는 신농씨[5]였다. 중국 전설상의 제왕으로 알려진 신농씨, 삼황의 한 사람으로 성은 강(姜)씨였다. 기록으로 전해져 내려온 것을 보면 이름으로 부를 수 있는 형상은 인신우수라 했다. 몸은 분명 사람이었으나 머리는 소

---

1) 張良: 중국의 將臣. 전국시대 韓나라에서 출생, 유방을 도와 천하를 통일했다. 韓나라 창업자 三傑의 한 사람이다. 시를 잘했다.

2) 項羽(B.C. 232~202)
중국 秦 말의 무장, 이름은 籍, 羽는 자이다. 楚나라 사람, 기원전 209년에 군사를 일으켜 秦나라를 쳐서 멸한 다음, 스스로 西楚의 覇王이라 했다. 뒤에 劉邦과 不和로 垓下에서 패해 烏江에 투신 자결했다.

3) 蕭何(B.C. ?~193)
중국 漢高祖 때의 名宰相. 江蘇省 출생, 장량, 한신, 曹參과 함께 高祖의 공신 중에 한 사람. 재상 때 秦나라의 법률을 버리고 ≪律九章≫을 만들었다.

4) 韓信(B.C. ?~196)
중국 한나라의 高祖의 將臣으로 한나라 창업 三傑의 한 사람. 淮陰 사람, 高祖의 통일대업을 도와서 楚王에 봉함을 받았으나, 후에 列侯 抑滅策에 의해 피살되었다.

5) 江神農氏: 三皇의 한 사람. 형상은 인신우수라 했다. 농업, 의료, 약사의 산팔괘를 겹쳐서 64괘를 만들었으니 역(易)의 신으로도 불린다. 주조와 양조 등의 신, 거기다 교역의 법까지 가르쳐 상업의 신으로도 불리었다. 사계절 중에 한철인 무더운 여름을 맡은 신.

의 목이라니······? 화덕으로써 염제, 즉 사계절 중에 한철인 무더운 여름을 맡은 신이라고도 했다. 그뿐인가, 농업, 의료, 약사의 신으로도 통한 것이다. 그는 한 계절의 신일 뿐만 아니라 최초의 농업, 의료, 약사분야를 일궈 내는 등 사람으로서 감히 이룰 수 없는 영역을 다루었기 때문이 아닐까. 인간으로서는 불가사의한 능력, 즉 초자연적인 힘을 빌릴 수 있기에 가능하리라는 뜻에서 신의 경지에 올려놓고 그를 우러러보게 되었는지 모른다.

그는 또 팔괘를 겹쳐서 64괘를 만들었으니 역(易)의 신으로도 불린다. 주조와 양조 등의 신, 거기다 교역의 법까지 가르쳐 상업의 신으로도 불리었다. 재위 120년, 그의 자손 8대에 가서니까 520년 만에 황제의 세상이 된 것이다. 이래서 황제는 중국 전설상의 제왕이었다. (신농씨, 불의 기술을 가르치고 음식물의 조리법을 전해 준 수인씨.[6] 그의 성덕이 일월과 같아 태호[봄의 神]라 부르는데, 그는 팔괘를 처음으로 만들고 서계(글자로 사물을 표시하는 부호)를 지은 복희씨[7] 이들을 삼황으로 일컬었으니 말이다.

적송자 그는 나중에 곤륜산으로 들어가 신선이 되었다고 한다.

그의 독후 시 내용으로 보아 제봉은 적송자의 신선됨을 여간 동경하지 않았을까 싶다.

제봉은 교리를 마지막으로 물러나 궁벽한 고향으로 내려와 초야에 묻혀 사기를 읽으며 시서와 이렇게 벗 삼은 것이다.

---

6) 燧人氏: 불의 기술을 가르치고, 음식물의 조리법을 가르친 신.
7) 伏羲氏: 그의 성덕이 일월과 같아 태 호[봄의 神]라 부르는데, 그는 팔괘를 처음으로 만들고 서계(글자로 사물을 표시하는 부호)를 지은 신.

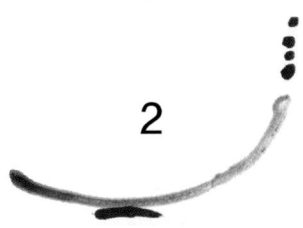

2

제봉의 문학적 능력은 명종에게만이 아니라 선조나 이이에게서도 특별히 인정을 받은 것이다. 그가 서산 군수로 가 있던 50세(1582년) 때 중국에서 사신이 들어온 일이 있었다.

황태자 탄생 조서를 발포하러 조선에 오는 중국 사신이 한림 편수관이었다.

아마도 임오년이었을 것이다. 그해에 율곡이 원접사의 명을 받은 일이 있었다. 율곡은 제봉을 종사관에 추천했다. 능문자, 즉 글에 능숙한 사람을 선발해야 한다는 견지하에 허봉, 김첨[8])과 함께 제봉을 선발한 것이다.

조선 정사는 한림편수관 황홍헌이었다. 이때 원접사 율곡은 고경명이 '나라를 빛낼 만한 재주 「화국재」가 있다.'고 생각해 그를 종

---

8) 金瞻

　　校理를 지낸 것으로 알려져 있다. 金誠立(1562~1592)의 아버지, 양천 허씨 許曄의 딸, 조선 중기의 시인으로 이름난 許蘭雪軒의 시아버지가 된다. 아들 김성립은 허난설헌의 부군으로서 선조 22년(을축, 1589) 증광문과에 병과로 급제하여 벼슬은 弘文館 著作에 머물렀다. 그러나 김성립은 임진왜란 때 왜병과 싸우다가 순절했다.

사관으로 추천한 것이다.

율곡의 주장은 이러했다. 중국의 한림은 조선 왕조 때 예문관의 정7품 봉교 아니면, 정8품 대교이거나, 정9품인 검열과 같은 직급이었다. 조선조 때, 예문관에서 사초(사관이 기록하여 두던 사기의 초고)를 맡아보던 정9품 벼슬과 같은 사신이니 조선에서도 능문능필(글과 글씨에 능란)인을 종사관으로 해야 한다는 것이다. 그러나 사헌부에서는 제봉의 과거를 들어 교체할 것을 강력히 건의하고 있었다.

이에 지지 않고 이이도 제봉의 재주를 들어 강력하게 밀고 나아간 것이다. 이이의 주장이 더 설득력을 얻었는지 아니면 신뢰도가 높았던 그의 인품의 역량인지는 모르나, 이이의 주장이 수면 위에 오르게 되면서 논쟁은 자연스럽게 멈춰지고 그를 반대했던 주장은 일단 수면 아래로 가라앉고 말았다. 서로 자기의 주장이 아무리 옳다고 주장하더라도 어전에서 여러 신하들이 지켜보며 듣고 또 임금이 주재하고 있는 터라 옳고 그름이 분명히 판가름 나게 마련이었다. 누구의 편을 들기 전에 사람은 서로 옳고 그름을 판단하는 이상의 이 지고선은 간직하고 있기 마련이었다. 최고선은 자연스럽게 물이 흐르듯 옳은 방향으로 흘러가게 되어 있었다. 서로 간에는 어떤 것이 우선이고 차선인지 판별이 잘되지 않는 문제라도 여러 사람이 함께 중론을 벌리다 보면 은연중에 모두가 선은 차선이 아닌 우선 쪽으로 공감대가 이루어지게 마련이었다.

율곡은 사신과 창수할 때도 제봉의 시를 가장 많이 사용했다는 것으로도 그의 시가 선명하여 얼마나 아름답게 생각했는지 짐작되는 일이었다.

원접사이던 율곡의 종사관 이후 제봉은 여러 관직을 거쳐 1590년 당상관으로 동래 부사가 된 관료였다. 그는 이것이 살아 있을 때 최고의 벼슬로서 마지막 생애를 장식하게 된다.

이전엔 그가 정치적으로는 소외되어 오랫동안 하급관리로 머물고 있었다. 결정적인 이유는 전력 때문인데, 그가 그토록 많은 시간을 배척받고 있기는 했으나 왕은 그의 문학적 능력을 인정하지 않을 수 없었던 모양이다.

이때 아들 순후가 진사시험에 합격한다. 착잡한 그의 마음에 다소 위안이 되었을까. 순후는 6남매 중 4남으로 태어났다. 위로 형들이 아버지 제봉과 함께 의병으로 순국한 터라 졸지에 집안을 보살펴야 했다. 그는 느닷없이 가장이 된 것이다. 그는 형들의 가족과 어린 동생 형제들의 식구들까지 무려 50명이 넘는 식솔을 돌보아야 했다. 이래저래 공부는 접을 수밖에 없었다.

게다가 삼부자의 상주 노릇도 해야 했다. 그러는 사이 손아래 동생 유후마저 아버지와 두 형을 잃은 슬픔으로 애통해하다가 병사하고 말았다.

집안 형편은 말이 아니었다. 정유년 29세 때, 안동 큰형수 댁으로 피난을 떠나야 했다. 500리의 먼 길이었다. 50여 명의 가솔을 거느리고 피난지를 향해 출발한 것이다. 이는 야곱[9]의 가족이 흉년을 만나 애급으로 50여 명이 넘는 식솔을 이끌고 먹을 것을 찾아 떠나는 것보다 전쟁터를 탈출하는 더 큰 사건이었다. 순후의 보금자리가 된 제봉의 가옥은 일본군에 의해 불타 전소되었다. 순후는 참담한 정황이라 이를 어떻게 감당해야 할지 난감한 일이었다.

---

9) 야곱: 성서상에 나오는 애급국무대신을 지낸 바 있는 요셉의 아버지.

정경부인이 된 어머니 울산 김씨를 모실 때는 어려운 형편도 견뎌 내야 했다. 둘째 형의 일가는 외가인 창평 유천으로 이사하고 남은 큰형수를 비롯해 동생의 식솔을 돌보면서 10여 년의 고통을 견뎌 내야 했다. 이 같은 어려움 속에 아버지와 두 형의 우국충절의 뜻을 이어받아 그는 가풍을 지켜 나가야 했다.

순후는 뒤늦게나마 학문에도 열심이었다. 그는 문장과 덕행이 뛰어나 사마시에 합격하게 된 것이다. 아버지가 순국한 은덕으로 정랑을 거쳐 사헌부 감찰을 역임하게 된다. 아버지 제봉의 바른 도리를 충실히 이어 가고 있었다.

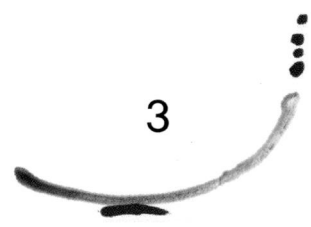

3

인조(仁祖) 갑자에 이괄[10]의 난이 일어난다. 조정은 도성을 지켜
내지 못해 임금의 행차가 남쪽으로 피난을 떠나야 했다. 순후는 난
이 일어났다는 소식을 듣고 즉시 조카인 부천[11]과 함께 수백 의병
을 규합한다. 또한 여러 곳에 격문을 띄워 군사는 물론 식량을 모
았다. 그의 의병진은 북으로 계속 진격해 올라간다. 근왕할 것을
세우고, 그러나 다행이도 적이 이미 평정되었다는 소식을 듣고 의
병을 해산하지 않으면 안 되었다. 그때 거두어 놓은 곡식은 완산영
(병마절도사가 있던 영문)으로 운반하여 군 식량에 보태도록 했다.
정묘에 강홍립[12]이 적을 끌어들여 의주, 평양 등지를 공격해 들어

---

10) 李适(1587~1624)
   인조 때의 逆臣. 자는 白圭, 固城 사람. 仁祖反正에 공을 세웠는데, 김류(金瑬)와 사
   이가 좋지 않아 平安兵使로 좌천되자 이에 불만을 품고 인조 2년(1624)에 서울로 쳐들
   어와 新王을 세웠으나 불과 하루 만에 관군에 패해 도망가다가 부하에게 피살되었다.

11) 高傳川: 금산 일차전투에서 아버지와 함께 순국한 제봉의 차남 고인후의 둘째 아들.
    그도 나중에 의병을 일으켜 진군하다가 적과 화의가 성립되었다는 조정의 연락이 내
    려오자 군대를 해산했다.

12) 姜弘立(1560~1627)
    광해군 때의 무신. 자는 君信, 호는 耐村, 진주 사람. 광해군 11년(1619) 明軍과 함

가 불행하게도 모두 함락되었다. 임금은 또다시 피난지 강도(지금의 강화)로 떠나야 했다. 순후는 조카 부립[13]과 다시 의병을 일으켜야 한다는 뜻을 같이했다.

사계 김장생[14]이 양호(호남과 호서, 전라도와 충청도) 호소사(뭇 사람을 부름, 즉 국가의 부름에 적절한 사람을 찾아 추천하는 특별한 임무를 띤 관리인)로서 고순후[15]를 추천하여 호남 의병장으로 삼는다. 순후는 아버지 경명처럼 설득력 있게 흩어진 백성들을 타일러 모았다. 용맹한 장정들을 그다지 어렵지 않게 소집하게 되었다. 군량도 마련하여 충분히 확보된다. 그들은 두 형과 아버지 제봉의 방식을 그대로 전수받아 활용한 것이었다. 부대는 근왕을 위해 북으로 이동하다가 이윽고 완산에 이르게 된다. 그때, 조정에서 통보가 오기를 적과 이미 강화가 이루어졌으니 군대를 해산하라는 어명이 또 내려진다.

이때 태자의 행차는 남쪽으로 내려와 완산부에 있었다. 그는 태자를 모시고 여산에 도착한다. 고향으로 돌아가면서 군용식량을 또다시 방백(관찰사)에게 넘긴다. 이는 갑자년에 했던 것과 다를 바 없었다.

께 深川 싸움에 五道都元帥로 出征했다가 後 金國의 포로가 되어 10년간 그곳에 있더니 인조 5년(1627) 정유재란 때 淸나라 군사와 같이 들어와 강화를 주선하고 평화가 되는데, 본국에 처져 병사했다.

13) 高傅立: 고종후의 장자. 삼촌 순우와 같이 의병을 일으켜 진군하다가 적과 화의가 성립되어 군대를 해산했다.

14) 金長生(1548∼1631)
조선왕조 중기의 예학자. 자는 希元, 호는 沙溪, 光山 사람. 宋翼弼과 율곡의 제자로, 송시열宋時烈의 스승. 선조 35년(壬寅, 1602) 淸白吏로 錄選. 인조 때, 공조참의 行護軍을 깊이 연구, 조선 예학의 태두로 예학파의 주류를 형성했다. ≪疑禮問解≫, ≪書疏雜錄≫ 등이 있다. 문묘에 배향, 시호는 문원(文元).

15) 고순후: 호남 의병장. 고경명의 아들.

제봉은 시골에 안착하게 되자 이내 칩거에 들어간다. 책과 더불어 벗 삼아 지내게 되는 것이 그의 일상이 되었다.

그는 지난 일을 회상한다. 산행을 하면서 그의 생애는 서울 중앙에서 지내던 때와 19년간의 고향 생활과 재출사하던 때로 요약할 수 있는데, 이 세 시기는 그의 외면적인 삶의 모습뿐 아니라 의식과 문학적 특성에서도 차이가 있었다.

그의 의식과 문학을 이해하기 위해서는 우선 그가 무등산 기행 중에 떠올렸던 생각들을 유추해 보아야만 한다. 서울에서의 관료생활에 대한 좀 더 세밀한 이해가 필요했다.

당시의 이양 일파의 전횡과 정치, 사회적 동향은 그의 선친인 맹영과 장인 김백균[16]의 정치적 입지와 몰락을 이해하는 데 도움이 된다고 믿기 때문이기도 했다.

---

16) 金百勻: 부제학. 본관은 蔚山, 고경명의 장인.

21. 서석산 유람

1

　'터마저 하느님 나라, 고개 절로 숙여라. 일어서 왔다오다가 다수가 가나이다. 뜻 아니 한 곳에 와서 젖꼭지를 물었나이다. 어머니 한 어머니임을 인제 알고 갑니다.'

　육당 최남선은 '무등산'에 대해 이렇게 읊었다.

　광주의 '무등산'은 이 산자락에다 둥지를 틀고 그 품 안에서 대대로 살아온 사람들에게는 시간과 공간을 초월하여 가슴깊이 새겨진 본향이었다.

　'무등산'은 광주와 더불어 시대의 고뇌를 삭히고 대화합을 향한 창조적 미래를 갈망하는 빛고을의 이상향이었다. 산을 사랑하는 마음은 자연과 더불어 영원한 안식처가 되기 때문이리라.

　광주의 성산인 '무등산'은 1,187m. 그 높이 아래 광주와 전남 담양, 화순 등 3개 지역을 품에 감싸고 있었다. '그 등급을 매길 수 없는 산'이라는 의미가 담겨 있다고 생각하면, 산에 올랐던 사람들이 수없이 읊겼을 말, '비할 데 없이 멋진 산'이라는 '무등산'에 대한 소감이 그대로 이름에 녹아들어 있는 것 같았다. '무등산'은 고려 태조 때 '고려사 지리지'에 처음 언급된 것을 알 수 있었다.

'무등산'은 이제 '차별하지 않고 누구나 기꺼이 품어 안아 주는 산'으로 그 말이 진보한 셈이었다. 이런 '무등산'의 이미지는 산자락 기슭에만 서 있어도 금방 다가오는 느낌이었다. 단지 봉우리 하나로 된 산처럼 보이는 '무등산'은 골골이 '새끼산'을 낳고, 이름도 어여쁜 고갯마루를 수없이 만들어 놓았다. 산은 결코 낮지 않은 산임에도 완만한 등산로가 지천에 깔려 있어 누구든지 쉽게 오를 수 있는 '어머니 품과도 같이 느껴졌다. 산의 높이가 그렇게 완만해 보인다고 동네 뒷산 오르듯이 할 수 없는 산이었다. 그 속내를 들여다보면 영험함이 골짜기마다 팽배해서 맹렬한 기세로 일어날 것 같았다. 그렇게 '진산'[1]의 면모를 드러내었다. 우선 역사와 문학의 산실로 더욱 빛을 발하고 있었다. 병풍처럼 펼쳐 있는 것이 '먹줄을 퉁겨 깎아 세운 듯하다'고 '입석대'와 '서석대'는 각이 뚜렷한 바위기둥 무리가 천연기념물 제46호로 지정되고…… 광주에서 올려다 본 입석대, 북쪽의 서석대는 수정처럼 빛을 발하고 있었다. 그래서 별명이 '수정병풍'이었다.

---

1) 鎭山: 지난날, 도읍이나 城市 등의 뒤쪽에 있는 큰 산을 이르던 말. 그 산을 鎭護(난리를 진압하거나, 난리가 나지 못하게 지켜 준다고 믿는 산)하는 주산으로 삼아 제사를 지낸다.

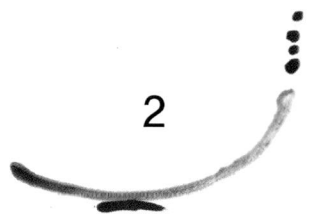

2

　선조 7년(갑술, 1574)이니까. 제봉이 42세가 되던 해(음력 4월 20일부터 24일까지 4박5일간)에, 그는 서석 산에 오를 기회가 있었다. 지주 갈천 임훈[2] 선생(74세)과 함께 마음을 비우고 가슴속에 품은 생각들을 털기 위해 유람하기로 한 것이다. 과거를 회상하고 그것을 자신의 마음에서 모두 지워야 한다고 생각하고 있었을까.

　안음 사람이던 임훈은, 당시 광주(光州) 목사(정3품)로 재직 중이었다. 그는 여가를 내어 많은 선비들과 관리들을 초청하고 막하 수종들을 이끌고 명산인 '무등산'을 유람하기로 크게 마음먹은 것이다. 특별히 제봉에게도 '무등산'을 오르려 하는데 동행할 수 있겠느냐'는 글월을 보내왔다.

---

2) 林薰

　　자는 仲成, 호는 葛川. 중종 35년(경자, 1540) 생원시에 합격. 명종 8년(계축, 1553) 社稷署參奉. 濟用監(布物, 人蔘의 進獻 및 衣服, 紗, 羅, 綾, 緞의 賜與와 布貨의를 맡아 보던 관아). 典牲署의 참봉. 1566년 孝行으로 추천되어 언양현감에 발탁되고, 군자감주부를 거쳐 光州牧使, 장악원정 등을 지낸 뒤 선조 15년(임오, 1582) 장예원 판결사에 임명되었으나 사퇴하고 고향으로 돌아갔다. 이조판서에 추증, 安義의 龍門書院에 祭享, 시호는 孝簡.

현직 목사 임훈으로부터 초청을 받은 제봉은 임훈의 산행 요청에 기껍게 수락했다. 그렇게 약속한 처지에 뒤늦게 갈 수 없다는 생각이 들어 갑자기 등산 장비를 갖추고, 20일에 증심사에 먼저 올라가 임훈 선생을 기다리고 있었다. 서석산은 한때 무진악이라고도 불렀던 빛고을의 진산이었다.

제봉은 어려서부터 장성하기까지 여러 차례 이 서석산에 오른 기억이 새롭게 떠올랐다. 낭떠러지의 절벽과 그윽한 시냇물과 깊은 숲을 두루 구경했기에 그의 발자취가 닿지 않는 곳이 거의 없었다. 범연히 보기만 하고, 등산과 자연의 정경을 두루 살필 줄 아는 요령이 없다면 초동목수가 단순히 땔감을 구하는 것 이상의 의미를 두지 않는 산으로만 바라보는 것과 무엇이 다를까. 혼자 올라 자기의 번민을 털어놓고 상심만 한다면 또 무슨 유익이 있을까.

차근차근한 맛없이 데면데면한다면 땔 나무꾼과 소먹이는 담 살이 총각이 일상적으로 오르내리던 태산과 어떻게 다를까를 염두에 두고서 오르기로 작정한 것이다.

산의 경치를 소상히 터득했다면 산의 아름다움과 등산의 의미를 깨달았다 할 테지만, 한갓 취미에 그쳤다면 산이 주는 교훈을 깊이 헤아린다고 볼 수 없지 않을까.

이윽고 그는 눈을 씻고 등산길 따라 다시 유람을 시작한다. 제봉은 황홀경에 빠져드는 것 같은 강렬한 느낌이 오감에 젖어 들어온다.

말이나 소를 몰듯, 바람을 몰아가며 신선이 타고 가는 수레와도 같은 느낌이 들기도 한다. 차의 지붕을 덮을 듯이 새의 깃으로 신선이 산다는 곤륜산 정상에 올라 오성과 12루에서 노는 것 같았다. 전설로 내려오는 중국의 곤륜산, 처음에는 하늘에 이르는 높은 산,

또는 아름다운 옥이 나는 산으로 알려져 있었다. 전국 말기부터는 서왕모가 살며, 불사의 물이 흐르는 신선경이라 믿어 왔던 산이었다. 이 얼마나 황홀경에 빠져들듯 한 정경인가. 그는 흥취가 절로 돋아난 것이다. 그는 곤륜산 선인의 거처에 있다는 연둗의 고루를 향해 옷소매를 드날리며 팔을 휘젓고 양 발꿈치로 말 궁둥이를 세차게 채찍하여 '무등산'을 향해 말발굽 걸음을 재촉한다.

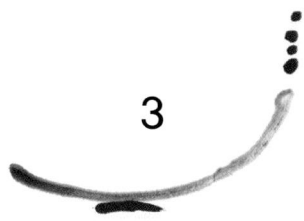

3

송강이 시골로 돌아온다는 소문을 듣고 그는 전날 장생동에서 지은 운에 따라 절구 한 편을 지어 부친다. 당시 의정부의 정사품 벼슬을 지내다가 창평에 돌아온 송강에게 마음에 담아 두었던 회포를 적어 보낸 것이다.

이때 송강이 서하 당에서 파초 잎에 시를 지어 동시에 부쳐 왔다. 이 시는 송강이 중앙에 재직해 있을 때 남쪽에 내려오거든 새로 지어 놓은 초당에 구경 오라는 제봉의 답서 겸 보낸 것이다.

    남쪽에 재봉 산이 어디 뫼인가.
    고학사*초당지어 휘영청 달이 밝다.
    꽃 가꾸고 바위 아래로 여울이 흐른다는 곳
    술까지 준비해 나를 부른다.

송강이 동인의 수장 김효원을 맹렬히 비판하자, 친구 율곡은 송강의 언행이 조정을 어지럽힌다고 판단하여 그에게 정쟁을 일삼지

말라고 충고했던 것이다. 송강은 친구로서 율곡의 그런 충고가 매우 못마땅했다. 송강은 실망한 나머지 할아버지 묘가 있는 창평성산 아래로 돌아오고 만 것이다.

　　　　밤을 새는 서하당
　　　자리를 옮겨 꽃나무도 마주보고
　　　뜰에 내려 시냇물도 희롱하네.
　　　이렇게 달뜨기를 기다려
　　　온밤 새도록 하늘을 우러르네.

　　　　　霞堂夜坐
　　　移席對花樹　下階臨玉泉
　　　因之俟明月　終夜望雲天

서하당과 식영정에서는 송강이 강원도 관찰사로 임명되기 전까지 머물러 있었던 곳이다. 송강의 처가 쪽, 친척 김성원[3]의 집이 성산에 있었다. 식영정은 창평 남쪽 7리에 있는데, 임억령의 옛 집이었다. 서하당은 식영정 안에 있는데, 임억령, 정철, 고경명, 기대승의 시편 액자들이 여기저기에 걸려 있었다. 송강은 바로 이곳에서 성산별곡을 지은 것이다.

45세가 되던 해에 송강은 강원도 관찰사에 제수되자 흔쾌히 응하였다. 그는 이때 가사 '관동별곡'과 시조 '훈연가' 열여섯 수를 짓는다.

────────────
3) 金成遠
　　문과를 급제한 金珹(1476~?)은 2남 2녀를 둔다. 그의 장남의 손자가 김성원이다.
　　그는 서하당과 식영정을 건립하여 지역에서 우뚝한 선비들의 활동공간으로 제공했다.
　　그는 석천 林億齡의 딸을 두 번째 부인으로 맞는다. 그 후 임억령에게 식영정을 제공
　　하여 그를 그곳에 머무르게 한다.

그는 1584년 대사헌에 올랐으나 동인의 탄핵으로 자리에서 물러나 창평에서 지내게 된 것이다.

이때 송강은 율곡과 약속한 일을 마치지 못하고 이 시를 지었다. 지조가 굳고 참을성이 많은 율곡이 요지부동의 산이라면, 강직한 성격에 불의를 용납할 줄 모르는 송강, 자신은 물과도 같은 인생으로 비유한 것이다. 때때로 충돌도 예견되었지만 그런대로 두 사람은 의기상투할 때가 더 많았다. 산이 물을 필요로 할 때 물은 수증기의 증발로 채워진 비를 내려 주고 무성한 수목이 머금었던 물을 계곡으로 흘러내려 바닥이 들어난 강을 채워 주는 것이다. 이토록 갈증이 생길 때 물을 주고받기에 서로 타협하지 않을 수 없는 것이다. 자연의 조화를 이뤄야 하기 때문이다. 두 사람 간에 우주적인 융합은 불가피했다.

그때 조정에서는 당론이 일치하지 않고 이러 …… 저러…… 했다. 세상을 떠들썩하게 하더니 결국 혼란을 초래했다.

조선의 당파는 동인, 서인 분당에서 시작된 것이다. 한때 이이는 동인, 서인 모두 군자들이 모인 집합체이므로 현실정치를 함께 잘할 수 있다고 생각했다. 이상적인 것은 군자들이 하나의 단체인 붕당을 만드는 것이었다. 여러 개의 붕당이 있으면 나라가 조금 시끄럽기는 하겠지만, 군자들이 모인 당이 아니고는 정치를 할 수 없다는 생각을 했다. 다만 소인들이 함께한 당이 군자들을 공격하면 나라가 망한다는 전제하에서였다.

선조 즉위 초부터 조정을 완전히 장악한 사림세력 안에는 명종때부터 자리를 잡고 있던 구 사림과 선조 즉위 후 새롭게 입문한 신진 사림이 함께 존립할 수 있었다. 이들은 같은 사림이라 할지라도 사상과 학통이 달랐지만 선배와 후배로서 예를 갖추고 서로를 존중하여 함께 사림의 시대를 열어 갔던 것이다. 그러나 평화롭게 공존하는 시기는 그리 오래가지 못했다.

사림분열의 직접적인 발단은 선조 8년(을해, 1575) '이조전랑'직을 둘러싼 김효원*과 심의겸*의 반목에서 비롯되었다.

심의겸과 김효원의 대립이야말로 당시는 물론 후일 사류의 대분열을 폭발시킨 도화선이 된 것이다. '전랑'직은 조선시대 이조와 병조의 정5품 정랑과 정6품 좌랑을 합하여 부르던 말이다. 직위는 낮으나 내외 문, 무관을 천거, 전형하는 임무를 맡아보았다. 판서도 관여하지 못하는 특유의 권한이 부여되어 있었다. 낮은 품계에 비해 중요한 관직으로 누구도 감히 올려다볼 수 없는 자리였다. 그 자리를 거치는 자는 대과가 없는 한 재상에 오르는 최상의 관리의 통로이기도 했다. 이직의 권한에 판서는 물론, 의정부의 삼정승도 간여하지 못했다. 가장 중요한 관료직으로 인정했던 삼사(홍문관, 사헌부, 사간원)의 관원, 임명은 반드시 이조전랑의 동의가 있어야 하는 등 거의 모든 인사권을 이 '전랑'직에 있는 관료가 좌지우지했다. 거기에다 판서나 국왕이 임명하는 것이 아니고, 전임자가 후임자를 추천하면 공의에 부쳐 선출했다. 이런 방법은 관료들 간의 집단적인 대립의 단초가 되었던 것이다.

4

1572년(임신, 선조 5) 당시 이황과 조식[4]에게 학문을 배운 영남 학파의 학자이자 이조전랑이던 오건[5]은 자신의 후임으로 문명이 높던 젊은 선비 김효원을 추천했다. 김효원 역시 이황과 조식문하에 출입한 학자로 1565년 문과에 장원급제한 인재였다. 이에 심의겸은 그가 윤원형의 식객으로 있으면서 권세에 아부한 소인배라고 했다. 그렇기에 그 요직에는 적임자가 아니라는 것이다. 물론 근본적인 이유는 구세력을 대표하던 심의겸이 김효원을 중심으로 신진

---

4) 曹植(1501~70)

　명종 때의 학자. 處士, 자는 建仲, 호는 昌寧사람. 세상에 나오지 않고 頭流山의 山天齋에서 性理學의 연구와 후진 양성에 전념하여 명망이 높았다. 저서로는 《남명집》, 《南冥學記》, 《喪禮節要》, 《破閑雜記》 등이 있다. 작품으로는 《남명가》, 《왕룡가》, 《勸善指路歌》 등이 있었으나 전해지지 않았다. 다만, 《해동가요》, 《청구영언》에 시조 3수가 전해진다. 시호는 文貞.

5) 吳健

　자는 子強, 호는 德溪. 명종 4년(을유, 1549) 어머니가 죽자 盧幕을 짓고 3년간 侍墓를 하여 효성이 예조에 알려져 포상되었다. 1558년 식년문과에 병과로 급제, 1567년 정언. 선조 4년(신미, 1571) 이조좌랑으로 춘추관기사관을 겸하여 《명종실록》의 편찬에 참여했다. 다음 해에 사직하고 고향에서 독서와 집필로 여생을 보냈다. 山淸의 西溪書院에 제향. 저서 《德溪集》, 《정묘일기》 등.

세력의 언관권이 성립될 수 있는 가능성을 차단하기 위해서였다.

심의겸은 외척으로서 인순왕후의 동생이었다. 원래 사림들은 외척들이 정치에 관여하는 것을 원칙적으로는 극구 반대했다. 그러나 심의겸의 경우 명종 말 사림을 비호하여 또 다른 사화를 막은 공로가 있다 하여 사림들이 그렇게 배척하지는 않았다. 그럼에도 그 뒤 김효원은 1574년에 전랑직에 전격 취임했다. 심의겸의 주장대로 김효원은 한때, 윤원형의 집에 머물러 있었던 것이 사실이었다. 그러나 그것은 그 집안의 사위인 이조민[6]과의 친분으로 머물기는 하였으나 윤원형과 교류하기 위한 것이 아니라고 했다.

그 후 김효원은 과거에 장원으로 합격해 능력 있는 인물로 이름이 점점 높아져 갔다.

몸가짐이 청백하고 맡은 일도 잘 처리하여 신진사류의 모범이 되었다.

대부분 사림들이 그의 결백을 인정했다. 이조전랑 임용에 결격사유가 없다고 생각하여 심의겸의 방해공작에도 불구하고 이조전랑에 전격 등용되었다. 그렇게 우여곡절 끝에 이조전랑이 되고 김효원은 청렴한 선비들을 많이 진출시키고 일처리도 매끄럽게 하면서 신진사류의 중심인물이 된 것이다. 그러면서 그는 영의정을 지낸 심연원[7]의 손자이며 명종비 정순왕후의 아우였을 뿐 아니라 권신 이량이 그의 외삼촌이었기에 심의겸을 정치 일선에서 먼저 배제해

─────────────

6) 李肇敏
   윤원형과는 처남과 매부 사이로 그는 윤원형과 함께 한동안 생활하였다.
7) 沈連原
   명종 때의 영의정으로서 배향공신으로 종묘에 배향.
   왕의 생전에 정사를 돌보는데 특별한 공로를 세워 왕의 위패가 모셔진 묘정에 위패가 배향되었던 신하 중 한 사람이다.

야 할 척신으로 여기고 있었다. 그러나 얼마 뒤인 1575년 김효원은 다른 자리로 옮겨 가게 된다.

이번에는 문과에 장원급제한 심의겸의 아우 심충겸[8]이 그 후임으로 천거된다. 그러자 김효원은 왕의 외척이 인사권을 장악하고 있는 전랑직에 앉는 것은 부당한 처사라고 심충겸의 전랑직 취임을 반대하고 나섰다. 심충겸이 사림에 아무 명망도 없는 사람인데 단지 척신이라는 이유만으로 이조전랑의 벼슬을 차지하는 건 부당하다는 것이다.

김효원은 속으로 심의겸을 대수롭지 않게 여겨 "심(沈)은 생각이 미련하고 성질이 거치니 크게 써서는 안 된다."고 진언했다. 그리고는 이증호[9]의 아들 이발[10]을 자신의 후임으로 추천해 버린 것이다.

이에 심의겸 일파가 김효원이 심의겸에게 원한을 품고 보복하려 한다며 김효원을 소인으로 지목하자 김효원 일파는 심의겸이 김효원을 해치려 한다고 몰아붙인다. 이것이 불씨가 되어 김효원과 심의겸 간에는 극렬한 상호 비방전이 전개되기 시작했다. 이를테면 심의겸은 김효원을 일컬어 이전의 원한을 그런 식으로 풀려고 하

---

8) 沈忠謙(1545~1594)
  자는 公直, 호는 四養堂. 선조 5년(壬申, 1572) 친시문과에 장원, 여러 관직을 거쳐 부제학이 되고 1592년 임진란을 당하여 비변사 제조(국군의 사무를 맡아서 처리하던 관아. 각 사 또는 각 청의 관제상의 우두머리가 아닌 사람이 그 관아의 일을 다스리게 하던 벼슬로서 종일품 또는 이품의 품질을 가진 사람이 되는 경우를 말한다) 즉 병조참판으로 선조를 평양에 호종하였다. 분조를 설치한 세자 호위의 명을 받았다. 군량미의 조달에 큰 활략을 하여 병조판서에 특진되었다. 시호는 忠翼.

9) 이증호
  이발의 아버지.

10) 李潑(1544~1589)
  조선왕조 중기의 문장가. 자는 景涵, 호는 東菴. 北山 光州 사람. 북인의 수령으로 조광조의 지치주의를 이념으로 하여 사론(선비들 사이의 공론)을 지도하였으나 이조정랑으로 경연에 출입하고 오래 인사권을 맡아 많은 원한을 샀다. 정여립의 모반사건에 관련되어 杖殺(형벌로 매를 쳐서 죽임)되었다.

는 졸렬한 인간이라고 비난했다.

김효원은 김효원대로 심의겸이 제 누이 '배경'만 믿고 설쳐 대는 비루한 사람이라고 몰아세운다. 이와 같이 전랑직을 둘러싼 두 사람의 대립이 빠르게 불이 붙는다. 이들을 중심으로 당시의 벼슬아치와 사류들이 두 편으로 갈라서고 말았다. 김효원을 지지하는 쪽과 심의겸을 지지하는 쪽으로 패가 갈리게 된 것이다. 이를테면 장년층과 청년층의 세대 간 싸움으로 변질되어 버린 것이다. 급기야 정치적 이념적 성격을 띤 붕당으로 발전하기에 이르렀다.

이 과정에서 대표적인 인물로는 박순. 정철. 윤두수. 등의 구 사림은 심의겸을, 허엽. 유성룡[11] 이산해 등의 신진 사림은 김효원을 편들었다. 이들의 파벌을 동인과 서인으로 구분해 부르게 된 것이다.

이는 심의겸의 집이 도성 서쪽 정릉동(지금의 정동)에 있었고, 김효원의 집은 도성 동쪽 건천동에 있었던 까닭이다. 동인은 야은 길재(吉再)의 영향을 받은 영남지역 선비들이 주류를 이뤄 '영남학파'라고도 불리었다. 대체로 이황과 조식의 문인들로서 나이가 젊고 학행과 절개가 있는 인물들이었다. 따라서 유성룡, 우성전[12], 김성일[13],

---

11) 柳成龍(1542~1607)
   선조 때의 名相. 자는 而見, 호는 西厓, 豊山 사람. 李滉의 문인, 임진왜란 때 도체찰사. 영의정으로서 중국 명나라 장군들과 같이 국난을 처리하였다. 전란 후 北人의 탄핵을 받고 조용히 벼슬에서 물러났다. 道學, 文章, 德行, 글씨로 이름을 떨쳤다. 저서 ≪징비록≫, ≪문집≫, ≪신종록≫ 등이 있다. 시호는 文忠.

12) 禹性傳(1542~1593)
   선조 때의 유학자, 南人의 수령. 자는 景善, 호는 秋淵, 丹陽 사람. 임진왜란 때 김천일과 강화에서 적병을 막다가 병사하였다. 저서는 ≪계갑일록≫이 있다.

13) 金誠一(1538~1593)
   선조 때의 문신, 학자. 자는 士純, 호는 鶴峰, 李滉의 문인. 선조 23년(庚寅, 1590) 통신부사로서 정사 황윤길과 함께 일본에 건너가 동인의 입장에서 일본이 침략할 우려가 없다고 보고했다. 임진왜란이 일어나자 잘못 보고한 책임으로 처벌이 논의되었으나 유성룡의 변호로 화를 모면했다. 경상우도관찰사를 역임하였다. 진주 방위의 책임을 맡아 일본군과 싸우다가 전사했다.

남이공14), 김우옹15), 이발, 이산해, 송응개16), 허봉, 이광정17), 이원익18), 홍가신19), 이덕형20) 등 소장파 인사들이 동인의 주축을 이루었다.

---

14) 南以恭(1565~1640)

　　光海君 때의 小北의 거두. 자는 子安, 호는 雪簑, 宜寧 사람. 관은 이조판서, 권모술수가 능한 사람으로 당론을 좋아했다. 인조 15년(丁丑, 1637) 청국에 가질([병자호란 이후에]대신들이 자기 아들을 淸나라에 볼모로 보내게 되었을 때, 남의 아들을 대신 보내던 일)을 보낸 죄로 파직되었다.

15) 金宇顒(1540~1603)

　　선조 때의 명신. 자는 蕭夫, 호는 東岡, 義城 사람, 조식의 문인. 대사성을 거쳐 대사헌이 되었다. 동인으로 기축옥사 때 귀양 갔다. 임진왜란 때 석방되었다. 배소에서 ≪續綱目≫ 15권을 撰하였다. 시호는 文貞.

16) 宋應漑

　　명종 때, 正言을 거쳐 대사간을 지내고, 동서분당 이후 동인의 중진으로 1583년 병조판서 이이를 탄핵하다가 회령에 유배되었다. 1585년 영의정 노수신의 상소로 풀려왔다.

17) 李光庭

　　선조 6년(계유, 1573) 진사합격, 1590년 교관으로 증광문과에 병과로 급제. 정언, 예조좌랑, 전적을 거쳐 대사헌이 되었다. 1602년 이조판서로 있을 때, 주청사가 되어 명나라에 다녀왔다. 1604년 호성공신 2등에 延原君에 봉해지고 뒤이어 보국숭록대부에 올라 府院君에 進封되었다. 광해군 때에 호조판서에 임명되었으나 大北의 亂政을 보고 병을 이유로 사퇴하였다. 1623년 인조반정 후 다시 이조, 공조, 형조의 판서가 되었으나 사퇴, 광해군 4년(丙寅, 1626) 개성부유수가 되었다. 淸白吏에 錄選되었다.

18) 李元翼(1547~1634)

　　선조, 인조 때의 名臣. 자는 公勵, 호는 梧里, 全州 사람. 임진왜란 때 호성공신으로 完平府院君의 봉군을 받았다. 光海君 때 廢母論에 반대, 일시 유배되기도 했다. 인조반정 후 仁穆大妃가 광해군을 죽이고자 하였으나, 이를 諫하여 무사하게 하였으며 大同法을 시행하여 貢賦를 단일화했다. 누차 영의정을 지냈으되 청렴하여 청백리에 녹선되었다. 문장에도 뛰어나고, 성품이 원만하여 정적들로부터도 호감을 받았다. 서민적인 인품으로 오리 정승으로 애칭되었다. 시호는 文忠.

19) 洪可臣(1541~1615)

　　선조 때의 공신. 자는 興道, 호는 晩全堂, 南陽 사람. 洪州牧使로 부임하여 李夢鶴의 난을 평정하였다. 청란공신, (선조 37년(甲辰, 1604)에 충청도 洪山에서 이몽학이 일으킨 난을 평정한 공으로 홍가신 등 다섯 사람에게 내린 勳號)이 되고, 형조판서에 이르렀으나, 나이가 많아서 벼슬을 사양하고 물러났다.

20) 李德馨(1561~1613)

　　선조, 광해군 때의 명신. 자는 明甫, 호는 漢陰, 廣州 사람. 어려서부터 재주가 비범하고 침착했다. 문학에 통달하여 어린 나이로 문학에 蓬萊 楊士彦과 사귀었다. 20세에 등제, 이항복과 함께 薦書에 올랐다. 임진왜란이 일어나자 중국 명나라에 가서 구원병을 청해 오는 등 국사를 위해 분주, 큰 공을 세웠다. 정유재란 때는 蔚山, 順天 등지에서 작전을 도왔다. 31세에 大提學이 되고, 선조 35년(임인, 1602) 영의정이

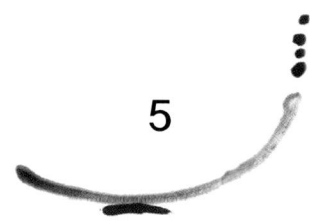

5

　서인으로는 허엽과 대립하던 박순을 영수로 해 다시 결집되었다. 허엽과 박순은 원래 화담 서경덕의 같은 제자였다. 그럼에도 이때에 갈라서게 된 것이다. 서인에는 기호지방, 즉 경기와 충청. 전라도 일대의 선비들로 이루어져 있었다. 이를 '기호학파'라고도 불렀다. 여기에는 이이와 성혼의 제자들이 많았다. 정철, 신응시, 정엽,21) 송익필,22) 조헌, 이귀,23) 황정욱,24) 김계휘, 홍성민,25) 이해수,

---

　되었다. 광해군이 永昌大君을 처형하려 하자 이를 적극 반대했다. 다시 李爾瞻 등이 廢母論을 일으키자 이항복과 함께 반대하다 三司의 탄핵을 받고 사직되었다.

21) 鄭曄(1563～1625)
　　선조 때의 문신. 자는 時晦, 호는 守夢, 雪村. 선조 26년(癸巳, 1593) 黃州 判官으로 일본군을 격퇴, 그 공으로 中和府使가 되었다. 동 30년(丁酉, 1597) 정유재란 때는 急告使로 명나라에 다녀왔다. 그 후 벼슬은 대사간에 이르렀다가 성혼의 문인이라는 이유로 일시 좌천. 인조반정 후 대사성 겸 同知經筵 元子師傅(스승)가 되어 학제를 詳定하고 여러 번 타 직에 전입되었으나 언제나 대사성을 겸임했다. 좌참찬, 좌부빈객(世子 侍講院의 종2품) 등을 지냈다. 저서로는 ≪守夢集≫, ≪近思錄釋疑≫가 있다.

22) 宋翼弼(1534～1599)
　　선조 때의 학자. 자는 雲長, 祀連의 아들, 礪山 사람. 高陽 龜峰山에서 제자를 양성하였다고 하여 구봉 선생이라 했다. 성리학자로서 당시 율곡, 牛溪와 왕래하며 학문을 연마했다.

윤두수, 윤근수, 이산보[26] 등이 서인의 주축이었다.

출신이 그러다 보니 동인은 현실비판적인 성향이 강했다. 선후배 간의 불화가 정치적으로 첨예하게 대립하게 된 것이다. 이것이 처음 표면화되어 끝내 동인, 서인의 붕당명분이 되게 된 계기는 선조 8년(을해, 1575) 재령지방에서 주인을 살해한 노예사건(殺主奴)에 대한 옥사의 처리문제에서였다.

허엽과 김효원이 대사간 사간으로 있던 사간원에서 옥사의 처리가 잘못되었다고 하여 옥사를 담당했던 박순을 논핵하자 정철, 신응시, 김계휘 및 윤두수 윤근수 등이 중심이 된 선배들은, 이들이

---

23) 李貴(1557~1633)

인조 때의 공신. 자는 玉汝, 호는 黙齋, 延安 사람. 서인으로 金瑬와 더불어 인조반정을 성사시켜 청사공신 1등, 延平府院君의 봉군을 받고, 이조, 병조판서를 역임했다. 정묘호란 때 왕을 모시고 강화에 피란하여 최명길과 같이 화의를 주장하다가 탄핵을 받았다. 시호는 忠定.

24) 黃廷彧(1532~1607)

선조 때의 문신. 자는 景文, 호는 芝川, 長水 사람. 호조, 병조판서를 지냈다. 임진왜란 때, 왕자 順和君을 모시고 의병을 모집하다가 난동분자의 밀고로 왜장에게 잡혔다가 석방되어 나중에 이 일로 탄핵을 받았다. 吉州에 유배되었다.

25) 洪聖民

자는 時可. 호는 拙翁, 시호는 文貞, 명종 16년(신유, 1561) 진사가 되고, 1564년 식년문과에 병과로 급제, 正字. 교리를 거쳐 사가독서를 한 후 대사간을 거쳐 선조 8년(1575)에 호조참판으로 명나라에 가 '종계변무'에 힘썼다. 그 후 부제학, 예조판서를 거쳐 '종계변무'의 공으로 광국공신 2등이 되어 益城君에 봉해졌다. 다음해는 판중추부사가 되었다가 건저문제(왕세자 책봉문제로 벌어진 동인과 서인의 분쟁인데, 서인 정철이 세자책봉을 주장하자 동인 이산해 등이 왕의 총애를 받고 있던 仁嬪 김씨의 소생 信城君을 해치려는 음모라고 讒訴, 서인들을 내쫓았다.)로 정철이 실각하자 그 일당으로 몰려 北邊에 유배되었다. 임진란이 일어나자 특사로 풀려나와 대제학이 되었다가 부친상으로 사직하였다.

26) 李山甫

선조 1년(무진, 1568) 문과에 급제하여 전적을, 여러 청요직을 거쳐 1585년 대사헌이 되었다. 그 후 경상도와 황해도의 관찰사를 거쳐 1590년 성절사로 명나라에 다녀와서 다시 대사헌이 되었다. 1592년 임진왜란이 일어나자 宣祖를 호종하고 이조참판을 거쳐 이조판서에 승진하였다. 이어 북도(경기도 북쪽에 있는 황해, 평안, 함경도)와 삼남(영남, 호남, 충청) 지방의 都 지방 검찰사로 나가 군량조달을 하고 좌참찬에 올랐다. 호성공신으로 韓興府院君에 追封, 영의정에 추증되었다. 保寧의 花巖書院, 舒川의 建巖書院 등에 제향.

박순을 공격해 물러나게 함으로써 심의겸의 세력을 고립시키려는 의도로 파악하였다. 그래서 서인 쪽에선 대대적으로 반격에 나선 것이다. 그 결과 허엽, 김효원과 이경중,[27] 허봉 및 언관직에 있던 다수의 후배사류가 벼슬에서 물러나게 되었다.

선배들의 이런 처사에 대한 사림의 여론은 악화되었다. 사류 간의 내분을 근심하고 특히 후배 사류의 과격성을 우려하던 부제학 이이가 좌의정 노수신을 움직여 조정분란의 책임소재로 심의겸, 김효원을 지목, 임금의 명의로 두 사람을 지방관으로 내보내게 했다. 그렇게 해야 분쟁을 진정시킬 것 같았기에…… 그래도 조정의 분쟁은 수그러들지 않았다. 선조의 이런 처사를 두고 의견이 분분했다.

심의겸은 고려 수도였던 개성으로 보내면서도 김효원의 임지가 변방이라고 불평했다. 이때 인사 조치를 통해 과격성을 지닌 젊은 사류의 청원을 억제하려고 하는 것이 임금의 심사였다. 후배사류를 싫어하는 임금의 마음을 알아차린 사류는 이 기회에 후배 사류의 핵심인물을 조정에서 몰아내고 그 기세를 꺾고자 했다.

그래서 심의겸은 개성유수, 김효원은 경흥(함경북도 군청소재지인 그곳은 옛날부터 여진에 대한 방위 등으로 국방상 요지이다.) 부사가 되어 조정을 떠나게 되었다. 결국 심의겸과 김효원은 동반 외직으로 나가게 되어 중앙에서 도태된 것이다. 김효원은 15년 동안 다시 서울로 돌아오지 못한 채 임지에서 삶을 마감하고 말았다. 심의겸 역시 김효원보다 먼저 세상을 떠났다.

이 두 사람은 모두 정치 일선에서 사라졌기에 붕당의 원인 제공

---

27) 李敬中
　　이산해의 아들, 이황의 문인, 남인의 한 사람.

자가 모두 없어진 셈이었다.

　김효원의 <졸기>의 글로 봐서는 심의겸과의 관계가 그렇게 극단적으로 달랐던 것은 아니었다. 두 사람은 당파를 야기한 장본인이라는 오명을 쓰고 외직으로 밀려나게 되었을 뿐이다.

　심의겸은 개성 유수로, 김효원은 영유 현령으로 재직하고 있을 때였다. 어느 날 김효원이 지나는 길에 개성을 찾았다. 심의겸은 그를 매우 따뜻하게 맞아 주어 융숭한 대접을 했다. 두 사람은 하룻밤을 묵으면서 오랜 친구처럼 즐겁게 지냈다. 그 후 김효원은 안악(황해도) 군수로 있을 때, 심의겸의 부음을 듣고 눈물을 흘리며 "내 친구를 잃었구나! 吾友喪矣"라 하고 이틀간을 공무를 보지 않고 기름진 음식을 먹지 않았다고 한다.

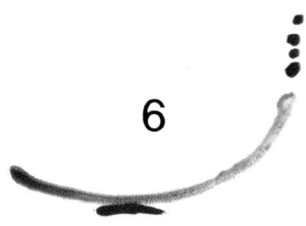

6

조선의 당파분열은 개인의 감정싸움에서 출발, 패거리 싸움으로 변질되어 갔다고 하는 것은 순박한 생각이 아닐까. 실상은 사사로운 개인적 다툼보다 중요한 정치적 이벤트로 떠오른 사안에 뛰어들었다고 보는 것이 더 옳다는 느낌이었다. 사림출신 정치인들이 동인과 서인으로 분열된 것은 '구시대의 지도자가 신시대의 지도자로 변신하기가 그렇게도 어려웠던가?' 하는 말처럼, 의식전환의 문제였다. 구시대 지도자들은 변화의 소용돌이에 휩쓸리고 싶지 않았을 것이다. 매너리즘(Mannerism)에 빠져 버린 의식, 이를 피하려 하는데 그 속성을 어쩌랴! 또 다른 면이 있었을 것이다.

지방의 이해관계, 학문의 계통에 따른 견해 차이가 있었다. 연령과 직위의 높고 낮음에 따른 시국관의 차이 등에서 서로 입장을 달리하기에 뜻이 같은 인물들끼리 집단을 이루고자 하는 것이 인간의 또 다른 야합의 속성인지 모른다.

이럴 때, 의당 반대하는 집단과 대립, 반목하게 되어 있었다. 이렇게 시작해서 자신들의 의지와 상관없이 당쟁으로 말려들고 만 것이다. 특히 학문과 정치가 결합된 상황에서 당쟁은 학통의 차이와 정치적 입지에 따라 흩어지고 모이면서 정치세력 결집과 권력 행사에 중요한 작용을 하게 된다.

분명한 것은 그들 학통, 스승은 군자의 도리를 실행토록 가르쳤지 소인배가 되라고 가르치지는 않았을 것이다.

애당초 중국과 조선의 군주체제에서는 신료가 붕당을 결집하는 것 자체가 범죄로 인식되고 있었다. 이것을 어길 때는 죽음에 이르는 길이었다. 그 대표적인 인물로 조광조를 들 수 있지 않는가. 조광조가 화를 당하게 된 표면적인 이유가 붕당을 지었다는 데 있었다.

선조 때 이준경[28])이란 대신은 자신의 임종을 앞두고 자기유언 때문에 호된 비난을 받게 된 인물이었다. 그는 중종에서 선조에 이르기까지 네 임금을 섬긴 원로였다.

1567년에는 명종의 명을 받들어 선조를 즉위시킨 장본인이기도 했다. 이런 그가 1572년 임종에 앞서 40년 정치생활을 마감하는 짧은 글을 올려 조정을 발칵 뒤집어 놓았다. 이 글에서 그는 붕당의 조짐을 시사하고 그 타파 책을 강구할 것을 강력히 주장했다. 그가 남긴 유차(종류에 따라 차례를 매김)의 내용 중 붕당을 다음과 같이 지적했다.

"지하로 가는 신 이준경은 삼가 네 가지의 조목으로 죽은 뒤에

---

28) 李浚慶(1499~1572)

명종 때의 명신. 자는 原吉, 호는 東皐, 廣州 사람. 중종 28년(계사, 1533) 司經(정7품)으로서 기묘사화 때의 被罪人들의 무죄를 논했다가 파직을 당했으나 다시 기용되었다. 명종 10년(을류, 1555)에 도순찰사로 倭寇를 물리쳤다. 동 20년 대배(議政의 벼슬을 받았다)하여 영의정에 올랐다. 죽음을 앞두고는 붕당이 있을 것이라는 것을 예언하였다. 시호는 忠正.

들어주실 것을 청하오니 전하께서는 살펴 주소서……

넷째, 붕당의 사론(사사로운 의론)을 없애야 합니다. 지금의 사람들은 잘못한 과실이 없고 또 법에 어긋난 일이 없더라도 자기와 한 마디만 서로 맞지 않으면 배척하여 용납하지 않습니다. 그리고 자신의 행동을 검속한다든가 독서하는 데에 힘쓰지 않으면서 고담대언(크게 언성을 높이는) 친구나 사귀는 자를 훌륭하게 여김으로써 마침내 허위의 풍조가 생겨났습니다. 군자는 함께 어울려도 의심하지 마시고, 소인을 저희 무리와 함께하도록 버려두는 것이 좋습니다. 이 일은 바로 전하께서 공정하게 듣고 보신 바로써 이런 폐단을 제거하는 데 힘쓰셔야 할 때입니다……"

이에 대해 율곡 이이는 이준경의 말을 '시기와 질투, 그리고 음해의 표본'으로 간주하고 준절히 배척했다. 그러나 그의 유언은 적중했다.

그로부터 정확하게 3년 뒤 사림은 자체 분열을 일으켜 동인과 서인으로 갈라져 나갔다. 이런 점에 비추어 볼 때, 이준경의 유언은 음해나 저주의 표본은 아니었다. 그것은 '선견지명'이었다. 이후로 조선의 역사는 이들 서인과 동인으로 갈라진 사림들의 권력투쟁은 큰 줄기를 이루게 된 것이다. 300년의 뿌리 깊은 당쟁은 이렇게 시작하여 그 폐해는 말할 수 없이 큰 것이었다.

심의겸과 김효원은 서로 간에 남을 폄하하는 토론의 발단으로 시작해 서로가 정치적인 희생을 치르게 된 것이다. 소장학자 심의겸은 서인의 거두가 된 후 김효원과 다툼이 한계에 다다르자 두 사람 모두 외관으로 내쫓기고 결국 중앙에 되돌아오지 못하고 불운을 맞은 것이다.

당시 제봉의 이름이 이쪽저쪽에도 올라 있지 않은 것을 보면 '당쟁의 소용돌이에 휩쓸릴 만큼 표면에 드러난 인물이었는가.' 하는 물음에는 의심의 여지가 있어 보이나 그런 위치에 있었느냐에 앞서 그는 순수 문인으로서 동, 서를 초월하여 문학의 반경을 넓혔지 결코 정치에 좌우된 인물은 아니었다. 그는 한때, 권신 이양과 함께한 그의 아버지 맹영과 장인 김백균의 영향을 받아 청요직에 머물렀을 것이다. 그러나 그들이 몰락하자 일부 사림의 지목을 받기도 했다. 그는 오랫동안 금고에 가까운 근신의 생활로 초야에서 보낸 것으로 대가를 톡톡히 치른 것이다. 그러나 정치적인 소용돌이는 그의 의식과는 별개의 것이었다. 그의 성품으로 보나 문학적인 기질이 그의 의지를 보다 더 잘 설명해 주고 있었기에 이해가 되는 일이었다.

그때 제봉은 고향에서 심적인 갈등을 달래며 지내던 시절뿐만 아니라 노년에 다시 관직에 등용되었을 때도 이미 중앙 정계로부터 소외되어 있었다.

서인 송강의 후원이 있었기는 하나 중앙정계로 복귀할 정치적 기반이 미약했던 것이다.

그의 전력은 여전히 매우 부정적인 여론을 낳아, 그를 괴롭히며 끈질기게 따라다녔다. 결국 이양 일파의 몰락은 제봉의 생애 전체에 강력한 현실적 영향을 끼치게 된 것이다. 제봉의 의식과 문학에 직접적이고 강력한 영향을 미쳤던 것은 바로 명종의 문예 취향이 아니었을까 싶다.

문신으로서의 입신을 추구하는 대다수 사대부들의 의식세계에 임금을 구심점으로 한 문인 관료들의 문학적 취향이나 문풍은 현실적으로 영향력을 발휘한 것이 사실이다.

문학적 재간으로 명종의 관심을 받았던 것은 제봉의 의식에도 지속적으로 지대한 영향을 끼쳤을 것이란 점은 의심의 여지가 없었다.

그의 중앙 관료시기를 중심으로 한 정치 사회적 배경과 명종의 문예취향을 면밀하게 살펴보아야 그의 의식세계와 문학적 특질이 해명될 것 같았다.

제봉이 홍문관의 청직에 있으면서 사가독서하는 등 문신으로서 영예를 누렸던 시기는(명종, 16~18년) 정치, 사회적으로 순탄한 때는 아니었다. 명종은 문정왕후의 세력을 배경으로 한 윤원형을 견제하기위해 명종비 심씨의 외숙인 이양²⁹⁾을 중용했다.

지루한 정치 이야기 그것도 좋지 않은 동, 서 분파 사건의 소용돌이에서 빠져나와 다시 산행 길 이야기로 들어서야 하겠다.

---

29) 李樑(1520~1571)

　선조. 明宗 때의 權臣. 자는 公擧, 仁順王后의 외삼촌이다. 그녀는 靑松 사람으로 성이 沈 氏이고 명종의 妃로서, 靑陵 府院君 鋼의 딸이다. 선조가 즉위하자 인순왕후는 잠시 垂簾聽政했다. 선조 2년(기사, 1569)에 그녀는 왕이나 왕비의 덕을 칭송하는 尊號로 懿聖을 받았다. 戚臣 尹元衡의 횡포를 견제하려는 명종의 뜻으로 승진을 거듭했다. 예조. 이조판서를 지낸다. 뒤에 왕의총애를 믿고 자기를 반대하는 자는 추방하고 뇌물로 아부하는 자들을 중용하는 등 전횡을 일삼다가 심의겸 등의 탄핵으로 파직되었다. 보령에 유배되었다. 또다시 江界로 이배되어 그곳에서 생을 마감한다.

7

제봉은 취백루로 오른다. 햇볕이 정오에 이르기 전에 갈천 일행은 이윽고 동문에 도착한다. 누교를 거쳐 오르니 수목은 더욱 울창하고 바위들은 모두 기괴하게 다가온다. 그야말로 흐르는 시냇물은 구슬이 구르는 것 같은 소리로 들려온다. 제봉은 점점 아름다운 자연의 경지에 빠져들고 있었다. 그는 말에서 내려 위 적삼을 벗고 바짓가랑이를 걷어 올리고 맑은 물에 발을 담근다.

태고적 창랑(만경창파) 가사를 외우고 소산(小山)?이 지은 초은의 곡조를 읊으니, 청량한 기운이 가슴을 부풀어 오르게 하고 번잡한 그의 마음을 잠시 가라앉힌다. 삼가 공손한 모양이 티끌세상에서 벗어난 느낌이라고나 할까.

해는 이제 저물어 갈 테고 지팡이를 짚고 말을 끌며 천천히 취백루[30]를 향해 걸어 들어간다.

취백루 앞에는 조그마한 다리가 있었는데, 흐르는 시내에 가로질

---

30) 증심사 門樓: 한국 전쟁 때 불타 버렸다. 1998년에 다시 재건되었다.

러 걸쳐 있었다.

좌우에는 고목이 우거져 그윽한 정취를 불러일으키고, 풍치를 사랑하는 마음으로 한동안 발을 멈추어 감상에 젖어들기도 한다.

또다시 비루한 이야기로 돌아가려는가. 이 대목은 좀 치사한 이야기지만 꼭 짚고 넘어가야 하겠기에……

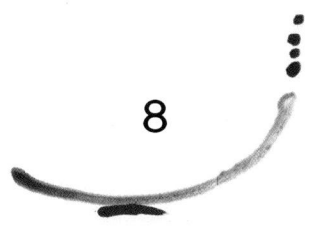

8

명종 14년(기미, 1559)경부터 중용된 이양도 그의 일파와 함께 전횡하다가 1563년에 결국 축출된다.

같은 해 이양이 동부승지로 재수되자 사관은 전후 상황을 이와 같이 기록하고 있었다.

「이양은 당시 홍문관의 종3품 벼슬에 있으면서 총애가 한창 융성했다. 상이 초배(정해진 등급을 뛰어넘은 벼슬)하고 싶었지만 그 일을 어렵게 여기다가 마침내 전례를 끌어다 대어 집의 사간, 부응교 이상을 아울러 승지에 주의 하도록 이조에 명해서 이양을 승지로 임명한 것이다. 이양은 임자년 과거에 급제하여 이때까지 팔 년이 되었지만 그 사이에 거상(상중에 있었다)하느라 조정의 벼슬한 것은 6년에 불과했다.

금년 봄에 정랑이 되고 여름에는 이렇게 승지발탁이 있었다. 물의가 떠들썩하면서도 어느 누구도 그가 두려워서 이의를 제기하거나 감히 반론하지 못했다. 이양은 왕비의 외삼촌으로서 어리석고 성질이 험악했다. 재주도 천박하여 공론에 인정받지 못하였지만 상이 윤원형에게 싫증을 느꼈기에 이양을 등용하여 권력을 분산시키려 한 것이다. 때문에 관계의 차서를 밟지 않고 초탁(남을 뛰어넘어 뽑혀 씀)시켜 크고 작은 정사와 인물의 진퇴를 모두 먼저 이양에게 은밀히 물어본 뒤에 처리하곤 했다. 이양은 그 총애를 과장하고자 하여 은밀히 사람들에게 누설하니 듣는 이들이 속으로 그를 비웃었다.」

명종 14년 6월 계해(23일)

이런 정치 상황이었기에 많은 관직들이 이양의 뜻에 따라 추종자들에게 제수되었다.

조정에서는 관직재수가 있을 때마다 신록에는 이양 일파의 인물들에 대한 사관의 격렬한 논평이 뒤따랐다는 기록이 첨가되었다. 그중 대표적인 인물이 고맹영과 김백균이었다.

명종과 이양의 관계나 이양의 사람 됨됨이나, 당시의 정치적 상황과 관료들의 행태를 적나라하게 보여 주는 사건은 역시 이양의 아들, 이정빈의 과거급제 과정이었다.

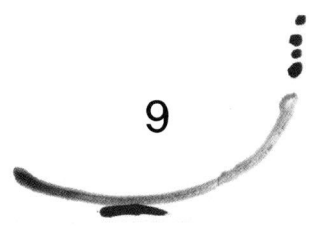

9

명종 16년(신유, 1561) 4월 3일 별시가 있었다. 합격자 중에는 외척의 자제가 많았다. 이양의 아들 이정빈도 거기에 끼어 있었다. 게다가 강경(글을 강론)에는 합격했으나 제술(글을 짓는 과정)에 불합격한 진사, 심화[31]가 을과에 들어 있어 여론이 날아오를 듯이 들끓었다.

다음날부터 사간원. 사헌부 등에서 이의를 제기하고 파방(과거에 급제한 사람의 발표를 취소)하라고 건의하였다. 그래도 명종은 8일까지 파방을 윤허하지 않았다.

그날 밤에 돈예문에…… 벼락이 떨어지자 다음날 수성(修省)하는 뜻으로 파방을 윤허하게 되었다.

이때에 명종은 심화에게 다음 과거에서 직부전시[32]에 응하라고

---

31) 沈鏵: 우의정 심통헌의 아들.
32) 直赴殿試:
　　殿講, 節日製, 黃柑製,[1] 通讀, 外方別科 등에 합격한 사람이 곧 文科의 覆試에 응할 수 있는 자격을 준다.
　　성균관의 유생, 생원, 진사, 사학재임[2], 문벌가 자제 중에서 학식이 많은 사람을 대

명한다.

직부전시란 대과의 3차 시험이었다. 전강은 정조[33] 초 이후에 시작했던 제도로서 성균관의 유생, 생원, 진사, 사학재임, 문벌가의 자제 중에서 학식이 많은 사람을 대궐 안에 모으고 임금이 친히 행

권 안에 모으고 임금이 친히 참관하여 실시하던 시험이다. 시험출제방법은 三經, 즉 詩, 書, 周易이나 거기에 禮記, 春秋를 더한 五經에서 찌를 뽑아서 외우게 하는 것이 특징이다. 찌는17.5cm 길이와 5mm 너비, 그리고 5mm가 되는 두께로 대나무 쪽을 만들어 찌 표면 위에 '講章'이라는 글귀를 써 놓았다.

1) 황감제: 해마다 濟州道에서 進上하는 黃柑을 성균관 및 四學 유생들에게 내리고 실시하는 과거제도인 것이다.

2) 四學齋任: 서울의 권세가 있는 집안 자제를 가르치기 위해서 서울의 중앙 및 동, 서, 남 네 곳에다 나라에서 세운 학교로서, 中學은 서울 종로구 중학동에 자리하고, 東學은 東部에 소재. 천도교의 주관으로 천주교에서 주관한 서학에 반대하여 崔濟愚가 창도한 일종의 민족종교이다. 단군신화에 나오는 桓雄을 숭배하고 無爲而化, 즉 공들이지 않아도 스스로 변하여 잘 이루어진다는 老子의 사상이다. 성인의 덕이 크면 클수록 백성들이 스스로 따라와서 잘 感化된다는 교리다. 천도교의 가르침은 한울님의 전지전능으로 이룬 자존자율의 우주법칙을 말한다. 다시 네 가지로 요약한다면 한울님의 존재를 인정하고, 자존자율의 법칙을 준수하고, 절대성과 상대성의 조화를 이루고, 항구적 진화성 등을 표방한 교육을 이념으로 삼았던 것이다. 南學은, 중국 남북조 때의 南朝의 학문을 가르치는 四學의 하나로서 서울의 남쪽에 두었다. 西學은, 천주교에서 주관하던 학교였는데, 서양문명에 대한 학문적 가르침을 배경으로 삼았다. 동학과 반대되는 말로 서학이라 일컬었는데. 지금의 중구 태평로1가의 시청 청사근처에 있었다. 通讀은, 성균관의 대사성이 매년 서울과 지방의 유생에게 제술(시나 글을 짓게 하는 것)과 강서(옛글의 뜻을 강론)의 시험을 치르게 했다.

외방별과는 임금의 특지로 重臣이나 어사를 보내 제술 또는 무예로서 평안도, 함경도, 江華, 제주 사람들에게 시험을 보게 하였다. 이때 합격한 자에게 문무과의 전시에 직부(殿講, 節日製, 黃柑製, 通讀, 외방별과 등에 합격한 사람이 곧 문과의 覆試 혹은 전시에 응)할 수 있는 자격을 주었다. 이상에서 합격한 사람이 곧 문과의 복시 혹은 전시에 응할 수 있는 자격을 비로소 얻게 되었던 것이다.

33) 正祖
조선왕조 제22대왕. 장헌세자의 아들, 즉위하자 辟派일당의 음모를 분쇄, 이를 몰아내고 洪國榮을 중용했으나 국영이 왕의 총애를 믿고 쇄도정치를 펴는 등 횡포가 심하므로 그를 추방한 후로는 蕩平策(英祖가 당쟁의 뿌리를 뽑아 일당전제의 폐단을 없애고, 양반의 세력균형을 취하여 왕권의 신장과 탕탕평평을 꾀한 정책. 22대 정조도 이 뜻을 이어 주야로 당론의 탕평에 힘썼다)을 써서 인재를 고루 널리 등용했다. 규장각을 설치하여 역대 서적을 보관하고 壬辰字, 丁酉字 등의 새 활자를 만들어 자신의 문집 ≪弘齋全書≫를 위시하여 많은 서적을 간행했다. 또 공리공론의 주자학 대신 실사구시의 실학이 크게 발전하는 등 조선왕조 후기의 문화적 황금시대를 이룩했다.(1752~ 1800; 재위 1777~1800)

하던 시험이다.

조선왕조 때부터 인일절[34], 상사절[35], 칠석절[36], 중양절[37]의 네 명절에 의정부 육조 및 제관의 당상관이 성균관에 모여 제술로서 성균관과 지방의 유생에게 시험을 보게 하여 인재를 뽑던 제도였다. 이는 2차 시험을 거쳐 선발된 합격자의 등급만을 정하는 시험이었다.

이에 대해 사관은 다음과 같이 또 논평하고 있었다.

"사의에 폐옥[38]됨이 이러하다. 이미 파방을 명하고서 다시 심화를 직부전시하게 하였는데 직부전시는 곧 급제인 것이다. 호령의 전도됨과 은전의 착란됨이 이러하니, 장차 무엇으로 나라를 다스릴 수 있겠는가?"

명종16년 4월 무오(9일)

2년 후인 명종 18년(계해, 1563) 3월에 다시 별시가 있었다. 이정빈*은 그때 문과에 급제한다.

이때도 사관은 이정빈의 급제의 상황을 자세히 논평하여 기록해 두었다.

---

34) 人日節: 음력 정월 초 7일에 보던 과거.
35) 上巳節: 음력 정월 첫 번째 뱀날.
36) 七夕節: 음력 7월 7일 날 밤 牽牛와 織女가 만난다는 날을 기념하여 정한 명절.
37) 重陽節: 陽의 數인 9를 거듭하였다는 뜻의 9일. 음력 9월 9일에 선비들과 같은 유한계급층이 궁중에서나 또는 교외로 나가서 행하던 楓菊 놀이다. 시인 墨客은 시를 짓고 읊으며 그림을 그리면서 하루를 즐긴다. 4가지 명절에 의정부 6조와 제관의 당상관이 성균관에 모여 성균관과 지방유생에게 시나 글을 짓는 시험을 보여 인재를 뽑던 일이다.
38) 蔽獄: 양쪽의 주장을 충분히 듣지 않거나, 또는 듣고서도 그것을 존중하지 않고 부당하게 결정을 내리는 것.

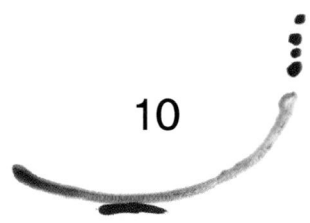

10

　"정빈이 친시에서 장원으로 합격할 수 있었던 것은 사실은 그 아비 양(梁)이 시험의 제목을 미리 알아 기일에 앞서 미리 글을 지어 놓았기 때문이다. 당초 알성시 보일 것은 판하(奏案을 임금이 允可)할 때 내관 정벌[39]이 밤을 틈타 양의 집에 와서 사람을 물리치고 은밀한 말을 하였다. 이로부터 3~4일간 양이 손님을 물리치고 외출하지 않았다. 알성하는 날에는 양이 또 병을 핑계 대고 시관의 일을 살피는 일에도 참여하지 않았다. 정빈은 글씨를 잘 쓰는 사람을 거느리고 같이 시험장으로 나가 곧 답안을 쓰게 하여 먼저 바쳤다. 양의 집 동복들이 반수(반궁의 옆을 흐르는 물) 옆에서 방을 기다리다가 정빈이 장원하였다는 말을 듣고는 서로 웃으면서 '우리 주인이 당연히 장원을 하리라 했더니 그렇게 되었다.' 하였다."

명종 18년 3월 신사(3일)

---

39) 丁蕃: 왕실 내관.

이 같은 과거는 양반사회에서 거행되는 하나의 게임처럼 일정하고도 엄격한 규칙이 있음에도 그것을 무시하고 '부정'하게 치르는 것이 과거부정이었다.

과거는 하나의 시험인데, 시험의 어두운 면이라 할 수 있는 '부정'이 존재한 것이다. 과거에 대한 기록에는 상상할 수 없는 모든 부정한 방법이 동원되었다. 이양의 아들 정빈이 했던 대리시험이라든가, 예상답안지를 미리 만들어 시험장에 들어가는 것이라든가, 시험지를 바꾸고, 채점자와 짜고 후한 점수를 주는 것, 합격자의 이름을 바꿔 치는 것 등 이루 말할 수 없는 갖가지 방법으로 규칙을 어겨 가면서 과거시험을 치렀던 것이다.

숙종 때는 유별난 일이 벌어지기도 했다. 성균관 앞 반촌의 한 여인이 나물을 캐다가 땅에 묻힌 노끈을 발견하고 이를 잡아당기자, 끈이 대나무 통과 이어져 있었다. 그 대나무 통은 과거시험장이던 성균관 반수 당으로 연결되어 있었던 것이다. 대나무 통을 길게 매설하고 통속에 노끈을 넣은 후, 과거장에서 시험문제를 확보하여 답안지를 작성해 노끈에 묶어 보낸 것이다. 그때, 조사를 했으나 범인은 잡지 못했다.(숙종실록 31년 2월 18일)

이양의 사람 됨됨이가 이러했다. 궁중 내관과의 결탁 그리고 과거시험의 부정이 적나라하게 들어나고 있었다. 그때 그는 궁중의 내관들과 내통하고 있었던 것이다.

명종의 취향과 의중을 세밀하게 파악하기 위해서였다.

내관은 그의 뜻을 차마 거절하지 못했다. 이양은 자신의 장래 신분의 보장을 위해 그의 뜻대로 임금의 여러 취향들을 세밀하게 파악하고 있었던 것이다.

그는 명종의 총애를 굳히고 아들 정빈의 과거시험 문제까지 미리 알아낼 수 있었다.

그는 본래 품성이 어리석고 경솔했는가 하면 진실성도 없다고 사관은 기록해 놓았다.

그는 임금의 주위 사람들과는 미리 잘 사귀어 두었다. 그 사람 인품이야 어떻든 자기를 잘 대접해 주는 윗사람에게는 으레 아부하거나, 호의적이기 마련이었다. 궁중사람들이 모두들 그를 칭찬으로 아첨했다. 그는 꽃이나 새 같은 애완물들을 널리 구하여 임금께 바치는데 그렇게도 열성적일 수가 없었다. 그런 결과 임금의 총애는 날로 굳어져 가고, 영화로운 자리에 훌쩍 발탁되는 것은 다반사였다.

또 다른 사실은 11월(명종, 14) 어느 날 합격자 발표 후 하례할 때의 조정에서 일어난 우스꽝스러운 장면을 사관이 기록해 둔 것은 이랬다.

"가례할 때는 출신한 사람의 부형이나 친척은 의례 뒤 열에 나아가 사은 례를 행하는데, 정빈의 이름을 부를 때는 양에게 아부하는 무리와 양을 두려워하는 사람들이 알든 모르든 온 조정이 밀리는 파도처럼 모두 사례하는 대열로 달려갔다. 호위하는 승지까지도 황급히 계단을 내려가 채 대열에 미치지(끼지)도 못하고서 엎드려 절하느라고 야단법석을 떨었다. 시어[40] 한 사람만이 거동을 하지 않아 보는 이를 놀라게 하였다. 서반에서는 덕양군[41], 동반에서는

---

40) 侍御: 조선왕조 궁내부의 시종원에 딸린 벼슬을 말한다. 좌시어와 우시어가 있는데, 奏任官 직위로 각 한 명, 판임관 직위로 모두 9명을 두었다. 하나의 시종이었던 것이다. 여기서 주임관은 갑오경장 이후에 임금이 신하에게 베푼 품계의 하나다. 이는 대신이 임금에게 말씀을 드려 임명한 것이다.

정언 정유일[42]만이 절하지 않았다. 양이 그것을 알고 유일을 좋지 않게 여겼다.

아, 시사가 여기에 이르렀으니, 통탄스럽다."

명종 18년 3월 신사(3일)

정유일은 퇴계의 문인으로 시부에 뛰어난 사람이었다. 퇴계의 가르침을 받은 그가 이양에게 아첨이나 할 그런 성품은 아니었다.

이양은 아들 이정빈을 이조좌랑에 임명되게 하려고 애를 쓰고 있었다. 그러나 이조의 전랑[43] 중에서 박소립[44], 윤두수, 이후백[45] 등은 반대했다. 이 일로 원한을 품은 이양이 사헌부의 심복들을 동원하여 그들을 문외 출송케 했다. 윤두수는 삭탈관직하고, 허엽, 윤근수 등은 파직할 것을 청했던 것이다. 명종은 이를 윤허해 버렸다.

박소립과 윤두수가 이정빈의 이조좌랑 천거를 반대하는 데는 기

---

41) 德陽君: 조선 중기의 왕자. 휘는 宗繼, 이름은 岐, 자는 伯高, 중종의 다섯째 王子, 9세 때 덕양군에 封君, 어머니는 淑儀 李氏, 부인은 安東 權氏, 예조판서 纘의 딸이다.

42) 鄭惟一(1533~1576)
조선 중기의 문신. 자는 子中, 호는 文峯, 시부에 뛰어나 당시 명망이 높았다. 벼슬은 대사간, 승지, 이조판서 등을 역임했다. 저서로는 ≪閑中筆錄≫, ≪關東錄≫, ≪宋朝名賢錄≫ 등을 저술하였으나 임진왜란 때 모두 소실되었다.

43) 銓郎: 조선왕조 때, 이조의 정랑과 좌랑을 말하는데, 내외 관원을 薦擧, 전형하는 데 가장 많은 권리를 가지고 있었다. 그런 데서 이런 별칭이 붙게 되었다.

44) 朴素立
자는 豫叔. 명종 10년(을유, 1555) 식년문과에 급제. 명종이 후사 없이 죽자 좌승지로서 이준경, 이양원 등과 함께 宣祖를 즉위시키는 데 공이 많았다. 1571년 천추사(중국 황태자의 탄신을 축하하기 위해 보내던 사신)로 명나라에 다녀온 뒤 예조판서, 지중추부사 등을 지냈다.

45) 李後白(1520~1578)
명종, 선조 때의 문신. 자는 季眞, 호는 靑蓮, 延安 사람. 명종 10년(을유, 1555) 식년문과에 병과로 급제. 선조 2년(기사, 1569) 도승지, 대사헌, 부제학 등을 역임하고, 선조 6년(계유, 1573) 진주사(임시로 보고할 일이 있을 경우 중국에 보내는 사절, 주청사)로 명나라에 다녀와 이듬해 대사간, 이조판서에 올랐다. 청백리에 녹선되었다.

대승이 이양과의 교유를 거부한 것도 한몫을 했다.

이양이 많은 선비를 해치려 하자 사림의 분위기가 어수선해져
갔다. 이에 명종의 깊은 의중을 전해들은 부제학 기대항46), 직제학
유종선47) 등이 중심이 되어 홍문관에서 이양의 전횡을 비판했다.
삭탈관직하여 문외출송에 처할 것을 건의하는 기록을 올린 것이다.

이양의 전횡과 권력자에게 대한 관료들의 행태가 이러했다. 이는
정치적 상황을 극명하게 보여 주는 사건이었다. 5개월 후인 8월에
이양은 결국 유배지를 향해 떠나간다. 이로써 이양 일파의 인물들
은 모두 삭탈관직, 파직, 유배의 형을 받게 된 것이다.

---

46) 기대항(1519~1564)
   명종 때의 문신. 자는 可久, 幸州 사람. 권신 李樑이 사화를 일으키려 하자 그의 죄상
   을 상소하고, 이를 묵살하려던 사헌부를 탄핵, 그 일당을 모두 처단하고 대사헌, 한성
   부 판윤에 올랐다.
47) 柳從善
   자는 擇仲, 호는 謙齋, 명종 1년(병오, 1546) 진사로 증광문과에 을과로 급제. 지평,
   문학 등을 거쳐 1559년 장령, 다음해 사간(사간원 종4품), 응교(홍문관의 정4품), 이
   어 검상(의정부의 낭관 정5품), 전한(홍문관의 종3품)을 지낸다. 1563년 직제학(집현
   전의 종3품, 예문관, 홍문관의 정3품), 형조참의, 다음에 동부승지를 거쳐 좌부승지
   가 된다.

11

그곳의 중들은 제봉이 오리라는 것을 꿈에도 생각하지 않았을 것이다. 그는 취백루에 올라 난간에 의지하여 잠깐 휴식을 취한다. 취백루라 이름 지어진 것은 잣나무가 뜰 앞에 푸르다(栢樹庭前翠) 라는 시구에서 유래되었다. 벽상에는 권흥[48] 등 여러 선비들의 시 가 편액에 새겨 걸려 있었다. 대개 홍무[49] 가정 연간에 쓴 김극기* 의 시는 이미 유실되어 지금은 걸려 있지 않았다. 이 어찌 후세들 의 한탄할 일이 아닐까.

그러나 「신증동국여지승람」에는 증심사에서 읊은 김극기의 시가 한 수 기록으로 남아 있었다.

"잣나무는 뜰 앞에 푸르고

---

48) 權興: 시인.
49) 洪武(1328~1398, 재위 1368~1398)
중국 명나라의 태조 (朱元璋)년간에 쓴 것으로 그는 처음에는 郭子興의 부하였다. 그는 자립해서 세력을 길렀다. 1356년에 金陵을 점령했다. 1368년 그곳에서 즉위하 여 국호를 명, 연호를 홍무라고 불렀다. 홍무제이다.

복숭아꽃은 언덕위에 붉(었)구나
어찌 반드시 지경50)밖에서 찾으랴
다만 돌려있는 속에서 찾을 것이로다.
막힌 경내에서는 마음도 끝까지 막히나니
말[言]을 잊어야 도가 비로소 통하는 것
누가 이 절 이름을 지었는가.
묘한 이치를 홀로 깊이 궁리하였도다.

시간이 얼마나 지났을까. 나이 많은 고승이 제봉에게 찾아온다. 고
승은 그가 거할 자리를 쓸고 포단을 깔아 주었다. 제봉은 피곤하여
자기도 모르게 스르르 눈이 감기더니 그만 깊은 잠에 빠져들었다.

한 끼 식사를 할 만한 시간이 되었나 보다. 제봉은 잠에서 깨어
일어난다. 떨어지는 햇빛은 서산에 너울거리고, 붉은 아지랑이는
하늘을 뒤덮고 있었다. 놀란 사슴은 쏜살처럼 대숲으로 달아나고,
게으른 새들은 지저귀며 수풀 깊숙이 쉴 곳을 찾아 헤매고 있었다.

죽고 싶다는 너의 소리 무엇 때문이냐
세상에 태어난 게 후회란 거냐.
푸른 숲에는 비가 활짝 개었고
우거진 나무엔 달빛이 밝아온다.
나 같은 사람도 살아 있는데
공연히 목멘 소리 내지마라.

제봉은 깊은 시름에 잠기게 된다. 옛 사람이 말하기를 "명승지에
오르면 마음이 절로 슬퍼진다.(勝處傷心自哀)"라고 한 말은 결코
헛된 말이 아니었다.

---

50) 地莖: 地下莖의 준말. 땅속줄기(地上莖).

나이 많은 중은 솔잎 술과 산나물로 제봉을 접대하면서…… 이야기가 소재(蘇齋)의 옛 놀이에 이르러서는, 자못 구수하게 들린다. 노수신은 당대 최고의 성리 학자로 영의정에 이른 대학자였다. 어명으로 그는 조광조의 신도 비문을 짓기도 한 사람이다. 그 중이 말해 주기에 비로소 제봉은 고개를 들어 누교의 시내위를 바라본다. 시내위에는 송암 최응룡[51]이 바위에 새겨 놓은 시가 있는 곳을 찾아냈다. 각자의 획이 옅고 이끼가 찌들어 알아볼 도리가 없었다. 이를 두고 그는 매우 아쉬움을 나타낸다.

절 옆에는 울창한 죽림이 있어 산과 이어져 있었다. 비록 위천(중국 황하의 지류)에 있는 천묘의 죽림에 비교하더라도 손색이 없었다.

명종 9년(갑인, 1554) 봄에 그가 이 절에 왔을 때에는 대 마디의 길이가 일척이 넘고 둘레의 크기는 서까래 같은 것들이 즐비했는데, 이제는 쇠잔한 대가 쓸쓸해 보인다. 옛날의 모습은 볼 수 없었다. 고승이 법당을 가리키며 말한다.

"이 법당은 세상에 전해 오기를 고려 초엽에 이름난 도편수가 창건했다고 하는데 그 이래로 근 천년이란 역사를 자랑합니다. 집의 추녀 끝이나 마룻대와 계단의 초석이 조금도 기울지 않았습니다. 좌우의 요사는 무릇 몇 번을 개수하였는지 알지 못하는데 이 법당만은 남아 있었습니다.

---

51) 崔應龍
　　자는 見叔, 호는 松巖, 松亭, 명종 1년(병오, 1546) 증광문과에 장원, 사관이 된다. 지평, 의주목사, 공조참의, 병조참지, 우부승지를 역임하고, 선조 2년(을사, 1569) 나주목사, 충청도 관찰사, 함경북도 병마절도사를 거쳐 1577년 전라도 관찰사에 이어 형조참판이 된다. 善山의 松山 書院에 제향.

옛날 이 절에 대장경 원판이 있었고 또 불경도 여러 상자가 있었습니다. 이를 한 전당에 간직하였으나 이제 전당만 남고 경서는 모두 없어졌습니다."

라고 한다.

이날 저녁에 일원(一元), 이만인과 숙명, 김회52)가 도착했기에 한자리에서 함께 유숙한다. 노승이 촛불을 켜고 향을 피우고 경석(磬石)을 울려 부처에 예배를 올린 후 제봉일행의 거처에 와 공손히 앉아 말한다.

"산중에 옛날 향반을 설치하였다가 연루(연꽃모양으로 만든 누수기, 물시계, 매일 12시를 쳐 시각을 알린다.)로 대체하였는데 시간마다 종을 울려 손님의 잠자리에 방해가 될까 염려되옵니다."

그러자, 제봉의 대답이……

"그렇지 않습니다. 우리들이 세속에서 몸을 벗어나 잠깐 선경에 머무르니 맑은 밤에 눈만 말똥말똥 잠이 오지 않습니다. 그런데 작은 종소리가 은은히 울려왔습니다. 그 소리는 정작 나쁜 소리가 아니었습니다. 들으니 족히 경성하는 마음을 일으킬 수 있었습니다."

그 후 세 사람은 밤이 깊도록 이야기를 나눈다. 어느새 노승은 눈꺼풀이 닫치는가 싶더니 자리에 쓸어져 눕는다. 얼마 안 있어 늙은 중의 코고는 소리는 우레와도 같이 요란스럽게 들려온다. 가소로웠다. 새벽녘에는 남풍이 요란스럽게 몰아쳐 온다. 제봉은

---

52) 金廻: 자는 叔明, 호는 鳴岩, 제봉 고경명에게서 글을 배워 文名이 높았으나 벼슬에 나가지 않았다. 후학의 교육에 힘써 많은 명사를 배출했다.

비가 올 조짐이 아닌가! 염려되어 고승을 깨워 묻는다. 그는 말
하기를……

　"빈도가 오랫동안 이 산에 깃들어 비바람의 징후를 익숙히 아는
데 비록 남풍이 불더라도 비 올 조짐은 아니옵니다."

12

21일(을축) 일기는 쾌청하다. 늦은 아침에 임훈의 일행이 도착한다.

신형(愼衡), 언균(彦均), 장원(長元), 이억인(李億仁), 강숙(剛叔), 김성원(金成遠), 서하당(棲霞堂), 자상(子常), 정용(鄭庸), 응수(應須), 박천정[53], 여정(汝正), 이정(李偵), 공달(公達), 안극지(安克智) 등이 뒤따라온 것이다.

제봉은 취백루에서 임훈을 만나는데, 누대(樓臺) 앞에는 해묵은 잣나무 두 그루가 서 있다. 형상이 예스럽고도 괴상해 즐겨 구경할 만하다. 비록 고려시대의 유물은 아니었으나 여러 대에 걸쳐 내려온 취백루라는 그 이름에(순서가 틀리고 앞뒤가 서로 맞지 않는 것은 아니다.) 손색이 없었다.

좌장격인 임훈을 위시하여 그가 초청한 선비들 모두가 취백루의 널찍한 다락에 자리를 함께했다.

"시사에 모두들 다망하실 텐데 이렇게 산행을 함께해 주셔서 고

---

53) 朴天挺
   1568년에 司馬試에 급제했다. 임란 때 左義兵將, 고경명의 軍糧 將으로 큰 공을 세운다.

맙소이다. 여러분과 모처럼 어렵게 산행을 하게 되었으니 우리 한 번 산행을 흡족하도록 즐겨 보십시다. 여러분 모두가 심신을 달련하고 몸과 마음에 묻은 세속의 거친 때를 말끔히 씻어 내어 버리고 새롭게 눈을 뜨고 세상을 바라보도록 하십시다. 자 한 잔씩 드십시다들."

술이 몇 순배 돈 후에 갈천은 식사를 재촉한다. 늦은 아침을 먹고 일행은 등산의 길을 떠나게 된다. 허드렛일을 돕기 위해 따라온 사람이나 잡인들은 물리치고 가까이 있던 수하들을 간단히 거느리고, 일행은 등산하기 거치적거리지 않게 들에 나갈 때 입는 간단한 옷으로 갈아입었다.

갈천은 대를 엮어서 만든 가마를 타고 스님에게 길을 안내하게 하여 증각사를 향해 떠난다.

가는 도중에 갈천은 우거진 나무그늘에 앉아 짐꾼들을 휴식하게 했다. 서쪽에 솟아 있는 산봉우리를 가리키면서 응수가 말한다.

"이는 사인암(단양팔경이 아니고, 약산사 앞 서쪽에 있는 속칭 세인봉)인데 옛날 그 정상에 올라가 본즉 바위 돌부리(석골)가 구름에 맞닿아 있고, 절벽이 반공[54]에 솟아 있는 것 같습디다. 거기다가 송골매의 둥우리까지 굽어볼 수 있었습니다."라고 한다.

증각사(폐찰이 된 천문사 터 근방)에 도착하고 보니 낮 열두 시가 지났다. 시간이 얼마나 지났을까. 희뿌연 구름안개가 몰려들어 순간 산악을 가득 메운다. 이어 흙비(바람에 날리어 떨어지는 가벼운 모래흙으로 요즈음 급격히 늘어난 황사현상과 다를 바 없다)가 내려 멀리 바라다볼 수 없었다.

---

54) 반공: 半空中을 말한 것으로 하늘과 땅 사이에 그리 높지 않은 허공을 가리킨다.

그럼에도 그리 멀지 않은 곳에 있는 대나무 정자와 넓은 벌판과 비단결 같은 시냇물은 역력히 분별할 수 있었다.

제봉은 높은데 오를수록 시야가 더욱 넓어진다는 것은 익히 알고 있었다. 증각사의 북쪽에는 분죽(솜대)과 오죽(烏竹)이 있었다. 분죽은 불에 쪼여 기름을 낸 후 지팡이로 만들면 반들거리는 윤기가 난다고 한다.

일행은 차를 마신 후 길을 재촉한다. 이정을 거쳐 중령에 이르게 된다. 곧고도 길게 뻗은 험준한 길을 이용하지 않으면 안 된다. 저 멀리 정상엔 드높기가 하늘 위의 세계와도 같아 보인다.

일행은 모두 물고기를 꿰미에 엮듯 서로 붙들고 개미가 기어오르듯 한다. 정상을 향한 걸음의 폭은 겨우 일척(천금과도 같은 한 시각)을 전진하며 바라본 정상은 십 척은 더 멀어져 가는 것 같다.

마침내 일행은 정상에 올랐다. 앞이 환하게 트이고 시야가 활짝 열렸다. 제봉은 기분이 아주 상쾌했다. 빗방울을 걷어 내고 쨍쨍하게 내비치는 해를 보는 것 같았다. 중령에서 산세를 따라 좌편으로 접어든다. 찬란한 햇발이 새 들어오지 못할 정도로 숲은 울창하다. 비탈길은 바위로 휘둘린 절벽이라 한 움큼의 흙도 찾아볼 수 없었다.

다만 푸른 바위 옷 사이로 박쥐가 날아다닐 뿐이다. 지팡이를 끌고 걸어가며 시를 읊는다. 청량감 넘친 시 읊는 소리가 힘겹고도 수고로운 등산길을 잊게 해 주는 것 같았다.

중령에 오를 때의 일을 생각하면 가벼운 수레를 타고 평탄한 길을 달리는 것과도 같은 느낌이라고나 할까.

갈천이 먼저 냉천정(지금의 샘 골)에 도착한 뒤에 오는 자들을 기다리고 있었다. 바위틈에서 솟아 나온 물은 나무 밑 옹달샘을 이룬다. 물의 시원함은 도솔사[55])의 샘물과는 비교가 되지 않았다. 그러나 달콤한 맛은 어떤 물과도 비할 바 아니었다.

일행은 가파른 산을 오르느라 많은 땀을 흘리고…… 정상의 시원한 바람에 어느새 땀은 사라졌지만, 대신 하얀 염분이 이마와 목덜미에 반짝거리며 때때로 땀구멍에 스며들어 쓰라릴 때도 있다. 경명은 소변을 보지 않았는데도 갈증이 심하다. 체내 수분이 땀으로 대부분 흘려버렸기 때문이리라.

다른 일행도 마찬가지일 것이다. 큰 바가지에 샘물을 퍼 와 콩가루를 타 놓자 서로 앞 다투어 벌컥벌컥 마셔 대는 것이, 비록 금장옥액[56])이라도 그 시원함이 이보다 좋으랴 싶었다.

---

55) 도솔사: 圭峯의 동북방에 있었는데, 이제는 헐려 버리고 없다. 그러나 그곳에 있는 샘물만은 지극히 차가운 물로 아직도 보존되고 있었다. 물의 빛깔은 푸른색을 띠고 있었다.
56) 金裝玉液: 금으로 만든 그릇에 옥에서 난다는 즙(汁)을 담은 것을 말하는데, 이 즙을 마시면 오래 산다고 한다. 도가에서는 이 즙을 선약으로 생각했다. 즉 마시는 술을 비유하여 말하기도 한 것이다.

22. 맹영과 김백균의 삭탈관직

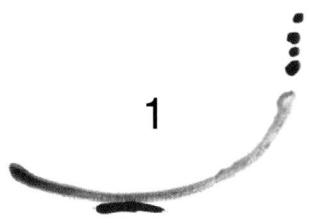

1

제봉은, 이양의 무리들이 삭탈관직당할 무렵에 홍문관교리로 있었다. 그는 이양과 장인 김백균과 부친인 맹영 등을 몰아내야 한다는 회의에 대한 기록을 올리는 일을 논의하는 데 참여했다. 그리고 자필로 연명차자에도 서명했다. 그러고는 그 논의 내용을 장인인 김백균에게 알려 주었다.

이 일로 제봉은 울산군수로 좌천되었다가 11월에 파직된다. 그의 아버지 맹영과 김백균은 10월에 삭탈관직되었다. 이 시기에 제봉이 이양 일파라는 사관의 논평이 있었으나 재주가 있다는 것도 동시에 논의되고 있었다.

재출사 이후 그의 전력이 문제가 될 때에도 고맹영의 아들이라는 점이 거론되곤 했다. 후대의 잡록에 나타난 기록을 보면 제봉이 이양 사건 때문에 사후에도 물의를 일으키곤 했다고 전해진다.

김시양1)의 배계기문2)에는 다음과 같은 기록이 담겨 있었다.

---

1) 金時讓(1581~1643)
   그는 慶州 사람으로 문신이다. 인조 때는 병조판서, 이조판서, 팔도 도원수, 도체찰사

"판윤 기대항이 부제학으로 있을 적에 청양군 심의겸과 이양을 탄핵하고자 비밀히 약속하였다. 그때 이산해³⁾가 나이 스물다섯에 정자로서 관에 입직하여 차자(간단한 서식으로 하는 상소문)쓰는 일을 담당했다. 이산해가 심의겸과 이양을 탄핵하는 상소문을 작성하려는데 이양을 매우 두려워하여 손이 떨려서 글자를 이루지 못하더니, 기대항이 웃으며 말하기를 '정자는 나이가 어려서 겁을 내는군.'" 하였다.

이산해는 지번⁴⁾인 아버지와 화담의 문인이었던 그의 작은아버지 이지함에게서 처음 글을 배우기 시작했다. 토정 이지함은 어렸을 때엔 그의 맏형인 지번에게서 글을 배웠다. 지번은 고려조 문신이자 대학자요 삼은(고려 말의 세 학자, 포은 정몽주, 목은 이색, 야은 길재)의 한 사람인 목은 이색의 후손이었다. 지번은 나라가 혼란해지자 벼슬을 버리고 단양에 내려와 구담에 집을 짓고 한 세월을 보낸 은사였다. 이산해는 어릴 때 신동으로 알려져 있었다. 윤원형이 자기의 딸을 주어 사위로 삼으려 하자 이지번은 즉각 벼슬을 버리고 아우 지함과 함께 단양의 구담에 내려가 은둔해 있었다. 그들은 구담에서 열심히 학문을 닦고 소박한 생활을 하면서 스스

등을 지낸다. 청백리로 뽑힐 정도로 그는 청렴했다. 안타깝게도 그는 말년에 안질로 맹인이 된다. 시호는 충익(忠翼).

2) 拜啓記文: 절하고 사뢴다는 뜻으로 편지 첫머리에 쓰는 말.

3) 李山海(1539~1609)
선조 때의 상신. 자는 여수(汝受), 호는 鵝溪, 終南睡翁, 韓山 사람. 명종 13년(무오, 1558) 진사시에 급제, 동 18년 사가독서, 여러 벼슬을 거친 후 선조 22년(을축, 1589)에 영의정, 北人으로서 鄭澈 등을 탄핵하여 몰아낸다. 자신도 나라를 그르치고 왜적을 불러들였다는 죄목으로 쫓겨났으나 宣祖朝 문장八가 중의 한 사람으로 일컬어진다. 문집으로는 ≪鵝溪集≫이 있다.

4) 李之蕃: 이산해의 아버지. 고려조 문신이자 대학자인 牧隱 李穡의 후손.

로 인생을 즐기며 살았다. 사람들은 그를 귀선(龜仙)이라 불렀다.

퇴계는 이산해와 벗하여 그에게 도학을 권면하였다고 전한다. 퇴계의 권유로 그는 청풍군수로 지방민을 청빈하게 잘 다스렸다. 그가 떠나가자 지방민들이 그의 덕을 기려 비석을 세웠다. 후세 사람들은 모두 그의 풍절(거룩한 몸체와 절개, 風采)을 숭상하였다고 한다. 그도 숙부 이지함처럼 괴팍한 성격을 가진 사람이었으나 평생 조광조를 사숙하여 신도비도 함께 쓴 당대 최고의 문장가가 된 것이다.

당시 제봉은 교리로 복무하고 있었다. 이윽고 그는 '이것은 공론이니 내가 사사롭게 피할 수 없다.'라고 말하고는 붓을 휘둘러 쓰면서 조금도 난처해하는 빛이 없었다. 이양은 이미 귀양 가 있었다. 고맹영은 다만 벼슬에서 추방되어 고향으로 돌아가게 된 것이다. 사람들은 모두가 제봉이 차자를 쓴 효과라고 말들을 했다. 그러나 그때 뜻이 있는 자들은 그의 언행을 두고 물의를 일으키며 그를 합당치 않게 평가했다. 이런 일로 제봉 또한 20년 가까이 금고나 다름없는 생활을 하게 된 것이다.

윤원형과 이양이 전횡하던 이 시기는 사회적으로도 혼란스러운 때였다.

민족문화의 기층을 이루는 서민의 생존이 불안정했기 때문이다. 흩어지면 일반 백성이 되고 모이면 군도가 되는 형국이었다. 특히 해서지방에서 횡횡하던 임꺽정을 우두머리로 한 군도는 조정의 심각한 두통거리였다. 임꺽정의 난이라고 불리는 군도의 토벌은 명종 14년 3월부터 시작되어 명종 17년 1월까지 3년이 넘도록 오랜 시일이 걸렸다. 군도의 문제는 명종 14년 3월부터 실록에서 찾을 수 있었다.

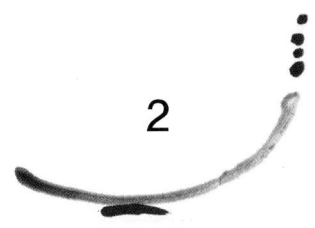

2

　조정에서 임꺽정 일당의 토벌을 전면적이고 심각하게 논의하기 시작한 것은 명종 15년 10월이었다.

　임꺽정 부대가 활동할 당시 사관은 이렇게 기록하고 있다.

　"저 도적이 생긴 것은, 도적질하기를 좋아해서가 아니라 기한(춥고 배 고품)이 절박하여 부득이 도적이 되어 하루라도 연명하려고 하는 자가 많기 때문이니, 그렇다면 백성을 도적으로 만든 자가 과연 누구인가? 권세가의 문전이 시장을 이루어 공공연히 벼슬을 팔아 무뢰한 자제들을 주군(地方)에 나열하여 백성들을 약탈하게 하니 백성이 어디로 간들 도적이 되지 않겠는가."

명종실록 16년 10월 17일.

　명종실록은 구체적으로 윤원형과 심통원5)을 두고, '물욕을 한없

---

5) 沈通源
　자는 士容, 호는 晚翠堂, 중종 32년(정유, 1537) 별시문과에 장원. 명종 1년(병오, 1546) 문과 중시에 급제. 여러 요직을 거쳐 1564년 좌의정이 되고 기로소에 들어갔다. 이듬해 윤원형 등과 권력을 남용하다가 삭직된다. 김안로에게 아부한 죄로 관직을 삭

이 부려 백성의 이익을 빼앗는 데도 못 하는 짓이 없는……' 대도 적이라 하였다.

11월 하순부터 본격적이고 대대적인 토벌이 벌어진 것이다. 명종 16년 9월까지 이 문제는 조정의 가장 심각한 현안이었다. 10월에는 황해도뿐만 아니라 주변의 모든 도까지 장수와 병력을 파견하고 현지 병력까지 총동원하여 임꺽정 토벌에 나선 것이다.

다음해인 명종 17년 1월에야 임꺽정은 사로잡히게 된다. 이러한 정치, 사회적 상황 속에서 제봉은 첫 번째 관료시기를 보내게 되는데, 만년에 다시 서용되었을 때는 이미 동서의 당쟁이 극심했던 시기다. 제봉과 가까웠던 정철이 서인의 중요인물로 동인의 견제를 받고 있던 때이기도 하다.

선조 22년(을축, 1589)에 일어난 기축옥사, 즉 정여립사건은 송강의 밀고로 이루어진 사건이다. 그 처리 과정에서도 정철은 위관이 되어 관련자들을 혹독하게 처리한다. 이 사건은 처음부터 의혹이 쌓여 있었다. 동인뿐만 아니라 서인의 일부 인사까지도 사화라고 하는 이가 있었다. 그 정당성을 인정받을 수 없었기 때문이다. 모두 조작된 것이라고 하여 뒤에 옥에 연루된 인사의 신원론이 들고 일어나 결국은 모두 석방되고 말았다.

이것으로도 송강에 대한 동인들의 적대감정은 대단했다는 것을 알 수 있었다. 그리고 오랫동안 반목이 계속된다. 사실 제봉 자신은 동서의 당쟁에 직접적인 관련은 없었다.

선조 24년(임진, 1591) 양사가 송강을 탄핵하는 중에 제봉이 그의 추천으로 당상관이 되었다는 말이 나왔다. 제봉의 전력과 서인

탈당했다가 복관되었다.

의 영수인 송강과의 친밀한 관계가 상승작용을 해 동래부사직에서
도 파직된 것으로 보인다.

송강은 같은 해 건저문제6)로 유배된다. 제봉도 그때 고향으로 돌
아온 것이다. 정치적 후원자 송강의 정치적 좌절이 그에게도 영향
을 미치게 된 것이다. 그의 아버지와 장인이 연루된 관계로 고향에
돌아와 19년간을 지내야 했는데, 또다시 친구 사이의 우정이 빚은
두 번째로 맞이한 낙향이었다. 물론 그 사이사이에 병이 들어 관직
을 사직하고 고향에 잠깐잠깐 내려온 일도 없진 않았다.

뭐니 뭐니 해도 제봉의 심중에 지대한 영향을 끼쳤던 것은 정치,
사회적 상황보다 명종과의 관계에 기인한 것이 더 크지 않았을까
싶다.

명종은 조수 기르기와 서화 그리고 문예에 대한 각별한 취향을
가지고 있었다.

명종은 정원에게 전교를 했다.

"天大靑, 天二靑, 天三靑과 大綠 등을 안으로 들여오라 이것은
모두 물감들이다." 명종 17년 4월 을유.

이때 바야흐로 화사 10여 인을 궐내에 모아 놓고 새나, 벌레, 초
목 등을 그리게 하느라 이런 명이 있었다.

지금까지 수년 동안 상(上)은 경연에 나아가는 것을 게을리하고
사장에 뜻을 두었다는 것이다. 서화와 새 기르는 것을 즐기느라 그
랬다. 내신이 출사할 때는 화사를 대동하고 가서 지나가는 곳 중의
명승지를 묘사하여 그것으로 병풍을 만들곤 했다. 화사 4~5명이

---

6) 建儲問題: 선조 24년(신유, 1591)에 왕세자 책봉문제로 벌어진 동인과 서인의 분쟁,
서인 정철이 세자책봉을 주장하자 동인 이산해 등이 당시 왕의 총애를 받고 있던 仁嬪
김씨의 소생 信城君을 해치려는 음모라고 讒訴하여 서인들을 내어 쫓았다.

항상 궐내에 대기하듯 하고 있었다. 집비둘기, 닭, 오리를 널리 구하여 대궐 안에 있는 동산(禁苑)에서 기르고 있었다.

명종은 문신들에게 연회를 베풀어 주고 어제를 내리며 시를 지어 바치게 했다. 그런 후 그 결과에 따라 등급을 매겨 상품을 하사하기도 했으니까……

제봉이 대과에 급제한 명종 13년 10월부터 울산군수로 좌천된 명종 18년 10월까지 중앙에 있던 시기에도, 명종은 홍문록과 제술에 뽑힌 문신들을 불러 궁중 뜰에서 제술시험을 보이거나 근신들에게 시를 지어 바치게 했다. 이것 역시 상을 내리는 일이 매우 빈번했다고 기록은 전하고 있었다.

3

　해가 저물 무렵 등산객 일행은 입석암(입석대에 있었던 암자)에 도착했다. 양사기[7]의 시에 '열여섯 봉우리가 절을 감싸 주었네. 十六峰藏寺'라는 구절이 바로 여기인가 싶었다. 암자의 뒤에는 마치 진을 친 병사들의 깃발이나 창검과도 같았다. 혹은 기암이 뾰족뾰족 솟아올라 있는 것을 보면 죽순이 다투어 나오는 모양이라고나 할까, 결백한 부용(연꽃)은 처음 피는가 보다 하고 바라보는 저 멀리에는 의관을 바로잡아 가지런히 한 선비가 홀을 들고 읍하는 것 같으니 말이다. 또 가까이 보면 철옹성과도 같은 튼튼한 요새이고, 또는 철 갑옷을 입은 병사가 일만 명이나 나열해 있는 것 같기도 했다. 한 봉우리는 드높은 그 형세가 마치 세속을 벗어난 선비의 초연한 모습 같기도 해, 홀로 있어 몹시 외로움을 자아내고 있는 것 같았다.

　더욱이 이해할 수 없는 것은 네 귀퉁이 층계가 옥을 깎아 세운 듯이 낭떠러지에 쌓이고 또 쌓인 포목점의 필목들처럼 여러 겹으

---

7) 楊士奇: 명나라 초 1400년대 한림벼슬을 했다. 문인 정치가.

로 겹쳐 있었다. 마치 먹줄을 튕겨 줄을 그어 놓은 것 같기도 하고, 천지가 처음 개벽할 때 아무런 이유도 없이 결합되어 우연히 기이한 광경이 스스로 이루어진 것일까 하는 생각이 들었다. 아니면 신묘하게 만든 것과 귀장(鬼匠)이 바람과 우뢰를 불러 이 교묘한 솜씨를 농락한 것일까.

누가 이 기이한 광경들을 만들고 다듬어서 이토록 장엄하게 연출해 놓았을까.

아미산8)의 옥국이 땅속에서 솟아 나온 것은 아닌가.

성도9)의 석순에서 나온 해안10)이 아닌지 제봉으로서는 알 수 없었다.

바위의 형세는 참치부제11)했다. 떨기로 솟아 비록 공교한 역산가12)라도 손꼽아 헤아릴 도리가 없을 것이다. 열여섯 봉우리라고 하는 것은 특히 볼만한 것을 근거삼아 대략만을 말한 것이다. 형세의 모양은 양편으로 뻗어 내려 사람이 두 팔을 벌린 것 같았으니…… 암자는 정중에 있는 암자에서 위태로운 바위를 우러러보니 언젠가는 굴러떨어질 것만 같았다. 제봉은 두려워서 모골이 송연했다.

그는 그곳에 잠시도 머무를 수가 없었다. 바위 아래에는 샘 두

---

8) 峨眉山: 四川省 서부에 위치한 중국 사대명산 중 하나이다. 岩洞靈窟이 많고 牛心, 伏虎, 萬年 등 저명한 史蹟이 있는 피서지로 알려져 있다.

9) 成都: 중국 사천 성의 주도. 유명한 蜀江의 비단을 비롯해 풍광이 아름다워 명승고적이 많은 고장이다.

10) 海眼: 酉陽雜粗. 唐나라의 段成式이 지은 수필에 의하면 巴蜀의 石筍街에 여름철 큰 비가 오면 왕왕 잡색의 작은 구슬을 얻게 된 데서 나온 말이다. 그의 저서로는 ≪忠志≫, ≪禮異≫, ≪天咫≫ 등 30편으로 나누어져 있으며 神怪한 이야기가 많았다. 正編은 20권, 續編이 10권.

11) 參差不齊: 길고 짧거나 또는 서로 드나들어서 가지런하지 않았다.

12) 曆算家: 曆學과 算學. 천체의 운동을 관측하여 책력을 만드는 기술을 연구하는 학문과 셈에 관한 학문을 다루는 사람.

곳이 있는데, 하나는 암자의 동쪽에 있고, 또 하나는 암자의 서쪽에 있었다. 샘물은 큰 가뭄에도 마르지 않았다. 일행은 입석암을 떠나 약간 북쪽으로 가다가 우측 입석을 끼고 돌아 불사의사로 들어간다. 제봉 등 몇몇 선비가 안내된 방장(주지승이 거처하는 방)은 그 넓이가 겨우 몇 평방 자에 지나지 않았다. 좌선이 아니면 거처할 수 없을 것 같았다. 방장의 남쪽에는 평탄한 석대가 있어 몇 사람이 앉을 만했다. 옆에는 큰 고목이 있어 석대 위에 그늘이 드리워져 있고, 입석암은 사찰 가운데에서 지형이 가장 높아 산해의 그윽하고 기이한 풍경들이 한눈에 들어왔다. 차가운 바람이 뼛속에 스며들어 제봉과 그 일행은 오래 견딜 수가 없었다. 이 아니 애석한 일일까. 그들은 석문을 걸어 나와 배회하며 사방을 돌아보았다. 제봉은 깊은 시름에 잠긴 듯, 마음이 창망했다. 옛 친구와 이별한 것 같은 느낌이 들었다.

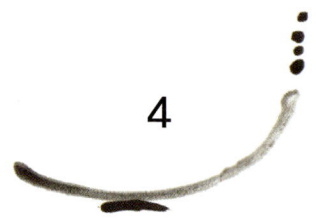

4

　취로정에서……. 어제를 입시한 인원 및 서당 관원들에게 글을 지어 올리도록 하였다. 강경 및 제술에서 합격한 사람에게는 모두 차등 있게 상을 주었다. 임금이 신하에게 술을 하사(선온)하고 술잔도 내려 주어 제각기 실컷 마시도록 했다.

　해가 저물어 파할 무렵에 이르러서는 모두에게 궁중의 등촉을 하사하여 잡고 집으로 돌아가도록 하니, 길가는 사람들이 손으로 눈을 씻고서 바라보며 세상에 드문 훌륭한 일이라고들 칭찬이 자자했다고 전해진다.

　"상이 취로정(후원)에 나아갔는데 시신[13]이 입시하였다…….

　칠언율시(七言律詩) 2題 '소견금란(召見金蘭)과 원정하일(怨情何日)이다.'와 '오언율시(五言律詩)' 2題 '자능수작(子陵垂釣)과 병길문우서(丙吉問牛喘)이다.'를 내리면서 이르기를, '입시한 사람들은 모두 글을 지어 바쳐라.' 하였다."

명종 17년 5월, 임술 15일

---

13) 侍臣: 임금을 모시는 側近의 신하.

"조선 왕조를 통해서 단오, 중구절에 왕이 근신들에게 주식을 하사하면서 시를 지어 바치게 했다. 성종 이후는 명제 제시가 관례로까지 되어 온 것을 조광조의 정책 건의에 따라 이때부터 주식하사만으로 끝나는 정도까지 되었다."

단오중양절에 제목을 주고 시를 지어 바치게 하고는 주식을 하사하는 것을 관례로 삼게 되었다. 신하들에게 시를 지어 바치게 하고 논상한다든지, 주식을 하사하고 연회를 베풀면서 시를 짓게 하고 집으로 돌아갈 때 초를 하사하는 일도 빈번했다. 그러나 명종은 실제로 실록에 기록된 것보다 훨씬 자주[14] 이러한 연회나 행사를 시행했다는 것이다.

"시예에 유의하기 때문에 어제를 내어 제술하라 명하고 과차하여 논상하는 일이 없는 달이 없는데도 치도에 조금도 보탬이 되지 않는 것은 대개 근본을 버리고 지엽을 좇았기 때문이다."

사신의 논평에 따르면 이러한 행사가 거의 매달 행하여졌다는 것을 알 수 있었다.

조선시대에 학문을 좋아하고 신하들과 관계가 남달리 가까웠던 성종도 시문을 좋아했던 대표적인 임금이었다. 후대의 군신들 간에 성종은 사실 모범적인 왕으로 인식되어 군주의 학문이나 문예취향

---

14) 이 외에도 실록에 나타난 기록은, 명종 13년 11월 을해(26일), 명종 14년 2월 임술(20일), 병인 4월(24일), 병인(25일), 7월 계사(24일), 명종 15년 9월 임오(19일), 11월 계미(21일), 12월 기유(18일), 명종 16년 7월 신축(13일), 10월 정축(21일), 경진(24일), 명종17년 10월 정축(26일), 명종 18년 4월 병인(19일), 등 무려 17회나 더 있었다.
君臣 唱和나 신하에게 作詩를 명하는 것이 특별한 사례는 아니다. 조정에서 군주의 문예취향이 문제가 될 때마다 인용되는 舜(중국전설의 聖天子. 성은 姚 이름은 中和 부모에 효성스럽고 형제간에 우애가 있어 孝德이 천하에 알려졌다. 堯舜과 高度의 在家에서 보듯이 오랜 전통을 가지고 있다.
중국이나 조선에서 일반적인 행사로 관례가 될 정도였다.

을 논할 때 자주 거론되곤 했다.

"상이 취로정에 나아가 영의정 상진[15])과 좌의정 안현[16])에게 앞으로 나오도록 명하여 이르기를, '신료를 접대하고 문아를 권장하는 데에는 비록 일정한 규칙이 있기는 하지만 군신 사이에 정의가 서로 통하여 막힘이 없도록 하는 것이라면 법도 이외에 별도로 하는 것이 있어도 역시 무방할 것이다. 그러므로 오늘 특별히 사가인 원들로 하여금 진강도 하고 제술하도록 하였다.'

하니, 상진이 아뢰기를,

'성종 때에는 문학하는 선비들을 배양했었기 때문에 당시에 문학을 한 선비들이 많이 배출되었습니다. 오늘 일은 근고에 없던 것입니다. 문의를 강론하게 하여 정치하는 방도에 관계가 있는 것은 상께서 채택하시는 것도 역시 좋습니다.' 하였다."

명종 14년 8월 정유 28일

명종의 의견에 대해 상진은 성종 전례를 들어 옹호하는 듯이 발언을 했다.

진강에 대해서는 찬성하면서 제술에 대해서는 말이 없었다. 조선의 문물제도가 완비되고 문화적 역량이 성숙되었던 시기의 임금인

---

15) 尙震(1493~1564)
명종 때의 相臣. 자는 起夫, 호는 松峴, 또는 嚮日堂, 泛虛亭, 木川 사람. 명종 15년(1560) 相位(정승의 지위)에 있으면서 不偏不黨해 무사히 지낸다. 그는 어느 쪽으로도 결코 치우치는 법이 없다. 史才(史官이 될 만한 재능)로도 유명하다. 결국 영의정까지 역임한다. 시호는 成安.

16) 安玹(1501~1560)
명종 때의 상신, 문관, 명종 13년(모오, 1558)에 우의정, 좌의정, 삼대왕조에 걸쳐 청렴한 관직생활로 3회나 청백리로 선정. 지금의 三淸洞은 세 번이나 청백리로 선출된 사람이 살았다고 해 삼청동이라는 동 이름이 생겼다고 전한다.

성종은 조강, 주강, 석강에 야대까지 할 정도로 호학한 것이다. 그러한 성종이 신하들과 시를 짓고, 월산군[17]이나 한명회에게 시를 지어 준 일이 한때 조정의 논란이 된 적도 있었다. 임금의 문예취향이 신하들이나 중국 사신들에게 미칠 영향에 대해 논란이 있었던 것이다. 결국 성종이 한명회[18]의 현판을 철거하도록 하는 선에서 마무리되었다고는 하지만……

경연에서도 신하들은 고려 의종[19]이 사화(화미하게 수식된 시가나 문장)에 빠졌던 사실을 혹평하고 성종을 경계하고 있었다. 그럼에도 불구하고 성종은 신하들에게 시를 짓도록 자주 명한 것이다. 자신도 상당수의 시를 직접 창작했다. 성종과 같이 호학하는 임금의 문예취향도 신하들의 논란을 끊임없이 불러일으키고 있었다.

이에 비해 명종은 학문에 별로 관심을 갖지 않았다. 외척의 전횡과 군도의 잦은 발생으로 정치, 사회적 문제가 심각한 상황인 데도 그랬다.

명종은 치도나 학문에 관심이 없어 경연을 게을리했다고 명종실록은 전한다.

"……. 대저 선비들을 가르치는 근본은 임금이 학문에 어떠한가

---

17) 月山君
   월산대군. 조선왕조 성종의 형. 휘는 婷, 자는 子美, 호는 風月亭, 문장이 뛰어나 그의 詩作이 중국에까지 애송되었다. 시호는 孝文.

18) 韓明澮(1415~1487)
   世祖 때의 공신. 자는 子濬, 호는 鴨亭, 청주 사람. 수양대군을 도와 김종서 등 고명대신을 차례로 제거하였고, 단종을 몰아내는 데 크게 획책한다. 사육신 등을 처형 후 이조판서를, 뒤에 영의정을 지낸다. 시호는 忠成.

19) 毅宗
   고려의 제18대왕. 휘는 晛, 자는 日升, 인종의 장자. 사치와 遊蕩이 極심해 무신을 멸시한 결과 동왕 24년(1170) 鄭仲夫의 난이 일어나 폐위되었다.(1124~1170; 재위 1146~1170)

에 달린 것입니다. 요즈음 한 달 동안에 경연에 나아가시는 날이 적으니, 강습하시는 방법이 허술한 듯합니다. 그러나 만일 경영만을 학문하는 데로 여기고 한가한 사이라 하여 학문을 하지 않으신다면, 이는 마치 하루 동안 볕을 쪼이고 10일 동안 식히는 것과 같아서 학문하는 방법이 못 되니, 한가로이 계실 적에도 중지하지 않으신 다음에야 성학이 날로 고명해질 것입니다."

경연에서도 글의 해석은 그만두고 구두만 떼어 읽는다든지, 복습은 그만둔다든지, 두 번 읽던 것을 한 번 읽는 등 간략화해 버린 것이다. 계절과 건강 등 이유로 자주 경연을 폐지한 사실이 있었다. 그러면서도 명종은 수시로 문신들을 모아 시를 짓게 하곤 했다. 성대한 연회의 광경을 그림으로도 그리게 했던 것이다.

"……. 상이 열 무정에 나가 여러 신하들에게 잔치를 베풀고, 또 유생들에게 제술시험을 보게 했다……."

삼공, 육경, 시신, 양사, 시강원이 참여하고 가선, 통정도 참여하게 하여 무려 80여 명이나 되었다. 화사에게는 그 광경을 그리게 하고 정유길에게는 서문을 지어 먼저 그림 아래에 쓰게 했다. 시를 지어 차례로 나와 화축(두루말이)에 쓰고 직함과 성명을 기록하게 한 것이다.

명종의 이러한 연회가 당시 양식 있는 신하들이나 성리학적 이념을 지닌 사람들에게 어떠한 의미로 받아들여졌는지를 보여 주는 기록이 있었다.

"당시에 윤원형은 영부사였고 윤춘년[20]은 이조판서이다. 모두 까

20) 尹春年(1514~1567)

닭 없이 참석하지 못했다. 이양은 승지로 입시하여 총애가 매우 융성하였다. 또 어제 중에 '친현변간잠(親賢辨奸箴)'이 있었으니 사람들이 상의 뜻이 어디에 있는가를 더욱 잘 알았다. 사신은 논한다. 이것은 바로 조종조에서 어진 사람을 가까이하고 선비를 소중히 여기던 뜻을 이은 것이니, 참으로 태평시대의 훌륭한 일이다. 다만 총애한 사람은 척속으로 발탁된 무리들이고 권장한 것은 실속 없이 겉만 화려한 문예의 말단이었으니 정말 애석하다."

조선 왕조 때의 문신. 자는 彦文, 호는 學音, 滄洲, 坡平 사람. 大, 小尹 간에 정권 다툼이 일어나자 소윤 윤원형에 아부하여 을사사화 때 많은 선비들을 추방했다. 명종 20년(을축, 1565) 윤원형이 실각하자, 예조판서로 있다가 파직당하고 은퇴하였다. 音律에 솜씨가 있었다. 문집은 〈學音稿〉가 있다.

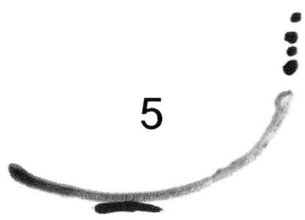

5

입석암으로부터 동쪽으로는 길이 험준하지 않고 도처에 반석이 있어 자리와 같이 평탄하나, 옆으로 삐뚤어진 길도 있었다. 등산길 지팡이 소리는 그윽하게 울리고 나무 그늘은 듬성듬성하게 드리워져 있었다. 걷다가 혹 쉬기도 하고 혹은 걷기도 했다. '그늘가에서 자주 쉬어 가는 몸이로세. 수게수변신(數憩樹邊身)'이라는 구절이 정경을 그려 내는 데 교묘하게 느껴진 것이다. 천년의 옛일이 완연히 눈앞에 보이는 듯했다. 때마침 해가 저물어 일행은 염불암에 투숙하기로 했다. 일원 이만인은 매우 피곤했는지 숨결이 촉박하고 매우 화급한 모습이었다.

김성원이 그에게 물었다.

"오늘 험준한 길을 멀리 발섭[21]하여 어찌 피로하지 않겠는가?"

라고 하니, 일원이 눈을 감고 머리를 좌우로 흔들며

"피곤하지 않다."

21) 跋涉: 산을 넘고 물을 건넌다는 뜻으로 여러 곳을 두루 돌아다닌다.

라고 하여 일행들이 모두 웃어 댔다.

　판관 안언용[22]과 찰방 이원정[23]이 갈천의 등산청첩[24]을 받았다. 그들은 먼저 화순에 있다가 만연으로부터 향로봉을 돌아 나와 장불사를 거쳐 황혼(해가 지고 어둑어둑할 때)에 이 염불암으로 찾아온 것이다.

　이 암자는 원래 강월헌[25](뢰옹선사(懶翁禪師), 고려숙종왕[26])이 창건했으나 중간에 황폐된 지 오래되었다. 정덕년(을해, 1515)에 일웅[27]이 일부 낡은 건물을 헐고 고쳐서 새롭게 단장은 했으나, 1572년경(임신, 융)에 보은(報恩)이 건물에 손을 대어 다시 고친 것이다. 그때 옆에 조그만 원우도 설치해 두었다. 이는 결하[28]할 때 참선하는 곳이었다. 일찍이 박상[29]이 일웅을 위해 중창기를 지었는데 글

---

22) 安彦龍 판관.

23) 李元禎 찰방.

24) 登山靑帖: 등산 행사에 초대하는 초대장인 듯싶다.

25) 江月軒(懶翁禪師(고려숙종 왕 1054~1105; 재위 1095~1105)) 때 염불암 창건자.

26) 숙종왕
　　고려 15대 왕, 조카인 현종을 폐위시키고 즉위했다. 화폐제도를 시작, 고려의 황금시대를 이루었다.(1054~1105; 재위 1095~1105)

27) 一雄: 고승.

28) 結夏: 4월 15일부터 僧徒들이 참선에 들어가는 것을 말하나, 이를 7월 15일에 그친 것을 解夏라고 한다.

29) 朴祥(1474~1530)
　　조선 왕조 초기의 문장가. 자는 昌世, 호는 訥齋, 충주사람, 연산군 2년(병진, 1496)에 진사. 1501년 식년문과, 교서관 정자, 사가독서 후 헌납, 종친의 중용을 반대하다가 왕의 노여움을 사 하옥된다. 여러 신하들의 상소로 풀려난다. 한산군수로 좌천, 宗廟西營, 임피 현감, 중종 6년(신미, 1511) 수찬, 담양부사로 있을 때, 중종반정(연산군 12, 중종 1, 1506)년에 成希顔, 朴元宗 등이 주가 되어 연산군을 폐위하고 晋城大君 곧 중종을 왕으로 추대한 사건)으로 폐된 端敬王后(중종의 妃) 廢妃 愼氏의 복위를 순창군수 金淨, 무안현감 柳沃 등과 함께 상소하다가 중종의 진노를 사 南平 烏林驛에 유배되었다. 1516년에 풀려나 儀賓(駙馬都尉 등과 같이 왕족의 신분이 아니면서 이와 通婚한 사람) 부도사, 순천부사, 모친이 죽어 사직. 1521년 상주, 충주목사, 1526년 문과중시(10년마다 병인년에 문관인 당상관에게 보이던 과거) 장원, 나주목사, 신병으로 낙향, 청백리에 녹선, 문장가로도 이름이 있다. 이조판서 추증,

187

자의 잔결[30]된 곳이 많아 그것을 판독할 수 없어 애석한 일이 아닐 수 없었다.

암자의 동쪽에는 돌 더미 쌓인 것이 있었다. 지공너덜(지공력)이라는 것이다. 어지럽게 쌓인 돌이 서로 버티어 태산처럼 여러 겹으로 겹쳐 있었다. 가운데는 텅 빈 채 밑이 없어 보인다. 어떤 사람이 그릇 도끼를 빠뜨리고 귀를 기울여 그 소리를 들었더니 굴러가는 소리가 한식경 만에 들렸다가 그 후에나 끝나는 것 같다고 했다.

이 산 가운데에 력(礫)이라고 부르는 것이 둘이 있었다. 증각사의 동북방에 있는 것을 덕산너덜(덕산력)이라고 부르는데, 소나기가 멈추면 잠복했던 이무기(전설상의 동물, 용이 되려다 못 되고 깊은 물속에 산다는 큰 구렁이)가 나와 햇볕을 쪼이며 몸을 서리서리 도사리고 있어 사람들이 감히 가까이 가지 못한다는 것이다. 산승이 목격한 이야기로는 노루 한 마리가 그곳을 지나자 한 괴물이 노루를 덥석 입에 물고 굴속으로 들어가는데 이글거리는 그 괴물의 눈빛이 사람도 집어삼켜 버릴 것 같았다. 살기가 서려 몸이 진저리쳐 으스스 무서운 느낌이 들었다고 했다.

제봉이 갈천 일행들과 등산할 때 이 지공너덜에는 뱀이나 독충의 종류가 없고 가을에 낙엽이 산에 가득할 때에도 항상 말끔하여 어떤 나무의 잎사귀도 찾아볼 수 없었다. 승도들의 전설에 따르면 지공선사[31]가 그 신도들과 더불어 설법한 곳이라고 한다.

光州 月峰書院에 배향, 문집으로는 ≪訥齋集≫ 시호는 文簡.

30) 殘缺: 일부분이 빠져 있어 완전하지 못하다.

31) 指空禪師: 인도의 마갈타국(摩竭陀國)의 승려이다. 원래 그의 인도 이름은 제납박타(提納薄陀)이고, 指空은 그의 號이다. 그는 중국을 거쳐서 고려 忠肅王 15년(무진, 1328)에 고려에 와 法化를 펴고 王師가 된다. 뒤에 원(元)나라 法源寺에 머무르면서 고려의 慧勤에게 禪宗을 전수하고, 말년에는 燕京에서 入寂했다.

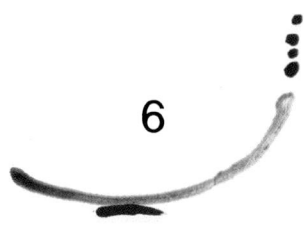

6

"상이 평소에 시와 문장을 좋아하여 한때 문학하는 선비들로서 정유길[32]의 무리와 같은 자들이 가장 총애를 받았다. 매양 궁중에 불러들여 시를 짓게 하고 술을 하사하곤 하면서 끝내 치도(다스리는 도리)에 대해서는 한마디 언급도 없었다."

위의 기록과 사관의 논평은 명종의 문예 취향적 연회에 참여한 관료들의 위상이나 창작된 시문의 성격을 잘 보여 준다. 윤원형에 대한 견제와 이양에 대한 총애가 잘 드러나 있었다. 시문의 제목도 역시 명종의 의중을 드러내고 있었다. 또 그 자리에서 창작된 시문이 '실속 없이 겉만 화려한 문예의 말단'이라는 사신의 혹평은 의미심장했다. 사관들의 논평은 이러했다.

"이때는 바로 군신 상하가 두렵고 조심스러운 마음으로 서로 모

---

32) 鄭惟吉(1515~1588)
　　선조 때의 문신. 자는 길원(吉元), 호는 林塘, 尙德齋, 중종 33년(무술, 1538) 별시 문과에 장원, 벼슬에 올라 선조 14년(신사, 1581) 이조판서에서 우의정에 임명되었으나 權臣 尹元衡 등에 가깝다 하여 사직한다. 같은 해 16년 예조판서를 거쳐 우의정이 된다. 동 18년 좌의정이 되었다. 문장, 시를 모두 잘했다. 글씨는 松雪體로 이름이 있었다. 저서에는 ≪林塘遺稿≫가 있다.

자람을 닦아 나가야 할 때이지 어찌 걱정 없이 한가하게 즐기고 있을 때이겠는가.

대저 근래에 하는 일들을 보면 한갓 문화만을 숭상하고 선정은 힘쓰지 않으니, 이것이 어찌 치란과 안위의 기미가 아니겠는가! 그런데도 대신의 지위에 있는 자나 언론의 책임을 맡은 자들 중에 경계시키고 바르게 간하는 자가 없었으니 당시의 일을 알 만하다.”

당시 사림들 사이의 여론을 반영하고 있었다. 이양이 축출된 후 대신들이 그때의 폐단을 논한 상소에도 명종의 이러한 취향에 대한 전반적인 비판이 있었던 것이다.

“……. 전하께서는 장구나 익히는 데 구차스럽게 하지 말고, 사장의 말기를 익히는 데 정신을 쏟지 말아서, 진실로 일관에 합하여 피둔(피로하여 몸이 노둔(老鈍))에 혹하는 자가 되지 말며, 순일한 덕이 그침 없는 공을 거두어 이럭저럭 세월만 보내는 폐해를 받지 말아야 합니다.”

정치, 사회적으로 이러한 상황 속에서 명종의 서화와 새 기르기에 대한 취미나 주위 문신들에게 중국고사를 모방해 베푸는 연회가 사신의 논평이 아니라도 양식 있는 사대부 지식인들에게 어떻게 평가되었는가는 그 자체만으로도 명백했다. 이에 대한 반론은 성종대의 ‘詞章擁護論悧’보다 명분이 약했다.

“명종 12년(정사, 1557) 가을에 상이 근정전에 납시어 백관들을 모아 잔치를 베풀고, ……어제를 ‘秋日宴群臣’, ‘君臣同德’ 등으로 하여 칠언율시를 짓되, 잔치에 참여한 사람은 모두 그날로 지어 들이게 하였다. 이때 영평군 윤개[33]는 좌상으로서 연고 때문에 참석

---

33) 尹漑(1494~1566)

하지 못했는데 위에 강연을 이용하여 말하기를 "인주(人主)로서 백 관들로 하여금 시를 짓게 하는 것은 부화[34]에 가깝습니다." 하였 다. 대제학 정유길은 이때 도승지로서 은대(승정원의 별칭)에 있었 는데 한기의 '二十年來得再陪'라는 시구를 인용하기까지 하여 반 론하면서, 이것 또한 고사인 것이니 때로는 혹 해롭지 않은 것이라 고 하였다."

명종의 문예 취향적 연회가 가장 총애를 받았던 정유길의 변론 은 예부터 관례가 있는 일이며 해롭지 않은 것이라는 정도였으니 매우 소극적이고 궁색했다.

문학이 외교에 필수적인 것이고 나라의 문화를 빛내는 것이라는 성종대 사장파(詞章派)의 적극적인 인식에도 미치지 못한다. 정유 길은 제봉에 대한 비판적인 여론을 의식했다. 그의 옹색한 변론은 후대에 작성된 것을 그의 연보에서도 볼 수 있었다.

"공이 오래 관각에 재직했는데 매번 응제하는 일에 따라 뜻을 세워서 규계와 풍간[35]의 뜻을 부쳤다……. 이러한 예는 다 기록할 수가 없다. 하루는 내연이 있었는데 공이 거기에 참여했다. 상이 내관을 시켜 흰 비단 두루마리를 공에게 주고 서문을 짓게 했다. 공이 감당할 수 없다고 사양하자, 상이 "경의 재주가 뛰어나니 사

본관, 坡平. 자, 汝沃, 호 腫齋, 김안국의 문인, 중종 11년(병자, 1516) 식년문과에 급제, 이조좌랑으로 있을 때 1519년 기묘사화에 관계되었으나 중국어를 잘해 외직으 로 좌천되는 것으로 무마된다. 인종 1년(을사, 1545) 예조판서가 되어 윤원형과 함께 을사사화를 일으켜 대윤을 제거하는 데 가담하고 위사공신에 책록된다. 중추부사로 鈴平君에 봉해진다. 명종 6년(신해, 1551) 우의정, 1558년 좌의정, 1563년 鈴平府 院君에 진봉되어 几杖을 하사받는다. 그러나 선조 초에 을사원흉으로 규탄받아 모든 훈작이 삭탈되었다. 鈴平君 좌상.

34) 浮華: 겉보기에만 화려하고 실속이 없다.

35) 規戒와 諷諫: 바르게 경계하기 위해 넌지시 둘러서 말해 잘못을 고치도록 깨우친다.

양하지 말라."고 하교하였다. 공이 그 자리에서 지어 바쳤는데 그 글의 끝에 다음과 같이 말했다. "은수가 모두 그쳤다. 반드시 보답할 계획을 도모해야 하니, 국가의 흥망을 서로 잊어버리는 곳에 방치한다면 바로 오늘같이 연회하는 뜻이 아닐 것이다." 모르는 사람은 그 재주와 사조36)에 탄복하고 아는 사람은 그 마음에 심복했다."(정유길의 ≪임당유고≫ 중에서)

명종의 문예 취향적 연회를 옹호하고 명분을 제시하고 있었다. 연보에서 풍교37)나, 풍화와 명분을 강조하는 기록은 사실상 실록에 나타나는 사관들의 비판과 같은 여론을 염두에 둔 변론이라 할 수밖에 더 있을까. 지배층 지식인으로서 사대부들은 임금의 이러한 문예 취향에 어떻게 응답해야 하는지에 대한 모범답안을 이미 공유하고 있었다. 임금의 문예 취향이 신하들이나 사대부 사회에 파급되는 영향을 문제 삼는 실록의 논란들은 바로 공인으로서 임금의 규범을 위한 것이었다.

신하의 입장에서도 역시 지배층의 구심점인 전제군주의 규범을 확보하고 강화시키는 방향으로 반응해야 한다는 것을 알고 있었다. 율곡은 이 같은 명종의 문예 취향에 대한 일화도 기록해 두었다.

"명종 말년에 이황38)을 여러 번 불렀으나 굳이 사퇴하고 나오지

---

36) 詞藻: 詩歌나 文章.

37) 風敎: 교육이나 정치의 힘으로 풍습을 잘 교화시킨다.

38) 李滉(1501∼1570)
중종, 명종 때의 유학자, 문신, 초명, 瑞鴻, 자는 景浩, 季浩, 호는 退溪, 陶翁, 退陶, 淸凉山人, 眞寶 사람, 예안 출생. 예조판서, 양관 대제학 등을 역임. 일생을 통해 학문에만 전적으로 몰두했다. 학자적 태도는 후세의 사림에 크게 영향을 미쳤다. 程朱의 성리학 체계를 집대성하고 理氣二元論, 四七論을 중심 사상으로 栗谷 李珥와 양대 학파를 이루었다. 저서로 ≪퇴계전서≫가 있다. 이 중 〈朱子書節要〉, 〈四

않았다. 명종이 '招賢不至歎'으로 시제를 내어 근신을 시켜 시를 짓게 하고, 화공을 시켜 이황이 사는 도산의 경치를 그려 오게 하여 그것을 볼 만큼 그 경모하는 정도가 이와 같았다." (이이 ≪석담일기≫ 중)

퇴계가 벼슬에 나오지 않자 명종은 신하에게 시를 짓게 하고 화가에게는 그가 사는 곳의 경치까지 그려 오게 하여 그것을 감상할 정도로 퇴계를 존경하고 사모했던 것이다. 그 후로도 퇴계는 선조의 부름까지 번번히 사퇴를 하고 고향에 돌아와 있었다. 이를 두고 사류들은 그를 '산새에 비유하기도 하고 어떤 이는 이단이라고 배척'까지 했다. 그러나 퇴계로서는 자신에 대해 다시는 벼슬에 나오도록 이야기하지 않을 것으로 기대했기에 그런 비난의 말들을 오히려 다행한 일이라 생각했다. 그런데 유독 기대승은 그들과 달랐다. 퇴계에 대해 꾸짖거나 비판하는 말은 없고 달리 말을 했다는 것이다. 퇴계는 '길을 잃고 어려움에 빠져 있는 그를 가련하게 생각하여 회유책을 쓰는 ……' 것으로 의심이 되었다. 그러나 퇴계는 한편으로 기대승의 '……두터운 호의를 헛되이 하기 어려워 애오라지 몇 자 적어 볼까……' 하는 말로, 벼슬을 할 수 없는 처지를 다음과 같은 내용으로 기대승에게 보낸다.

'…… 저의 사람됨이 ……이상하지 않습니까? 저의 처신 역시 이해하기 어렵습니다. 왜 그렇습니까? 큰 어리석음, 심한 병, 헛된 명성, 그리고 과분한 은혜의 네 가지 번거로움이 제 몸에 모두 모여 있으니 그것들이 간섭하고 모순되어 함께 저를 방해합니다. 옛

書釋義》, 〈自省錄〉 등은 주요한 저술이다. 작품으로는 시조 ≪陶山十二曲≫이 있다. 문묘에 배향. 시호는 文純.

사람들에게 미치고자 해도 그들에게는 저와 같은 큰 어리석음이 없었고, 요즈음의 사람들과 함께하고자 하지만 그들에게는 저와 같은 심한 병이 없습니다. 헛된 명성에서 도망하려고 해도 매번 그것이 뒤를 쫓고, 과분한 은혜를 사양하고자 해도 더욱더 큰 은혜가 더해집니다. 큰 어리석음을 가지고 헛된 명성을 채우고자 하면 무모한 행동을 하는 것이 되고, 심한 병이 있는 몸으로 과분한 은예를 감당하고자 한다면 부끄러움을 모르는 것이 됩니다. 부끄러움도 모르고 무모한 행동을 한다면, 덕을 키움에 있어서는 상서로울 것이 없고 다른 사람들에게는 좋을 것이 없으며 나라에는 해가 됩니다. 제가 벼슬하기를 즐기지 않고 항상 물러나는 데에 어찌 다른 이유가 있겠습니까? 무릇 저를 곤란하게 하는 네 가지의 번거로움과 저를 쫓는 두 가지 근심 때문일 뿐입니다. ……'

이수광[39]도 이러한 점에서 선조가 제신에게 시를 짓게 한 정황과 가장 잘된 작품으로 뽑았던 시를 소개하고 있다.

선조조에 백성의 수가 많지 않아 경흥 녹둔도(慶興 鹿屯島)에 둔호(언덕에 둔 방어 문)를 두었는데도 마침 오랑캐가 대거 침입하여 거의 다 살육하였다. 상이 그 일을 상심하여 어제로 '도록둔(都錄屯) 조전망장사' 율시를 내어 근신들에게 짓게 하였다. 한림인 유천 한준겸[40]이 일등을 했는데 그 시의 결구는 다음과 같았다.

39) 李睟光(1563~1628)
    조선 왕조 중기의 문신, 학자. 자는 潤卿, 호는 芝峰, 全州 사람. 선조 15년(임오, 1582) 별시문과 병과에 급제, 이조좌랑, 대사성이 되고, 인조반정 후에 도승지 등 여러 벼슬을 거쳐 大司憲, 이조판서에 올랐다. 임진왜란을 전후해서 중국 명나라에 여러 차례 왕래, 이탈리아 신부 맛데오 릿치(Matteo Ricci)를 만나고 돌아와 천주교와 함께 서양문물을 처음으로 소개함으로써 실학 발전의 선구자가 된다. 저서에는 ≪芝峰類說≫, ≪采薪雜錄≫ 등이 있다. 시호는 文簡.
40) 韓浚謙(1557~1627)

"변방에서 온 소식은 본래 사실을 다 알기는 어려우니, 궁중에서 어찌 이 일의 숨겨진 원망을 다 알겠는가? (邊奏由來難盡實九重寧悉此間冤) '말이 은미(겉으로 드러나지 않아 알기 어려운 것)한 풍간(완곡한 표현으로 잘못을 고치도록 말한다)의 뜻을 함축하고 있으니 군주에게 고하는 요체(중요한 깨달음)를 얻었다고 할 수 있다." (이수광 ≪지봉유설≫)

시를 창작하게 하는 임금의 동기나 뽑힌 시의 내용 모두가 치도에 규범과 일치하고 있었다. 바로 그러한 것을 보여 주기 위해서 기록을 남긴 것이다. 임금의 개인적인 취향에 영합하거나, 더 나아가 현실의 문제들을 은폐하고 호도한다면 군신의 문예 창작은 정치의 커다란 장애가 될 수도 있다. 끊임없이 임금을 경계하고 긍정적인 방향으로 인도하려 노력한 것이다. 도학자인 율곡은 선조의 시를 읽고 작품의 정서를 문제 삼았다.

"이이가 말하기를 '……. 누구에게 들으니 어제 한 시에 심히 소심스럽고 답답한 의사가 있다 하니, 전하께서는 어찌하여 이처럼 즐겁지 아니하십니까?'"(이이의 ≪석담일기≫)

공인으로서 전제군주의 의식만이 아니라 정서까지도 규범에 합치되기를 바라고 있었다. 임금을 보필하는 신하들의 정서나 태도도 역시 그것에 합치되기를 바라는 것은 당연했다.

자는 益之, 호는 柳川, 淸州 사람. 선조 17년(갑신, 1584) 별시문과에 급제하고 동 20년 사가독서. 여러 벼슬을 거쳐 동 38년 호조판서에 올랐다. 宣祖로부터 유교칠신의 한 사람으로 영창대군의 보필을 부탁받았다. 뒤에 계축옥사에 연루되어 忠州 등지에 付處(中途付處: 옛 벼슬아치의 형벌의 한 가지, 어느 한 곳을 지정하여 그곳에 머물러 있게 하였다.)되었다. 광해군 13년(1621) 오랑캐 침입을 계기로 五道 도원수가 되어 국경수비를 맡았다. 인조반정 후 국구(國舅: 국왕의 장인, 왕후의 아버지, 府院君)가 되었다. 시호 文翼.

명종의 문예 취향적 연회는 '치도에 대한 언급은 없이', '실속 없이 겉만 화려한 문예의 말단'만을 추구하여 '부화'하다는 비판이 따랐다. 이이의 기록이나 실록에 드러나는 시제를 살펴보면 본보기가 될 만한 것을 추구했던 부분도 다분히 있었다.

조수를 길러 서화첩을 만들고 거기에 시를 짓게 했던 명종의 연회는 많은 경우에 있어 나라를 다스리는 도리나 임금의 규범과는 거리가 있었다. 이러한 연회는 정치, 사회 전반의 객관적인 입장에서 본다면 긍정적으로 평가될 수 없는 것이다. 그러나 연회에 참가한 문신들에게는 상당한 자부심과 감격과 영예를 안겨 주었던 것은 사실이었다.

"명종은 어제만 내준 것이 아니라 직접 시를 짓기도 했다. 명종 사후 6년여가 지난 1573년 늦은 봄에 쓴 고경명의 시 제목을 보면 '내관 오계성이라는 사람이 진도에 유배 중이었는데……. 술이 무르익자 가야금을 타면서 명종이 지은 악부 이 장 <明宗御製樂府里長>을 노래하였다." ≪제봉집≫에는 기록이 있었다.

그러나 현제 <열성어제> 등에 명종의 작품은 수록되어 있지 않았다. 명종의 문예에 대한 미적인 의식이나 시의 성향을 직접적으로 검토하기도 쉽지는 않았다. 어제나 일등으로 뽑혔던 작품과 관련 있는 것들을 참고한다면 간접적인 이해는 가능할지 모른다.

여러 신하들의 창화(한쪽에서 부르고 딴 쪽에서 화답)나 임금의 문예 취향적 연회는 일부 신하들의 논란에도 불구하고 일반적으로 행해진 것이다. 문인관료로서의 출세를 바라는 사대부들에게는 그러한 연회에 참여하여 작품을 창작할 수 있다는 것이 매우 영광스러운 일이었다. 이 같은 전례의 사례들을 잡록에 기록하면서 비판적인 말이라기보다는 오히려 성사라 하면서 선망의 뜻을 담고 있었으니 말이다. 상을 받았던 작품을 기록하기도 했다. 문집에 수록할 때도 '응제'라는 것을 시의 제목에 명시하거나 작품에 주로 수록하고 있었다. 작품 수가 많은 정유길 같은 경우는 <응제록>을 따로 편찬 수록했을 정도이니…… 심수경41)도 자신의 경험을 ≪유한잡록≫에 기록해 두는 것들이 특징이었다.

---

41) 沈守慶
    자는 希安, 호는 聽天堂. 명종 1년(병오, 1546)에 식년문과에 장원, 사가독서, 檢詳,
    직제학, 명종 17년(1562) 경기도 관찰사로 있다가 靖陵(中宗 陵)을 할 때, 船艙(물
    가에 다리처럼 만들어서 배가 닿아 짐을 싣고 부릴 수 있도록 하는 장소)을 설치하지
    않았다 하여 파직된다. 그 후 다시 기용되어 대사헌과 8도의 관찰사를 역임, 청백리에
    녹선된다. 1590년 우의정, 1592년 임진란이 일어나자 삼도체찰사가 되어 '건의(建
    義)'라는 標章(무슨 표를 보이는 부호. 徽章 같은 것)으로 의병을 모아 팔도 의병도
    대장의 칭호를 받고 보검을 하사받았다. 시문에 뛰어나 ≪遺閑雜錄≫과 시집이 있다.

7

"명종 17년(임술, 1562) 겨울에 왕명으로 김주[42], 오상 박충원[43], 심수경을 정원으로 불러 비단 폭 긴 그림병풍 네 벌을 내놓으니, 병풍마다 8폭으로 되어 있고 그 끝 폭은 비워 두었다. 그림은 네 벌이 각기 다르니 곧 성천도, 영흥도, 의주도, 영변도이다. 하교하기를 '…… 각기 맡아 기문과 장편 시를 지어 공폭에 글씨를 손수 써서 들이라' 하므로 4명이 배복하고 황공히 물러 나와서 저마다 수일 내에 기사와 시를 써서 바쳤는데, 신(臣)과 같은 거친 문장과

---

42) 金澍

　조선조, 자는 應霖, 호는 寓菴.

　중종 26년(신묘, 1531) 진사. 1539년 별시문과에 장원, 1544년 사가독서, 그 후 대사성, 대사헌, 부제학 등을 역임. 전라도 경상도의 관찰사를 거쳐 이조, 호조, 병조, 형조, 예조의 참판을 지냈다. 1563년 종계변무사로 명나라 북경에 가 사명을 마치고 그곳 객사에서 죽었다. 문장에 뛰어났고 글씨를 잘 썼다. 예조판서, 양관대제학에 추증, 선조 23년(경인, 1590) 광국공신 3등으로 花山君에 追封되었다. 시호는 文端.

43) 朴忠元

　자는 仲初, 호는 駱村, 시호는 文景. 중종 26년(신묘, 1531) 식년문과에 을과로 급제하고 정자를 거쳐 교리, 영월군수, 명종 1년(1546) 문과중시에 급제한 후 사가독서를 했다. 그 후 동부승지, 대사성, 양관 대제학, 지중추부사, 이조판서 등을 역임하고 密原君에 봉해졌다.

졸렬한 글씨로써 예상(깊고 맑은 상)을 입었으니 영광스럽고 또 다행함을 어찌하리요. 이보다 앞서 <한양궁궐도>가 있었다. 홍섬[44]이 기문을 지었고, 정사용이 장편 시를 지었다. 또 평양도는 정유길이 장편 시를 지었다. 전주도는 이양이 장편 시를 지었다."

모두 병풍에 그린 것이라고 했다.

그날도 많은 문인관료들이 명종의 문학예술 연회에 참석해, 시를 짓거나 그림을 그리거나 병풍에 시문을 지었다.

그에 대한 기록이나 거기에서 창작된 시문은 문집이나 잡록에 기록해 두는 것이 일상적인 일이었다. ……많은 문인관료 중 한 사람으로서 특별한 체험 정도가 아니라 기록으로 남기고자 할 만큼 일생의 영예로 여기었다. ……제봉도 경직시기에 명종의 문학예술 연회에 수차례 참석한 바 있었다. 그때 창작한 시와 그에 대한 기록을 상세히 남겨 두었던 것이다.

명종은 제봉에게 다른 사람과는 유난히 다르게 관심을 보였다.

"…… '상이 편전에 나아가 독서당 등의 제술(홍문관, 독서당, 승정원의 제술 및 평양 유생들의 제술이다. 이에 앞서 홍문관 부수찬 고경명이 왕명을 받들고 평양에 가서 유생들을 모아 제술케 하여 그 답안지를 가지고 돌아왔다.)을 입시한 재상들에게 내려 주고 과차(과거에 급제한 사람의 성적 차례)하여 올리라고 했다. 그런 후 전교하기를 날씨가 춥기 때문에 술을 내려 주니 편안히 들 주량에

---

44) 洪暹(1504~1585)
  조선왕조 중기의 문신. 자는 退之, 호는 忍齋, 남양 사람. 중종 30년(을미, 1535) 김안로의 전횡을 탄핵하고 유배된다. 김안로가 죽은 다음 풀려난다. 이때 자신의 심경을 읊은 冤憤歌를 지었다. 명종 7년(임오, 1552) 청백리에 녹선된다. 벼슬은 영의정에 올랐다. 시호는 景 憲.

따라 종일토록 마시라' 하였다. 이어 초를 내려 주었다."라고 기록
은 전한다.

　제봉은 평양 유생들의 제술한 것을 모아 가지고 왔을 뿐 아니라
자신이 지은 작품도 명종에게 올린다. 그의 시에 대한 명종의 각별
한 관심, 그의 문예연회에 참석했던 사실도 그는 아주 자세하게 기
록해 시와 함께 남겨 두었던 것이다.

8

일기 쾌청한 22일(병인) 아침에 판관과 찰방이 먼저 잠자리에서 일어났다. 뒤따라 자리를 턴 제봉은 그들과 함께 입석암을 찾아 나섰다. 어제는 날이 저물어 미처 구경하지 못한 사람들은 갈천의 뒤를 따라 상원 등 사찰로 올라갔다.

그곳엔 조그마한 암자가 새로 지어져 있었는데, 얕고 누추해 휴식하기에는 적합하지 않았다.

갈천은 암자 서쪽 단상에 앉아 휴식을 취하는 모양이었다. 서편에는 회목(소나뭇과에 속하는 상록교목) 두 그루가 마주 서 있고 그 아래는 꽤 넓은 반석이 있는데, 몇 사람은 앉을 수 있었다. 얼마가 지났던가. 판관과 찰방이 뒤쫓아 곧바로 도착했다. 갈천이 관의 심부름꾼에게 천왕봉과 비로봉에 올라 젓대('笛' 악기명을 달리 부르는 말) 몇 곡조를 부르라고 졸랐다. 음운이 표표하여 생황45)과

---

45) 笙簧: 雅樂器에 쓰이는 관현악기의 한 가지다. 둥근 나무통 위의 둘레에 17개의 竹管을 세우고 나무통에 붙은 주전자 귀때 같은 부리로 불게 되어 있다. 그것을 줄여 笙이라고 부른다.

옥퉁소의 소리가 하늘에서 들려오는 것 같았다.

마침 한 승도가 절조에 맞추어 너울너울 춤을 추는 것이 아닌가. 흥미로운 웃음거리가 따로 없었다.

상봉에는 가장 높은 봉우리가 셋이 있었다. 동쪽에 있는 것은 천왕봉이고, 가운데 있는 것은 비로봉이었다. 그 사이가 백여 척이 넘는 것 같았는데, 평지에 서서 바라보면 쌍궐과 비슷했다. 서쪽에 있는 것은 반야봉이다. 비로봉과 더불어 정상과의 거리가 거의 포목 한 필의 길이는 충분히 될 것 같았다. 그 아래의 높이는 겨우 한 척 남짓 되는가. 평지에서 바라보면 화살촉과 같아 보이는데, 정상에는 잡목이 없었다. 두견과 철쭉이 바위틈에서 소복하게 나와 길이는 한 척가량 되고, 가지는 모두 남쪽으로 쏠려 깃발과도 같았다.

지형은 높고 기후가 차가운 풍설에 시달려 그렇게 된 것이다. 산수유, 두견화 잎은 반쯤 떨어지고 철쭉이 처음 피어 나뭇잎은 결코 무성하지는 않았다. 정상에서 평지까지는 거리가 40리가 되기에 기후 차이가 있어 그럴 것이다. 반야봉의 서쪽은 지형이 매우 평탄하고, 봉우리의 형세가 갑자기 끊어진 것 같아 한 천 척 높이는 깎아지른 듯했다 낭떠러지는 땅에서 까마득해 보이고, 정상의 나무가 멀리서 바라보기에는 땅에 넙죽 엎드린 냉이와도 같아 보인 것이다. 목마른 사람들의 입을 축여 주고 상처를 씻어 줄 것 같은 치유의 산, '천왕봉을 중심으로 불가사리처럼 뻗친 외유내강형의, 이 정치적으로 보이는 이 산세가 곧 빛고을의 기질의 원천이 아닐까.' 하는 생각이 들었다. 일제 강점기의 '광주 학생의거와 광주민주화운동으로 불의에 저항해 온 빛고을, 기질의 원천인 무등산을 향해 긴 호흡을 뿜어 보았다. 이처럼 호흡하며 살아온 광주인들은 부드.

러우면서도 강하기 마련이었다. 광주의 옛 이름이 무진주 또는 무주라는 것이 그곳의 성향을 잘 말해 주었다.

진남산의 시에 '송삼(松杉)과 죽림, 앙증함을 노여워했네.(杉篁侂蒲蘇)'라는 구절은 이를 지적해 지은 것이다.

일행은 절벽에 열 지어 앉아 잠시 휴식을 취했다. 가벼운 바람에 나부끼듯이 공중에 날아 신선이 되어 가는 느낌이었다.

절벽 서쪽에는 총석이 즐비하게 늘어서 있었다. 높이가 모두 백 척은 넘을 것 같았다. 서석이란 이름이 바로 이것에서 비롯된 것이다.

이날은 희뿌연 토우(흙비)가 약간 개어 어제의 험악했던 것과는 비교가 되지 않았다. 그래도 멀리 사방을 조망할 수는 없었다. 가까운 산과 큰 시냇물은 대략 분별이 되지만, 마침내 안개가 걷히자 남해를 뚜렷이 볼 수 있었다. 한라산 등 여러 섬을 아직은 역력히 거센 바람이 물결을 일으키는 광경을 손가락을 가리켜 감상하지 못해 애석한 일이었다.

일행은 다시 전날에 오던 길을 찾아 반야봉과 비로봉 아래를 휘돌아 상원 등 동쪽으로 나와 곧 바로 삼일암, 월대에 도착한다. 선바위가 매우 기이하다. 그윽하고 상쾌한 풍경이 여러 암자 가운데에서 가장 특출한 것 같았다. 선사의 말을 듣는다.

"이 암자에서 삼 일을 머무르면 도를 깨달을 수 있으므로 금탑[46](사찰 이름)이라고 불렀다."는 것이다. 삼일암의 동쪽에는 수십 척되는 바위가 홀로 하늘 드높은 줄 모르고 높이 솟아 있었다.

세속에 떠도는 전설에 따르면 그 가운데 9급 상륜(탑의 頂上相

---

46) 金塔: 9급 相輪은, 佛塔 꼭대기의 水煙 바로 밑에 있는 靑銅으로 만든 9층의 圓輪을 말한다.

輪部)을 간직했기에 사찰의 이름을 여기서 따온 것이라 했다.

그러고 나서 선사는 태조 이성계가 개국 과정에서 손에 묻힌 피를 씻기 위해 팔도의 명산과 명찰을 찾아 기도하던 중 3일간의 기도를 물리치고 6일간 머리를 조아리게 한 산이 바로 이 서석산이었다고 한다. 선사는 이때 있었던 서석산에 얽힌 이야기를 해 주었다. 그때 무등이란 이름을 얻었다고 했다. 그러나 역사에 부끄럽지 않은 산이라는 것이다.

부패한 고려를 뒤엎고 나서 어느 날 이성계는 무너지는 집에 깔리는 악몽에 시달리고 있었다. "대들보와 서까래에 묻히는 것은 임금 '왕(王)' 자에 파묻히는 일로써 좋은 징조이다."라는 해몽으로 일약 왕사(王師)로 등장한 무학 대사를 대동하고 전국 팔도를 순행하는 과정에서 한반도의 등허리 백두대간에서 옹골차게 뻗어 나와 장안산과 백운산을 거느리고 있는 호남정맥의 중심 봉우리 '무등산'을 비켜 갈 수 없었다.

10m 이상 석주가 병풍처럼 둘러 있는 서석대와 입석대 규봉암에 당도해서였다. 천왕봉, 지왕봉, 인왕봉이 있는 천제단에 머리를 조아린 이성계, '피로 물들인 죄업을 사해 주시고 태평성대를 이루게 해 주소서'라는 3일간의 기도를 마치고 하산하던 중 이성계가 돌부리에 넘어지는 불상사가 발생했다. 놀란 시종들이 이성계의 몸에 난 상처를 살펴보았다. 공교롭게도 무릎과 팔꿈치 그리고 이마 세 군데가 가벼운 찰과 상을 입었다. "기도가 부족하니 3일간 더 기도하라는 하늘의 뜻입니다." 그냥 내려가자는 일행을 무학 대사가 만류하고 나왔다. 무학 대사는 임금이 스승으로 모시는 왕사였다.

왕사는 바로 국사인데, 그의 뜻을 누구도 거스를 수 없었다. 더

더구나 하늘의 뜻이라는데, 감히 그 누가 이의를 달 것인가. 이성계도 썩 내키지 않았지만, 그렇다고 거역할 수도 없었다. 이렇게 해서 일정에 없던 3일간 기도를 더 드리고 하산하게 된다.

고려의 무인 장수가 어느 날 갑자기 곤룡포를 입고 찾아와 기도하는 것을 어여삐 봐 주지 않고 퇴짜를 놓은 것이 괘씸죄에 걸려 무진주의 무악산, 서석산이란 이름을 빼앗고 '무등산'으로 강등시킨 것이다.

"'무등'은 아는 만큼 보이고 보이는 만큼 안다는 말이 있었다. 따라서 '유등'은 유한하지만 '무등'은 무한한 것이었다. '유등'은 주어짐이 있기에 그 주어짐을 지켜야 했다. 하지만 '무등'은 주어짐이 없어 자유로웠다." 그래서 '무등산'은 예향을 감싸고 있는 소중한 태산인가 보다.

은적사는 금탑사의 동쪽에 위치해 있었다. 적벽의 동북방에 있는 정히 옹성과 마주 바라보고, 바위틈에서는 샘물이 솟아올라 경인년 극심한 가뭄에 이 산속에 있는 모든 샘이 고갈되었으나 바위틈에서 나오는 이 물만은 마르지 않고 아래로 홀로 도도히 흘러내리고 있었다.

석문사(石門寺)는 금탑사의 서쪽 80보쯤에 있는데, 동서에 각각 기이한 바위가 문주와 같이 쌍으로 서 있어 들고 날 때에 이곳을 경유하지 않을 수 없었다.

금석사는 석문사의 동남방에 있었다. 김극기*의 시에 "고개의 흰 구름 산문을 함봉했구나.(門伏嶺雲封)"라는 구절은 곧 이곳을 지적해 읊은 것이다.

암자의 뒤에는 수십 조의 신비한 바위가 수북하게 솟아 있었다.

그 아래 있는 샘물도 지극히 차가운 물이었다.

대자사를 헐고 난 뒤의 황폐한 자리는 금탑사 아래에 있어 오래 전부터 우물은 심히 맑아 이끼가 끼지 않았다. 물 위에는 꽃이 황적색 육판화인 사다화가 이제 활짝 피어 있었다. 길가에 있는 석실은 비바람을 피할 만해 세상에는 이를 두고 소은굴이라 전해진 것이다.

제봉은 이날 상봉에서 이미 술에 만취해 명상하듯 조용히 살펴보지 못한 가운데 명승을 유람하고 있었다. 말을 달려 비단을 구경하듯 언뜻 스쳐 지내어 한갓 그 휘황하고 찬란한 풍경만 보았을 뿐이다.

자연의 무늬와 격조 높은 현묘함은 터득하지 못했다.

청운 높은 선비의 뒤를 따라서 대략 이와 같이 기록했다.

다음 가을을 기다렸다가 다시 행장을 수습하여 오늘의 미진함을 보상하리라.

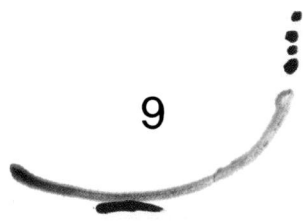

9

"명종 17년(1562) 임술 10월 26일 상께서 명하여 ……을 불러서 비현각 앞뜰에서 술을 하사하셨다. 홍문관 제학 이양과 예문제학 오상도 특명으로 참여하였다. ……전교하여 '지금 옥당(홍문관)에 모임이 있다고 들었는데 날이 차갑다.' ……은대(승정원)와 함께 대궐 뜰에서 술을 하사한다." 했다.

"또 어제로(寒日禁庭別賜酒七言排律十韻)를 내리시니 임금의 필적이 휘황하여 정말 훌륭한 경치였다. 나도 한림에 적을 둔 지 이제 여러 해째인데 성대한 행사를 본 것이 한 번이 아니다. ……명종 16년(신유) 10월에 상께서 창경궁에 계시면서 장경문 내정에서 홍문 관원에게 술을 하사하셨다. 그날도 홍문관에 모임이 있었다. 나는 처음에 병이 들어 나가지 못했으나 나중에 왕명을 받들어 들어가 참여하게 되었다.

오늘도 또 사가독서로 집에 머물다가 임금의 명령을 번거롭게 하고서 여러 훌륭한 사람들의 뒤를 따를 수 있게 되었다. 이 얼마나 다행인가. 상께서 시종의 신하를 우대하는 뜻이 전후로 한결같으셨다. 내가 가장 은우를 많이 입은 것 같다. 한 방울 물과 한 티끌 먼지로 바다와 거대한 산을 도울 수 없고, 다만 허명으로 경연을 더럽히고 욕되게 하고 있으니 이 점이 부끄럽다. (寒日禁庭別賜酒, 序)"

당시 부교리이던 제봉은 연회에 참석하여 이 같은 시를 지었다. 시의 서에 참석자의 관직과 이름을 빠짐없이 적고 있었다. 자세히 설명한 글의 주석에는 연회에 참여하지 못했던 홍문관과 승정원 관리들 이름과 불참 사유까지 기록해 두었다. 이 글을 통해 알 수 있는 것은 명종이 집에 있던 그에게 명을 내려 연회에 참석하도록 할 정도로 그에게 관심이 많았다.

제봉은 그것을 '은우'라 표현했다. 같은 사실의 기록인 명종 17년 10월 정축(26일)의 실록 기사는 아주 간략하게 적었다.

"정원에 전교하기를, '오늘 날씨가 매우 차므로 정원과 옥당에게 내정에서 술을 내리고자 하니, 홍문관 제학 이양_과 예문관_오상_을 함께 부르라.'하고 비현각 앞뜰에서 술을 내렸다. 술을 다 마시자 각각 납촉 1매씩을 하사하셨다."

제봉의 기록에 나타난 것과 같이 실록에도 이러한 연회에 직접 참석했던 문신들은 모두가 몹시 감격해함을 드러내었다. 이러한 감정과 태도는 그의 행위와 마음에서만 일어난 것이냐 하면 결코 그런 것은 아니었다.

성종 9년 서거정이 지은 <應製喜雨詩井序>에서도 이런 성향이 드러나 있었다.

"성상께서는 용안에 기쁨을 머금으신 채 희우시[47]를 지어 승정원에 내리고 신하들로 하여금 화답해 올리게 하셨다. 내관을 보내 어주를 하사하시고 모두 각자 즐거움을 다하도록 하셨다.

도승지 현석규[48], 좌승지 이극기,[49] 우승지 임사홍,[50] 우부승지 손순효,[51] 동 부승지 홍귀달[52] 등이 또한 각기 이미 취하여 응제시

---

47) 喜雨詩: 가뭄 끝에 오는 비를 기뻐하여 짖는 詩.

48) 玄碩圭
   세조 6년(1460) 별시문과에 급제하고, 정랑, 집의, 도승지, 대사헌, 형조판서를 역임, 사은사와 관찰사가 되고 1478년 지중추부사로 사은사가 되어 명나라에 다녀오고 우참찬이 되었다.
   조선조에 들어와서는 좌참찬을 지낸 현효생(玄孝生)의 아들인 문헌공(文憲公), 현석규(玄碩圭)를 대표적인 인물로 꼽을 수 있다. 그는 효령대군의 아들인 서원군의 사위로 정직 청렴하여 매사에 공의를 주장하였고, 명석한 판단으로 공사를 잘 처리하였다. 성종이 특히 총애하여 모든 동료들의 참소에 대하여 성종이 "그 사람의 낯은 옻과 같이 검으나 그 마음은 맑아 물과 같다."라고 대답하였다. 언제나 겸허한 마음으로 벼슬을 사양하였으나 허락되지 않았고, 사헌부 감찰을 비롯하여 형조판서·평안도 관찰사·우참찬 등을 지내는 동안 왕의 신임이 두터웠으며 은혜가 깊었다. 때로는 선온(宣醞: 임금이 신하에게 내리는 술)을 내리고 진수(珍羞: 보기 드물게 차린 음식)와 어선(御膳: 임금에게 올리는 음식)이 하사되기도 하였다.

49) 李克基
   본관 경기도 廣州, 자 伯溫, 호 圓峰.
   단종 1년(1453) 문과에 급제하여 이조정랑, 사인, 제학 등을 거쳐 예조참판에 이르렀다.

50) 任士洪(1445~1506)
   조선왕조 燕山君 때의 권신. 자는 而毅, 豊山 사람, 세조 11년(을유, 1465)에 등제.
   두 아들이 각각 睿宗과 成宗의 부마도위(임금의 사위)가 되면서 세도를 잡고, 유자광 등과 파당을 만들어 많은 횡포를 자행했다. 대간(사간원 벼슬의 총칭)의 탄핵으로 잠시 유배되었다가 다시 등용되어 무오사화를 일으키고, 연산군 10년(갑자, 1504)에 다시 갑자사화를 일으켜, 일찍이 왕의 生母 尹妃의 廢位 사건에 관련되었던 많은 重臣, 학덕이 높은 선비들을 죽인다. 중종반정으로 잡혀 그는 몽둥이에 맞아죽는다.

51) 孫舜孝
   이조 세조 때 중시문과에 급제하고 여러 관직을 거쳐 전한 겸 집의에 올라 17개 항목의 정책을 상소하고 형조참판에 이르렀고, 특히 성종이 윤비를 폐위할 때 그 부당함을 극간했다.
   그 후 좌찬성이 되어 성종 18년(1487) 〈食療撰要〉를 편찬했으며, 판중추부사에 이르러 궤장을 하사받고, 성리학에 조예가 깊었으며, 그림에도 뛰어나 일가를 이루었다고 한다.
   그는 현재 기성과 평해 경계 가까이 위치한 기성면 구산리 7번국도 옆에 있는 운암서원에 배향되어 있다.

52) 洪貴達(1438~1504)
   호는 허백. 1366~1392년 좌참찬 겸 양관 대제학을 역임하였다.

를 즉시 올리니 상께서 가(可)하다고 여기셨다. 석규 등이 성명의 시대를 만나 근신이 되어, 돌보시고 도와주시는 비상한 은총에 감읍하여 화공에게 그림을 그리게 하고는 장정53)하여 시축을 만들어 임금의 하사하심을 후세에 길이 전하고자 하여 나 거정에게 보이며 전말을 서술하게 하였다." <사가집(四佳集)>

---

53) 章程: 조목으로 나누어 정한 규정, 또는 규정을 조목별로 쓴 것.

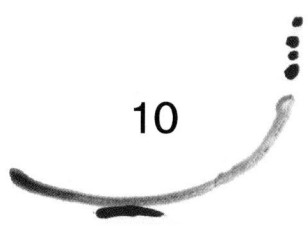

10

금석사를 경유하여 산기슭을 돌아 동쪽으로 나왔다. 여기가 곧 규봉암이었다. 김극기의 시에는

괴석은 비단을 마름질해 장식하였고,
봉우리는 백옥을 다듬어 이루었네.
〈石刑裁錦出峰勢琢圭成〉

라는 구절은 참으로 허탄한 문장이 아니었다. 바위의 기괴한 것은 입석암과 더불어 견줄 만한데 그 위치의 훤칠한 것과 형상의 특출함은 또한 입석암에 비교할 바가 아니었다. 민족문화문고간행회 신증동여지승람(東國輿地勝覽)[54]에 실려 있었다.

옛날부터 전해 오는 말이 있었다. 해동의 서성이라 하는 신라 성덕왕 때의 명필 김생[55]이 주봉암 편액 세자를 크게 써서 걸었는데

---

54) 輿地勝覽: 東國輿地勝覽, 조선 각 도의 지리, 풍속 그 밖의 특기할 만한 사실을 기록한 책이다.

55) 金生(711~791)자는 知端. 별명은 玖. 나이 80이 되어도 붓을 놓지 않았다. 隷書, 草書를 가장 잘 썼다. 海東의 서성으로 일컬어진다.

그 후에 도둑이 훔쳐가 버렸다.

광석대는 암자의 서쪽에 있어 바위 모습은 깎아 놓은 듯 넓고 평탄했다. 둘러앉으면 수십 명이 편케 앉을 수 있었다. 당초에는 서남방의 귀퉁이가 약간 낮았던 것을 승도들이 여러 인부를 데리고 낮은 부분을 들어 올려 큰 바위로 밑을 괴어 반듯하게 바로잡았다. 그 어마어마한 작업을 살펴보건대 인력으로 된 일은 아닌 것 같았다. 이른바 삼존석은 광석대의 정남방에 있었는데, 그 높이가 수림의 위로 창연히 솟아올라 광석대의 장엄한 기세를 더욱 북돋아 주는 것 같았다.

열 아름이나 되는 늙은 고목이 광석대 위에 비스듬히 서 있어 나뭇잎이 우거지고 그늘은 두텁게 드리워져 있었다. 서늘한 바람이 스스럼없이 불어와 비록 삼복더위에 있어서도 단삼을 입은 사람은 오래 앉아 있을 수 없었다. 산 둘레를 휘돌아보니 천관산(장흥), 팔전산(고흥 팔형산) 조계(승주), 모후(화순)의 여러 산이 모두 눈 아래에 도열해 있었다. 규봉암의 뛰어난 경치는 이미 서석산에 있는 여러 사찰보다 으뜸이다. 이 광석대의 풍치는 또 규봉암에 속한 열 가지 자랑거리보다 더 뛰어나 비록 남중[南道]의 제일경이라 하더라도 손색이 없을 것 같았다. 다만 한스러운 것은 최학사(고운 최치원)와 같은 자가 난조와 학을 타고 이 사이에서 휘파람을 불며 진나라의 척계와 협산사의 홍류시[56]와 같이 자암(규봉의 별명)의 정상에서 한 번 취필을 휘두를 수 없는 것이 애석한 일이었다.

광석대의 서쪽에 길을 막아선 바위가 문설주와 비슷했다. 그곳을

---

56) 紅流詩: 홍유는 수면에 붉은 꽃잎 새가 떠내려감을 말한 것이다. 허혼(許渾)이 협산사에서 지은 시가 있었다.

넘어 조금 걸어갔더니 곧 문수암에 이른다. 암자의 동쪽에는 오목하게 파인 바위가 있고 그 중앙에서는 샘물이 솟아 나온다. 그 둘레에는 석장포가 수북하게 자라나 있었다. 앞에는 두어 길 높이 되는 석대가 있고 너비도 높이와 서로 엇비슷했다. 광석대에서 서북방으로 접어들어 비탈길을 몇 굽이 지나 자월암에 도착한다.

암자의 동쪽에는 풍혈대가 있고. 바위 밑에는 구멍이 있어, 풀이 그 구멍에 스치면 약간 팔랑거리는 소리가 들려온 것 같았다. 암자의 서쪽에는 병풍 같은 바위가 서 있었고 별달리 땅에 돌을 깔아 그 위에 늙은 소나무가 우거져 있었다. 이는 곧 장추대, 그 아래 깊은 골짜기를 굽어보니, 역시 모골이 송연함은 어쩔 수 없었다. 그런 체질을 조상 대대로 물려진 것을 그인들 어쩌랴 싶다.

장추대에서 서쪽으로 행하여 비탈길을 따라 남으로 접어들었다. 오솔길의 너비가 일 척은 넘지 않는 것 같았다. 길이 패인 곳은 돌로 덮여 있었다. 발로 밟으니 비록 백혼 무인[57]과 같이 탐험에 능숙한 자라도 또한 다리를 가누기가 어려울 것이다.

제봉과 일행은 비탈길을 돌아 오목한 곳에 도착했다. 그는 원숭이처럼 나무를 더위잡고 올랐다. 남쪽에는 은신대가 있고, 옆에는 오종종한 소나무 4∼5주와 철쭉 두어 줄기가 모두 거꾸로 서 있었다. 은신대의 서쪽에는 바둑판같이 네모진 바위가 있는데, 전해 오는 말은 도선국사[58]가 좌선한 곳이라 했다.

---

57) 伯昏無人, 楚나라의 隱士였으니 鄭子産이 스승으로 섬겼다. 은사란, 벼슬을 하지 않고 숨어 사는 학덕이 높은 선비를 말한다.

58) 道詵國師(827∼898)
신라 말기의 중. 속성은 金, 靈巖 사람. 일찍이 王建의 탄생과 그의 건국을 예언했다. 그가 지었다는 〈道詵秘記〉는 고려의 정치사회에 많은 영향을 끼쳤다. 또 우리나라의 절터는 그가 지은 것이 많다고 한다. 신라 孝恭王으로부터 了空國師라는 시호

북쪽에는 청학대, 법화대 등이 있었다. 도처에 바위 구멍이 뚫려 있어 배와 등을 땅에 대고 엉금엉금 기어 절정으로 다시 오르는데, 사람들은 모두 두려운가, 손으로 땅을 짚고 우물을 굽어보듯 했다. 한식경 후에 일행은 다시 비탈길을 타고 내려와 밤에 갈천을 모시고 문수암에서 유숙하게 되었다.

　　를 받았는데, 고려의 국왕도 그를 숭배하여 顯宗은 大禪師, 肅宗은 王師로 추종하였으며 仁宗은 先覺國師의 시호를 내렸다.

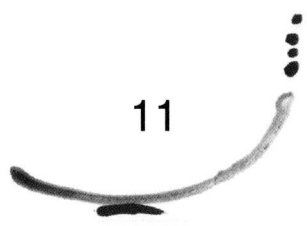

11

선조 25년(임진, 1592) 그의 나이 60세.

천기를 누설한다는 말이 있다. '하늘과 땅의 기운을 본받아 태어난다고 하는 인간은 하늘로부터 수명을 받게 된다고' 믿었다. 수명을 주관하는 별이 북두칠성이다. 그래서 옛 사람들은 북두칠성에 무병장수를 빌기도 했다. 인간은 북두칠성을 통해 세상에 나와 살다가 죽으면 다시 북두칠성을 통해 자기의 별로 돌아가게 된다는 것이다. 북두칠성 중에는 음양가들이 흔히 말하는 하괴성이란 별이 있는데, 국자모양의 앞쪽 아래의 별인 천선을 말한다. 천체와 기상의 현상변화를 이 하괴성에서 깨달았을까. 제봉은 그해 초 봄, 부인(울산 김씨)에게 이렇게 말했다.

"금년에는 장성59)이 아름답지 못하여 장수가 불리할 것 같습니다."

그는 자기의 운명을 별자리를 보고 예언한 것이다.

---

59) 將星: 민속학에서는, 어떤 사람에게든지 각각 그에게 인연이 맺어져 있다고 하는 별인 天璇(북두칠성의 둘째 별)을 가리킨다.

필봉은 외롭게 빛나건만, 흰 하늘은 어인 일로 차가울까. 여러 고을에 남자 없는 것 뉘 알아서 이 서생 내보내 말 타는 것 시험했을까.

그는 '꿈에도 대궐문에서 접견하는 조정의 반열을 따른다.'라고 했다. 그는 지방관을 전전하면서 명종에 대한 감회는 조금씩 약화되어 갔다. 노문신의 슬픔과 고뇌로 교차되어 간 것이다.

흰머리를 날리며 군읍을 전전하는 지방관 생활은, 문화적 능력으로 군왕의 관심을 받던 중앙관직시절과는 매우 달랐다. 명종에 대한 제봉의 각별한 감회나 유대감에 있어서 사실상 현실에 대한 인식은 겉과 이면이 다르듯 너무나 상반된 것이었다. 단순한 공명심이나 관료 표방심리라기보다는 구체적인 경험의 결과였으리라.

사후에는 그가 의병장으로 순국한 행적이 널리 떨치지만, 그의 문학적 능력이나 시인으로서의 명성은 오히려 가려져 있었다. 이항복이 「제봉집」의 서문 첫 머리에 이같이 밝히고 있다.

"세상 사람들은 말하기를 남쪽 지방에 시인이 많으나 역시 제봉이 창도하였다. …… 왜구가 물러간 후 조정에서 순절한 의사를 포숭할 때도 제봉이 첫째라 하였다. 그러나 전에 일컬어지던 시명은 숨겨져 드날리지 않았다. 제봉의 시가 전에는 훌륭했고 나중에는 그러지 못해서가 아니다. 대개 시보다 더 중요한 것이 있어 그것에 가려진 것일 뿐이니 달이 밝으면 별이 희미하게 보이는 것과 같은 잉허(孕虛)의 이치가 아닌가." 이항복. <태헌집서 백사집>

'마상격문'이 회자되었던 사실도 그의 우국충정과 순국이 문학보다 존중되었기에 그랬다. 그러나 제봉은 과거 급제 전부터 시인으로 명성이 있었던 것은 분명했다. 정치적으로 금고된 몸으로 고향

에 있던 시기에도 천하가 그의 시를 칭송했다고 하니, 다시 관에
나가서도 문학적 능력으로 선조의 지우를 받았던 것도 사실인 것
같다.

　제봉은 성균관에서 수학할 때나 경직에 있을 때는 한양에 거주
하면서 다양한 인물들과 친분을 가지고 있었는데, 특히 대과 급제
전부터 가까이 지내던 사람은 윤두수, 정작60), 김행61) 등이 있었다.
　서울에 있던 시기에는 같이 관료생활을 하는 사람들과 자연스럽
게 다양한 친교를 가진다.
　신응시62), 양응정63), 윤자신64), 정사용65), 등과도 절친한 사이가

---

60) 鄭碏(1533~1603)
　　선조 때의 학자. 자는 君敬, 호는 古玉, 溫陽 사람. 그의 아버지 順朋이 을사사화의
　　원흉으로 관직이 삭탈되었기에 벼슬에 뜻을 두지 않고 학문에 정진하였다. 그는 시
　　명이 높았다. 글씨에도 뛰어났으며, 의학에도 조예가 깊어 선조 29년(병신, 1596)
　　≪동의보감≫ 편찬에도 참여하였다.

61) 金行: 四藝(거문고, 바둑, 글씨, 그림) 등 네 가지 기예가 뛰어났다. 그는 젊었을 때
　　부터 제봉과 절친한 사이다.

62) 辛應時: 자는 君望, 호는 白麓, 익호는 文莊, 조선조 부제학.
　　부사였던 輔商의 아들이며 백인걸의 문하. 명종 7년(임자, 1552) 진사. 명종 14년
　　(을미, 1559) 정시문과에 병과로 급제하여, 設書(세자시강원의 정7품, 司書의 아래)
　　를 거쳐 사가독서.
　　1566년 문과 중시에 병과로 급제, 예조, 병조좌랑, 교리를 거쳐 宣祖 즉위 초에 경영
　　관, 전라도 관찰사, 예조참의, 병조참지, 대사헌, 홍문관 부제학.

63) 양응정: 白川의 文會書院에 제향.
　　1573년에는 순무어사로, 1577년에는 호남 절도사로 부임해 왔다. 제봉은 많은 양의
　　교유시를 이때 창작한 것 같다.
　　이러한 사실은 신응시 역시 당시 시로 명성이 꽤 높지 않았나 싶어진다.

64) 尹自新
　　명종 17년(임술, 1562) 별시문과에 병과로 급제, 여러 벼슬을 거쳐, 선조 18년(을유,
　　1585) 호조참판. 다음해 성절사로 명나라에 다녀온다. 우승지로서 1592년 임진왜란
　　에 왕을 호종, 피난 갈 때, 宗廟署 提調가 되어 종묘의 神主를 松都에 임시로 매혼
　　(魂帛을 무덤 앞에 묻는다)했다. 이해 형조참판. 1594년 지돈령부사. 이듬해 지의금
　　부사. 1597년 한성부 판윤, 공조판서, 호성공신 2등으로 龍原府院君에 추봉되었다.

65) 鄭士龍(1491~1570)
　　명종 때 대제학. 호는 湖陰, 동래 사람, 시, 문을 잘하고 음악에도 정통했다. 누차 明
　　使를 접대하여 문화 교류를 조성했다. 저서 ≪호음잡고≫가 있다.

되었다.

정철, 기대승과의 교우는 더욱 두터웠다. 동갑내기 윤두수와는 젊은 시절부터 가깝게 지내온 것이다.

약관 때부터 윤두수와의 친분은 노년까지 이르게 되는데……

1551년 아버지 맹영이 임지인 옥천으로 떠나던 때, 제봉은 열아홉 살이었다. 그때 윤두수로부터 송별시를 지어 받는다. 그 시에서 윤두수는 제봉의 시적 재능과 글씨를 칭찬하고 있었다.

제봉이 많은 독서를 했다는 것도 빼 놓지 않았다. 약관의 나이 때부터 시작된 이들의 친분은 노년까지 이어진 것이다.

윤두수는 이양에 의해 배척되었던 이유로 이양이 유배된 후 순조로운 관직생활을 계속하게 되는데, 그러다가 그는 선조 10년(정축, 1577) 이수(利水)의 옥사에 연루되어 도승지에서 파직되었다.

이 무렵 윤두수는 전라도로 내려오는 신응시편에 제봉에게 시를 보내왔다. 그 후 10여 년이 지난 후 복직되었다. 선조 20년(정해, 1587)에는 윤두수가 전라도 관찰사를 마치고 돌아갈 때 지은 두 사람의 시에는 진실한 정의가 담겨 있었다.

12

정작은 조선 단학[66]의 대가인 북창 정염[67]의 동생이었다. 그도 제봉과 같은 나이다. 제봉은 스무 살에 진사에 합격하고 다음 해 성균관에서 공부할 때 성균관 동쪽마을에서 잠시 정작과 함께 생활한 바 있었다.

같은 해 57세에는 정작이 한양에서부터 제봉의 고향 광주까지 그를 만나기 위해 내려왔다.

이때 제봉이 지은 시에는 정작이 학덕이 높고 명성이 있다고 기록하고 있었다. 뿐만 아니라 그는 시에도 재능이 있었다는 것을 말해 주었다.

---

66) 癉瘧: 한의학에서의 熱瘧을 말한다. 열학은 한의학에서 학질의 한 가지를 말하는데, 더위를 먹어 신열이 몹시 나고 오한이 따르는 병이다.

67) 鄭磏(?~1549)
    명종 때의 學醫. 호는 北窓, 온양 사람. 천문의학에 정통하여 관상감(天文, 地理, 曆數, 測候, 刻漏(물시계의 한 가지) 등의 일을 보던 조정. 高宗 32년(을미, 1895)에 관상소로 이름을 바꾸었다) 혜민서(가난한 백성에게 무료로 치료를 해 주는 일을 맡은 관청) 교수를 역임했다. 특히 治病에 능했다. 저서로는 ≪東垣珍珠囊≫, ≪劉氏脈訣≫ 등이 있다.

멀리서 찾아온 벗을 만나 밤늦도록 환담을 하곤 했다. 그러다가 헤어지는 역력한 두 노인의 모습이 연상되는데, 이는 노년의 쓸쓸한 내면의 감정을 진솔하게 드러내면서도 절실 감이 배어 있었다.

제봉이 차남 인후와 금산에서 전사한 소시을 듣고 정작이 지은 시에는

＜有人始傳苔嵯栓七月戰歿于錦山因厚亦赴死云遂用哭守菴韻二首＞

천추에 이름을 남길 의로운 부자(父子)의 죽음에 대한 칭송과 애곡함에는 언젠가는 훌륭한 인물로 환생하리라는 기대가 담겨 있었다.

정작이 시인으로서 명성이 있지만 제봉과 정작 두 사람의 친분을 살펴볼 때 인간적인 친밀함을 통해 진솔한 감정이 배어 있는 것을 그의 시에서 알 수 있었다.

동병상련인가. 정작 역시 그의 아버지 순붕[68]은 인종 원년(1545) 지중추부사가 되었을 때 명종이 즉위하자 소윤으로서 윤원형 등과 함께 을사사화를 일으켜 윤임 등 대윤을 제거하는 데 앞장을 섰다. 이해에 그는 영의정까지 올랐으나 선조 3년(경오, 1570) 관작이 추탈되고 말았다.

---

68) 鄭順朋(1484~1548)
조선왕조 중기의 문신. 자는 耳齡, 호는 省齋, 溫陽 사람. 鄭碏과 鄭磏의 아버지. 인종 원년(을사, 1545) 지중추부사가 되었을 때, 명종이 즉위하자 소윤으로서 尹元衡 등과 함께 을사사화를 일으켜 윤임 등 대윤을 제거하는 데 앞장을 섰다. 이해 영의정까지 올랐으나 선조 3년(경오, 1570) 관작이 추탈(죽은 뒤에 그 사람 생전의 위훈을 깎아 없앤다.)되었다.

23. 작은 尹이 큰 尹을 제거

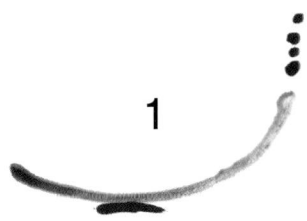

1

여기에서 관심을 끄는 것은 소윤과 대윤이었다. 그들은 서로 어떤 앙숙이었기에 작은 윤이 큰 윤을 제거하려 한 것일까.

때는 조선왕조 12대 때의 일이었다. 인종의 외숙인 윤임일파를 대윤이라 부르는 반면에 인종의 이복동생인 경원대군[1]의 외숙인 윤원로, 윤원형 일파를 소윤이라고 부른 데서 비롯된 이름이었다.

이런 와중에 정작은 영의정까지 올랐던 아버지가 세상을 뜨자 생전의 위훈이 을사사화 원흉으로 깎아 내려지는 슬픔을 맛보게 된다. 이후로 정작은 벼슬에 뜻을 두지 않고 오직 학문에만 정진했다. 그는 시명이 높았을 뿐 아니라 글씨에도 뛰어났다. 그는 의학에도 조예가 깊어 선조 29년(병신, 1596) <동의보감>의 편찬에도 참여한 사람이었다.

정작이 제봉의 아들 인후에게 주었던 시도 집안 간의 가까운 사이처럼 우의가 매우 두터웠던 것으로 묘사되어 있었다.

---

1) 敬遠大君: 인종의 이복동생.

김행 역시 젊었을 때부터 제봉과는 절친한 사이인데, 그는 사예 (거문고, 바둑, 글씨, 그림) 등 네 가지 기예가 뛰어났다.

　선조 4년(신미, 1571) 그가 무장현감으로 부임해 왔을 때 서로 나눈 시가 여러 편이 있었다. 이들과는 젊은 시절부터 절친했지만, 제봉이 고향으로 돌아온 후에는 그들이 호남의 관직에 부임해 오거나 정작처럼 직접 방문해 왔을 때 서로 두터운 교유를 가질 수 있었다.

　그들은 오랜 세월이 흘러 노년이 되어 다시 만날 때에도 격의 없는 우의를 나타낸 것으로 보아, 이들과의 친분은 평생 지속된 것 같았다.

2

정묘인 23일에는 청명한 일기를 자랑하고, 아침 흰 구름은 뭉게
뭉게 피어나 여러 골짜기에 깔려 있었다. 여러 봉우리는 아득한 운
해 가운데에 자취를 뾰족이 드러내고, 만경바다위의 파도는 고요해
여러 섬들이 여기저기에 널려 있었다. 조금 지나자 흰 구름이 바람
따라 몰려들어, 언덕은 식별이 안 될 정도로 주위에 자욱했다. 아
침햇발이 비치는 곳에 가닥가닥 풍기는 가루와도 같은 것, 상서로
운 붉은 기운이 서리고 혹은 나부껴 경각 사이에 만 가지 형태로
변해 간다. 한퇴지[2]의 시에는

비낀 구름 때로는 평평하게 어렸네.
〈橫雲時平儗凝〉

---

2) 韓退之(768～824)
　　退之와 昌黎는 자, 이름은 韓愈. 唐나라 德宗 때의 문학자. 정치적으로는 불우하였으
　　나, 문단에서는 당송팔대가의 한 사람으로 꼽힌다. 같은 시대의 유종원과 함께 古文의
　　大家이며 중국 近世 문장의 元祖로서 유명하다. ≪詩文集≫에 〈昌黎 先生集〉 등이
　　있다. 그를 존칭어로 韓子라고 부르기도 한다.

라는 구절도 족히 그 기묘함을 형상화하지 못했다는 것이다.

한퇴지는 그의 이름이 한유(韓愈)인데, 이는 당(唐), 송(宋) 팔대가[3]로 정평이 나 있는 사람이었다. 그에 대한 두 가지 일화가 있었다.

당나라 중엽인 중국의 시인 한퇴지는 조그만 글방을 열어 학동들을 가르친 때가 있었다.

그런데 그가 가르치는 아이들 중에는 그의 어린 조카도 들어 있었다. 퇴지는 선생으로서 아이들을 열심히 가르치고, 아이들도 모두 열심히 공부에 몰두하고 있었다. 그런데, 어쩐 일인지 그의 조카만은 공부의 진도를 따라가지 못했다. 퇴지는 자기 조카를 다른 아이들과 함께 가르치기가 어렵다고 생각했다. 하는 수 없다고 생각하여, 어느 날 가까운 절의 스님을 찾아가 사정을 했다. 그는 겨우 자기 조카를 스님에게 부탁하고 돌아왔다.

그러나 열흘이 못 가 절의 스님은 그 아이를 데리고 퇴지를 찾아와 말한다.

"소승의 능력으로는 이 아이를 도저히 가르치기 어렵습니다." 그러자 한퇴지는 조카아이의 얼굴을 가만히 바라보았다. 눈이며 코며 입이며, 어디 하나 나무랄 데가 없었다. 그는 조카에게 자상한 말로 이렇게 물어보았다.

"내가 보기에 너는 그리 열등하게 보이지를 않는구나. 그러니 반드시 너에게 무슨 비상한 재주가 있을 듯하구나."

어린 조카는 스승이며 아저씨인 그의 물음에 뒤통수를 긁으며 대답했다.

---

3) 唐, 宋 八代家
중국 당나라와 송나라 때의 여덟 명의 문장대가. 당나라의 韓愈, 柳宗元, 송의 歐陽脩, 王安石, 曾鞏, 蘇洵, 蘇軾, 蘇轍, 이들을 당송팔대가로도 부른다.

"왜인지, 공부가 머리에 잘 들어오지 않습니다. 그러나 모란을 가꾸는 일은 남보다 잘할 수 있습니다. 저 꽃밭의 모란을 저에게 맡겨 주신다면, 지금부터 가꾸어서 아름다운 꽃을 피우도록 만들겠습니다."

선생이 승낙하자, 그 아이는 꽃밭에 울타리를 치고, 일주일 동안 그 안에 머물러 있다가 나와서 아저씨에게 간단하게 이렇게 말한다.

"자, 이제 울타리를 치우겠습니다."

그로부터 한 달이 지나자, 모란은 그때까지 본 적이 없는 아름다운 꽃을 피워 낸 것이다.

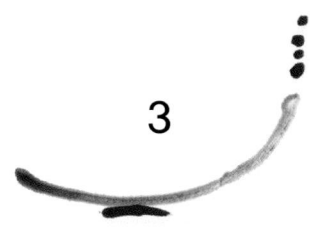

3

중국 남양주의 등주에서 태어난 한퇴지는 불교를 배척했다. 기회가 있을 때마다 불법을 비방하는 내용의 상소를 올렸다. 한번은 그가 한림학사라는 벼슬에 있을 때에 '佛骨表'라는 불교사리 신앙을 비방하는 상소문을 헌종에게 올렸다가 그 일로 헌종의 노여움을 사 장안에서 팔천 리나 떨어진 변방인 조주의 자사로 좌천되기도 하였다.

그 무렵 조주에는 태전(太顚)선사라는 고승이 오랜 세월을 축령봉에서 수행에만 전념하고 있었는데, 사람들로부터 '살아 있는 부처'로 추앙받았다. 한퇴지는 여기에서도 불교를 깎아내리고자, 미인계를 써서 태전선사를 시험하는 덫을 만들기로 마음먹었다. 그는 조주에서 으뜸가는 미인으로 이름난 기생 홍련을 불러들여다 놓고 말했다.

"만일 백 일 안으로 태전선사를 파계시키면 후한 상을 내리겠으나, 그러지 못하면 큰 벌을 내릴 것이다."

이 말을 들은 홍련은 자기의 아름다움에 대한 자신이 있어 쾌히 승낙했다. 홍련은 이때, 험한 산을 올라 스님의 암자에 도착하는데, 이미 해질 무렵이었다. 홍련은 스님에게 말을 건넸다.

"오래전부터 스님의 훌륭한 덕을 흠모하여 왔습니다. 이제 스님의 시중을 들며 백 일 기도를 올리고자 하여 이렇게 먼 길을 왔으니 부디 거두어 주십시오."

태전선사의 승낙을 얻은 뒤에 암자에 머물게 된 홍련은 속으로는 쾌재를 불렀다. 그러나 다음날부터 태전선사의 시중을 들며 기회를 엿보았지만, 한 달이 지나도 선사는 좌선에만 전념할 뿐 홍련을 거들떠보지도 않았다.

점차로 마음이 조급해진 홍련은 온갖 수단과 방법을 가리지 않고 선사를 무너뜨리려 했다. 그러나 선사는 추호의 흐트러짐이 없었다. 그는 오히려 정신을 가다듬어 한마음으로 불도에만 열심이었다. 날짜는 하루하루 흘러가 마침내 약속한 백 일을 하루 앞두게 되었는데, 어느새 홍련은 태전선사의 고매한 인품에 감동하여, 그동안 자신이 저지른 행동이 얼마나 경망스러운 짓이었던지를 깊이 깨닫게 되었다. 그러나 한퇴지와의 약속을 지키지 못할 경우에 자신에게 돌아올 커다란 화가 두려웠다.

마침내 백 일째 되는 날 아침에 홍련은 태전선사 앞에 나아가 눈물을 흘리며 큰절을 올렸다.

"스님! 어리석은 소녀가 죽을죄를 지었습니다. 부디 저의 어리석음을 용서하여 주십시오. 저는 사실 조주자사 한퇴지의 명을 받고, 스님을 파계시키기 위하여 이곳에 왔습니다. 그러나 이제야 그 일이 얼마나 어리석은 짓인지를 알게 되었습니다. 오늘이 바로 한퇴지 대감과 약속한 백 일째 되는 날입니다. 소녀가 이대로 내려가면 큰 벌을 받게 됩니다. 이 일을 어찌하면 좋겠습니까?"

태전선사는 섧게 울고 있는 홍련의 모습을 조용한 미소로 지켜 보더니

"그대는 너무 염려하지 말고 이리 가까이 오시오. 한 대감에게 벌을 받지 않도록 하여 드리겠습니다."

태전선사는 가까이 다가온 홍련의 치맛자락을 펼치고, 붓에 먹물을 묻혀 단숨에 써 내려갔다.

축령봉 내려가지 않기를 십 년	十年不下祝靈峰
색을 보고 공을 보니 색이 곧 공인데	觀色觀空卽色空
어찌 조계의 물 한 방울을	如何一滴曹溪水
홍련의 잎사귀에 떨어뜨리겠는가.	肯墮紅蓮一葉中

홍련이 산을 내려가 치맛자락을 한퇴지에게 보여 주자, 그는 태전선사를 직접 찾아갔다. 한퇴지를 본 태전선사가 물었다.

"불교의 어떤 경전을 보았습니까?"

"별로 뚜렷하게 본 경전이 없습니다."

이 말을 들은 선사는 대노하여 말하였다.

"그렇다면 지금까지 그대가 불교를 비방한 것은 무슨 까닭입니까? 누가 시켜서 하였습니까? 아니면 자신이 스스로 느껴 비방한 것입니까? 만일 누군가의 시킴을 받아서 행한 것이라면 주인의 뜻에 따라 움직이는 개와 같은 존재일 것입니다. 또 자신이 스스로

느껴 행하였다면, 이렇다 할 경전을 읽은 바 없이 비방을 한 것이니, 이는 자신을 속인 것이 아니고 무엇이겠습니까?"

이와 같은 질책을 받은 한퇴지는 자신의 잘못을 깨닫고 선사로부터 깊은 가르침을 받았다. 그 후 지극한 불자가 되어 오묘한 불법의 진리를 깨달은 한퇴지는 불교를 비방하던 붓으로 불법을 드날리고 삼보4)를 찬탄하는 문장을 아끼지 않았다.

---

4) 三報: 불교에서는 사람이 지은 業으로 받는 3가지의 果報가 있다고 하는데, 곧, 順現報(현제 인간이 사는 세상에서 지어 현세에서 받는 善과 惡의 과보) 順生報(현세에서 지은 선악에 의해 받는 來生의 과보), 順後報(이 세상에서 지은 죄를 三生(前生과 現生과 後生) 뒤에 받는 선악의 과보).

4

갈천은 머리에 폭건(두건의 한 가지)을 두르고 난간 앞에 앉아
사방을 돌아보았다. 뛰어난 경치를 찬탄하여 4언 절구 한 수를 지
어 읊었다. 그 사이 해는 이미 중천에 뜨고 구름도 형세가 점점 엷
어지다가 홀연히 흩어져 환연(녹아 풀려나는 모양)한 홍몽[5])이 열려
천지가 비로소 개벽된 것 같아 장관이었다.

갈천이 광석대로 자리를 옮길 것을 분부하고 여러 사람에게 시
로 화답하게 했다. 시를 짓지 못하는 자는 벌주로 일백 잔을 마시
기로 하고 곧바로 시령(詩令)을 내렸다. ……. 이날 갈천이 장차 적
벽에 유람하려 했으나 경치 좋은 곳을 찾아다닐 시간이 없어 산천
초목을 자세히 돌아보고 애완하는 영광을 입지 못하게 된다. 이 어
찌 한갓 제봉과 등산 유람객들만의 유감뿐일까. 이 서석산의 불행
이 아니고 또 무엇이랴!

---

5) 鴻濛: 하늘과 땅이 아직 갈리지 아니한 모양. 여기 문장에서는 천지자연의 元氣에 더
   가까운 의미를 둔 것 같다.

갈천 일행은 광석대에서 남쪽으로 내려왔다. 이곳은 송하대, 이 곳에서 다시 동쪽으로 향해 산등성이를 따라 영신동에 다다르니 오솔길이 가느다란 선처럼 굽이굽이 얽혀 있었다. 동파의 시에

길은 산허리를 감아 삼백 굽이 쳐 돌았구나.
〈路轉山腰三百曲〉

이란 구절은 위와 같은 곳을 지적한 것이리라.

영신동으로부터 방석보에 도착하니 그 사이의 마을은 모두 시냇 물을 끼고 있었다. 돌밭과 띠 집의 풍경은 여간 소슬한 게 아니었 다. 닭과 개는 손님을 보고도 놀라지 않는 눈치다. 무능의 주진촌[6] 이라도 이보다 나을 수 없었다.

제봉과 갈천 일행은 동구에서 나와 시냇물 따라 남으로 거의 백 보를 달린다. 중첩한 봉우리가 벽적(버섯 갓 뒤에 방사상 '중앙의 일점에서 사방으로 바퀴살처럼 죽죽 내뻗친 형상)으로 줄지어 있어 그 면에 포자를 붙이는 벽'과도 같았다. 늙은 소나무가 울창해 정 상이 차일처럼 가려지고, 석벽이 마주 얽힌 사이로 한 가닥 길이 겨우 뚫려 주민들은 이 길을 지나 오르내리고 있었다. 장불천이 그 아래를 감돌아 깊은 연못을 이루고 있었는데, 연못 깊이는 측량할 수 없었다. 띳집과 흰 용마루가 푸른 수풀 밖으로 은은하게 드러나 있었다. 완연한 한 폭의 그림이었다.(一幅畫境)

마을의 이름은 몽교라! 마을 이름도 아담하니 시의 자료가 될 만

---

6) 武陵의 朱陳村은, 춘추전국시대 때, 朱氏와 陳氏 兩姓이 秦나라의 虐政을 피하여 무능에 들어가 居住하기 시작하였다. 대대로 주, 진 양성이 결혼하고 이곳에서 살았다고 한다. 무능은 중국의 전설적 명승지, 洞庭湖 서남쪽 武陵山 기슭 沅江 강변이라고 한다.

했다. 시냇물을 사이에 두고 제봉은 동쪽을 바라보았다. 짙푸른 석벽이 수백 보를 연달아 채색된 병풍을 펴놓은 듯했다. 그 위에는 한 줄기 조그마한 길이 나 있었다.

이름하여 노루목(장항산사) 고개란다. 노루목을 넘어 남으로 접어들자 신나무7)와 늙은 소나무가 석벽에 비껴 그림자가 거꾸로 연못에 잠겨 있었다. 옛날 남장포8)가 이곳을 지나다가 창랑이라 이름 지어 불렀다는 곳, 남령과 장불 두 시냇물이 이곳에서 합류되는데 장불천은 야공이 쇠를 달구어 물에 담그기에 때로는 물빛이 흐려 이 같은 이름을 붙인 것이다. 층암으로 된 언덕이 준급하게 연못 가운데로 뻗어 들어 층계를 이룬다. 그 아래는 큰 물고기 한 떼가 한가롭게 헤엄치고 있다. 햇빛이 물결을 뚫자 바위 위에서는 그림자가 일렁거린다. 마치 용궁을 보는 듯 비단결같이 찬란한 정경이다. 은어 수십 마리가 발랄하게 뛰노는 광경도 눈에 들어온다.

제봉은 비록 물고기의 마음을 알 수도 없고 그것들과 더불어 노닐 수는 없으나 물고기의 한가로움만은 이해할 수 있을 것 같았다. '저렇게 한가롭게 노니는 것이 얼마나 즐거울까?' 하는 마음이었다.

그는 송강이 읊었던 "난간에서 물고기를 보고 읊은" 것을 익히 알고 있었다. 시의 마지막 구절처럼 유유자적한 '물고기의 한가로움'에 견줄 수는 없었다.

---

7) 신나무: 단풍나뭇과에 속하는 낙엽활엽교목. 넓은 피침 형, 대개가 세 갈래로 얕게 째졌다. 큰 톱니가 있다. 6~7월에 담녹색 또는 홍록색 꽃이 雌雄一家로 織房狀 圓錐花叢을 이루어 핀다. 개울가나 습지에 자생하고 翅果는 9월에 익는다. 가구재 지팡이 재료로 쓰인다. 한국 각 지역, 일본, 중국, 만주, 몽고에 분포해 있다.

8) 南張浦
   조선시대 학자. 자는 彦紀, 김인후, 이황의 문인. 선조 1년(무진, 1568)에 생원합격, 관직을 사퇴하고 동복 사평에 정자를 짓고 학문에 정진하였다. 시와 글씨에 능하다.

물고기의 즐거움을 알고 싶어
아침 한 것 여울물만 들여다보노라니
나의 한가함을 사람들은 부럽다 하건만
물고기의 한가로움을 아직도 따를 수 없네.

　　　　水檻觀魚
欲識魚之樂　　終朝俯石灘
吾閒人盡羨　　猶不及魚閒

　일행은 적벽에 도착했다. 현령 신응항[9]이 먼저 도착해 장막을 치
고 일행을 기다리고 있었다.
　옹성의 산은 순전히 바위로 되어 겹겹이 중첩된 봉우리가 혹은
낮고 또는 높아 형세가 마치 진중의 말이 급히 달리다가 갑자기 멈
추지 않으면 안 되도록 가로막은 듯이 절벽은 홀연히 높이 솟아 있
었다.
　뻗어 내린 적벽은 종횡으로 뒤얽힌 형세가 위로는 하늘에 연달
아 있고 아래로는 티끌세상을 진압해 버릴 것 같았다. 만약 자연의
이치와 그 원기가 뭉치지 않는다면 어떻게 이와 같이 장엄할 수 있
을까. 높은 곳은 눈어림으로 거의 70장이 되며 창랑천의 물이 굽이
쳐 돌아 물빛이 검푸르니, 마음이 두려워 굽어볼 수 없었다.
　'이 적벽은 가운데가 텅 비어 속삭이는 말과 조그마한 소리도 문
득 메아리친다.'라고 하는 말이 전해져 오고 있었다.
　동복현감은 어느 날 다른 사람에게 높은 곳에서 퉁소를 불게 하
고 또 돌을 굴러 내려뜨리게 했다. 그러자 퉁소 소리와 돌이 굴러
떨어지는 소리가 서로 맞부딪쳐 심한 진동의 바람이 일어나고, 물결

---

9) 신응항: 현령. 갈천의 서석산 유람에 초청된 사람.

이 일렁거려 노기가 치솟아 소리가 우레와 같았다고 일러 주었다.

적벽은 고을과 그 거리가 10여 리 떨어져 땅이 궁벽지고 사람의 자취가 드문 곳이었다.

늑대와 호랑이가 들끓고 족제비와 박쥐가 우굴거린다고 했다. 화전민들만이 그 사이에서 구차하게 살고 있었다. 장원, 김도[10]가 세상을 떠난 후에 뒤를 이어 감상할 자가 없었다.

---

10) 長源, 金壽: 호는 蘿葍山人이고 고려 공민왕 때 사람이다.

5

풍류객의 자취가 끊어진 지 거의 수백 년이 되었다. 사인 최산
두[11]가 중종 기묘사화에 걸려 이 고을로 정배(죄인이 귀양살이할
곳) 되었는데 하루는 손님과 동반하여 달천에서 물의 원류를 더듬
어 이 명승을 찾아내는 데 성공하였다.

그런 후 남방 사람들이 비로소 적벽을 알게 되어 시인 묵객의
노는 자취를 연이어 찾게 되었다. 임석천이 이름을 짓고, 하서 김
인후가 시를 지어 이윽고 남국의 명승지가 된 것이다.

무창[12]의 적벽은 황강(黃州, 중국 호북성에 있는 도시) 만 리 밖

---

11) 崔山斗
　　광양군 옥룡면 동곡촌 석굴 속에서 그는 3년 동안 공부했다. 학식이 뛰어났다. 중종
　　8년에 문과에 올라 이조정랑 등을 거쳐 의정부 사인(정사품, 의정부의 비서관 격)이
　　되었다. 정암 조광조와 도의의 친교를 맺었다. 기묘사화로 정암이 능주에서 사약을 받
　　게 되자 국법을 어기고 치상에 임한 것이 빌미가 되어 同福에 유배되었다가, 14년 만
　　인 중종 28년에 풀려난다. 문장이 탁월하고, 학문이 깊어 후학교육에 진력하여 하서
　　김인후와 같은 대학자를 배출했다. 죽은 뒤에 동복에 서원을 세워 道原祠라 사액하
　　고, 光陽 鳳岡祠에도 배양되었다.

12) 武昌: 중국 湖北省 武漢市의 한 지역, 武漢 三鎭의 하나, 양자강 중류의 군사상의
　　요충에 있다. 삼국시대에 吳의 孫權이 夏口城을 쌓은 후부터 鄂州, 江夏郡, 鄂州,
　　武昌路, 武昌府의 중심도시로서 湖廣省, 호북성의 省都가 되었다. 1911년의 신해혁

에 있어 남만지대[13]의 장연(장기를 품은 연기)이 자옥한 곳이었다. 다행이 소동파의 전후 적벽부에 힘입어 마침내 천추에 명성을 떨친 것이다.

시운은 통달하나 불행함이 있고 지리도 밝고 어둠이 있는 것은 당연한 이치였다. 이와 같이 천하의 명승도 때를 못 만나 사람을 알지 못했던들 그와 같은 명성을 얻지 못했을 것이니 우리 적벽도 또한 그럴 것이 아닐까.

적벽의 동쪽에 오봉사가 있었다. 갈천의 수종자에 희경[14]이라는 사람이 있는데, 그는 시를 짓는 데 조예가 있어 그의 시에는 명망 있는 구절이 많았다.

제봉이 서울 중앙관직에 있을 때 사귀었던 신응시가 1573년에는 순무어사로, 1577년에는 호남 절도사로 부임해 왔다. 제봉은 신응시와 많은 양의 교유시를 이때 창작한다.

이러한 사실은 신응시 역시 당시 시로 명성이 꽤 높았을 것으로 추정된다.

제봉이 관직에 다시 나서고 난 후에는 중국 사행 길에 동행한 간이 최입[15]과 나눈 시가 다수 있었다.

명의 발발지이다. 현재는 漢陽, 漢口와 함께 武漢市를 구성, 1954년 성(省) 직할시가 되었다. 중국 음으로는 무창을 우창이라 부른다.

13) 南蠻地帶: 四夷의 하나. 옛날 중국에서 중국 남쪽의 여러 족속을 부르던 말.

14) 希慶: 무등산 유람 때 동반한 갈 천 임 훈의 수종자.

15) 崔岦(1539~1612)
자는 立之, 호는 東皐, 선조 때의 학자. 승문원 提調(각사 또는 각 廳의 관제상의 우두머리가 아닌 사람이 그 관아의 일을 다스리게 하던 벼슬. 종일품 또는 이품의 品秩을 가진 사람이 되는 경우)를 지냈다. 문학과 사학에 달식(사물의 전체나 장래를 내다보는 뛰어난 見識)하여, 당시의 咨文과 奏請에 대한 글은 거의 그의 손으로 쓰였었다. 제봉과 중국 사행 길에 동행.

이때 하곡 허봉[16]과 교유한 시도 있었다. 허균[17]이 시화의 접반 과정에서 있었던 시에 대한 일화가 흥미로웠다. 허봉은 교산, 엽[18]의 아들인데, 여자 시인으로서 중국에서도 인정을 받았던 난설헌[19]의 오빠요 허균의 형이다.

정치가로서 형조판서를 거쳐 정이품 벼슬인 좌참찬에 이른 동생 허균, 부제학을 거쳐 판서에 이른 맏형인 허성[20], 허균은 일찍이 서류에 대해 차별대우하는 것을 반대했다. 그는 서류출신 문인들과 어울린 반역이라는 낙인이 찍혀 종국엔 비참한 생애를 마치고 만다. 그러나 그는 학문에 있어서 당대 제일의 문장가로 일컬음을 받을 정도로 두각을 나타내었다.

---

16) 許篈(1551~1588)
　　선조 때의 黨人. 호는 荷谷, 陽川人, 曄의 둘째아들, 筠의 형. 저서로는 ≪荷谷朝天記≫, ≪伊山雜術≫, ≪海東野言≫ 등.

17) 許筠(1569~1618)
　　선조, 광해군 때의 정치가, 소설가, 자는 端甫, 호는 蛟山, 惺所, 曄의 아들. 篈, 蘭雪軒의 아우. 문학세가에 태어나서, 형조판서 등을 거쳐 좌찬성(의정부의 정이품)에 이르렀다. 일찍이 庶類에 대한 차별 대우하는 사회제도를 반대했다. 서류출신 문인들과 어울려 반역이라는 낙인이 찍히어 비참한 생애를 마친다. 한문학에 있어서 당대 제일의 문장가요 시인으로서, 소설 ≪홍길동전≫을 비롯하여 희곡 등 많은 작품을 남겼다. 시문집으로 ≪惺所 覆瓿藁≫가 있다.

18) 許曄(1517~1580)
　　명종 때의 문신. 자는 太輝, 호는 草堂, 筬, 篈, 筠, 蘭雪軒 등의 아버지. 陽川人, 부교리 대사성을 거쳐 대사간에 이르렀다. 선조 1년(무진, 1568)에 進賀副使로 명나라에 다녀와 鄕約의 시행을 건의했다. 〈三綱二倫行實〉의 편찬에 참여했다. 開城 花谷書院에 제향. 저서 ≪草堂集≫, ≪前言往行錄≫ 등.

19) 許蘭雪軒(1562~1590)
　　조선왕조 중기의 여류작가. 본명은 景樊, 江陵 출신, 허균의 누이, 특히 한시를 잘해 작품은 마음이 내키는 대로 하여 세속에 얽매이지 않는다. 그녀의 문장은 향기 짙은 꽃처럼 아름다웠다. 그녀의 시는 중국에 더 많이 알려져 있다.

20) 許筬(1548~1612)
　　선조 때의 문신. 자는 功彦, 호는 岳麓, 陽川人, 엽의 맏아들로, 篈, 筠의 이복형. 이조참의, 대사간, 부제학을 거쳐 예조, 병조, 이조판서를 지냈다. 1590년 통신사 黃允吉을 따라 서장관으로 일본에 다녀와서 부사 金誠一과는 같은 동인임에도 불구하고 서인인 정사의 의견대로 일본의 침략 가능성이 있다는 것을 直告했다.

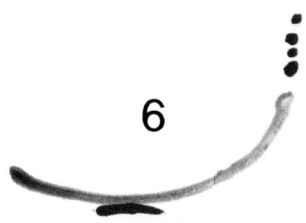

6

제봉이 중국 사행에서 돌아온 후 1582년 서산군수로 있을 때 손곡 이달*과 함께 나눈 시가 있었다. 그의 친분관계를 보면 서울 관직 시절에도 이양 일파와 대립했던 사림계의 인물인 윤두서, 신응시와는 더욱 가까웠다. 단순한 교유를 넘어 상당히 친밀하고 지속적인 관계를 유지해 왔던 것이다. 그런데 이들이 동서분당 이후에는 서인의 핵심 인물로 바뀐 것이다.

이에 양사(사헌부와 사간원)에서는

"심의겸*이, 박순*, 정철*, 이이*, 박응남*, 김계휘*, 윤두수*, 윤근수*, 박첨*, 이해수*, 신응시 등과 더불어 사생의 벗을 맺고 권세로 서로 의지해서 조정을 흐려 어지럽히고 형세를 엿보고 있으니 장차 어떤 짓을 할 것입니까?"

라고 했다.

이는 동서분당이 시작된 지 10여 년이 되던 1585년 8월의 기록인데, 그 사간원과 사헌부에는 동인들이 장악하고 있었다. 그들이 올린 계(啓)는 당파적 이해가 관련된 과격한 논의이기는 했지만, 서인으로 지목 배척한 인물들이 나타나 있었다. 제봉과 가까웠던 송강, 윤두수, 근수형제, 신응시뿐 아니라, 서장관으로 제봉과 함께 동행했던 '종계변무' 주청사 김계휘도 있었다. 이러한 점은 그가 재출사한 이후 서인들과 정치적으로 연관되어 있었다는 것을 알려 준다.

그때 두 사람 사이의 친분으로 보아 송강이 제봉을 정치적으로 후원했던 것이 거의 확실해 보인다. 그가 재등용되어 1581년 '선계변무'의 서장관으로 발탁되어 한양에 들어갔을 때 송강과 다시 만나게 된다. 다음 해 가을 원접사 이이의 종사관으로 추천되어 한양에서 송강의 편지를 받았다. 「득송강서」

이때 제봉이 종사관이 될 수 있었던 것은 원접사 이이의 적극적인 추천이 있었기에 가능했던 것이다. 종사관으로 이이가 경명을 추천했을 때 사헌부에서는 물의를 일으키고 있었다.

원접사 이이가 계(啓)하였다.

"좌통례 황정욱*, 응교, 허봉*, 서산 군수 고경명을 종사관으로 삼아 같이 가기를 청합니다."

(상이) 전교하였다.

"계(啓)대로 하라."

그러자 사헌부에서도 계하였다.

"도승지 정철은 술에 빠져 망령된 행실을 하니 바꾸기를 청합니다. 원접사의 종사관은 단지 그 재주만을 취하는 것이 아니고 반드시 한때의 뛰어난 사람을 선택하는 것입니다. 고경명은 전에 권간을 따르고 아부하였으니 다시 차임하기를 청합니다." 상이 답했다.

"윤허하지 않는다."

사헌부가 연일 그 일로 계하였다. 그러나 임금은 끝내 윤허하지 않았다.

선조 15년 9월 무진

사헌부의 계에 따르면, 제봉이 권간(권력을 가진 간사한 신하)을 따르고 아부하였다는 대상은 이양 일파를 지적한 것 같다. 그의 아버지 고맹형, 장인 김백균을 포함한 권신들을 두고 한 말일 것이다. 그가 어떻게 아부했는지 속속들이 알 수는 없었다. 그는 직분이나 권력에 연연하지 않았다는데, 평소 강직했던 그의 성정으로 보아 잘 이해가 되지 않았다. 물론 그의 아버지와 장인이 타이르는 말에는 일부 고분고분 받아들였을지 모른다. 이유야 어떠하던 그는 이양의 몰락으로 동반 20여 년이 가깝도록 고향에서 금고의 생활을 겪게 된다. 그가 겪어야 하는 그런 복합적인 사정이 있었음에도……

제봉의 문학적 능력은 명종에게만이 아니라 선조(宣祖)나 이이에게서도 특별히 인정을 받았던 것이 사실이다. 그가 서산 군수로 가 있던 50세(1582년) 때 중국에서 사신이 들어왔다.

정사는 한림편수관 황홍헌*이었다. 이때 원접사 이이는 제봉이 "나라를 빛낼 만한 재주 '화국재'가 있다."고 생각했다. 그런 이유에서 그를 종사관으로 추천한 것이다. 이이의 주장은 중국의 한림(검열을 달리 부르는 말)은 조선 때, 예문관에서 사초(사관이 기록하여 두던 사기의 초고)를 맡아보던 정9품 벼슬이 사신이니 조선에서도 능문인을 종사관으로 해야 한다고 주장했던 것이다. 그러나 사헌부에서는 제봉의 과거를 들어 교체할 것을 강력히 건의하고 있었다.

이에 지지 않고 이이도 제봉의 재주를 강력하게 밀고 나아갔다. 이이의 주장이 임금으로부터 더 설득력을 얻었는지 아니면 신뢰도가 높았던 그의 인격의 역량인지는 모르나 이이의 주장이 관철되어 논쟁은 일단 수면 아래로 가라앉았다.

이이는 사신과 창수할 때도 제봉의 시가 좋아 그의 시를 가장 많이 사용했다는 것으로도 그의 시가 얼마나 선명했기에 그렇게 아름답게 여겼는지 짐작되는 일이었다.

제봉은 정치적으로는 소외되어 오랫동안 하급관리에 머물고 있었다. 결정적인 이유는 그의 전력 때문이었다. 그가 그토록 많은 시간을 배척받고 있기는 했으나 왕은 그의 문학적 능력을 인정하지 않을 수 없었던 것 같다. 도승지였던 송강도 그때 탄핵을 당하고 있었다. 율곡, 송강은 서인에 속해 있었다. 사헌부에 재직 중이던 인물들은 주로 동인들이 장악하고 있었다. 송강은 과거급제 이전부터 율곡, 성혼 등과 교유가 있었던 사이다. 조광조의 문인이던 백인걸로부터 상서를 배우기도 했던 그가 바로 성혼이었다. 송강은 사가독서를 율곡과 함께한 동기생이었다. 율곡의 ≪석담일기≫에는 송강에 대한 많은 기록을 찾을 수 있었는데, 그중에 '정철은 청렴하고 굳세다'는 아주 긍정적인 평가를 했다.

"이이가 간관으로서 근정전 연회에서 여락(女樂)을 쓰는 일을 막지 못한 것을 정철이 질책했다."

이런 기록들로 보아 송강에 대한 긍정적인 실상을 드러내는 것이다. 율곡과 송강은 정치적으로나 개인적으로나 아주 가까운 관계를 유지하고 있었다. 율곡이 제봉을 사전에 몰랐다는 「신도비명」의 기록은 표면적인 사실 혹은 공적인 만남이 예전엔 드물었다는 것일 터였다. 제봉과 송강의 사이, 송강과 율곡의 관계를 고려한다면 율곡이 직접적으로 제봉과 사전에 깊숙한 친분이 없었다고는 하더라도 송강의 추천에 의해 종사관으로 삼게 되었다는 추정은 할 수 있었다. 사헌부의 탄핵도 명분은 제봉의 전력을 문제시하고 있지만, 사실은 율곡, 송강, 제봉의 인맥을 염두에 둔 당파적 이해와 관련이 있어 그런 것이라고 볼 수밖에 없었다.

7

율곡은 사람을 사귐에 있어 무난한 편이나 그는 너그러움에 인색하고 다른 사람의 단점을 밝혀내고자 했다. 이를 쉽게 용납 못하는 까다롭다면 좀 까다로운 성정이라고나 할까 이를테면 그런 독특한 성격인 편이었다. 그런 성격 탓인지 율곡은 원만한 교우관계를 유지하기가 어려웠다. 송강과 헤어진 것도 각자의 자기 개성이 뚜렷하고 자존심이 강했던 두 성격이 부딪친 결과였으리라.

그러나 다른 사람의 단점을 논하지 않고 너그럽게 포용하는 성정의 제봉과는 우의가 의외로 두터웠다. 이는 제봉이 대체적으로 율곡의 뜻에 따랐기에 가능한 일이 아닐까. 이처럼 율곡은 성혼과도 평생 동안 우정을 쌓고 지켜 낸 것을 보면 누군가의 포용과 배려가 있었기에 우정이 지속될 수 있었던 것이다. 제봉과 율곡 이 두 사람은 짚방석을 깔고 앉아 너울거리는 등잔불 아래서 긴긴 겨울밤을 함께 담소하면서 지새울 때도 있었다.

1585년 정월 27일에 제봉은 송강에게 편지를 보낸다. 송강이 제봉을 위해 주청한 일이 있었기 때문이다.

같은 해부터 송강은 대사헌과 동인의 논척을 받아 왔다. 그러다가 결국엔 1591년 그는 '건저문제'로 파직된다. 유배지는 강계였다. 송강의 실세는 곧바로 제봉의 파직으로 이어지게 되는데, 그는 같은 해 여름에 파직되어 고향으로 돌아올 때 사헌부의 탄핵은 바로 이러한 정치적 상황을 말해 주고 있었다.

윤근수가 쓴 제봉 연보에도 같은 내용을 담고 있었다.

"1591년 여름에 경명은 정철이 탄핵받는 일에 연좌되어 지방직에서 파직되어 한양으로 들어왔다. 때마침 언관이 좌의정 정철을 논핵하고 있는 중이었다. 혹자가 공을 지목하여 정철이 추천한 인물이라고 하였다. 그때 공은 필마를 타고 고향으로 돌아왔다."「윤근수, 제봉 연보」

8

　오후에는 동북현감과 작별하고 침현을 넘어 이점을 지나니 시내 위에 조그마한 정자가 있었다. 이 정자는 마을 사람 정필[21]이 세웠고 응소 민덕봉[22]이 현감으로 있을 때에 구암 이정[23]과 더불어 놀면서 감상하였다. 지금도 시판이 벽상에 걸려 있었다.

　이날 찰방[24] 이원정은 용무가 있어 동복으로 향하고 해가 저물어 창랑의 유정[25](진사 정암수[26]의 별장)과 무염(勿染)의 석탄(현감 송정순[27]이 이곳에 서재를 세웠다)을 만나 보고도 즐기지 못했다. 이번 유람 길의 한 가지 큰 결함은 바로 이런 것이었다.

---

21) 鄭弼: 耳岾 인근지역 마을정자를 지은 사람.

22) 閔德鳳: 호는 應韶, 현감.

23) 李楨: 호는 龜巖, 현감 민덕봉과 이 정자에서 놀면서 감상했다.

24) 察訪: 조선왕조 때 각 역(驛)의 역참(驛站) 일을 맡아보던 외직의 종6품 문관 벼슬이다. 역참이란 것은 역에 두었던 말을 갈아타는 곳이다. 말 한 마리로 먼 곳을 간다는 것은 사람에게나 말에게도 무리가 따르므로 자기가 타고 왔던 말은 그곳에 맡겨 두고 다른 말을 갈아타고 계속 여행을 하는 것이다.

25) 유정호: 滄浪, 갈천의 무등산 유람 때 초청받은 사람.

26) 丁嵒壽: 진사.

27) 宋庭筍: 호는 石灘, 현감.

이때 주은 김공(金公)이 서울로 올라가야 한다고 했다. 그의 형 응선 김경원[28]의 병환소식 때문이었다. 제봉은 그가 빨리 서울로 돌아가야 한다는 소문을 듣고 증별시를 지어 그의 형 경원과 함께 보도록 했다. 제봉은 극락정에 머무르면서 시로써 대신 그를 전송했다.

병들었다 일어나 자네의 환보 듣게 되니
이런 소식은 없는 것이 도리어 나았을 거야.
십년동안 강호에서 흘리는 이 눈물
오늘날 아연[29]의 옷자락을 다 적시는가봐.

---

28) 金慶元: 자는 應善.
29) 阿連: 남의 아우를 일컫는 말.

24. 소쇄원

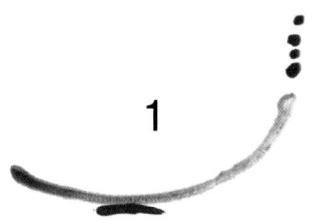

1

해가 서산에 넘어갈 무렵 일행은 소쇄원에 이르러 그곳에서 투숙하기로 했다. 그때가 신시였으니까 오후 3시에서 5시 사이였을 것이다. 이곳은 창평에 살았던 양산보[1]의 옛 농장에 지은 별서였다. 즉 자연을 벗 삼아 노니는 유별한 거주지이고, 당시 유명 인사들의 다양한 활동공간이었다. 이 별서는 정치적 갈등으로 낙향한 젊은 선비들이 미래를 준비하기 위한 곳이기도 했다. 또는 노년에 은퇴하여 한가하게 휴식을 취하며 여생을 보내기 위해 별도로 건립한 것이다. 양산보와 그의 자손들은 물론 지인들이 자택과는 별도로 독서를 하고 후학을 가르치거나 여러 인사들을 접대하기도 했던 장소였다.

그곳 풍치의 아름다움은 여름이 더 격에 맞을 것 같았다. '槽潭放浴과 鑛石臥月'이 바로 그것이었다. 입지조건이 주어진 자연계

1) 梁山甫(洋傘, 1503~1557)
   자는 彦鎭, 호는 瀟灑翁, 학자, 조광조의 문인. 중종 14년(1519) 을유사화로 스승 조광조가 화를 입자 은거하여 학문으로 일생을 마쳤다.

곡인데다 주위에 나무가 울창했다. 시냇물은 정사가 있는 동쪽으로부터 흘러내리고, 물은 담장을 뚫고서 흘러들었다. 이 비단결 같은 물줄기는 뜰 아래로 감돌아 흘러가고, 맑은 물소리는 구슬을 굴릴 때 나는 소리와도 같았다. 그 위에는 조그만 외나무다리(略彴, 또는 獨木橋)가 걸려 있었다. 다리 아래에는 바위가 오목하게 생겨 절구통 같았다. 이를 조담2)이라고 부르는데, 이 암반에는 욕조처럼 움푹 파인 곳에 물이 조금 고여 있었다. 바로 이 명칭이 조담이요, 자연욕조인 것이다. 한여름 밤에는 여기서 옷을 벗어 던지고 목욕을 즐겼으면 싶었다. 명종 3년경(1548) 장성출신 하서 김인후가 그려 자연 경관을 5언 절구의 48편시로 읊었던 '소쇄원 48영' 가운데 25영을 보면

"세상 사람들은 이 좋은 곳을 믿지 않지만 데워진 바위에 오르니 발에 티끌 하나 없구나."

라고. 이것이 '조담방욕'의 풍류를 노래한 시였다. 계곡의 물은 조그만 폭포가 되어 쏟아져 내리고, 그 소리는 영롱하게도 거문고 울리는 소리로 착각을 일으키기에 좋을 만큼 맑고도 시원한 느낌을 주었다. 태풍이 몰아치는 8월, 비바람도 감상의 묘미를 한몫할 것 같았다. 비가 많이 내리면 계곡에 물이 넘친다. 특히 계곡에 물이 넘치면 물보라가 광풍각 앞까지 튀어 오르기 마련이었다. 튀어 오르는 물보라를 보면서, 쏟아져 내리는 폭포소리를 듣고 있을 때 자연과 하나가 되는 물아일체에 빠져들어 가는 느낌일 테니 말이다. 물소리가 세파에 시달린 인간의 마음을 깨끗하게 씻겨 주는 것 같았다.

---

2) 槽潭: 둘레는 높고 안쪽은 음폭하게 생긴 깊고 넓은 웅덩이 같은 모양.

이 조담 위에는 노송이 굽어 비단으로 만든 양산을 펼친 듯이 연못에 걸쳐 옆으로 틀어져 있었다. 조그만 폭포의 서쪽에는 아담한 서재가 있었는데 완연히 화방(채색 치장을 한 유람선)과도 같았다. 남쪽에는 돌을 포개어 높게 쌓아 조그만 정자를 세워 놓았다. 형상 또한 우산처럼 한동안은 비를 피할 수 있도록 펼쳐져 있었다.

그 정자의 처마 밑에는 늙어도 변치 않는다는 해묵은 황록색 오판화 큰 벽오동이 서 있었다. 이것도 이제는 고목이 다 되어 반쯤 썩어 있었다. 정자 아래에는 조그맣게 파 놓은 연못이 있는데, 나무 홈통을 타고 시냇물줄기가 연못으로 쏟아져 내리고 있었으니, 연못 서쪽의 죽림은 큰 대 백여 그루가 됨직했다. 하늘을 향해 높이 치솟아 올라 있었다. 특히 태풍에 휘어지는 대나무의 모습도 장관이었다. 제봉은 이 모든 것이 좋아 취미로 구경할 만했다.

죽림의 서쪽에는 둘레를 돌로 쌓고 시냇물을 이끌어 들인 또 다른 연못이 자리하고 있었다. 죽림 아래를 거쳐 연못의 북쪽을 지나니 또 물방앗간 한 채가 자리 잡고 있어 보이는 눈에는 맑고 깨끗하게 들어앉아 있었다.

제월당 벽에는 자연을 노래한 도연명의 시가 걸려 있었다. 제월당과 광풍각은 중국 사람이 지은 시.

<胸懷灑落如光風霽月>

'가슴에 품은 뜻의 맑고 맑음이 마치 비가 갠 뒤 해가 뜨며 부는 청량한 바람과 같고 비 개인 하늘의 상쾌한 달빛과도 같다.'에서 따온 이름이었다. 이곳의 운치는 가히 입에 오르내리는 것조차 경외 바로 그것이었다. 돌 하나, 나무 한 그루에 소쇄원의 정서와 철학이 깃들어 있었다. 도연명은 자연 속에 묻혀 자기 본성에 맞는

세계를 찾고자 한 사람이었다. <귀거래사>는 그러한 그의 철학을 말해 주는 작품이리라.

《오류선생전》이 그의 전기인데, 제봉이나 양산보는 도연명*과 같은 인생관과 행동양식에 따라 전원에서 청아한 삶을 살고자 한 것이라 볼 수 있었다.

소쇄원을 조성한 양산보는 도연명의 탈속적인 인생관에 대한 흠모인 동시에 현실의 갈등에서 탈피하여 은둔의 안식을 얻으려는 방편을 마련한 것 같았다. 김인후 역시 <소쇄원 글방에 묵으면서>라는 시에서 "벽에는 도연명의 시가 걸려 있는데 그 운치를 해득하는 사람 없구나."라고 읊었다.

노장 사상이 소쇄원에 깃든 것으로 광풍각 뒤쪽에 있는 도오(복사동산)를 상기할 수 있었다. 이것은 도연명의 무릉도원을 상상하게 했다. 오류 선생을 상징한 버드나무가 있었으나 광풍각 앞에 있던 버드나무는 이제 보이지 않았다. 이처럼 양산보의 사상도 유가적 현실주의와 도가적 자연주의가 결합되어 있음을 말해 주는 것 같았다.

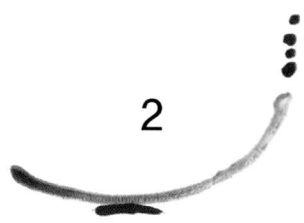

2

석천 임억령은 성리학적 세계관을 지니고 있으면서도 장자의 영향을 받았던 문사였다. 이러한 사상적 다양성은 대성리학자 퇴계 이황에게서도 엿볼 수 있었다. 그도 젊었을 때, 도연명의 시를 탐독했다. 성리학 사상을 집대성한 ≪주자대전≫은 1473년과 1532년에 중국에서 간행되었는데, 조선에서는 중종 38년(1543)에야 간행되었다.

양산보와 제봉이 살던 때의 인물에게는 성리학과 노장사상이 드러난 것은 자연스런 현상이었다. 소쇄원은 당대 호남 선비들의 전유물로 여겨진다. 이곳에서 맺은 깊은 인연으로 호남 선비들은 소쇄원을 자기 집처럼 자유롭게 드나들면서 사회적 활동을 활발하게 전개해 나간 것이다. 소쇄원 주인은 여러 선비들을 초청하여 잔치를 자주 베풀었다. 그런 연유로 이곳이 호남의 16세기에 문사와 선비의 고장, 도의와 문학의 고장으로 알려진 것이다. 이수광의 ≪지봉유설≫에는 '근세의 시인은 호남에서 많이 나왔다. 눌재 박상,

석천 임억령, 금호 임형수[3]), 하서 김인후, 송천 양응정, 사암 박순, 고죽 최경창, 옥봉 백광훈, 백호 임제[4]), 제봉, 고경명, 등은 모두 남달리 우뚝 뛰어난 사람들이다.'

이수광은 박상, 임억령, 임형수, 김인후, 양응정, 박순, 최경창, 백광훈, 임제, 고경명 등 호남출신 열사람을 당대 최고의 문장가로 뽑은 것이다.

허균 역시 ≪성소부부고≫에서 중종 대에 호남출신의 인물 가운데 뛰어난 자가 매우 많았다고 하면서, 박상, 박우[5]) 형제, 최산두, 유희춘, 양팽손[6]), 나세찬[7]), 임형수, 김인후, 임억령, 송순, 오겸[8]) 등

---

3) 林亨秀

자는 土遂, 호는 錦湖, 중종 30년(1535) 별시문과에 병과로 급제하고 注書, 기사관 등을 거쳐 사가독서를 한 후 說書, 修撰, 會寧判官, 전한 등을 지내고 부제학에 승진했다. 명종 2년(1547) 良才驛壁書 사건 때 尹任 일파로 몰려 안치된 후 파직되어 羅州 본가로 돌아왔으나 그 뒤 바로 사사되었다. 문장이 뛰어났다. 羅州松齋書院에 祭享.

4) 林悌

자는 子順, 호는 白湖, 시인. 선조 9년(1576) 생원, 진사 양시에 합격했다. 다음해 알성문과에 급제했다. 예조정랑 겸 지제교를 지내다가 동, 서 양당의 싸움을 개탄하고 명산을 찾아 다니며 여생을 마쳤다. 당대의 명문장가로서 이름을 날렸다. 호방, 쾌활한 시풍으로 그의 작품이 널리 애송되었다. 저서로는 ≪花史, 愁城志, 白湖集, 浮碧樓, 觴詠錄≫ 등이 있다.

5) 박우

6) 梁彭孫

자 大春, 호 學圃, 시호 惠康, 그는 어려서부터 문장에 능했다. 중종 5년(1510) 조광조와 함께 생원시에 합격했다. 1516년 식년문과 급제, 정언을 거쳐 조광조와 함께 사가독서를 했다. 1519년 교리로 재직 중 을유사화로 사직당했다. 1537년 金安老가 사사된 후 복관되어 1544년 龍潭縣令을 지냈다. 글씨를 잘 썼다. 이조판서에 추증, 綾州 竹樹書院에 제향.

7) 羅世纘

자는 丕承, 호 宋齋, 시호 僖敏, 대사헌. 중종 23년(1528) 문과 중시장원, 김안노의 전횡으로 固城에 圍籬安置(외부와의 접촉을 못 하도록 집 안 둘레에 가시나무 울타리를 쳐 놓고 중죄인을 가두어 놓는 것)되었다가 김안노가 사사되자 한윤, 우윤을 거쳐 동지춘추관사로 ≪중종실록≫ 편찬에 참여했다. 삼사(사헌부, 사간원, 홍문관)를 역임했다. 허균은 그의 시문집 ≪성소복부고≫에 나세찬을 중종 10대 시인으로 꼽았다.

8) 吳謙

자 敬夫, 호 知足庵, 시호 貞簡, 우의정, 중종 27년(1532) 별시문과에 을과로 급제하

이 그중에서 가장 두드러진 인물이라고 했다. 그리고 그 후로도 박순, 이항, 양응정, 기대승, 고경명 등이 당시 학문이나 문장으로 이름을 높인 인물이라고 평했다.

그곳의 넓고 숭고한 뜻은 오늘을 사는 사람들에게 참된 삶이 무엇인가를 말해 주는 것 같았다. 인간의 근본을 잃어버리고 참된 삶을 놓아 버린 지 오래지 않은가. 인간의 본심은 자연에서 나와 자연으로 돌아가련만, 자연이 곧 본심일진대 자연마저 망가뜨려 가고 있는 것이 우리의 현실임에 안타까울 뿐이었다.

고 장령, 집의, 남원부사 등을 역임했다. 명종 2년(1547) 전라도관찰사가 되고 1550년 錦陽君에 봉해졌다. 경주부윤, 한성부좌윤, 호조참판을 거쳐 1559년 예조판서에 승진, 뒤에 이조, 병조, 호조의 판서, 대사헌, 지경연사를 지냈다. 1564년 우찬성이 되고 다음해 궤장(几杖: 几杖宴, 즉 왕이 나이 70세 이상의 중신에게 案席과 지팡이를 내리며 베풀던 잔치)을 하사받으며 판의금부사를 거쳐 선조 4년(1571) 좌찬성으로 지춘추관사가 되어 ≪명종록≫의 편찬에 참여하고 우의정에 이르렀다. 시와 문장이 뛰어났다.

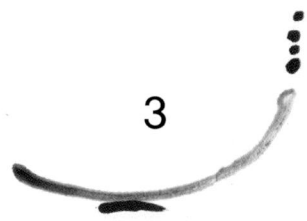

3

송강의 ≪수월정기≫에는 어떤 공간이 필요했는가를 말하고 있었다.

"사대부로 이 사회에 진출하였으나 자기의 능력을 발휘할 기회를 얻지 못할 때에 그 자리를 버리고 시골로 돌아가 거처하는 사람은 반드시 명산이나 여수 근처에 자리를 잡고, 지관이나 원유*의 낙을 찾는 것에는 두 가지 까닭이 있었다. 하나는 '淸閑寂實'을 즐기기 위해서이고 또 하나는 '憂時戀闕'을 펴기 위해서이다."

무엇보다도 별서는 명산이나 아름다운 물가에 있어야 하는데, 연못과 건물, 정원과 밭이 있어야 한다. 그래야 깨끗하고 고요한 생활을 하고 시국걱정을 하면서 임금을 그리워할 수 있다는 것이다.

송강의 논핵은 바로 제봉에 대한 논핵으로 이어진다. 이는 다분히 동인들의 당파적 이해가 개입되어 있었다. 동시에 송강과 제봉의 관계를 드러내어 끝까지 물고 늘어진 것이다. 두 사람은 개인적인 친분과 함께 정치적으로도 긴밀한 관련을 맺고 있었기 때문이다.

제봉은 서인계 인물들과 지속적으로 교유한 것은 사실이다. 그가 다시 관에 발을 들여놓은 후 송강의 정치적 후원을 받은 것도 분명하다. 송강의 정치적 위상이 그의 관직 생활에도 어느 부분은 영향을 미친 것이기에…… 사실 제봉은 서인의 당론에 영향을 미칠 만한 위치에 있지는 않았다. 동인들의 논척을 받는 서인계 주변 인물이기는 했을지라도 정치적 성향은 미진한 것이었다.

신응시와의 친교도 주로 문학적 교유에 지나지 않았다. 윤두수, 윤근수 형제와 가졌던 친교 역시 정치적 연관과는 무관한 것이었다. 율곡의 종사관이 되었을 때도 동인계 인물인 김첨*과도 친밀하게 지냈던 점을 이해할 때 제봉은 개인적, 문학적 친분을 주로 나눈 순수 문인으로서 친분을 가진 것이었다.

사상적 성향 면에서는 토정 이지함9)과 정작을 들 수 있는데, 그들은 방외적 성향의 인물이었다. 이지함은 화담 서경덕10)의 문하에서 가르침을 받았던 기행 이적으로 알려져 있었다. 남명 조식, 율곡 이이와의 친분도 두터웠다. '칼을 찬 유학자' 남명 조식의 호방한 품격과 토정의 개방적 사유는 사물의 표면과 안쪽이 다르지만, 음과 양의 관계가 서로 필요해 떼래야 뗄 수 없는 것처럼 그들은 서로를 필요로 했다. 하지만 남명의 비장함과는 사뭇 다른 토정의 이인(異人)적인 '발랄함'은 후대 북학파의 핵심 인물 연암 박지원

---

9) 李之菡(1517~1578)
　　선조 때의 학자. 호는 土亭, 韓山 사람, 花潭의 문인, 奇才와 卓行으로 유명하다. 그를 상징하는 ≪土亭秘訣≫이 있다. 物慾이 없어 평생토록 가난했다. 醫學, 卜筮, 天文, 지리 등 다방면에 능통했으며 괴상한 거동, 예언, 術數 등 일화가 많았다. 벼슬은 오직 아산현감을 지냈다. 시호는 文康.

10) 徐敬德(1489~1546)
　　조선왕조 초기의 학자. 자는 可久, 호는 復齋, 花潭, 唐城 사람, 벼슬에 뜻을 두지 않고 도학에만 전념했다. 저서로는 ≪大虛說原≫, ≪理氣死生鬼神論≫ 등이 있다.

의 기풍으로 전이되는 것 같았다. 한때 남인의 영수로 활약했던 허목11)은 토정을 '높은 행실과 기이한 재주를 가지고 세상을 조롱하며 스스로 즐긴 인물'이라고 한 평은 가장 적절한 것이 아닐까.

이지함은 평생 마포 강변의 흙 담 움막집에서 청빈하게 지내 토정이라 불렸던 조선시대의 기인이었다. 이 토정은 이지함이 마포강변에 흙으로 쌓은 정자를 말한 것이다. 지금의 마포구 '토정로'에 그 이름만을 남기고 있다. 이 나루터의 정자 '토정'에서 유유히 배를 몰아 팔도를 유람했던 16세기 조선의 사림사회를 종횡무진한 이단아였다. 그는 전통 명문가의 후손이었다. 그럼에도 과거를 피해 처사로 은둔했다. 전국을 누비면서 가혹한 민생의 현실을 보았다. 교의사상으로 정착되기 전의 조선성리학에 숱한 상상력의 씨앗을 뿌렸던 인물이었다. 그의 상상력은 은유로서가 아니라 빈민 규휼과 국가부흥의 실천적 개혁정책으로 구체화하고 시대에 앞서 상공업 진흥과 해양자원 개발을 주장했던 것이다. 그는 '구리로 만든 솥을 머리에 쓰고, 그 위에 패랭이를 얹어서 밤낮으로 다녔다. 잠을 자고 싶으면 길가에서 지팡이를 짚고 서서 잤다.'고 한 것처럼 기이한 행동이 그의 매력이기도 했다. 그러나 16세기 조선 사상계의 틀 안에서 당당히 교류했던 학자라는 것은 사실이다. ……그의 제자인 조헌에게 서출이지만 대학자였던 송익필과 서기를 스승과 사우로 추천했다. 신분의 귀천을 막론하고 능력과 실질을 숭상하다시피 한 것이었다.

---

11) 許穆(1595~1682)
   숙종 때의 상신. 자는 文父, 또는 和甫, 호는 眉叟, 양천 사람. 50세가 넘도록 제자백가와 경서연구에 전심하였다. 특히 예학에 밝았다. 우의정으로 있을 때, 유배 중이던 西人의 영수 許積을 탄핵하다 파직되었다.

≪토정비결≫은 그의 저서가 아니다. 그가 죽고 난 100여 년 뒤에…… '후손이 펴낸『토정유고』에는『토정비결』이 포함되어 있지 않았다. 19세기에 유행한『토정비결』의 저자로 이지함의 이름이 빌려졌던 것은 그의 인기에 대한 대중적 헌사였을 거란 이야기였다.' 그러나『토정비결』은 그의 이름보다 더 일반 사람들에게 친숙해 있는 것은 변명의 여지가 없다. 그 덕에 그는 더욱더 유명세를 탄 것이 아닌가. 그는 훗날 율곡으로부터 '진귀한 새, 괴이한 돌, 이상한 풀'이라는 평가를 받은 것이다. 제봉과 이지함의 교유는 일시적인 것에 지나지 않았다. 그들의 관계는 유가사상의 테두리 안에서 이루어진 것일 뿐이기에……

토정은 보령에서 배를 타고 순천까지 온 후에 배를 버리고 걸어서 정철과 함께 이슬을 피해 요기할 수 있는 곳을 두루 찾다가 이윽고 서석산에 올라 증심사에서 엿새 동안 머물렀다.

증심사를 떠난 그는 경명의 설죽산우로 찾아와 못할 말 없이 이야기를 나눴다. 서로 창수를 하면서 하룻밤을 보냈다. 이튿날 아침에 경명이 재호를 지어 달라고 청했다.

그는 곧바로 경명의 재호를 지어 주었다.

토정은 '不己齋로 하라'고 했다. 대개 이 불기란 뜻은 ≪시경≫에 천명불기란 말을 인용한 것. 다시 토정에게 명(銘)을 청하려 하자 토정은 곧바로 다른 곳으로 떠나게 되는 시간이었다. 그러나 그가 떠나면서 경명의 목숨 명자를 고려하여 '天命不己'의 뜻을 취해 '불기'로 명명해 주고 떠났다. 이때 이지함은 자신이 저술한『과욕론』이란 글을 고경명에게 보여 주고 또 술을 경계토록 당부하기도 했다.

이때 경명이 창작한 「土亭見示所著寡慾論旦戒酒邀以一言敢述鄙懷」와 「不己齊銘」에는 성리학적 사유가 적극적으로 표현 되어 있었다. 명에 따르면……,

"오직 하늘이란 깊고 멀어서 질서에 따라 끝없이 운행하고 오직 성인도 순수한 마음으로 하늘을 본받아 스스로 힘껏 움직인다.

한 번 호흡할 동안이라도 혹 멈추게 되면 하늘의 운행도 제대로 되지 않을 것이고 한 생각이라도 혹 개을리하면 성인의 공력도 이지러지고 말 것이다. 하늘이 하늘로 된 것과 문왕이 문왕으로 된 것은 그 운행과 공력에 있어서 조금도 그치지 않았다. 그치고 그치지 않는 데에서 하늘과 사람이 판단될 뿐이다. 하늘처럼 되기를 희망한 자는 성인이었고 성인처럼 되기를 희망한 자는 현인이었다. 이것을 그치지 않겠다는 공력을 쌓으면 성인도 되고 현인도 될 수 있을 것이다. 천지의 신명도 도와주게 될 테니, 그만두지 않겠다는 이 마음을 이 몸이 죽은 후에야 그만두겠다."라고 했다.

그들의 만남은 일시적인 것에 지나지 않았고, 그 후 다시 만났다는 기록도 발견되지 않았다.

4

선조 11년(무인, 1578) 그의 나이 46세가 되던 해 여름에 제봉은 「정허명설」을 지었다.

"정(靜)이란 조(躁)의 주인이고 허(虛)란 명(明)의 본체이다.

정은 조를 억누르고 허는 명을 드러낸다. <주역>에 곤(坤)은 지극히 정(靜)하다." 했다.

장주(莊周)도 '도(道)는 허(虛)에 모인다.'고 했으니, 이로써 정과 허라는 뜻을 알 수 있다. 대게 이 정을 제대로 잘 가지면 조급하고 망령스러운 짓을 하지 않을 것이다. 이 허를 제대로 잘 지키면 밝은 마음의 본체를 물욕에 빼앗기지 않는다. 겉모습은 조용해 보이면서도 정신이 흐트러진 것을 좌치(坐馳)라 하고 얼굴빛이 명랑하면서도 마음속이 어두운 것을 고망(楛亡)이라 했다. 흐르는 물도 물결이 일지 않고 고요해야만 바로 고이게 되고 거울도 보면 티끌이 덮이지 않고 깨끗해야만 바로 맑게 비치게 된다. …… 이 정을 꼭 제대로 가지면 바로 마음이 안정될 것이고 이 허를 꼭 제대로 지키면 바로 지각이 생길 것이다. 곧 영리해질 것이니…… 시험 삼아 청허자(清虛子)에게 물어보면 그에게서 반드시 무슨 대답이 있을 것이다.

우선 제봉은 마음부터 고요히 가라앉히고 나니, 세상 권세에 조급하게 서두르는 마음도 잠재워 가라앉힐 수 있었다. 그가 마음을 털어 비웠더니 물욕 같은 것엔 쏠리지 않았다. 밝고 깨끗한 본심을 갈무리해 두니 몸을 한곳에 머물게 하도록 안정감이 들고 마음도 사방으로 흩어지지 않게 되었다. 《장자》 인간세 편에 '吉祥止止 夫且不止是謂之坐馳'라는 말이 있었다. 이욕에 따라 본심을 잃는다고 한, 《맹자》<고자 편>에 '其朝晝之所爲有梏亡之矣'라는 말도 있었다. 그래서 깨끗하고 밝다는 마음의 비유로 들어 자신의 마음에 물어보라는 뜻이 아닌가.

25. 의고주의

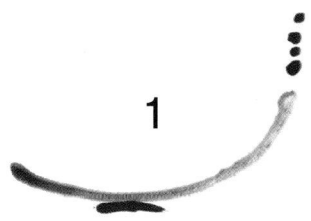

1

정작은 도가적 성향이 농후했지만, 제봉과의 친교에서 사상적인 성향은 드러내지 않았다.

'온양정씨 일문의 도교학이 중국의 전통적인 도교와는 달리 유불도 삼교가 포함된 성격'이었다.

일반 사대부나 도학자와의 교유에서는 사상적 취향이 문제가 되지는 않았다.

제봉이 일시적이든 지속적이든 방외적 인물과 교유했다고 해도 사대부들의 일반적인 관례와 유가적 이념의 테두리 안에서 이루어진 교유라고 보아야 옳았다.

문학적인 영향 사이에서 주목해야 할 인물은 고향에서 19년을 지내면서 가깝게 지냈던 임억령, 김성원, 양자정* 등 호남인들과 서산 군수시절 교유했던 이달을 들 수 있는데······

이 외에 당시 풍으로 높은 평가를 받았던 정작이나 명(明)나라의 '의고주의'를 적극적으로 수용한 그들에게 어떤 영향을 미쳤는지는 모른다. 제봉이 정작과 교유한 시에서 당시 풍을 나타내었는지도 정확히 알지 못한다. 호남사종으로 불리던 석천 임억령은 1559년 관직을 그만두고 돌아와 고향인 해남과 광주의 식영정과 강진을 오가며 지냈다. 그는 1568년 3월에 73세로 세상을 떠난다.

임억령에 대한 제봉의 작품들은 대부분 임억령이 죽은 후에 그를 회고하고 추앙하는 내용의 시들이었다. 교유할 때 쓴 시의 양은 오히려 김성원이 압도적으로 많았다. 임억령과 친밀도에 있어서도 김성원이나 양자정이 더 가까웠을지 모른다. 어쨌든 제봉으로서는 문학적 역량이나 정치적 영향 면에서도 임억령이 가장 중요시되어야 할 인물일 것이다. 임억령이 서거하기 직전에 창작된 시에는 '시에서 누가 석천처럼 기이할까'라고 했다. 이런 점으로 보아 임억령에 대한 제봉의 문학적 흠모의 깊이를 알 수 있었다. 임억령이 사망하자 제봉은 「七言排律五十韻」의 만시를 지었다. 그 가운데 그 자신이 열다섯 살 때부터 임억령의 문하에 출입하였다고 하는 말도 들어 있었다. 임억령이 담양부사로 있을 때부터 만났다. 그런가 하면 서울의 필운봉 아래서 만났다는 것도 이야기했다.

그 후 '석천이 이미 돌아가셨으니 내 시를 누구와 논할까'라든가 '거문고 줄 끊으니 누가 아양을 알아줄까'와 같은 표현에도 제봉 자신의 문학적 재능을 인정해 주던 시인이며 동시에 자신의 시를 질정(꾸짖어 바로잡아 준다)하던 스승인 임억령에 대한 존경심이 드러나 있었다.

55세경 옹상인의 시축에서 임억령의 시를 읽고 흉중에 묻어 두고 있음을 묘사한 것이다. 57세 때도 임억령의 시를 보고 감회에 젖어 회상하는 작품을 남긴 것을 보면 그는 노년에 이르기까지 임억령을 추종하고 있었다는 것이 분명했다. 임억령의 풍모나 삶의 자세에 대한 흠모는 물론이고 무엇보다도 문학적 능력에 흠뻑 젖어 있었기 때문이다. 그가 흠모했던 임억령의 시풍은 '천길 벼랑위에 선 듯한 우뚝한' 또는 '기(奇)'로 표현되는 호방함이었다. 제봉은 꿈속에 떠오르는 석천과 호음의 시를 짓느라 붓을 날쌔게 휘두르는 장면을 다음과 같이 담담하게 요약해 놓았다.

"석천이 강원도 감사가 되었을 때, 호음 정사용과 왕래하며 수창한 작품이 지극히 많았다. 그중에 '峯高入萬山皆骨水闊三千界盡浮'라는 구절이 있는데 대개 왕유[1]의 <早朝大明宮> 시의 운을 사용한 것이다. 일찍이 내가 석천이 '奇瓊超邁'하며 운에 구속되지 않음을 사랑해서 여러 번 본떠 지어 보려 했으나 하지 못했다.

하루는 꿈에 성산에서 노니는데 석천과 호음 두 선생이 시 짓기에 몰두하여 붓을 휘둘러 날쌔게 써 내려 잠깐 사이에 백 편이 되었다. 이윽고 내게 화답하는 시 한 장을 짓게 하시니 부(浮)자 운(韻)이었다." 「기몽」의 서,

제봉은 성산 식영정에서 임억령이 정사용과 시를 짓는 모습을 꿈꾸고, 제봉 자신이 꿈속에서 지은 시를 기록하고 붙인 서(序)인 것이다. 여기서 주목되는 점은 제봉이 더욱 매료되었던 임억령의 시풍이었다. 임억령은 이백(李白)과 장자[2]에 심취하여 호방하고 튼

---

1) 王維(699~769)
   남종문인화의 시조이며 당나라 때의 궁정시인. 화가. 그는 자연을 소재로 한 시에 뛰어나고 글씨도 잘 썼다.

2) 莊子(B.C. 365~290)
   중국 전국시대의 사상가, 도학자, 이름은 周, 송나라 사람. 萬物一元論을 주장했다. 인생관은 사생을 초월하여 절대 무한의 경지에 逍遙함을 목적으로 하였다. 또한 인생은 모두 天命이라는 숙명설을 취하였다. 저서는 ≪노자≫와 竝稱되는 도가의 대표작이다. 內篇 77권, 외편15권, 잡편 11권, 내편은 그의 근본 사상을 기술하고, 외편, 잡

실하고 기가 살아 있는 작품을 많이 지었다. 이 시구는 특히 호방함과 선적 상상력이 결합되어 있었다. 더욱이 이러한 시풍에 그가 매료되는 것은 너무나도 당연했다. 그는 임억령을 추숭하는 작품들에 기가 살아 있는 튼실한 선적인 표현이 부분적으로 드러나 있는 것을 봐도 알 수 있는 일이었다.

편은 내편의 뜻을 敷衍한 것이다. 일설에는 그의 문하생의 위작이라고도 한다.

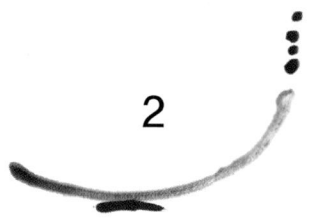

2

식영정과 관련된 작품 일부에서는 경치가 완상 한아한 자연의 현상을 즐겨 구경하듯 아름답고 품위 있는 서정적인 것과 임억령 만년 시는 뜻이 분명하고 뚜렷한 의지가 담긴 시들이었다. 제봉이 의식적으로는 임억령의 호방한 시풍에 매료되었다고 해도 무리는 아닐 것이다. 실제 그의 작품에 나타나는 영향은 주로 자연 그대로 였다. 품격이 있고 아름다운 서정성이 깃들어 있는 것을 봐도……

제봉과 절친했던 서하당 김성원, 그와의 교유시도 많다는 것을 알았다. 김성원의 문집에도 '고경명과 수창한 작품이 가장 많았고 교유도 매우 친밀했다.'라고 수록해 두었다. 김성원은 말년에 능참 봉 등 말직을 지냈다고 한다. 능참봉이란 벼슬이 얼마나 보잘것없 는 것이기에 '능참봉을 하니까 거둥이 한 달에 스물아홉 번이라'는 말까지 회자되어 왔을까. 모처럼 직업을 하나 잡으니까, 생기는 것 은 별로 없고 바쁘기만 하다는 말일 것이다. 그야말로 능에 관한 행정과 제례 등을 맡아 관리하는 처지이고 보면 종9품에 말직인 것만은 분명했다. 그럼에도 그들의 말년 의식엔 분명 관료적 직분이 높고 낮은 것이 문제 되지는 않았다. 시를 자유롭게 창수하도록 호구지책이나 뒷받침됐으면 하고 바랐을지…… 제봉이 왜적과 싸우다가 노년을 마감한 것과는 달리 김성원의 노년은 거의 고향에서 마쳤다.

양자정은 소쇄원의 주인이었던 양산보의 아들이었다. 그런가 하면 양산보의 차남인 양자징[3]은 김인후의 수제자이자 사위이가 된 것이다. 양자징은 필암서원에 주인공과 함께 배향된 인물이었다.

호남출신 가운데 유일하게 문묘에 배향된 사람은 김인후였다. 그 많던 호남서원 가운데 대원군의 서원 훼절령 때에 광주에 있는 제봉의 포충사와 태인의 무성서원, 훼철毁撤(헐어 부수어서 걷어 버린다. 서원의 세금포탈, 병역기피 등의 폐해를 바로잡기 위함이었다.)되지 않은 것이 필암서원에 제사된 인물들이었다. 제봉과 소쇄원 집안 간의 혈연관계는 이렇게 저렇게 얽히고설켜 있었다. 이러한 인연을 토대로 제봉은 담양에서 의병을 일으키게 된 것이고, 또한 그는 양산보의 제문과 만장을 지은 것이다.

소쇄거사를 애도하는 만사

지난해 공을 소쇄정에서 뵈었을 때
가을 무렵 조금 취하여 툇마루에 기대었지
알겠노라 산음의 노는 자취 끊어짐을
호리[4]에 놀라 슬픈 눈물 흐르누나!
성명은 고사 전에 등한하였고

---

3) 양자징: 양산보의 차남.
4) 호리(狐狸): 여우와 살쾡이.

영령은 소미성이 적막하였네.
양양에 애늙은이 많지 않으니
어디로 좇아 그 모습을 우러러보리.
挽瀟　灑　居士　去歲拜公瀟灑亭　淸秋水檻倚微醒　山陰悽覺遊蹤斷
高里翻驚感沛零
名姓等閑高士傳　英靈寂寬少微星　襄陽耆舊無多在　床下何從仰
典刑.

　　지난해 제봉이 양산보를 찾아갔을 때 그는 마침 취기가 들었는
지 소쇄원 난간에 기대어 있었다. 제봉은 양산보의 처지를 이해라
도 한 것일까. 알겠노라 했으니 말이다. 그러고 나서 제봉은, 놀이
끝에 건널 길이 끊겼으니 두려움에 산음설야에서 눈물을 흘리고
있는 왕희지를 비유했다.
　　중국 서예가 왕희지5)는 벼슬이 우군장군과 회계내사에 이르러
왕우군이라 불렀다. 귀족적인 서체로 완성하여 서성(書聖)이라 불
리었다. 또한 그의 아들 왕헌지6)와 함께 이왕(二王)이라 일컬어진
사람이었다. 어느 날 그가 산음설야에 대규를 방문하던 때 놀다가
강을 건너올 길이 끊겨 애태우다 죽음에 대한 불안감에 떨면서 눈
물을 흘렸다는 고사를 줄여 산음으로 표현한 것이다.

---

5)　王羲之
　　벼슬이 우군장군과 회계내사(會稽內史)에 이르러 왕우군이라 불렀다. 그는 해서, 행
　　서, 초서의 3가지 글씨체를 전아하고 웅경(영웅답게 군세다)하게 귀족적인 서체로 완
　　성하여 서성이라 불리었다. 아들 왕헌지와 함께 이왕(二王)이라 일컬어진 사람.
6)　王獻之
　　아버지 왕희지와 함께 이왕이라 불렀다.

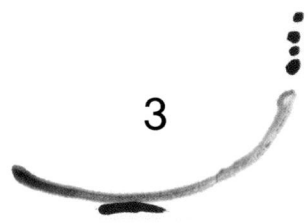

3

거사는 창평 사람, 성은 양이고 이름은 산보였다. 그는 사람 됨
됨이 매우 훌륭하면서도 신비로운 인물로 정평이 나 있었다. 그의
성품은 지극히 효성스러워 보는 이 모두가 품위가 바르고 단아한
선비인 것을 알아보았다. 여러 차례 과거에 응시하였으나 등제되지
못하였다. 그는 일찍이 수석(水石)으로 벗을 삼아 사는 곳을 소쇄원
이라 부르고 이것을 가지고 그의 호로 삼은 것이다. 평상시 그는 함
부로 다른 사람들과 잘 사귀려고 하지 않았다. 다만 하서 김인후와
는 가장 친밀하게 지내던 사이었다. 김인후가 일찍이 효부(감상을
느낀 대로 적어 효행을 그린 한시 체)를 지어 평상시 그의 효행을
극히 칭송하였다고 한다. 그의 작은아들 자징은 김인후의 사위였다.
　여기 또 다른 호리라는 말이 있다. 이것은 예전의 만가(장례식 때
죽은 이를 슬퍼하며 부르는 노래)를 의미하기도 하고, 다른 뜻으로
는 사람이 죽으면 영혼이 여기 태산에 와 머문다는 뜻이기도 했다.

귀갓길 뱃길은 끊기고 무서운 산짐승들이 우글거리는 산림에 갇혀 있다고 생각하면 사내대장부라 한들 어찌 내심 간담이 서늘하지 않는 자 있을까. 산짐승의 먹이가 된다는 생각이 들 때 죽음에 대한 공포는 영혼의 귀향지 호리를 먼저 떠올리게 될 것이다.

생명의 위급함이 느껴질 때, 죽음에 대한 공포감은 시대를 초월해 다를 바 없을 것이다. 영혼이 되돌아간다는 호리라는 곳이 인생의 업보에 따라 고통을 상징하는 곳인지 아니면 영화로운 곳을 의미하는 것인지 정확히 알 수 없지만, 죽음에 대한 불안감이 왕희지에게 있었던 것으로 보아 썩 달가운 곳이 아닌 것만은 분명하다.

현대의 종교에서는 지옥과 천당이라는 이분법의 논리로 행위에 따라 영화로운 곳인 천당 아니면 고통을 수반하는 지옥 두 곳 중에 한 곳으로 갈림길이 나누어진다고 가르쳐 왔다. 그러기에 모두가 영화로운 곳을 목표로 신앙심을 갖도록 권고를 받는다. 선한 삶을 추구하도록 성직자로부터 독려받고 스스로도 의지를 다지려 애쓰지만 역시 죽음에 대한 공포감은 오늘날에도 여간 떨쳐 버리기가 어려운가 보다.

제봉은 양산보의 명성으로 보아 충분히 부합됨에도 춘추시대 12 열국의 하나이던 진(晉)나라 황보시[7]가 엮었다는 책, 고사전(인격이 고결한 선비 96인의 사적이 실려 있다)에 실리도록 노력하지 않았다는 것도 지적했다.

이제 이승을 떠나는 산보에게 세파의 표면에 나타나지 않고 조용히 야(野)에 파묻혀 사는 선비라 해서 그를 처사성으로 비유하기도 한 것이다. 이 별을 처사성의 지위를 맡은 소미성이라 묘사했다.

---

7) 皇甫謐: 책, 고사전(인격이 고결한 선비 96인의 사적이 실려 있다)을 엮은 저자이다.

바로 그 소미성이 적막했다고 읊은 것이다.

양산보와 제봉 사이에는 나이 차이가 있었으나, 제봉이 양산보의 만장을 쓸 정도로 우의가 두터웠던 것이다. 거기에다 양산보의 손자이자 양자징의 3남 천운(梁千運)[8]의 사촌형인 천리(千里)(1544~?)가 제봉의 숙부 계영의 딸과 정혼하였다. 양천운의 사촌형 천심(千尋)(1548~1623)과 천경(千頃)(1560~1591)을, 매부 오급, 매부 서호갑(徐虎甲)의 형 서용갑을 모두 제자로 맞아들인 것이다. 뿐만 아니라, 천운이 그의 아버지의 명으로 1592년 임진왜란 때에 의병진에 들어오려고 하자 제봉은 두 형의 죽음으로 독자가 된 양천운에게 집으로 돌아가도록 타일렀다. 70세가 넘어 연로하신 아버지를 잘 모시라고 돌려보낸 것이다. 양천운은 그때, 마침 매형인 남원출신 안영이 제봉의 의병진에 합류하자 그는 매형과도 작별을 하고 어쩔 수 없이 발걸음을 집으로 돌려야 했다.

그는 원래 성혼의 문인이었다. 사마시에 합격하여 동몽교관, 감찰, 사첨시주부 등을 역임한 뒤 사직하고 학문에 정진했다. 그런 연유인지 제봉의 여섯 째 아들 용후와 양자징의 장자 천경이 또한 절친한 우정을 유지해 오고 있었다.

고용후는 선조 10년(정축, 1577) 1월생이었다. 살아생전 그의 관직은 통정대부판결사 공조좌랑이었다.

---

8) 梁千運(1568~1637)
   자는 士亭, 호는 영주(瀛洲), 學者, 成渾의 문인으로 사마시에 합격했다. 동몽교관, 감찰, 사첨시주부 등을 역임한 뒤 사직하고 학문에 정진했다. 1592년 임진왜란이 일어나자 아버지 子徵의 명으로 의병대장 고경명의 휘하에 들어갔으나 고경명은 그가 독자라는 것을 알고 아버지를 봉양하도록 타일러 집으로 돌아가도록 했다. 친구인 李爾瞻이 廢母論을 주장하자 절교했다.

4

1592년 조선은 일본에 의해, 나라가 온통 잡혀와 죽어 있는 물고기 무리와도 같이 참담했다.

다음 계사년에는 그의 나이가 17세가 되는 아직도 청소년이었다. 아버지 제봉과 작은형 인후가 금산 일차 전투에서 모두 순절하고 난 뒤 큰형 종후는 의병을 다시 수습하여 진주성 싸움터로 떠나는 때, 용후의 손을 잡고 말했다.

"오늘로써 어머니와 너를 영원히 이별하게 될지도 모른다. 네 형은 국가의 원수를 무찌르고 아버지와 네 형에 대한 천추의 한을 풀고자 한다. 이 한을 풀어 널리 선양하고자 지금 진주 싸움터로 떠난다. 사람은 배움이 없으면 쓸모없는 사람이 될 터인데 너는 열심히 공부를 하되 이를 개을리해서도 아니 될 것이다."라는 당부를 받은 것이다.

그리고 큰형은 채죽을 휘둘러 질주해 떠나다가, 말고삐를 다시 돌려 용후의 곁으로 가까이 다가왔다. "이것이 네가 해야 할 하루의 일과가 여기에 있다. 이 서책을 받아 면밀히 연구하고 하루의 일을 계획하여라. 자식으로서 부모에 대한 본분을 잊지 말아라"

큰형은 용후가 할 일을 자세히 가르친 후, 다시 말을 타고 황급히 떠나갔다.

같은 해 6월 19일에 용후는 사마시에 합격한다. 이 중 진사과에는 장원을 했다. 그는 또 30세가 되던 병오에는 문과에도 합격한다. 그러니까 그가 50세가 되던 해 경오년인가 보다. 판결사로 명나라 연경에서 조회를 할 때였다. 사신들과 송별하는 술자리에서 사소한 시비 끝에 술잔을 들어 김자점[9]의 얼굴에 내던졌다. 날아간 술잔은 정확하게 김자점의 뺨에 맞았다. 용후는 그의 아버지와도 같은 강직한 성격의 소유자였다. 직선적이면서도 호방한 성미를 가진 편이었다. 그는 김자점이 간계하다는 생각이 들어 그의 호방한 성품으로서는 도저히 묵과할 수 없는가 보았다. 그가 왜 고용후의 술잔에 뺨을 맞았는지는 장차 역사가 증명해 줄 터였다.

고용후[10]는 연경에서(신미 55세 때) 중국 옥하관으로 와 봄철을 보내고 가을에 조선으로 귀국했다. 귀국하기가 무섭게 김자점의 모함을 받아 감옥에 갇혀 부자유한 생활을 해야 했다. 그때는 김자점의 세력이 청요직에 진을 치고 있는 터라 김자점의 말 한마디면 임

---

9) 金自點(?~1651)
　　인조반정 때 공신이었다. 낙당(洛黨) '인조 말년 서인의 한 분파인데, 김자점을 중심으로 이루어진 당파, 김유(金瑬)가 주창하던 공서(功西)가 김자점과 원두표(元斗杓)와의 불화로 낙당, 원당(原黨)으로 갈라진 것인데, 효종 원년(조선 왕조 17대왕, 1650) 김자점의 멸망과 함께 없어졌다.' 영수로서 그는 영의정까지 오른 사람이었다. 그 후 효종이 청(淸)나라를 치려 한다고 청나라에 밀고하여 역모로서 주살당할 정도로 불행한 사람이었다.

10) 司馬兩試(조선조 때, 과거의 하나. 일종의 자격시험으로 생원과와 진사과가 있다. 초시에서 양과 각 700명, 뒤에는 540명을 전국에서 뽑고 복시에서 각 100명을 뽑는다. 감시(監試), 소과(小科), 용후는 이 시험에서 생원과 진사과 모두 합격한다.

금의 마음까지 바꿔 놓게 하는 영향력이 무소불능이었다. 어떤 일이든지 저지를 수 있었다. 용후가 57세 되던 해 여름이었다. 임금의 특명으로 진주로 보잘것없는 쥐처럼 이전되었다. 59세가 되던 을해년에는 또다시 임금의 특명으로 서울근교 한 읍인, 임천으로 이동되었다. 용후는 그의 과격한 행동으로 그 스스로를 망가뜨린 것이다. 가족들의 상소가 잇따르고 왕실문전에서 탄원을 하는 식구들의 고난도 극심했다. 이윽고 61세가 되던 봄에 임금의 은혜를 입어 석방되었다. 만 5년을 감옥에서 보낸 것이다. 그는 72세 무자에 결국 파란만장한 생을 마감한다.

제봉은 낙향한 지 얼마 지나지 않아 아예 소쇄원이 있는 지석동에 별서를 마련하고 거처를 옮겨 버린 것이다.

26. 양과동정

1

　어느 날, 동국여지승람을 열람하는데, 거기에는 양과 부곡良孤部曲 부근에 경지부곡(慶旨部曲)과 벽진부곡(碧津部曲)이 기록으로 남아 있었다. 이 중에 양과 부곡은 직촌화되어 지금까지 부르고 있는 '양과동'으로 바뀐다. '양과동'은 단일 자연촌이 아닌 여러 자연촌을 거느린 지역 촌이었다. 15～16세기경 '양과동' 일원에 살았던 사람들로는 함양 박씨, 광산 이씨, 장흥 고씨, 김씨, 조씨 등이었다.
　이처럼 양과동의 동약이 홍치 연간(1488～1505, 성종1 9년～연산군 11년)에 이루어진 것으로 추측되나 양과동 동약의 초안을 구체적으로 누가 만들었는지는 알 수 없었다. 자연적으로 다져진 유대와 인척관계로 얽혀진 이 마을의 여러 성씨들이 함께 만들었을 것으로 믿어질 뿐이다. 이 향약은 동네 사람들의 생활규범을 위해 만들어진 것인데, 향약은 주자에 의해 만들어진 '증손여씨향약'에서 그 연원을 찾을 수 있었다. 중국 북송말기 남전에 살고 있던 여대방가[1] 가문의 약속으로 만든 '여씨향약'이 그 모체가 된다. 이

향약의 약조는 대충 네 가지로 나누어진다.

첫째, 덕업상권(德業相勸), 효도와 미덕 등 덕망 있는 일을 서로 권하고.

둘째, 과실상규(過失相規), 잘못하는 일을 서로 바로잡아 주고.

셋째, 예속상교(禮俗相交), 예절을 다하여 서로 사귀기를 가르치는 것.

넷째, 환난상휼(患難相恤), 화재나 천재지변이 일어났을 때, 서로 돕는 것을 말한다. 백성들의 풍속을 순화시키고 상부상조하게 하는 하나의 지방자치단체의 협약이었다.

중국에서는 명나라가 건국하면서 이 향약을 중요시하여 태조 주원장[2] 때부터 전국을 2, 3백 호의 가구로 분할하여 향약을 실시하게 된 것이다.

광주민속박물관(1996)에 소장 중인 이 '광주 양과동 동계향약'의 자료에 나타난 양과동향약에는 양과동과 이장동 사이에 현존하는 '양과동정'의 이름을 가진 정자가 있었다. 이 정자가 집회소로 사용되고, 춘추강신례나 향음주례를 행하는 곳, 또는 사족들의 공론을 모으는 장소가 되기도 했다. 조선조에 와서는 이 양과동정이 간언대(지방선비들이 모여 중앙에 상소를 올리고 직언을 하는 곳)로 이용되었다. 지금은 인접 학교부지 주위가 농토로 변해 있지만, 예전엔 그 아래로 바닷물이 차 들어 소금배가 드나든 곳이기도 했다.

---

1) 呂大防家: 중국 북송 말기의 남전에 사는 사람, 여씨향약의 모체가 된다.

2) 朱元璋(1328~1398)
중국 명나라의 태조. 처음에 郭子興의 부하가 되었다가 자립하여 세력을 길렀다. 1356년에 金陵을 점령, 1368년 그곳에서 즉위하여 국호를 명, 연호를 洪武라 하였다. 홍무제 洪武帝.

유년부터 무심코 바라보며 지나오던 것이 지금 생각하면 유서 깊은 정자로서 지방문화재로 관리되고 있다는 것을 최근에야 깨닫게 되었다. 초등학교에 다닐 때는 바로 옆 부지에 네댓 칸의 양철지붕으로 된 교실이 들어앉아 초등학교 교사로 사용되었다. 그때는 교실이 부족해 '양과동정'까지 교실로 사용하게 된 것이다. 일반 정자와 마찬가지로 작은 교실 정도의 공간인 마룻바닥에서 초등학생들은 사생대회를 갖는 등, 특별활동을 했던 기억이 새롭다. 한때는 그렇게 교실 역할을 톡톡히 하기도 했다. 결국 초등학교 자리가 인근지역으로 옮겨 감에 따라 지금은 휑한 분위기를 드러내는 언덕에 덩그러니 서 있어 초라하다 못해 귀살쩍어 보였다.

1905년 수조안을 적은 기록을 보면 각 동 중에 조(벼과의 일년초로 밭에 심은 식용작물) 한 말씩 각출하였는데 마을 이름이 적힌 기록과 총 76명이 참여하고, 있었다.

지산촌: 최씨 7명, 박씨 9, 고씨 1, 박씨 2, 최씨 2, 수춘: 최씨 8, 박씨 1, 광곡: 최씨 4, 순생: 고씨 7, 오씨 2, 황산: 고씨 3, 최씨 5, 이씨 1, 복수: 고씨 6, 이장동: 김씨 2, 고씨 13, 이동: 이씨 2, 고씨 1.

성씨별로 합산해 보니 고씨 31, 최씨 26, 박씨 12, 김씨 2, 이씨 3, 오씨 2명이었다. 양과동에는 최씨, 박씨의 집성촌이라면, 이장동, 순생, 황산, 복수 등은 대체로 고씨의 집성촌이었다.

이와 같이 공동의 상부상조에 이용하기 위하여 매년 곡물을 거두어 모았다. 원래 이들이 조직한 동답기는 계유년에 만들어진 <의안>이 그것인데, 당시의 동장은 박 아무개 씨가 맡아 일을 보았다. 소속 전답으로는 옥동 5마지기, 정내 7, 정하상 6, 정하하 8, 공장동 3, 이동 5, 정상 3, 등 총 37마지기가 있었던 것으로 기록이 남아 있었다. 거기에다 별도의 부세와 관련된 경제력까지 간여하고 있는 것을 보면 소규모의 완전 지방자치제를 이끌어 가고 있다는 것을 추측할 수 있었다. 1810~1900년대에는 212명의 명단이 기록되어 있고, 1977년 6월 27일에는 최종적으로 64인이 참여하는 등 수입과 지출도 명확하게 처리하고 있었다. 이 같은 '양과정' 관리를 위해 '양과정' 부근에 정식직원(정직)을 임명하여 '양과정' 바로 옆에 살게 하면서 정자를 관리하도록 했다.

2

　선조 10년 정축에 막내아들 용후(1578년생)가 압촌(鴨保村)에서 태어난 것을 보아 가족은 그곳에 남아서 살았다는 것을 알 수 있었다. 제봉이 창평으로 임시 거처를 옮긴 이유를 다음과 같이 추론해 볼 수 있는데, 공과 사가 분명한 그의 성품으로 보아 압촌 주민들과 친하지 못했을 것이란 배경을 감안하지 않더라도 그가 살았던 압촌은 지역 마을이 '양과동'(이장동과 양과동 사이에 '양과동정')의 정자가 있는 곳의 핵심마을이었다.

　15세기 말부터 함양 박씨, 음성 박씨, 경주 최씨, 서산 유씨, 광주 이씨, 장흥 고씨들에 의해 '양과동약'이 창립된 것인데, 이는 숙종 42년(1716)에 작성된 260여 년 동안의 계원명단(동계좌목)의 초기 부분을 통해 확인한 것이다. 양과촌, 압보촌, 이장촌, 지산촌, 순생촌, 수하촌, 응남촌, 입암촌, 칠석 촌, 등이 '양과동' 일원이었던 것이 아닌가 싶다. 아마도 이장동 출신 이선제*(1399∼1484)를 포함한 광주 이씨가 살았다는 만산 촌도 '양과동' 일원이었을 것이다.

당시 이 가문들은 대체로 신진사류들일 것으로 믿어지는데……
그때에 전라도는 물론이고 전국적으로 상당히 빠른 시기에 동약을
조직했다. 제봉 가문 또한 기묘사림이었던 조부 고운 대에 신진사
류에 속한 것이다. 그러나 고운의 아들과 손자 대에는 신진사류와
경쟁관계에 있는 척신계열로 바뀌었다.

1563년에 제봉의 아버지 맹영과 장인 김백균이 모두 척신 이량
의 일당으로 몰려 삭탈관직되어 귀향해 있었다. 제봉 또한 파직되
어 고향에 돌아와 있었는데, 척신세력과 신진세력 간에 치열한 정
치적 갈등이 벌어지고 있던 시기에 척신계열인 제봉을 신진계열인
고향 '양과동' 사람들이 달가워하지 않았을 것이란 점이다. 고가와
'양과동' 사람들의 편치 않은 관계는 이미 할아버지 고운 대부터
나타나기 시작했다.

고운이 기묘사와로 고향 광주에 내려온 후 '양과동' 사람들보다
는 인근의 박상, 윤지화[3]와 주로 교류하였던 사실만을 보아도 짐작
할 수 있었다.

더군다나 '양과동약'의 초기의 구성원을 보면 함양 박씨, 음성
박씨, 경주 최씨로 세 성씨가 주도하는 분위기였다. 장흥 고씨가
그곳에서 입지를 넓히기란 더더욱 쉽지 않았을 것이다. 제봉 본인
도 이 점을 익히 알고 있었다. 고향에 있는 '양과정'에서 읊은 그의
시에서 "이제부터 이 마을 왕래에 익숙하리니 심상(대수롭지 않고
예사로움)한 닭과 개도 또한 서로 잊으리라."고 언급한 바 있었다.

이 시는 매우 서먹서먹한 관계를 유지하고 있는 고향마을 사람

---

3) 尹之和
   조선조 때 사람. 호는 南村, 자는 順卿, 호조정랑.

들과 하루빨리 익숙해지고 싶은데 그렇게 되지 못한 딱한 처지를 묘사하고 있는데, 그런 그의 마음을 엿볼 수 있지 않을까.

정치적인 입장 차이로 '양과동' 사람들과 매끄러운 관계를 갖지 못한 제봉은 자연 고향을 벗어날 수밖에 없었다. 그러면 그가 선택할 수 있는 곳은 창평밖에 더 있을까.

그래서 그는 창평에 있는 지석동으로 거처를 옮기게 되었다. 이것은 그가 20여 년이 지난 후 고향 광주가 아니라 담양에서 의병 봉기를 했고 그의 주력군들이 광주출신보다는 옥과 사람 유팽로나, 남원 사람 양대박, 순창, 양사형으로 구성되었을 뿐만 아니라 유래를 찾을 수 없을 정도로 일가족(본인, 장남, 차남, 차녀, 서재, 노복)이 줄줄이 순절의 길을 택했던 사실에서 확인할 수 있었다. 또한 임진왜란이 끝난 후 그의 손자 부천이 아예 주거지를 창평으로 옮긴 것도 압촌을 떠날 수밖에 없었던 사정을 말해 주고 있는 것이다. 그런데 창평 지석동에 있는 증암천 계곡은 그의 처가와 관련이 있는 곳이기도 했다.

제봉의 장인 김백균은 김인후와 10촌 사이지만 그의 아버지 대에 장성에서 진원현으로 이주해 왔다. 김백균 본인은 증암천 서쪽 석저촌 출신인데, 그는 제봉의 절친한 친구인 김성원의 고모와 재혼을 했고 그의 묘는 광주 석곡에 있었다. 김백균의 연고지가 증암천 유역에 있음을 알 수 있었다.

이같이 정치적 갈등을 겪고 낙향하여 고향 마을마저 떠날 수밖에 없었던 제봉이 선택할 수 있는 것은 유일한 처가 쪽이었다.

경위야 어떠하든 그는 창평 지석동으로 이사계획을 세운 후 그곳을 자랑하고파 양자정과 김성원에게 시를 보내면서 "일 없는 이 따라서 노닐까 하네."라 하여 함께 놀아 주기를 부탁한 것이다.

그는 지석동으로 거주지를 옮긴 후 김성원과 양자징에게 편지를 띄워 회답을 구한 시가 있었다.

말년에 산협으로 옮겨오니
깊은 가을 일 그윽하도다.
전원에서 딴 채소 그 맛 신선하고
들에서 밥 지으니 기름기가 흐르네.
산중에서 빚은 술 어이 맛없음을 혐의하리.
천진한 초원 늙은이들 근심을 모르네.
술에 만취해 시냇가에서 졸기 익숙했으니
어느 바위인들 베고 눕지 않으리.

라고 하여 만년에 석촌(지석동을 줄인 말) 산협으로 옮겨 와 보니 채소와 밥맛이 좋을 뿐만 아니라 산중에서 빚은 술 또한 비할 바 없어 근심을 모를 지경이라고 했다. 담양 지석 촌에서의 생활은 이같이 마음이 편안했던 것이다.

그가 지석동에 마련한 주거지는 소쇄원 아래 반석천과 증암천이 만나는 자리였다. 삼사계서쪽에 있는 평무야(평무들)라는 조그마한 들판에 지은 은행정(銀杏亭)이라는 정자이다. 제봉이 양자정에게 주었던 시중에, 삼사계가 평무들의 은행정 앞에 있다는 기록을 통해서도 은행정의 위치를 짐작할 수 있었다. 제봉은 자신이 지은 시에서 본인의 별서 청문노포(靑門老圃)가 석보천(석조천을 석보천이라고 했다)의 동문 밖에 있다는 것으로 보아 은행정은 청문노포로 불리기도 한 것 같았다.

이 은행정은 제봉이 1570년 가을에 양자정에게 보낸 시에 언급한 것으로 보아 그는 1563년 낙향한 후 얼마 되지 않아 창평으로 와 새 보금자리로 은행 정을 마련한 것이다. 은행정의 행적은 이들 시를 제외하고는 전혀 찾아볼 수 없었다. 아마도 그가 치른 금산 전투에서 순절한 후 유실된 것으로 여겨진다. 유명 인사들의 별서가 주인공의 흥망성쇠에 따라 유무가 엇갈리는 경우는 흔히 있었다.

은행정은 소쇄원 바로 아래, 가까운 거리에 있었다. 은행정이 소쇄원과 가까운 거리에 있었기 때문에 그는 소쇄원을 자주 드나들 수 있었다.

그는 "옷자락이 술에 젖어도 모르면서, 은행정가로 나는 듯이 돌아왔네."라 하여 술이 취하면 주인에게 인사도 잊은 채 가까운 은행정으로 돌아오기도 했다. 은행정 바로 아래에는 환벽당, 서하당, 식영정이 있었다. 그는 소쇄원, 은행정, 환벽당, 서하당, 식영정을 돌며 낙향 후 그렇게 세월을 보낸 것이다.

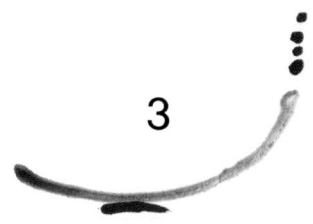

3

그는 낙향하기 이전에도 소쇄원에 들른 적이 여러 차례 있었다. 그가 소쇄원에서 양자징, 자정 두 형제를 위해 지은 시에 보면 젊어서부터 소쇄옹을 잘 알고 있었다. 양산보는 그가 낙향하기 6년 전인 명종 12년(1557)에 세상을 떠났기 때문에 그는 청년기에 이미 양산보를 만나 보았다는 것을 알았다. 아마 처가의 연고가 소쇄원 방면에 있어 일찍부터 소쇄원을 방문한 것으로 보인다. 그가 양산보의 제문을 지었던 연유도 바로 여기에 있었다.

그가 소쇄원을 자주 드나든 이유 중에 또 한 가지는 소쇄원의 빼어난 경치였다. 그는 여러 상황에서 다양한 표현으로 소쇄원을 '明園'이나 '仙家'로 묘사한 바 있었다. 그는 원림의 아름다움을 잊지 못해 다시 발걸음을 옮겼을 뿐 아니라 소쇄원 집안의 친구들이 건네주는 정다운 이야기꽃과 끊임없이 나오는 술상의 매력에 너끈히 반하고도 남았을 것이다.

그는 도연명처럼 술을 더없이 좋아했던 탓에, 아마도 그의 선대로부터 이어진 애주가의 가문에서 비롯된 것은 아닐까.

제봉이 소쇄원을 자주 방문했던 사연은 양자정에게 보냈던 <지암의 운을 따라>라는 한 편의 시에 잘 나타내고 있다.

얼음 같은 시냇물은 맑게도 흐르는데
빼어난 봉우리가 빙 둘려져 있구나.
이렇게 깨끗한 시내와 산
또다시 어디에 가 찾으려 하오.
술에 취해서 바로 누우려고 했는데도
백의사자 연달아 들어오는구나.
물렸던 술상 또다시 차려 놓으니
뭇 걱정 사라지고 웃음이 절로 나네.

그는 소쇄원의 경치와 사람과 술자리를 으뜸으로 여기면서 차마 잊을 수 없다고 술회한다. '소쇄원과 그 집안사람들'은 정치적 유랑인 생활을 하고 있던 제봉의 마음을 사로잡을 만한 매력이 충분했다.

소쇄원은 당시 정치적 갈등으로 상심해 있던 제봉의 마음을 의탁하도록 '포근한 안식처'가 되어 준 것이다. 그가 남긴 수많은 시 가운데 이 지역 증암천 지역과 관련된 작품이 많았던 것은 결코 우연한 것이 아니었다.

제봉은 '소쇄원과 그 집안사람들' 가운데 양천심*과 양천경*을 그리고 양천운의 매부 오급*과 매부 서호갑*의 형인 서용갑*을 모두 제자로 두게 되었던 사실도 바로 이런 인연으로부터 얼기설기 맺어진 것으로 보인다.

천심은 양자정의 큰형 자홍*의 둘째 아들이었다. 천경은 작은형

자징의 장남으로 '기축옥사' 때에 목숨을 잃은 사람, 천경은 종이를 내놓고 스승인 제봉에게 시를 써 달라고 하기에 스승은 이를 사양치 않고 써 주었다고 하니 이는 깊은 사제관계를 맺은 것이라 볼 수 있지 않을까.

자징의 셋째 아들 천운과 둘째 사위 안영이 제봉 의병진에 합류한 후, 28세의 젊은 안영이 금산에서 제봉과 운명을 같이했던 것도 제봉과 '소쇄원가'의 깊은 관계를 떠나서는 그런 일이 이루어지기가 여간 어려운 일이 아니었다. 이는 그 이전에 이미 제봉 가문과 양씨 가문 간에 깊은 인연이 있었던 것이 분명했다.

27. 고을ㄴ, 양을ㄴ

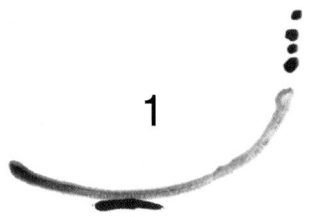

1

　일찍이 고씨와 양씨는 다 같은 제주(탐라국)에 본향을 두고 그곳에서 처음 정착하게 된 선조들인 고을나와 양을나(중간 조상인 良岩 때 '良'을 '梁'으로 고쳐진 것 같다) 또는 부을나 등 3형제간이었다. 알려진 바로는 그중에 고, 양 두 가문의 일부가 당시에는 제주를 떠나 육지에 들어온 후 중시조 때, 일부 두 가문 중에 고씨 집안과 양씨 집안이 '양과동' 지역에서 함께 거주한 일이 있었다. 그 가문의 우의는 여기서부터 본격적으로 시작되었을 것이다.

　고운(제봉의 조부)과 양산보(양자징의 부)가 정치적 운명을 함께한 기묘사림이었다. 자징의 장조카 천리가 제봉의 숙부(계영)의 딸과 결혼한 것이 이런 가문 간의 인연과 제봉의 낙향이 결합하여 제봉과 산보의 가문의 관계가 여간 두터워진 게 아니었다.

　제봉은 소쇄원 2대 주인 자징, 그리고 여러 지인들과 소쇄원의 '걸상바위'에 둘러앉아 날이 새는 줄도 모르고 흉금을 털어놓고 이야기꽃을 피웠을 뿐만 아니라, 두류산이나 방장산(三神山 중에 하나, 여기서는 지리산을 말하는 것 같다) 같은 경치 좋은 곳을 구경할 계획도 세웠다. 그런가 하면 1569년 향시에 말석을 차지한 자징을 제봉이 축하시를 보내기도 했다.

'올겨울에 임금이 뛰어난 선비를 뽑는다 하니 분명코 합격할 것이라'고 위로도 아끼지 않았다. ……그처럼 두 사람은 절친한 사이였기에, 그들의 우정은 산천을 유람하는 것으로도 모자랐을 것이다. 제봉은 양씨 가문의 두 형제 가운데 자기보다 10년이나 위인 자징보다는 5년 위인 양자정과 더 절친한 사이가 되었다. 제봉은 양자정과 나눈 시에서도 소쇄원을 왕래하며 시주로 소일하던 생활을 말하고 있었다.

그가 고향에서 지내던 시기에 김성원과 양자정 두 사람도 고향에서 주로 생활했던 것이다.

제봉은 그들과의 교유시를 통해 더욱 친밀해진 것 같다.

그들은 진실한 정을 토로하고 식영정이나 서하당, 소쇄원이라는 속세에서 벗어난 공간에서 인생을 향유하였다. 마음이 상쾌하고 시원한 노년을 노래했을 터였다.

제봉이 송순, 기대승, 양산보의 5째 아들 응정 등과 나눈 시도 철 따라 달라지는 자연과 경치를 묘사한 것이었다. 속세를 벗어난 서정을 표현하기도 했다. 창평으로 귀향한 송강과 나눈 시에서도 자연을 노래한 서정성이 깊이 배어 있었다. 1570년에 제봉이 자징에게 보낸 다음의 시가 있었다.

우리들 서로 사귄 지 반평생이 넘었는데
강호에 뜬 갈매기와 굳게 맹세했지.

백사에 푸른 대밭 찾아가기도 하고
용문에 흐르는 물 막으려고도 해 보았다.
가슴속에 쌓은 글 이야기하면서
가득 부은 술잔 잡고 온갖 걱정 잊었었네.
무엇이든지 못 할 말 없이 다 하는데
옛사람 풍걸1)인들 여기에 더했겠는가.

두 사람은 사귄 지가 서로 반세기나 되었다. 그러는 사이에 그들은 세상을 바꿔 보려고 가슴속에 쌓였던 정치하며 또는 글 이야기를 못 할 말 없이 다 했다고 실토했다. 그야말로 서로 가슴을 열어젖히고 이야기할 수 있는 사이가 된 것이다.

이처럼 서로 절친한 사이였기에 그들의 우정은 산천을 유람하는 것으로도 모자랐다.

그는 어린 아들을 잃고 슬픔에 잠긴 자징을 자신의 경험을 예로 들어 극진하게 위로해 주기도 했다. 그는 양자정의 가정 사정뿐만 아니라 친구의 건강을 챙기는 것도 잊지 않았다. 양자정은 지병으로 많은 고생을 했다고 한다. 제봉은 새봄이 왔는데도 병치레를 하고 있어 차마 들르지는 못하고 소쇄원을 그냥 지나치는 아쉬움을 시로 남기면서 양자정의 근황을 물었다. 어느 누구의 친구 간 우정이 이보다 더 두터울까.

한편으로는 호방하기도 했던 성격의 제봉 역시 그때는 이미 병이 들어 있었다. 그는 이제 그렇게 좋아하던 술을 끊고 소쇄원 발걸음마저 멀어져 갔다.

그러나 제봉은 얼마 후 다시 관직에 나아가고 의병활동으로 세

---

1) 豐乞: 풍연거지. '뭇사람이 모두 이익을 보는데 자기 혼자만 빠진 것'을 비유하여 이르는 말.

상을 떠남으로써 소쇄원과 불가불 멀어지게 되었다. 그렇지만 대를 이어 그의 아들 용후는 양천경과 절친한 사이가 되었다. 제봉은 후손이 대신 소쇄원을 찾게 됨으로써 양가의 인연도 대물림하게 된 것인가. 양자정의 손녀사위로 고부영이 양씨 가문에 들어가게 됨으로써 고, 양씨의 가문은 조상 때부터 이어져 온 형제의 돈독한 혈연으로 이어 가고 있었다.

소쇄원이 활동공간의 주가 되는 소쇄원가의 소유인 것은 분명하지만, 호남 사림들의 교유장소이기도 했다. 소쇄원의 자연적, 그리고 사상적 공간 구성은 당대 명사들의 발길을 사로잡는 데에 충분했을 것이다. 당대의 명사들의 잦은 출입은 소쇄원의 위상을 끌어올리는 데에 크게 기여했던 것도 사실이었다. 특히 김인후와 제봉의 잦은 출입은 그들의 사상적 역량과 사회적 기반을 다지는 바탕이 되기도 했다. 이러한 점이 '소쇄원의 양씨 가문'은 자부심을 가지고 있었다. 그런 연유가 소쇄원을 대대로 가꾸고 지켜 내려오도록 심혈을 쏟게 하지 않았을까.

제봉이 호남 사대부들과 교유한 시에 나타낸 것들을 보면, 공통적인 자연 속에서 살아가는 품격 높은 삶이었다. 거기에 서정적으로 평담한 삶이 담겨 있었다. 절친했던 김성원과 나눈 시나 기대승과의 교유시에서는 수식적인 성향을 드러낸 작품도 없지 않았다. 자연적인 서정성이 담긴 것이 다른 이들과 나눈 시보다 압도적으로 많았다.

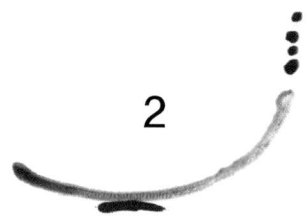

2

이러한 점은 제봉이 고향에서 19년을 보내면서 호남의 사대부들이 소쇄원, 면앙정, 식영정 등의 정자를 중심으로 자연 속에서 교류하며 살아왔기 때문일 것이다.

그들은 문화적 분위기와 자연 현상의 서정성이 담겨 있는 시문을 창작하던 문학적 동향에서 영향을 받았을 것이다. 제봉은 바로 그 시기에 서장관으로 중국에 다녀오게 되는데……

왕실의 계통에 대한 기록이 명나라에는 잘못 기록되었다는 것, 그 기록을 바르게 수정해 줄 것을 요청하기 위한 사명을 띤 제봉의 일행 사신들은 그곳을 먼저 다녀온 다른 사신들로부터 이어져 내려온 국가적 커다란 과제였다. 이 사건은 오래전부터 연이어져 온 것이었다. 잘못 기록된 것은 분명히 바로 고쳐져야 했다. 그때 주청사의 정사로 부름을 받은 사람은 황강 김계휘[2]였다. 임금의 명령

---

2) 金繼輝(1526~1582)

　　선조 때, 대사헌. 자는 重晦, 호는 黃岡, 光州 사람. 명종 때에 金弘道의 일파로서 쫓겨났다가 다시 복직했다. 부승지, 전한 직제학을 역임했다. 선조 14년(1581) '宗系辨誣'를 위한 진청사로 북경에 갔다 와 예조판서, 경영관이 되었다.

을 받은 김계휘는 서장관인 제봉과 함께 명나라에 가게 된 것인데, 명나라에 사신의 업무를 수행하기 위해 임시벼슬인 서장관은 하나의 기록관으로서 필요했다. 왕은 제봉을 서장관에 임명하기를 윤허했다. 그가 임명되고 김계휘와 동반토록 한 것이다.

그는 성균관 직강 겸 사헌부 지평이라는 정식 직분이 주어진 채 명나라의 서울에 들어가게 된 것이다.

마음이 곧아 시사에 흔들림이 없는 그로서는 꿈에 그리던 임금의 명령이었으나 그때는 마음이 변했을까. 썩 달가운 생각이 들지 않았던 모양이다.

사람은 습관의 동물이라 했는가! 오랫동안 초야에 묻혀 무사안일에 젖어 있다 보니 무기력증에 빠져 있지 않았을까. 그러나 무엇보다도 그는 관직을 체념했던 터라서 비록 왕명이라 하더라도 여간해서는 벼슬길에 나서고 싶지 않았던가 보다.

그도 금고의 생활을 하고 있는 터에, 당파에 휩쓸려 무고한 곤욕을 당하고 사사 또는 귀양살이를 사는 이들이 예사스럽지 않아 보였기에 그렇다.

그러나 어찌할까! 그를 아끼던 명종의 명을 또다시 거절하지는 못할 일이었다. 김계휘와의 동반 역시 평소 그와의 친분으로 보아 쉽게 거절할 수 없는 처지가 아닌가. 결국 그는 명종의 명에 따라 김계휘의 사행 길을 따르기로 마음을 작정한다.

그때가 그의 나이 49세.

이듬해 봄 사행 길에서 돌아와 서산 군수로 잠시 나가 있었다. 이때가 바로 이달과 교유하던 시기였다.

"…… 이달을 동각에 맞이하여 수십 일을 머물게 하고 그와 시를 지었다. 절구를 지을 때마다 송인의 체로는 감히 그의 작품 사이에 끼일 수가 없어 갑자기 당시 체를 배웠다. 반은 진실하고 반은 거짓되어 정말 부끄러웠다."

제봉은 이때 당시를 배웠다고 했다. 그는 유종원3) 시에 차운(다른 사람이 지은 시의 운자를 따서 지은 시)한 작품을 가지고 있었다. 이달을 만나기 전 고향에서 보내던 시기에 제봉은 만당시를 학습한 바 있었다.

---

3) 柳宗元(774~819).
   중국 唐代의 문인으로 그도 당송 팔대가의 한 사람이었다. 六朝 이후의 騈儷體 문학의 停滯를 타개하여 古文 부흥운동을 韓愈와 함께 제창하였다. 그의 시는 자연 묘사에 뛰어나 王維, 孟浩然과 한데 어울리었다.

28. 고인후의 창평 후손들

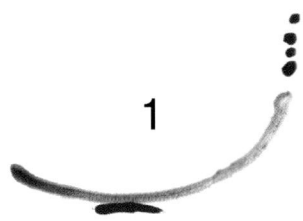

1

무등산 등산로를 거친 제봉과 그 일행은 뒤늦게 소쇄원에 이르렀다. 그곳엔 하서 김인후의 40영(四十詠)에 그 아름다운 풍치가 모두 그려져 있었다. 주인 자징이 갈천과 제봉 일행을 위하여 간소한 연회를 베풀었다.

이날 저녁에는 비로소 식영정에 당도했다. 식영정은 별뫼(星山) 끝자락에 아름드리 노송들로 에워싸여 있었다. 정자 밑으로 시퍼런 광주호가 내려다보인다. 이곳에는 1971년 3월에 <성산별곡> 시비가 세워진다. 식영정은 서하당 김성원이 석천 임억령을 위해 지은 정자였다. 여기에 식영정 사선이라 불린 임억령, 김성원, 고경명, 그리고 정철 네 사람이 함께 어울려 풍류를 즐겨 오던 곳이었다.

정철의 <성산별곡>은 별뫼 서하당 식영정 주변 사계 풍경의 변화하는 모습과 주인 김성원의 풍류를 그린 내용이었다.

어떤 지날 손이 성산1)에 머물면서
서하당 식영정 주인2)아 내 말 듣소.

인생 세간에 좋은 일 많건 만은
어찌 한 강산을 갈수록 낮게 여겨
적막산중에 들고 아니 나시는고.

솔뿌리 다시 쓸고 대 평상에 자리 보아
잠깐 올라앉으려는데 어떤가. 다시 보니
하늘가에 뜬구름 흰 돌[3] 집을 삼아
나왔을 듯한데 주인은 어떠한가.

　이렇게 시작되는 <성산별곡>은 그림 같은 식영정 주변 경치와 술에 취기가 든 송강 자신을 어떤 지날 손으로 묘사하고 있었다. 벼슬을 떠나 곧바로 성산에 낙향해 온 이가 바로 그 자신이었기에……. 식영정에 드나드는 주인 김성원의 모습을 보면서 자기의 말을 들어 보라고 하지 않았던가! 성산의 매력이 어떤 것이기에 적막산중에 들어 세상과 담을 쌓고 있는지 송강은 그렇게도 궁금했던가. ……. 춘하추동 사계의 정취를 묘사하고, 뜬구름같이 변화무쌍한 세상에 술 마시고 거문고 타니 이 아니 신선인가.

---

1) 星山: 전라남도 담양군 창평에 있는 산.

2) 西霞堂, 息影亭 主人: 정철이 강원도 관찰사로 임명되기 전까지 머물렀던 곳. 정철의 처가 쪽 친척 김성원의 집인데 성산에 있었다. 〈창평 읍지에는〉 "식영정은 창평 남쪽 7리에 있다고 적혀 있다. 임억령의 옛집이다. 식영정 안에는 또 서하당이 있고 여기에 임억령과 정철, 고경명, 기대승의 시편들이 있었다. 정철이 이곳에서 성산별곡을 지었다."고 전한다.

3) 흰 돌: 상스러운 돌. 식영정 부근의 깨끗한 돌. 창평 남쪽 15리에 있는 무등산을 가리킨 것. 무등산은 무진 악이라고도 한다. 산 서쪽에 백 척이 되는 바위 수십 개가 있는 낭떠러지가 있다.

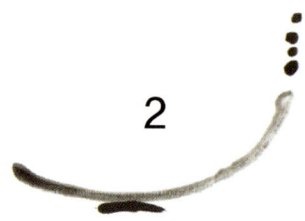

2

　갈천은 난간에 의지해 한가롭게 식영정 경내를 감상하고 있었다. 밤에는 서하당에 들어가 촛불을 켜고 질탕하게 놀다가 흥이 다하자 자리를 파했으니 이 또한 만족한 밤낮 하루의 즐거운 일정이었다.

　식영정과 서하당의 두 편액은 모두 박영4)의 글씨로서 정자는 팔분(八分)이요, 당은 전자5)로 되어 있었다.

　무릇 식영정과 서하당의 아름다운 풍치는 석천의 기문에 자세하게 기록되어 있었다. 20영과 8영 가운데에 섞여 나와 있어 새삼스레 말을 첨부할 필요가 없다고 생각했다. 당후에는 돌로 몇 계단을 쌓아 모란, 작약, 월계화, 일동, 철쭉 등을 심었는데 모두 특별한 품종으로 변화하지 않고 주위에 걸맞게 맑고 깨끗해서 자연의 미를 갖추고 있었다. 서하당의 서북방에는 10여 평 되는 연못이 있었다. 4~5줄기의 백련이 심어져 있었고 대 홈통으로 샘물을 이끌어 뜰아래를 거쳐 연못으로 흘러들었다. 연못의 남쪽에는 벽도 한 그루

---

4) 朴詠: 식영정, 서하당 편액 글씨를 쓴 사람.
5) 篆字: 한자의 서체로서 大篆과 小篆의 두 가지가 있다.

가 있고, 서쪽에는 금앵자6) 몇 그루가 있어 담장 위로 뻗어 있었다.

식영정에서 남쪽을 바라보니 날아갈 듯이 서 있는 또 하나의 정자가 있었다. 그 앞에는 큰 반석이 시냇물을 가로막고, 아래에는 맑은 웅덩이가 있었다. 이는 곧 사문 김윤제7)의 고택으로서 환벽정이라는 편액이 걸려 있었다. 영천 신잠이 쓴 글씨라 했다.

24일(무진)은 일기가 청명했다. 아침에 이효당8) 창평 현령이 찾아와 갈천을 만나 보고 서하당에서 연회를 열었다. 일원(一元)이 소쇄원에서 뒤늦게 오더니 큰 술잔으로 몇 잔을 연거푸 기울이는 것이 아닌가. 그가 술이 거나하게 취하자 갈천은 자리에서 일어났다. 여러 사람들이 그 뒤를 따랐다. 다른 사람들은 거의가 다 일어나는데 판관 안언용만 선뜻 일어나지 않으려 했다. 제봉과 김성원이 이를 채근하자 마지못해 마지막으로 일어나는데, 그들 셋은 식영정으로 올라가 또다시 술자리를 벌인 것이다. 한동안 서로 주거니 받거니 술잔이 오간다. 즐겁고도 정다운 그들의 대화 가운데는 익살스러우면서도 세태를 풍자한 이야기가 거나한 술판과 함께 무르익어 가고 있었다.

장자가 말한 "불을 쪼이는 자는 따뜻한 아궁이 앞을 서로 차지하려고 다투고 관부에 있는 자는 더 좋은 자리를 위해 다툰다."는 말이 과연 헛된 말은 아니었다. 술에 잔뜩 취한 제봉은 소나무 아

---

6) 金櫻子: 茶나뭇과에 속하며 낙엽 관목으로서 줄기는 半蔓性(식물의 줄기가 꼿꼿하지 못하고 거의 덩굴처럼 되는 성질)인데 가시가 많고, 잎은 싸리 잎과 비슷하나 조금 두껍다. 꽃은 희거나 淡紅色이다.

7) 金允悌(1501~1572)
環璧堂의 주인, 송강의 스승.
송강은 사촌 김윤제(沙村 金允悌)의 주선으로 그의 사위인 류강항(柳强項)의 딸 문화 유씨와 결혼한다.

8) 이효당: 창평 현령

래에 누워 있자마자 그만 깜박 잠이 들었다. 문득 그가 깨어나 보니, 한갓 꿈속의 영화였던 남가일몽[9]이었다.

빈산은 쓸쓸하고 솔숲을 스쳐 가는 바람소리는 그윽한데 제봉은 우두커니 서 있게 되자 허전한 느낌이 들었다. 상봉을 돌아보았다. 드높은 봉우리는 변함없이 푸르고, 명승지에 유람한 것을 기화로 그는 앞으로의 닥칠 일을 생각해 보았다. 아득한 옛 자취가 되어 다시 가려내어 분별할 수는 없었다. 다음날 갈천을 그리워하는 마음이 간절할지라도 기회가 주어지지 않을 때, 이 기행문을 펼쳐 본다면 바로 옆에서 갈천 임훈의 음성과 용모를 대한 듯이 반가울 것이다.

이 어찌 다행한 일이 아닐까. 우뚝 섰으나 움직이지 않는 것이 산이라면 만났다가 헤어지기 쉬운 것이 인생일터, 60성상이 번개같이 지나 버린다. 이 이상 그를 뵈올 날이 많지 않았다.

---

9) 南柯一夢: 唐나라 때의 李公佐가 지은 전기소설 〈南柯記〉에서 유래한 이야기다.
어느 날 淳于棼은 槐樹(홰나무)의 남쪽 가지 아래에 누었다가 회나무 아래 있었다는 꿈속 상상의 개미의 나라 괴안국 임금의 딸 공주에게 장가들게 되고 보니 급기야 부마 도위(임금의 사위)가 되었다. 사위의 나라라는 뜻을 가진 駙馬國은 中期의 고려를 일컫는다. 고려가 元나라의 강요로 忠烈王 이후 원나라의 공주를 正妃로 맞아 그 사이에서 난 아들만이 왕위에 오를 수 있게 한 데서 비롯된 나라이다.
순우분은 그런 내력이 있는 나라에 태수가 되어 공주와 함께 행복하게 살면서 부귀영화를 누렸으나 꿈을 깨고 보니 한낮 꿈속의 영화였던 것이다.

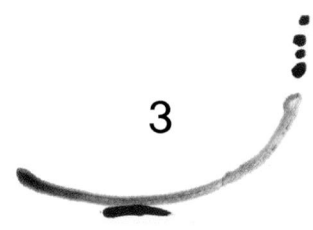

3

어느 날 그는 이 서석산에 다시 오르니 문득 갈천 선생이 그리워지는가. 사람 그리워하는 그의 마음을 어찌 막을 수 있을까. 그는 이렇게 되뇐다.

"조만간 마땅히 죽장망혜[10]로 갈천 선생의 고택으로 찾아가 뵈옵고 물러나와 여정 등 제군과 더불어 수송대의 높은 대를 더위잡고 붉은 사다리를 밟아 올라가 맑은 폭포수에 머리를 씻고 내가 바라는바 모두를 이루어 볼거나."

그는 고향에 내려와 자연을 벗하며 지낸지가 벌써 10여 년이 지나고 있었다.

가까운 고향 주위의 관료나 선비들과 등산도 심심찮게 한 것 같다. 등산장비도 갖추고서 무등산을 비롯하여 몇 날 몇 밤이 걸리는 산행을 그렇게 즐긴 것이었다.

제봉이 노후에 유년의 터 압촌을 등지고 아예 은행정(銀杏亭: 지

---

10) 竹杖芒鞋: 원래는 간단한 대지팡이와 짚신을 말하지만, 여기서는 먼 길을 떠날 때의 아주 간편한 차림을 말한다.

금은 흔적도 찾기 어려웠다)을 지어 주거를 옮겨 버린 그곳에서 그가 의병을 모으고 전쟁터로 출병하여 결국 살아서는 정든 집으로 영영 돌아오지 못했다. 그의 막내아들 용후도 한때 이주하여 여생을 보냈다는 그 고장에서 핏줄이 당겼을까? 그렇게도 그곳을 가고 싶었던 창평이기에 말이다. 이제야 그곳으로 발길을 옮긴다.

'09년 8월 2일 이윽고 마지막 답사 길을 떠난 곳이 바로 창평이었다. 인근지역 남면에 소재한 소쇄원과 식영정 등은 몇 년 전에 답사한 일이 있었지만, 창평은 아까운 젊은 나이에 아버지 제봉과 함께 금산성 싸움에서 순절한 고인후의 후손들이 사는 집성촌이었다. 종손이 14대나 이어져 내려와 번성한 집안을 이제야 찾는다는 것이 뒤늦은 감이 없지 않았다. 광주에서 택시를 타고 종가로 가지 않고 먼저 군청소재지로 향했다. 인근 봉산면 제월리에 면앙정 뒤 언덕엔 소나무와 대밭이 잘 어우러져 있었다. 염소가 한가롭게 풀을 뜯고 있는 것을 연상하면서 그 옆을 지난다.

김인후의 유명한 시도 떠올라 한 번 읊어 보았다.

> 청산도 절로절로 녹수라도 절로절로
> 산 절로절로 산수에 나도 절로절로
> 그 중에 절로절로 자란 몸이니 놀기도 절로절로 하리라
> 〈靑山自然 自然 綠水 自然 自然 山自然 自然 水自然 自然 山水
> 間 我自然 自然〉
> 이곳을 지나는 나그네도 몸이 절로절로 흔들거려진다.

정철의 송강정(고서면 원산리 지방기념물 제1호), 그 유명한 성산별곡도 지난 답사 때, 이미 읊어 봤으니 그냥 지나쳐 간다.

이곳에서 금성면에 이르는 42킬로미터나 이어지는 잎파랑이 메타세코이아 가로수 거리를 세차게 달려 보기 위해서이다. 청량감 넘치는 거리였다. 이 가로수는 1960년 원예가 김재호[11] 씨가 기른 묘목을 군에서 심기 시작한 것이 그 기원이 된다고 한다. 삼나뭇과에 속하는 이 수종인 메타세코이아는 키가 35미터까지 크고 몸통은 지름이 2.5미터까지 큰다고 했다. 국내에서는 처음 이곳 담양에서 이 나무를 만나게 되었다. 얼마 안 있어 가을이 오면 이 침엽수 잎은 누렇게 변색되어 도로변에 떨어질 것이다. 이 나무는 본래 학계에서는 300만 년 전에 없어져 화석에서나 볼 수 있는 나무라는 것으로 알았는데, 1945년 중국 사천성 마도계(四川省 磨刀溪)에서 발견되어 세계의 주목을 끌었던 나무라는 것을 알았다. 그 뒤로는 미국에서 삽목으로 번식하여 세계 각지에 퍼지게 되었다는 이야기를 알게 된 것은 나중 일이었다.

택시를 되돌려 가까이에 있는 면앙정, 송강정을 오던 길에 지나쳤다가 돌아가는 길에 또다시 지나쳐 간다. 그리고 식영정, 소쇄원을 거쳐 먼저 '백일홍 피는 여울' 증암천으로 가주기를 기사에게 부탁했다.

---

11) 김재호: 담양 메타세코이아 가로수 묘목제공자.

4

　담양은 노령산맥을 뒤로하고 영산강 상류를 형성한 두 강이 흘러 넓은 평야를 이룬다. 이 지역은 옛날부터 사람이 살기 좋은 자연조건과 환경을 갖추고 있었다. 제봉과 둘째아들 인후. 막내아들 용후가 노후를 보내게 된 이유를 알 것 같았다.

　태조 4년(1395) 국사조구(國師祖丘: 왕 스승의 조상무덤)의 고향이라 하여 군으로 승격되었다는 것이다. 1399년엔 부(府)로 승격했다가 1413년에는 다시 도호부가 되었다 기록에 나타난 것을 보니 1973년 담양호의 건설로 용면 신정리, 청흥리가 수몰하여 지금은 한 개의 읍 소재지에 11개 면에 137리와 280마을이 남아 있다고 했다. 무엇보다도 안타까운 일은 김성원이 장인 임억령을 위해 지어 놓은 수려한 식영정의 옛터가 수몰되어 버린 안타까움이었다. 다른 곳으로 옮겨 올바로 재건되었는지 알 수 없다. 그와 같은 풍치하며 온전한 복구가 설계도면도 없을 텐데 가능했을지 지극히 의심스러웠다.

담양과 창평의 경우를 보면 현(縣)으로서 병립된 기간이 길고 창평은 거리관계인지는 모르나 광주에 속한 기간도 있었다. 그러나 결국 담양군에 흡수 병합되었다고 한다. 그런 연유로 한 군에 하나인 향교가 창평에는 하나가 더 있었다. 창평은 광주와는 같은 거리여서 경제, 문화, 교통 모든 면에서 광주와 밀접한 관계를 유지하고 있는 것 같았다. 따라서 담양과 창평은 얼마간의 미묘한 긴장관계를 이루고 담양군세의 두 축을 이루는 듯한 느낌을 지울 수 없었다.

지형과 담양의 역사와 그 유래에 대해 알아보는 동안 어느새 증암천에 도착했다. 광주목사 김훈이 초청해 함께했던 제봉의 무등산 기행에서 마지막 기착지인 소쇄원과 증암천이 바로 그곳이었다. 소쇄원에서는 술과 음식 대접을 받았던 곳이라면 증암천은 피바다를 이루듯 한 백일홍이 만발한 여울에서 시를 읊었을 곳이 바로 그곳 여울과 오솔길이었다. 다른 유서 깊은 정자와 걸출한 인물들의 흔적을 어루만질 수 있는 곳을 뒤로하고 이곳을 먼저 찾은 이유는 지난 2007년 4월과 2008년 5월 두 차례에나 광주문화예술회관 대극장에서 광주문화예술회관 주최 '(사)남도문화 예술진흥회, 광주시립국극단(단장: 송순섭*)주관'로 열린 창극 "자미 탄의 눈물"을 공연한 일이 있었다.

"자미 탄의 눈물"의 본 고장인 담양 증암천이란 사실을 뒤늦게 알고 나서는 그곳을 꼭 가 보고 싶었다. "자미 탄은, '백일홍 피는 여울'"이란 의미를 담고 있었다. 이 지역은 담양군 남면 학선리에서 성산리에 이르는 증암천과 오솔길 주변의 숲을 말한다. 천변과 오솔길에선 해마다 7월부터 9월까지 100일 동안 진홍색 붉은 꽃이 만발한다. 그 만발한 꽃이 증암천 여울에 비춰진다 하여 붙여진 이름이었다. 고경명과 이 지역의 선비들이 면앙정 송순, 하서 김인후, 고봉 기대승 등 당대의 명유들을 스승으로 삼아 임억령의 식영정과 환벽당에서 공부를 하면서 '자미 탄의 눈물'을 찬미하는 시를 많이 읊었다고 했다.

"만약 호남이 없었다면 나라가 없어졌을 것 若無湖南是無國家"이란, 주제하에 시작된 창극은 먼저 무등산가로 문을 연다.

무등산……
정기받아 태어나신 고경명장군
그 이름 장하도다.
무등산……
산세가 좋아서 무등이드냐
경치가 좋아서 명산이드냐
봉우리마다 비단이요
골짜기마다 구슬이라
무릉도원이 여기로세
따루리루리루 따루리띠띠

천지인 삼황 봉이 하늘로 치솟았고
입석대 서석대 광석대 기암괴석 삼대석경
자애롭고 웅장하여 영상 신산이라 부른다네.
아아아 아아 아아아 따루리루리루 띠루띠띠
조선시대 임란에는 고경명 김덕령 장군
조선말에 동학혁명 음아…… 아아……
일제강점기하 광주학생독립운동
1980년 광주민중항쟁이라
국가의 위기마다 구국열사 일어나고
민주화 성지로 의향광주 상징 산이라

조광조 김인후 기대승 정철 고경명
정신적 지주되어 광주시민 어머니의 산
어머니의 사랑 하늘이 주신 사랑
……………………………………………
천 만 길…… 바다 속보다 더 깊은 사랑
어머니의 사랑
땅보다 더 넓은 사랑 태산이 높다 한들
그 사랑…… 사랑을 당할쏘냐.
무등산…… 길이길이 어머니의 산이로세.

　판소리의 본 고장으로 가장 많은 무형문화재 기능자가 활동하고 있는 국악의 본 고장에 문화의 수도이자 아시아의 문화중심도시로 조성하기 위해 지역의 백년대계라 할 문화수도 조성 사업을 성공적으로 이끌기 위해 박광태[12] 광역시장은 온갖 정열을 쏟고 있었다. 포충사 등 문화재를 새롭게 단장하느라 많은 예산을 흔쾌히 쏟아 붓고 있는 이유를 이제 알 것 같았다.

　남면에는 대밭이 많기로도 유명해 담양을 대표하고 있었다. 갖가지 죽물공예가 발달한 곳이기도 하다. 전국에서 25%가 그곳에서 생산된다고 한다. 그곳을 뒤로하고 다시 종가가 있는 마을 유천리로 출발했다. 인근 대덕면 용산리엔 미암 유희춘의 사당과 그가 생전에 사용했다는 8인교 가마틀과 모현관(慕賢館: 장산리)이 곱게 단장되었다. 그의 호를 딴 미암 일기(보물 제260호)는 국내에서 개인일기로는 가장 양이 많았다. 그 내용 또한 다채로워 당시의 관계나 당시 서울의 사회상을 아는 데 중요한 사료로서 충분했다.

　이윽고 종가에 다다랐다. 때마침 제봉의 기념사업 추진하는 일로

―――――――――――――
12) 박광태: 광주 광역시장.

관계자들이 광주에서 먼저 와 있었다. 사랑채인 듯한 별채(아마도 관광객들에게 침상으로 제공해도 좋을 것 같았다) 안은 새롭게 단장해 산뜻한 분위기였다. 도유사의 안내에 따라 고인후의 묘소를 둘러보았다. 재실과 묘소 상석 앞에서 도유사 고재수[13]와 나란히 재배로 정중하게 인사를 드려야 함은 물론이다. 병풍처럼 뒤를 두른 월봉산을 배경으로 노적봉 언덕에 자리한 묘소주변은 잡초가 무성하게 자라 있었다. 언뜻 또 이 벌초는 돈을 주고 놉을 사서 제사가 가까워 올 즈음에 말끔하게 단장해 놓겠지 종손이 다 알아서 말이다. 그래야 시사도 지내고 해야 할 테니까(지난번 종손과 통화 때 시월 시제를 앞두고 이미 말끔하게 벌초를 마쳤다고 한다) 묘소가 있는 언덕과 광활한 뒷산의 크기는 자그마치 300정보나 된다고 했다. 광활한 임야를 재는 단위인 정보란 말은 보통사람에겐 별로 실감이 가지 않아 부동산을 재는 단위로 환산해야 쉽게 다가오는 평수 기준으로 계산해 본다면 무려 90만 평에 이르는 광활한 산지임을 깨닫게 되었다. 진주에 있는 그의 큰형 종후의 묘역보다는 30배가 더 넓어 보인다. 그의 아버지 제봉 묘역은 관리인도 정확하게 알지 못할 정도로 광활한 지역을 차지하고 있었다. 고인후의 선영은 나라에서 사패지로 준 것이 아니었다. 처가에서 물려준 땅이었다. 그의 처가 함평 이씨는 고씨 집안보다 먼저 300년간을 그곳에 정착해 온 가문이었다. 재산이 남다르지 않았던 것으로 믿어진다. 함평 이씨 집안에서 출가한 부인은 안타깝게도 올망졸망한 어린것들 다섯을 남겨 두고 전쟁터에 나간 남편 고인후보다 먼저 세상을 떠나고 말았다. 어린 것들의 슬픔을 어찌해야 할 것인가. 어머니

---

13) 高在洙: 장흥고가(의열공 고인후) 종문회 회장, 도유사.

아버지 모두를 잃어버린 불쌍한 어린 외손들의 양육은 외할머니의 차지가 될 수밖에 없었다. 아이들의 외가는 다행히 부농이었던 것 같다. 그들의 장래를 위해 사위 앞으로 재산까지 물려준 것이었다. 당시는 물론 재산가치가 그렇게 크지 않았을 것이다. 지금 14대 종손 고영준[14]은 세금만 무느라고 허리가 휘어진다고 했다. 비록 산림일지라도 지금이야 경제적인 가치가 하늘 높은 줄 모르고 높이 치솟아 올라 있으니 돈은 만져 보지도 못하면서 애문 세금만 역겹게 내고 있는 것이다.

14) 高永俊: 장흥고가(의열공 고인후) 14대 종손.

5

　자리를 털고 무더운 폭염이 내려쬐는데도 월봉산 중턱에 자리한 상월정이란 정자를 답사하기로 했다. 상월정은 공부를 하기 위한 공부방과도 같았다.

　좌청룡 우백호 지세여서 차분하게 마음을 가라앉히고 공부할 수 있는 입지가 좋은 터라고 했다.

　그러니까 상월정은 976년 고려 경종 1년에 건립한 '대자암'이란 절이었다. 이곳 창평에서 오래전부터 터를 잡아 살던 언양 김씨들이 수시 드나들어 공부하는 암자인 것이다. 세조 3년(1457)에 추재 김자수가 낙향해 절을 헐어 버리고 후학들을 양성하기 위해 상월정이란 정자를 지었다. 언양 김씨가 상월정을 손자사위 함풍 이씨 이경*에게 물려주었으나, 이경은 사위인 고인후에게 또다시 물려준 것이었다. 금산성에서 일본군과 싸우다가 순절하게 된 고인후, 그 재산은 그의 자녀들의 몫이 될 터였다. 이제 임진란 때, 고인후인 사위도 전쟁터에서 죽고 함풍 이씨의 가문에서 출가한 딸도 병으로 먼저 세상을 떠나고 만 것이다. 인후의 아들 5명은 불행 중 다행으로 창평의 유천리 외가에 와 외할머니의 보살핌을 받게 된다. 이로써 인후 자손들이 창평에 눌러 살게 되어 오늘날 자자일촌을 이루게 된 것이 그 배경이었다. 옛날 사람들은 재산을 사위나 외손자에게도 많이 물려주었다. 언양 김씨는 임진란 때, 2차 진주성 싸움에서 끝까지 성을 사수하다가 순절한 건재 김천일*이 그 후손이었다. 김천일도 결국 창평에서 태어난 사람이었다.

그러면 여기서 잠깐 간략하게 줄여 적은 고인후의 의병 활약상을 알아보고 창 평 이야기를 계속해야 하겠다.

인후는 어려서부터 총명하고 학문은 출중했다. 1579(선조12)년 진사에 합격한 그는 또다시 증광문과 병과를 10년 후인 1589년에 급제했다. 임피현령臨陂縣令을 지낸 친형 종후와 마찬가지로 그의 부친이 권신들의 내침을 받았던 이유일까. 과거에 급제한지 3년이 지나서 겨우 등용된 것이었다. 그것도 종9품 말직인 성균관 학유學諭와 승문원 정자(정9품)를 지낸 것이다.

1592년 4월 임진란이 일어난 해에는 수십만의 일본군이 조선에 쳐들어오자 그는 의병장인 아버지를 도와 의병으로 출전했다. 그는 의병을 모집하는 임무를 받고 각 지방을 순방하다가 수원에서 권율장군을 만나 임금이 있다는 의주義州 행재소로 진군해 갔으나 일본에 의해 길이 도중에 막혔다. 어쩔 수 없어, 그는 수백의 의병들의 북상계획을 변경하지 않으면 안 되었다. 북상중인 부친의 의병진과 결국 태인泰仁에서 합류하게 된다. 전주에 도착한 그는 수백의 의병을 이끌고 무주茂朱, 진안鎭安 등 은폐 된 주위에 복병을 배치했다. 이는 영남지방을 점령한 일본군이 호남으로 침입하는 것을 막기 위해서였다. 인후의 의병들은 일본군 소규모 선발대에 치명적인 타격을 가하곤 했다. 적은 감히 복병으로 지키고 있는 조선의병들을 헤치고 통과 하지 못했다. 인후가 이끄는 의병은 일차적으로 호남방어에 성공을 거둔 것이었다. 그는 아버지가 이끄는 의병 본진과 함께 6월27일 은진恩津에 도착했다. 그는 일본군이 군량미를 확보하기위해 호남을 침공한다는 첩병의 정보에 따라 또다시 북상계획을 미루고 호남을 지키기 위해 연산連山으로 회군했다.

7월 9일 금산錦山에 도착한 그는 방어사 곽영郭嶸의 관군과 좌.우익으로 편성, 적의 본진을 공격했다. 이 공격에 일본군은 많은 희생을 치러야했다. 이처럼 많은 전과를 올린 그는 관군의 소극적인 대응태세로 후퇴는 불가피했다. 다음날 7월 10일 6천 의병(또는 7천 의병이라 고도한다)과 함께 금성면 눈벌<臥隱坪>에서 적의 대부대와 혈전을 벌렸다. 이중삼중으로 겹겹이 줄을 이어 앉은 자세로 겨누어 쏘아대는 조총의 위력에는 당해낼 도리가 없었다. 병력 수를 따져보아도 적과 비교가 안 되었다. 끊임없이 퍼부어지는 조총 탄의 위력에 진중을 벗어나지 않고(설사 진중을 벗어나기 위해 후퇴하는 대열에도 비 오듯 쏟아지는 조총 탄은 피할 길 없어 생존을 보장할 수 없다)존엄스럽다는 생명을 어찌 보존할 것인가. 인후의 의병진 뿐 만아니라 의병 본진 병사들은 사기를 잃고 크게 패할 수밖에 없었다. 이 때 인후는 의병군의 정예를 이끌고 선봉에 서서 일당백으로 결사 항전했다. 그러나 하늘은 그들의 편이 아닌가 보았다. 그러나 그는 의병들과 함께 최후까지 용전하다가 장렬하게 전사했다.

창평에는 유천이라는 동네와 삼지내라는 동네가 있었다. 냇물을 따라 이름을 지은 것이다. 유천 쪽에는 고광순[15]의 종가를 비롯, 의병에 참여했던 후손들이 많이 살고 있었다. 삼지내는 '영학숙', '창흥의숙'이란 이름으로 학교의 문을 열어 신학문을 가르쳤던 춘강 고정주[16]의 후손들도 살고 있었다. 보수적인 입장을 견지한 고광순은 목숨을 던져 의병을 일으킨다. 개화를 주장했던 고정주는 재산을 털어 학교를 세운다. 그럼에도 양 후손들은 서로 반목이나 대립은 크지 않았다. 같은 집안이라 사이좋게 지내지 않으면 안 되었다. 동학과 일제강점기 36년의 치하, 그리고 6·25를 거치면서도 별다른 충돌이 없었던 것은 매우 드문 사례라는 생각이 들었다. 집안끼리 사상문제로 다투거나 반목을 갖는다면 목숨을 나라에 바친 의로운 선조들의 커다란 누를 끼치는 것이 될 것이다. 그런 훌륭한 가문의 후손들이 다투는 일은 가문의 명예가 실추되는 일이니 차마 못 할 일이었다.

제봉의 11대 후손인 고정주는 1905년 을사조약이 맺어지자 규장각 직각(지금의 국립도서관장)을 사임하고 고향 창평으로 내려온다. 나라를 되찾기 위해서다. 그러기 위해서는 인재양성이 절실한 과제였다. 그는 학교를 세우기로 결심한다. 정주는 '직각'이라는 자리에서 최신정보와 서적들을 충분히 접할 수 있었던 기회를 가졌기에

---

15) 高光洵(1848~1907)
한말 의병장.

16) 高鼎柱(1863~1933)
奎章閣 直閣 지금의 도서관장의 역할, 그는 당대 만석꾼의 부자였다. '영학숙'. '昌興義塾' 등 신학문을 가르치기 위해 학교설립자.

바로 현실인식을 한 것이다. 창평으로 내려오자마자 자신의 둘째아들 광준과 사위 김성수, 그의 동생 김연수가 첫 학생이었다. 나중에는 송진우, 김병로, 백관수가 드문드문 출입했다.

상월정에서 7~8개월 동안 몇 사람을 모아 신학문을 가르쳤다. 그 후 '영학숙'을 세웠다. 영어를 잘하는 선생을 서울에서 초빙했다. '영학숙'이 다시 성장했다. '창흥의숙'으로 발전하게 된다. 창평 객사건물을 수리해 사용하게 되고. 그러다가 지금의 창평 초등학교 자리로 옮겨 온 것이다.

교과목은 한문, 국사, 영어, 일어, 그리고 산술이었다. '창흥의숙'은 수업료를 절대 받지 않았다. 오히려 학교에서 학생들에게 점심을 무료로 제공해 주었다. 학생이 결석하는 날이면 고정주는 하인을 학생 집으로 보내 데려오게 했다. 고정주는 신학문교육에 아주 열성적이었다. 그때, 창평 학교를 거쳐 온 인물들은 다음과 같았다. 사회에 그만큼 크게 활략을 한 사람들이었다.

창평 고씨 집안에서는 광표[17](정치인, 사업가), 재욱[18](전 동아일보 회장), 재호[19](전 대법관), 재순[20](의사), 재청[21](전 국회 부의장), 재량[22](변호사), 재혁[23](변호사), 재천[24](전 전남대 농대 학장), 그의 동생 재필[25](전 보사부장관), 재일[26](전 전남대 법대교수), 재종[27]

---

17) 고광표
18) 고재욱
19) 고재호
20) 고재순
21) 고재청
22) 고재량
23) 고재혁
24) 고재천

(전 헌법 재판관) 등임을 알 수 있었다. 장화리 전주 이씨에서는 이혁[28](전 전남대 문리대 학장), 그의 아들 한기[29](전 국무총리), 승기[30](서울대 공대 교수, 6·25 때 납북), 진기[31](전 전남대 의대 학장), 중기[32](의학박사)가 있었다. 그 외에 김성수[33](동아일보 창간, 제2부통령 등), 김병로[34](초대 대법원장), 송진우[35](중앙학교 교장, 동아일보 사장 등), 박석기[36](일본치하에 맞선 국악인)도 있었다. 3형제 모두 국회의원을 지낸 김홍용[37], 문용[38], 성용은[39] 전 한나라당 대통령 후보였던 이회창[40]의 외숙들이었다. 이회창의 외가가 창평이기에 이회창도 2~3년간 창평 학교에 다녔다고 했다. 그러나 불행하게도 학적부가 6·25 때 모두 불타 버려 확인할 수는 없었다. 이회창의 어머니 김사순[41]도 경기여고를 나와 친정동내인 창평 초등학교에서 몇 년 동안 선생으로 학생들을 가르쳤다고 한다. 창

---

25) 고재필
26) 고재일
27) 고재종
28) 이혁
29) 이한기
30) 이승기
31) 이진기
32) 이중기
33) 김성수
34) 김병로
35) 송진우
36) 박석기
37) 김홍용
38) 김문용
39) 김성용
40) 이회창
41) 김사순

평의 인물들 중에는 창평 고씨와 혼맥 관계로 이루어진 사람들이 있었다. 특히 제봉에 이어 창평 고씨가 울산 김씨와는 혼사가 많았다. 그 대표적인 사람은 하서 김인후의 후손인 인촌 김성수, 그의 어머니도 고씨, 부인도 고정주의 딸이었다. 그래서 우스갯소리가 나왔는가. '인촌은 고가들로 병풍을 쳤다.'고 ……가인 김병로가 상월정을 자주 드나들었다는데? 그는 고향이 순창군 복흥인데, 그의 외가가 창평 고씨 집안이었다. 어렸을 적 그는 외가인 창평에서 성장했다. 그래 상월정 출입이 가능했을 것으로 믿어진다. 반면에 고하 송진우는 김병로와는 사정이 달랐다. 그는 창평 고씨들과는 아무런 인척관계도 아니었다. 그는 담양에서 살고 있었다. 그는 청소년시절부터 물건이라는 평가가 있었다. 그 소문을 들은 고정주가 '담양에 똑똑한 놈이 있다는데, 그놈 한번 대리고 와라' 해 상월정과 인연을 맺게 되었다고 한다. 제봉 역시 송순과의 유별난 인연이 있었다. 면앙 송순의 회방연 때, 그의 가마를 멨던 사람 중에는 제봉이 있었다. 그가 바로 송순의 제자가 된 것이었다. 따라서 그의 후손인 송진우와 제봉의 후손인 고정주와의 인연 또한 예사롭지 않았다. 호남에서 삼성, 삼평이 있었다. 삼성은 곡성, 보성, 장성이고, 삼평은 함평, 창평, 남평을 말했다. 삼성, 삼평이라고 하는 이유는 일본 강점기 때, 일본사람들이 뿌리를 내리기 어려웠던 지역이라고 알려졌기에 그랬다. 지조 높은 성씨들이 사는 지역엔 사람들의 단결심과 저항이 강했다는 것을 말해 주는 것이다. 그런 경우엔 일본인들도 어쩔 수가 없었던 모양이다. 창평이 바로 그런 곳 가운데 하나였다는 것을 알게 되었다. 창평은 선조들로부터 그런 피를 물려받은 저항심으로 다져진 집성촌이기에 가능했으리라. 그곳은 기강이 잡혀 있는 철저한 양반동네이면서, 어느 누구에게도 굴종할 필요가 없는 부자동네였다. 들판이 넓고 물이 좋아 농사가 잘 되었다. 천석꾼 부자가 수두룩했다고 한다. 창평에는 쌀로 만든 엿과 한과가 유명했다. 쌀이 귀하던 그 시대 때에도 쌀로 엿과 한과를 만들어 먹을 정도였다고 하니 이곳의 풍요로움을 짐작할 수 있었다.

6

양반과 지주계층에 적대적이었던 동학이 일어났을 때, 평소 착취가 심하다고 평판이 난 지주 양반들을 동학군이 습격하여 피를 많이 흘린 때가 있었다. 그러나 창평 지역은 동학군과의 충돌이 거의 일어나지 않았다. 명분상으로는 타협책이고 처세술일 수 있었다. 또 다른 면으로 보면 세상사는 지혜가 있을 법도 했다. 이런 태도는 고정주와 의병을 일으킨 고광순의 관계에서도 엿볼 수 있었다. 고정주는 조카 격인 광순에게 이렇게 말한다.

"세상이 어떻게 변하고 있는데, 지금 몇 사람 총 들고 나간다고 문제가 해결될 줄 아느냐?"라고……

그러자 광순*은 "국가와 민족이 일본의 말발굽에 밟히고 있는데, 나가 싸워야지 한가하게 애들이나 가르치고 있어야 합니까?"라고 대꾸한 것이다.

먼 숙질간일지도 모를 정주와 광순의 생각 차이는 바로 그랬다. 극과 극으로 서로 상극이 되어 심한 충돌이 일어날 법한 일이었다.

그러나 그들은 그 충돌을 교묘히 비켜 간다. 그 일화는 이런 것이었다.

고광순이 의병을 일으키면서 필요한 것은 군사를 먹일 식량과 군자금이었다.

식량과 군자금의 조달은 의당 의병대장 광순의 몫이 될 수밖에 없었다. 같은 지역에 살고 있는 고정주는 만석꾼의 부자이었다. 하지만 표면상으로 광순의 의병을 지원하지 않았다. 밤마다 광순의 부하들이 정주의 쌀 창고에 들어가 쌀을 꺼내 가져가도 추궁치 않았다. 그냥 방치해 두고 모르는 척했는지 모른다. 드러내놓고 줄 수는 없지만 알아서 가져가라는 태도이었다. 후일 의병이 실패한 뒤 의병 가담자들이 일본의 가혹한 보복을 당할 때도 고정주는 상대적으로 피해가 적었다고 한다.

인촌 김성수도 역시 그랬다. 그 후 인촌도 부자로 알려져 있었다. 독립 운동가들이 군자금을 요청하는 경우가 많았다. 때로는 총을 들고 인촌 집에 들어와 돈을 요구하는 경우도 있었다. 인촌은 그 자리에서 아무 말 없이 돈을 한 뭉치 꺼내어 방바닥에 놓고 나갔다. 자금조달을 하러 온 독립투사들이 들이닥치면 어떤 때는 아예 열쇠를 내주고 마음대로 금고에서 돈을 꺼내 가도록 내버려 두기도 했다. 얼마를 주어야 할지 딱히 가늠할 수 없기에 그런 것이었다. 그러면 그들은 양심껏 필요한 것만큼만 꺼내 갈 때도 있었다고 한다. 이는 부한 자로서 넓은 도량을 나타내는 지혜라면 지혜이다.

뒤에 일본 경찰이 인촌에게 '왜 돈을 독립투사에게 주었느냐?'고 추궁하면 인촌은 이렇게 대답한다.

'나는 강도를 당해 돈을 빼앗겼지 내가 자발적으로 독립자금을 낸 것이 아니다.'라는 말로 서슬 퍼런 일본 순사의 매서운 눈초리를 피해 갈 수 있었다.

종손의 이야기에 빠져들다 보니 시간은 어언 석양으로 접어들고 있었다. 더위의 기승은 한풀 꺾이었을까? 시원한 냉방바람을 쏘이고 있다 보니 바깥 기온이 얼마나 누그러졌는지 알 길은 없었다.

시간은 좀 늦어졌지만 광순과 의병들의 장렬한 최후의 장면을 알고 싶어 종손을 졸랐다. 이야기를 마저 해 달라고 채근한 것이다.

녹천 고광순은 의병을 일으켜 선대로부터 물려진 고가의 자존을 지키려 했다. 구한 말 1차 의병은 1895년 민비살해와 단발령에 대한 반발이었다. 따라서 연이어진 2차 의병은 을사조약체결 후에 일어났다. 호남에서 1차 의병은 장성의 기우만이 주도하여 일어난 것이었다. 기우만은 19세기 호남의 학자 노사 기정진의 손자이었다. 호남의 2차 의병에서 중요한 위치를 차지한 인물이 바로 고광순이었다. 고광순은 1차 의병 때는 기우만 의병에 참여했으나 을사조약이 체결되자 2차 의병을 일으켜 '家國之讐'를 외치고 있었다. 즉 '집안과 국가의 원수를 갚자'는 내용이었다. 고광순에겐 일본이 국가의 원수이기도 했지만, 집안의 원수이기도 했다. 60노구의 그는 오로지 충의에 의지 해 10년간을 고군분투했다. 그런 연유로 일본 조차도 고광순을 '호남의 병사 선구자' 혹은 '고 충신'이라 부르며 감탄했다. 이토록 그는 호남 의병의 활성화에 크게 영향을 미쳤던 것이다. 그는 1896년부터 의병에 적극 참여해 의병들을 이끌고 게릴라전을 펼치다가 1907년 9월에 지리산의 연곡사 골짜기를 의병의 근거지로 삼아 장기전에 대비했다. 그러나 의병들이 연곡사에 은신해 있다는 첩보를 입수한 일본 군경에 의해 포위를 당해 공격을 받는다. 1907년 10월 17일 이른 새벽, 고광순을 포함한 25명의 의병이 최후의 순간을 맞이한다. 이때 고광순의 나이 60세이었다. 315년을 간격으로 12대 조상과 후손이 똑같은 나이에 의병으로 출병 일본군과의 전투에서 순절한 것이다. 한말의 창평 의병은 고광순을 비롯한 고씨 가문에 의해 주도되었다. 고광순을 따르던 의병들은 대부분 창평 고가들이었다. 의병활동은 헤아릴 수 없는 대가를 치러야만 하는 가시밭길이었다. 일본경찰은 의병활동에 대한 보복으로 제봉의 집도 광순의 집도 모두 불태워 버린다. 고광순은 고인후의 11대 종손이므로 종가가 모두 잿더미로 변해 버린 것이었다. 수백 년 대대로 내려온 고서와 유품들이 모두 불타 버렸으니 광순의 종택에는 유물이 하나도 전해진 것이 없었다. 그래서 그때 그의 식솔들은 살 곳이 불타 버려 갈 곳이 없었다. 먼 거리를 헤매야 했다. 그렇다면 그들이 천금과도 같다는 목숨을 내놓고 고난의 길을 자초한 까닭은 무엇일까? 선조가 강토에 뿌린 피가 그의 후손들까지 피를 흘리도록 사지로 불러 낸 것일까? 아닐 것이다. 다만 '임란 때, 삼부자가 순절한 집안' 그 가문의 특유한 긍지와 나라를 불의에서 구하고자 하는 충효가 작용한 것이 아닌가 싶다. 이렇듯 창평의 고가들은 대를 이어 의병활동에 온 정열을 쏟은 것이다. 고정주의 '영학숙'과 '창흥의숙' 등은 한국 근, 현대사에서 장흥고가가 창평고가로 불리는 이유 또한 여기에 있지 않았을까.

유천리에는 월봉 고부천[42]의 유압비가 건립되어 있었다.

그도 임진란 때, 삼부자 순절한 제봉의병장의 손자이었다. 학봉

---

42) 高傳川(1573~1636)
   유천리에는 그의 유압비가 건립되어 있었다.
   창평 道藏祠에 배향되었다. 저서는 ≪월봉집≫이 있다.

의 아들인 고아 형제들 중에 한 사람이었다. 그들은 창평 외가의 보살핌 속에 성장했으니 사람이 된 것이다. 그는 조부인 제봉에게 수학했고, 인품은 아버지 인후와 할아버지 제봉처럼 뛰어났고 한다. 1615년 알성문과에 오르고 1617년 언관에 취임했다. 그는 부정규탄에 앞장서 왔다. 1620년 동지서장관으로 연경에 가 외교관으로서 이름도 떨친 것이다. 그는 종신 벼슬을 하는 중에 청백리였다. 갑자환란 1527년 노란(虜亂) 등 나라의 위기에는 솔선해 나라를 구하기 위해 나섰다. 그는 일세의 사표가 될 만했다.

녹천 고광순(高光洵) 의병장의 충의를 기리고자 1970년 9월 담양군수 민경기(閔慶基)[43]가 건립한 사당이 있었다. 이름이 포의사이다. 1962년 건국훈장 국민장, 연곡사 경내에는 녹천의 순절비가 동백 고목그늘에 서 있었다.

의병으로 순직한 선조가문에 또다시 의병을 일으켜 나라를 위해 세상을 떠난 것이다. 조상의 정신을 물려받은 그 조상에 그 후손이었다.

전해진 바로는 일천 년의 터전을 지켜 온 담양엔 많은 사찰과 정자 유허비들이 군 여러 지역에 무수히 산재해 있었다. 이로써 창평은 충효의 고장, 또는 충신의 고장이었다.

---

43) 閔慶基: 담양군수, 녹천 고광순(高光洵) 의병장의 충의를 기리고자 1970년 9월 褒 義祠를 건립했다.

29. 잠재의식 상징화

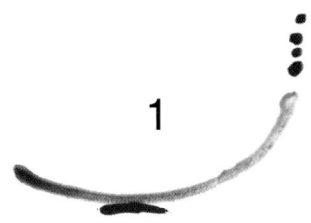

1

숭정[1] 때 역수학자이자 가톨릭교도인 서광계[2]는 신미년(1631)에 제봉의 서석산 유람기에 대한 발문을 이렇게 적고 있었다.

"……. 조선의 경명은 충절이다. 그는 남방에서 그 명성을 드날리고 있었다. 우리 구원병이 평양을 수복하고 돌아와 그를 칭송하는 자가 많았다.

그는 표일[3]한 재주가 선천적으로 타고나 문단을 주름잡고 있었다.

이 서석산의 기행문을 펼쳐 보건대 그 아름다운 문구가 풍경에 따라 용솟음쳐 당시의 맑은 운치와 거룩하고도 성대한 묘사를 몸

1) 崇禎(1628~1644)
   중국 명나라의 마지막 임금인 思宗 壯烈 帝의 연호, 조선 왕조 후기에 淸나라 연호쓰기를 꺼려, '崇禎紀元後 몇 周甲, 무슨 해'와 같이 썼다.
2) 徐光啓(1562~1633)
   중국 명나라의 마지막 임금인 思宗의 曆數學者이자 가톨릭교도이다. 그는 上海에서 태어났다. 자는 子先, 1603년 羅如望에게 세례를 받았다. 선교사들과 협력하여 유럽의 역서와 〈기하학〉 6권을 번역했던 사람이다.
3) 飄逸: 마음이 내키는 대로 하여 세속에 얽매이지 않는다.

소 보는 듯했다. 무릇 충신열사는 원래 산천의 정기를 타고났으므로 문장은 사색되지 않고 저절로 극치를 이룬다는 것이다.

그가 일찍이 사명을 받들고 중국조야에 들어와 문물의 변화함을 보았고 중국의 인사와 교류하여 주객과 의를 맺은 바 있었다.

그가 쓴 유람의 자취가 의무여(醫無閭), 영평(營平), 청주(淸州), 기주(冀州) 등지를 두루 경력한 결과가 아닌가. 안목이 원대하고 예절과 충효의 가르침에 밝아 두 아들과 함께 순절하였다.

이제 그의 계자(막내아들)인 사군 용후가 다시 선열을 계승하여 두 번이나 하절사로 경사에 들어왔다. 나는 그를 찬연(粲然)히 영접하여 깊은 교우가 되기로 굳게 약속하였다.

사사를 마친 후에 용후가 《제봉집》을 보여 주기에 때마침 나는 역서를 편집하다가 중단하고 기록을 읽어 보았다. 청려한 시문을 겸하여 온화한 데에 근본을 두고 있었다. 이 유람기를 읽고 개연히 찬탄하기를.

"서석산이 이 글로 길이 빛날 것인즉 산천도 또한 다행한 일이다. 사군은 잘 보존토록 하십시오."

라고 거듭 당부하였다.

제봉의 문집과 이 기행문은 그의 가문의 가승을 빛낼 뿐만 아니라, 길이 동국의 양사(훌륭하고 어진 선생)가 된다고 하더라도 어찌 불가함이 있을까.

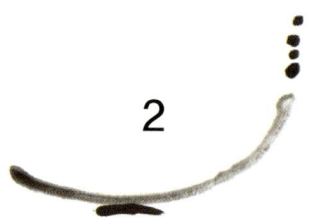

2

1573년 창작한 「집고구사정」에는 두목, 유몽득[4], 두보, 교연[5], 정곡[6], 허혼[7], 등 만당 시인이 많았다. 「희집고구」, 「집고구」는 출처가 밝혀져 있지 않았다. 시어는 매우 헐하고 쉬웠다.

제봉은 또 두시(杜詩)의 집구시나 차운 시도 여러 편을 지었다. 그의 호, 소동파로 더 잘 알려진 소식이나 황정견[8]의 시에 차운한 시는 시기에 상관없이 창작을 한 것이다. 이러한 점을 고려해 볼 때, 제봉은 두부, 소동파. 황정견의 시는 평생을 두고 학습한 모양이었다.

이달을 만났던 시기에는 대체로 유종원의 시를 학습했던 것이

---

4) 劉夢得: 중국 만당(漢詩上) 시인.

5) 皎然: 중국 만당 시인.

6) 鄭谷: 중국 만당 시인.

7) 허혼: 중국 만당 시인.

8) 黃庭堅(1045~1105)
   중국 宋나라의 시인으로, 소식의 문하생이었다. 기이하고 파격적인 용법을 써서 歐陽修 이래의 宋詩를 일변해 새로운 것을 수립했다. 山谷을 호로 가진 그는 江西波의 元祖가 된다.

아닌가 싶다.

제봉은 다시 초야의 꿈 이야기를 시로 노래한다.

| 두 편의 꿈 | 記 夢 二 首 |

독기어린 바닷가 외로운 고을 빌어 얻으니　　乞得孤城瘴海灣
완고한 그 아전에 아둔한 그 백성이라　　　　夾江篁竹吏民頑
세월은 흘러 나이는 벌써 반평생이고　　　　光陰已覺書三老

하찮은 벼슬아치에 부끄럽기만 하오　　　　心事多漸效一官
서리나릴 땐 국화 밑에서 술 마시고　　　　把酒海吟霜後菊
비 개인 후 홀로 앉아 산만 바라보는 구려.　　掀簾獨看雨中山
은총 막힌 것 모르고 꿈속의 영혼은　　　　夢魂不信恩波隔
자꾸만 임금님 곁으로 달려간다오.　　　　猶向蠻坡視草還

젊었을 땐 모두들 '풍류랑'이라고 했는데.　　少日風流獨不群
늘그막엔 왜 병치레만 할까.　　　　　　　暮年江海病兼分
그렇다고 어찌 상중 객이 되랴!　　　　　詎肯作湘中客
아직은 영외 문을 지을 수 있는데　　　　豪健終項嶺外文
밀물은 가끔 산더미처럼 일렁이는구나.　　潮接海門天似水

먼 산 해 기울고 독기품은 구름 자욱한데　　日浣漁浦瘴如雲
강남의 정거장엔 우편배달 소식이 없어　　江南驛使無消息
매화 한 송이 그대에게 붙이지 못하오.　　折得梅花未贈君

동짓날 바람이 매섭다. 눈보라가 휘몰아친다. 이슥도록 등불 아래 남화경⁹⁾ 내편을 읽다가 피로가 몰려와 그만 잠이 든 것이다.

꿈에 한 고을을 얻어 부임한 지 얼마나 지났을까. 서울 어떤 친구에게서 편지가 날아든 것이다.

─────────────

9) 南華經: 南華眞經의 준말. 莊子가 지은 책이다.

근율 3편을 붙여 왔다. 운에 차운하려는 찰나, 순간 갑자기 기지개를 켜게 되어 눈을 뜨고 말았다.

한낱 꿈속의 일이었다. 그는 시를 기억해 보는데, 그중 두 편은 알 수 있었다. 그러나 다른 한 편은 잊어버려 영영 기억해 내지 못한다.

3

초(楚)나라 굴평(자는 原)과 한(漢)나라의 가의賈誼[10]가 상강으로 귀양 간 것을 떠올리고 한 말일까. 굴평은 억울하게 누명을 쓰고 강에 빠져 자살했다. 그는 죽기 전 <어부사>란 비장한 노래를 남긴다. 죄 없이 추방당하고 자살을 결심하고 강가를 초췌한 모습으로 거니는 굴평의 모습을 보고 어부가 '무슨 일인가'하고 묻자 굴평은 다음과 같이 대답한다.

> 온 세상 모두가 흐려져 있는데
> 나 혼자만이 맑은 정신 깨어 있어서
> 그만 이렇게 추방당한 것이니라.

이에 굴평이 결연히 죽을 결심을 하자 어부는 빙그레 웃으면서 돛대를 올리고 사라지기 전에 그 유명한 말을 남긴다.

---

10) 賈誼: 중국 한(漢)나라의 시인.

창랑의 물이 맑을 때라면
이내 갓끈을 씻을 수 있고
창랑의 물이 더러울 때라면
이내 발이나 씻어 보리라.
〈滄浪之水淸兮可以濯吾纓
滄浪之水濁兮可以濯吾足〉

어부의 이 같은 말은 세상이 맑을 때에는 갓끈을 씻어 입신양명에 힘쓸 수 있으나 세상이 혼탁할 때는 우선 자신의 발을 씻어 세속을 떠나라는 충고였다.

굴평[11]은 회왕(懷王), 경양왕(頃襄王)을 섬겨 한때는 좌도, 삼려대부 등의 벼슬을 했으나 모략에 빠져 한때 방랑생활을 하다가 멱라수에 빠져 죽는데, 그곳은 호남성 상음현의 북쪽에 있는 강이었다. 평강현에서 시작하여 상음현을 지나 상강으로 들어가는 물이었다. 지금은 멱수(汨水)라고 하는데 굴평이 이 강에 빠져 죽었다고 해서 더욱 유명해진 상강이라고 부르는 것이다. 굴평이 지은 이 <어부사>는 《古文眞寶後集》에 수록되어 있었다. 이는 산문인데 굴평의 처세관이 어부와의 문답형식으로 표현되어 있었다.

작품은 모두가 울분의 감정에 넘친 것이다. 그러나 고대문학 중에 드물게도 서정성을 띤 것이었다.

제봉은 그의 시에서 굴평을 가리켜 '어떻게 상중 객이 되겠느냐'고 반문했다.

---

11) 屈平(B.C. 343~277?) 중국 전국시대 楚나라 정치가, 시인, 이름은 平, 자는 原이다. 懷王, 頃襄王을 섬겨서 左徒, 三閭大夫 등의 벼슬을 했다. 그는 모략에 빠져 한때 방랑생활을 하다가 멱라수 멱수(羅水)에 빠져 죽는다. 楚辭에 수록된 작품 25권 중 이소〈離騷〉, 〈天問〉, 〈九章〉이 남아 있다. 멱라수는 湖南省 湘陰縣의 북쪽에 있는 강, 平江縣에서 시작하여 상음현을 지나 상강으로 들어간다. 전국시대에 초나라 삼려대부 굴평이 빠져 죽은 것으로 유명한 곳이 되었다. 지금은 멱수라고 부른다.

늘그막에 병치례만 하는 그가 수족을 묶이다시피 한 귀양살이와 다를 바 없음을 개탄함일 것이다.

4

 그는 자칭 '풍류랑'이라 하지 않았던가! 그에게는 절개와 의리를 간직한 성정에 다 드러나는 겉모양 역시 멋스러운 남아였다. 말 그대로 '풍류랑'인 것이다. 왕명에 따라 그가 관서지방을 둘러보는 사이 황해도 어느 지역에 머무르게 되는데, 조용하고 한적한 여염집 사이에 들어선 기생집에 초대를 받던 어느 날, 관찰사나 지방 관리들의 접대를 받아야 할 피치 못할 경우도 종종 있었으나, 그날은 시와 술을 뿌리칠 수 없었다. 아마도 그의 내심은 그녀를 만나게 될 절호의 기회라서 그랬는지 모른다. 그날 저녁 그의 눈에는 한 기생이 들어서자마자 마음을 흔드는 감정에 전율했다. 그런 강한 느낌은 제봉으로서는 일생일대를 두고 처음 겪는 일이었다. 한 여인에 대한 연정을 품게 된 것이다. 그의 앞자리에 다소곳이 앉은 그녀는 이름이 무엇이냐고 묻는 제봉의 물음에 여영(女英)*이라고 얌전히 대답한다. 그녀는 사대부 집안의 귀한 둘째 딸이었다. 언니 여연(女蓮)*은 일찍이 명망가의 집안으로 출가해 귀부인이 되어 있었다.

　그녀의 부모는 중국 고대의 임금 요(堯)의 딸 아황(娥皇) 그녀의 동생 여영(女英)과 함께 순(舜)에게 시집가 어느 날 순이 죽자 두 자매는 상강에 함께 빠져 죽어 상군[12]이 되었다는 이야기처럼 여영의 아버지도 그의 두 딸이 아황과 여영처럼 일부종사를 하되 끝까지 여인의 정절을 지키다가 순결하고도 아름다운 성품을 간직하기를 바라는 뜻에서 아황의 동생 여영이란 이름을 따다가 지어 주었다.

　여영의 아버지는 사화를 겪는 동안 그 사건에 휩싸여 멀리 추운 지방으로 귀양을 떠났으나 결국 사사되었다. 그녀의 어머니도 남편의 불행을 감당 못 하고 시름시름 앓다가 세상을 떠난 것이다. 졸지에 부모를 잃은 여영은 어느덧 25살의 혼기를 놓친 과년한 처녀가 되었다. 그 나이로 보면 지금은 꽃답게 아름다움을 간직한 최상의 규수감이 아닌가. 혼담에는 별 무리가 없는 어여쁨을 간직한 때이련만.

　당시에는 여러 곳에서 후처의 자리는 있었으나 선뜻 마음이 내키지 않아 모두 뿌리치고 홀로 외로움에 갇혀 있던 몸이었다. 그러다가 어느 날 관서지방을 두루 살피던 사신 제봉과의 상면이 이루어진 것이다. 세상 돌아가는 것을 파악하기 위해 밖을 둘러보려던 그녀는 약식으로 치러진 기생수업을 거쳤음은 물론이다. 빼어난 그녀의 미모가 있었기에 가능한 일이었을지 모른다.

　제봉과 여영은 우연찮게도 그렇게 서로 연분처럼 만난 사이가

---

12) 湘君: 湘水의 神이라고 일컫는데, 堯임금의 딸. 娥皇과 女英이 함께 舜임금에게 시집갔다가 순임금이 蒼梧에서 죽자 상수에 빠져 죽어 물귀신이 되었다고 한다.

되었다. 며칠을 주연이 베풀어질 때마다 술자리에서 애타게 지긋한 눈길을 서로 주고받으며 사랑의 싹을 키워 갔던 것이다. 제봉 자신도 모르게 그녀를 사랑하게 되어 결국 서로 떨어질 수 없게 된 것이다. 그녀도 제봉에게 점점 호감이 가는 것을 그녀 자신도 어쩔 수가 없었다. 어느 날 제봉은 사내머슴과 여자 몸종 하나를 거느리고 사는 조용한 여영의 집에 초대되었다. 거나한 술상이 들어왔으나 그날 저녁은 일찍 술상을 물리었다. 그러나 그날 저녁만은 자기 집에서 유숙하고 다음 날 떠나도 좋을 것이라는 말을 여영은 눈웃음과 함께 건넸으나, 제봉은 이를 사양하고 사신이 묵고 있는 숙소로 조용히 돌아왔다. 그런 후 얼마 안 가 그녀는 어느 날, 관찰사가 베푼 관가에 불려 갔던 것이다. 그녀는 관찰사 곁에 가까이 앉아 어쩔 수 없이 술을 따르고 수청을 들어야만 했다. 제봉에게 눈길을 주었던 그녀였지만, 그 순간만은 지엄한 관찰사의 뜻을 피할 수 없는 일이었다. 제봉과는 서로 마음과 마음이 상통한 사이었으나 결국 제봉만의 짝사랑에 그치고 만 것일까. 그러나 여영에 대한 제봉의 사랑은 변하지 않았다.

허균이 지은 '성수시화'에 나오는 이야기 중에는 이런 사랑의 증표가 있었다.

제봉은 여영을 사랑한다는 표시로 그녀의 치마폭 안에 다음의 시를 그려 주었다. 시에 담긴 분위기로 보아 여영과 헤어지는 장면에서 그녀에 대한 애틋한 제봉의 사랑이 감지된다.

강가에 말을 세워 놓고 머뭇머뭇 헤어지지 못하며
버드나무 제일 높은 가지를 꺾어 주네

어여쁜 여인은 인연이 옅어 자태를 새로 꾸몄는데
바람과 같은 사내는 정이 깊어 뒷날을 기약하네.

여영이 관찰사 앞에서 술을 따르는데 갑자기 치마폭이 바람에 날려 글씨 체 내용이 관찰사 눈에 비쳤다. 관찰사가 그 시 내용을 보고 여영에게 그 연유를 물었다. 여영은 숨기지 못하고 사실대로 실토해 버린다. 관찰사는 시의 내용을 자세히 음미하더니 '참으로 뛰어난 인물이로다.' 하면서 탄식해마지 않았다. 관찰사는 얼마 후에 제봉의 아버지를 만나서 아들의 행실을 지적하여 말해 주었다. 그러자 아버지 맹영은 이렇게 말한 것이다. '내 아들이 용모는 어미를 닮았고, 행실은 이 아비를 닮았소이다.'라고 했다. 관찰사는 빙그레 웃고 있었다.

제봉은 사랑하는 여영과 이별하기가 얼마나 아쉬웠을까. 사랑하는 이의 치마폭에 시를 그려 준 것을 당시 선비들은 하나의 풍류라고 여긴 것일까. 다산 정약용은 귀양지 강진에 있을 때, 부인이 보낸 치마폭에 시를 적어 서울로 다시 보낸 것이라든가, 옛 선비들은 호감을 갖는 기생에게도 그의 증표로 치마폭에 시나 교훈적인 문구로서 그들의 흔적을 남기곤 했던 것이다.

'제봉의 재능을 인정하면서도 행실의 그릇됨을 분명하게 지적하는 엄정함을 관찰사에게서 엿볼 수 있다면, 그것을 농담으로 받아들이면서도 자책으로 삼고자 하는 아버지'의 해학적인 대답은 익살스러우면서도 얼마나 품위 있어 보이는가.

그렇다고 그를 성적 사랑(erotic)만을 추구하며 어그러진 행실에 대한 의구심을 품을 필요는 없다는 생각이 들었다. 그렇게 몰아칠 수 없었다는 사실이 그의 살신성인 정신이 증명해 주지 않았는가. 사후에도 그의 인격이 승화되었음을 여실히 증명되고도 남는 것이기에…… 진정 그렇게 색을 탐하는 인물이었다면 분명코 임진란 때 자기 일신과 안위만을 위해 피신을 서둘렀을 것이다. 그럼에도 그는 어려운 전란의 처지에 어찌 많은 의병을 규합하여 일본군과 싸우다가 장렬하게 순절할 수 있었느냐. 하는 대답을 찾다가 미궁에 빠져드는 것을 어찌할까.

뜻이 서로 다르다 하여 반대파에게는 가혹하리만치 벌이 내려지기를 바랐던 무리들에 의해 귀양살이를 살아야 하는 그런 무고한 인명들이 얼마나 많았을까. 비록 벼슬을 내던지고 낙향해 금고의 몸이긴 하나 그들과는 처지가 사뭇 다르지 않는가.

그는 은혜길이 막히고 병치레로 수족이 불편하다고 벼슬의 기회가 영영 박탈될 것이란 불미스러움은 아니었다. 지금이라도 병석을 박차고 일어나면 호기가 찾아들 것이란 생각이 문득 들 법한 일이었기에…… 서화에 뛰어난 선조(宣祖), 그러나 7년에 걸친 전란과 격심한 당쟁으로 시련이 예고된 임금, 명종에 이어 그의 총애도 제봉, 자기에게는 아직 사라지지 않았다고 믿고 있었다.

임금 곁으로 달려가는 꿈만 꾸게 된다는 두 편의 꿈에서처럼 그의 의지와는 다를지도 모를 꿈의 세계에서는 임금을 그렇게도 그리워하고 있었다. 이럴 때 그는 심경을 어떻게 토로해야 옳을까.

꿈은 원망의 충족을 목적하는 잠재의식이 상징화 또는 시각상화, 변장, 왜곡되어 의식화된 것이라고 누가 꿈의 해석에서 그렇게 말했을까.

그게 무슨 말일까. 꿈이라는 것은, 억울하고 분한 마음의 상황이 아니라 간절히 바라고 원하는 것을 채워 주려는 것일지라도 당사자는 자각하지 못한 상징적인 활동이리라. 그래도 미심쩍었다. 자기의 의식 안에서는 부정적인 것이라서 전연 생각지도 않는 일이 벌어지는 광경을 잠결에 비춰지는 하나의 영화를 통해 감상하게 된다는 것일까. 그가 상징성을 그렇게 들었던 것일까.

꿈이라는 것이 대체 모양이나 빛깔이 분별되는 눈의 감각만은 아닐 터이다. 내면의 세계, 즉 심 안으로 비추어진 것일진대 그것이 다르게 꾸며지고 사실과 다르게 나타나는 것은 아닐지…… 물론 그의 의식과도 상관없는 일이었다.

대체적으로 꿈속의 일은 의지의 반영이든 아니든 간에 자신도 미처 깨닫지 못했던 것들이 잠재되어 있어 그렇게 잠결에 비춰지는 영화처럼 반영되어 나타난 것이라는데, 그 말에는 제봉으로서도 유구무언일 것이다. 그는 분명 그렇게 전하지 않았는가. 친구에게서 붙여 온 시의 내용에 아직 영외문도 지을 수 있다고……

멀리 떨어져 있는 지방으로 귀양을 가 지은 글을 영외문이라고 한다는데, 송(宋)나라 소동파가 해주(海州)로 귀양을 떠날 때 지었다는 범증[13]론을 해외문자라고 하는 것에서 영외문이란 말이 생겨나게 된 것이다.

---

13) 范增: 중국 전국시대 項羽의 謀臣을 말했다. 秦나라 사람인 범증이 鴻門의 宴에서 漢高祖를 죽이려다가 뜻을 이루지 못한다. 그는 뒤에 항우와 불화하여 彭城에 가서 죽는다.

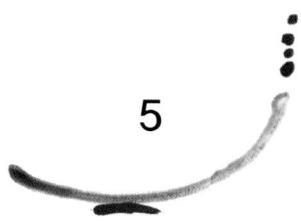

5

꿈의 세계는 그 역시 참으로 기묘하다는 생각이 들었다. 그도 모르는 잠재의식이 어떻게 친구의 편지 형식을 빌려 현시되느냐는 것이다. 꿈속에서는 누가 시나리오를 쓰고 그 장면들의 활동사진을 촬영하는가. 그것은 아닐 터이다. 현제의 과학 발전은 제작 과정이 물리적 방법을 초월한 영상에서 감지된 것이 자동으로 저장되고 어느 때든지 재생과 방영을 되풀이할 수 있는 단계를 앞서가고 있다. 이는 우주의 무수한 원리 가운데 극소의 부분일 것이다. 그렇게도 명백한 움직임들엔 분명 원인과 틀에 박힌 생각(mechanism. 작용원리)이 있을 것이다. 그 원리의 작용들을 찾아내고 또 규명해야 하는 것이 과학의 책무일 텐데.

어떻든 제봉의 꿈속에 나타난 현상은 모두가 그 자신의 마음의 작용으로부터 비롯되는 것은 아닐까.

이리저리 쫓기는 인간 세상에 복이 들어온다면 화도 찾아들 테고, 얻는 것이 있으면 잃는 것도 있다는 생각엔 그도 변함이 없을 것이다.

마치 구름이 변하고 비바람이 몰아치듯 세상일은 누가 경영하고 주장하는가.

스스로 깨달은 사람이 이를 곁에서 목격한다면 한바탕의 꿈이라 하지 않을까.

"옛 재(齋)나라의 은자 종리(隱者 鍾離)의 '진세(塵世)의 영고(榮枯)가 꿈과 뭐가 다른가.'라고 한 말이 참 달관이로다. ……역시 '조물자가 남모르게 나를 경계한 것이렷다.'는 느낌에 따라 이와 같이 기록하여 꿈이 어떤 것인지 알지 못하는 이에게 깨닫도록 한다." _동은_

여기 지은이가 '동은'이라고 적은 두 글자는 널리 알려진 그의 이름 경명의 호가 제봉인데 달리 부르는 또 다른 호였다.

한시대의 헛된 부귀를 흔히 일컫는 말을 남가일몽이라고 말하는데, 당(唐)나라 어느 고을의 괴화나무 남쪽가지 밑에서 잠을 자다가 꿈에 괴안국 임금의 딸에게 장가들어 남가군 태수가 되었다는 순우분[14], 그는 그렇게 한바탕 꿈속에서 영화를 누렸던 것인데, 부와 영예로움에 대한 여한이 더 남았을까.

여기 기대승이 퇴계에게 보낸 편지내용 중에 장자의 ≪霽物論≫을 인용한 것이 있었다.

"꿈에 술을 마신 사람이 아침에 곡하며 울 수도 있다.

꿈에 곡하며 운 사람이 아침에 사냥하러 갈 수도 있다.

꿈을 꾸고 있을 때는 그것이 꿈인 줄 모른다.

---

14) 淳于棼: 고을의 괴화나무 아래에서 잠을 자다가 꿈속에 임금의 딸에게 장가들어 남가 군 태수가 되었다.

꿈속에서 그 꿈을 점치기도 하지만 깬 뒤에야 그것이 꿈인 줄 안다.

오직 크게 깨달은 뒤에야 인생이 큰 꿈인 줄 안다.

어리석은 사람은 자기가 깨어 있다고 생각하여 따지고 캐며 아는 척한다.

군주니 관리니 하는 사람들은 고루하기만 하구나!

공자와 그대는 꿈꾼다고 하는 것도 꿈이다.

이 말은 매우 이상하게 들릴 것이다.

만세 뒤에나 이 말을 이해하는 큰 성인을 만난다 하더라도

오히려 아침저녁 사이에 만난 것처럼 일찍 만나는 것일 것이다."

옥천군해(沃川郡廨), 즉 군수 공관에서 지었다는 그의 꿈속의 시를 음미해 본다.

임금의 부름을 받았다	召對
그윽한 궁궐에서 임금님 모시고	威顏 尺繞紅雲
부름받아 밤늦도록 시간 흐르는 줄 모르네.	召對瓊樓靜夜分
빈 풍 외우면서 옛날 경계 생각하고	密勿幽風商往戒
천록각 고요한데 좋은 글 검토했지	從容天錄撿遺文
선비의 영광은 영선[15]이 제일인 듯하나	登瀛最覺謨儒貴
앞자리에 나갈 일 도리어 부끄럽도다.	前席還 漸睿獎勤
명령 따라 물러나와 촛불 켜고 앉았을 때.	歸院 剪殘蓮 炬燈
구소의 맑은 누수 귀에 들리는 듯하다	九霄淸漏隔花聞

---

15) 領船: 조선 왕조 때, 한 배의 漕卒[1]의 우두머리인데, 해운판관이 임명한다.
　1) 漕卒: 조선 왕조 때 해운선을 부려 조운에 종사하던 사람.

그는 "내 어찌 마음속에 영화와 부귀를 탐내는 생각이 있어 이런 꿈을 꾸었겠는가. 이것이 바로 옛 아산(芽山)이 말한 '늙은 선사가 도를 제대로 닦지 않으면 마귀가 나타나 속인다.'라는 격이 아닌가!"라고 했다.

6

그릇에 담아 둔 물이 새어 내리는 것을 보고 시간을 재던 옛 시계를 누수라 했는데, 제봉은 물이 그릇에서 흘러내리는 소리가 들리는 것 같다고 했다. 마음의 상태가 얼마나 영험의 상태에 이르면 금이 간 그릇 사이로 새는 물의 극 세미한 소리를 들을 수 있을까. 속세의 명리 따위에 초연하여 자연의 소리에 젖다 보면 그리되는가.

소리 이야기를 하다 보니. 연암 박지원[16]이 말한, 마음가짐에 따라 달리 들리는 소리가 있다는 이야기가 생각났다. 중국 열하를 다녀와 쓴 일기 ≪열하일기≫의 <일야구도하기>에 그는 이런 말을 했다.

깊숙한 소나무에서 퉁소소리가 들리는 것은 듣는 사람이 청아한

---

16) 朴趾源(1737~1805)

정조 때의 문장가, 실학의 대가. 자는 仲美, 호는 燕巖, 潘南사람. 일찍이 淸나라에 다녀와서 <熱河日記> 26권을 저술하여 그 雄渾한 문장으로 중국에까지 이름을 떨쳤다. 洪大容 등과 함께 淸朝의 문물을 배워야 한다는 이른바 북학파의 영수로 이용후생의 실학을 강조했다. 문집에 ≪燕巖集≫이 있다. 시호는 文度.

탓이 아닐까. 산이 찢어지고 언덕이 무너지는 듯하다는 소리는 사람이 분노해 있는 까닭이리라. 개구리가 서로 다투어 우는 소리 역시 사람이 교만해서일 테고, 천둥과 우뢰가 급격하게 들리는 것은 그가 놀랐기에 그런가 싶고, 거문고가 궁성(宮聲)과 우성(羽聲)에 맞는 것은 그의 감정이 슬퍼하고 있다는 증거가 아니겠는가. 창호지로 바른 문에 바람이 우는 것은 그의 심리상태가 매우 의심쩍은 상태일 것이다.

이런 것들은 모두 바르게 듣지 못하고 특히 가슴에 담아 둔 뜻이 만들어 귀에 들리는 소리라고 해도 무리는 아닐 것이다.

7

제봉은 얼마 안 가서 부름이 주어진 종부시 관아에서 사섬시 첨
정으로 자리를 옮긴다. 사섬시에서는 닥나무 껍질로 종이돈을 만들
고 지방 노비의 공포(결세, 즉 토지에 매기는 기본세로 나라에 받
치는 베) 등에 대한 사무를 맡아보던 관아이었다. 노비의 공포란,
왕조 때 노비로부터 받아들이는 세금의 일종인데, 세금을 작물과
무명이나 포목 등으로도 받아들였다. 당시 관아 밖에서 생계를 꾸
리던 관노비가 노비공으로서 신포, 즉 육체적인 노동 대신에 물품
으로 사섬시에게 바치고 자식 등이 서울관아에 뽑혀 가는 것을 대
신했다. 죄를 짓거나 세금을 내지 못한 백성이 국가에 납세 의무를
다하지 못했다고 노비를 잡아 와 관아에서 잡역에 종사케 하여 대
신 이행하게 하거나 갖가지 현물 등으로 갚던 제도인 것이다.

제봉은 사섬시에서 종이돈을 만들고, 노예들로부터 세금을 거두
는 두 가지 업무를 관장하는 부서의 종4품 자리의 책임을 맡아 들
어간 것이다.

복잡다단한 그해도 이제 서서히 저물어 갔다. 안타까운 일은 제봉을 서장관으로 삼아 명나라에 함께 다녀왔던 김계휘가 평소 지병이 없는 바 아니나 너무도 급작스럽게 세상을 떠난다. 그를 아껴주던 사람들이 주위에서 하나둘 세상을 떠나는 것을 보니 그는 인생이 이렇게 허무한가! 하고 탄식해마지 않았다.

30. 퇴계 이황과 성리학

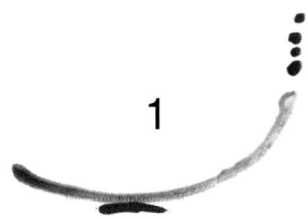

1

　임억령 등 호남 사대부와의 교유나 이달과의 문학적 교류는 제봉의 문학이 영글어 가는 데 결정적인 영향을 미쳤을 것이다.

　16세기 후반 조선에서는 성리학이 선비들 사이에 정신적으로는 많은 영향을 끼쳤다. 그런가 하면 당시에 기대승과 이황의 철학적인 논쟁도 상기해 보았다. 두 사람은 스승과 제자로서의 수직관계에서 특히 서한문을 통해 서로 건강에 대한 걱정과 예의 바른 존경심을 표명하면서 묻고 대답하고 하는 식의 오묘한 철학적 사색에 잠기곤 했던 것이다.

　퇴계 이황은 진보인(眞寶人)으로 그의 출생지는 예안이었다. 그는 마흔아홉 살이 되던 명종 4년 9월 풍기군수를 마지막으로 사임장을 감사에게 올리고 고향으로 돌아온 뒤부터 그를 불러들여 벼슬을 맡기려는 명종과 학문에만 정진하려는 그와의 사이에 치열한 진퇴의 승강이가 벌어지곤 했다. 쉰 살이 되어서야 고향 시냇가에 한서암(寒棲庵)을 짓고 일체 왕의 부름에 응하지 않았다. 그는 학문을 통해 자기의 뜻을 펼치려는 집념을 선언했던 것이다.

> 분수대로 살고 싶어 벼슬에서 물러나
> 학문하러 돌아오니 나이 이미 늙었구나.
> 시냇가에 집을 짓고 거처를 정하여
> 사람의 할 도리를 날로 더욱 힘쓰리라.

풍기군수를 사임할 때로부터 일흔이 되던 해 선조 3년에 최후 사표인 걸치사장(간절하게 바라는 사직서)을 올리기까지 21년 동안 무려 53회나 그는 사퇴원을 제출했다.

한때는 그가 간곡한 임금의 부름을 차마 거절 못하고 성균관 대사성, 공조판서, 예조판서, 홍문관의 대제학 등 요직에 오른 적도 없지는 않았다. 허나 잠깐 몸을 담고 있었을 뿐 대부분 상소를 올리고는 곧바로 귀향하여 학문에 정진한 것이다.

명종에게 자신이 벼슬에 오를 수 없다는 이유를 당시 관료였던 기대승을 통해 다음과 같이 간곡히 읍소한 것은 부와 명예를 탐하려는 선비들에겐 경종이 되어 간담을 서늘케 하리라. 그의 뜻을 또다시 음미해 본다.

"어리석은 것을 숨기면서 벼슬의 지위를 도둑질하는 것이 마땅한 것이겠습니까. 헛된 이름으로 세상을 속이는 것이 마땅한 일이겠습니까. 직무를 수행하지 못하면서 물러나지 아니한 것이 마땅한 일이겠습니까. ……이같이 마땅치 못함을 가진 채 조정에 선다면 그 신하된 자로서 '의'가 아님을 어떻게 하겠습니까. 엎드려 원컨대 신의 사정에 어둡고 어리석은 것을 살펴 주시고, 신의 잔약하고 수척한 것을 불쌍히 여기시어 앞서 허락하신 대로 이곳 시골에 물러나와 허물을 고치고 병을 조리하게 하여 여생을 마치게 하여 주옵소서."

이 같은 왕에 대한 퇴계의 간곡한 읍소는 그 자신의 일신을 들어 말한 것이지만 양심을 놓아 버린 자들의 마음을 흔들어 놓을 애소와도 같은 것이었다.

그런 후 퇴계는 일생 동안 거의 학문에 매달리다시피 했다. 정주[1]의 성리학 체계를 집대성하고, 이기이원론이 바로 그것을 집약한 말이었다. 이는 형이상학설을 말하는데, 태극, 즉 이는 음양 곧 기나 오행, 곧 질을 초월한 것이 아니고 내재돼 있다는 것이다. 이 같은 질을 포함한 이기의 결합에 의해서 만물이 생성한다고 설명한다.

사단(仁 - 惻隱之心, 義 - 羞惡之心, 禮 - 辭讓之心, 知 - 是非之心.) 사람의 본성에서 우러난다는 4가지 마음과 칠정(喜, 怒, 哀, 樂, 愛, 惡, 欲, 또는 憂, 思, 悲, 驚, 恐) 이 같은 7가지 감정을 아우르는 사칠론을 중심사상으로 그는 율곡 이이에게 거경 궁리케 하여 만년에는 양대 학파가 형성된 계기가 되었다.

호남에서는 일반적으로 이항[2], 김인후, 기대승, 유희춘[3] 등이 성리학을 연구했다. 지배층 지식인으로 사대부들은 과거 등 현실적 필요성뿐만 아니라 확고한 이데올로기로서 성리학을 수용한 것이

---

1) 程朱
　성리학을 집대성한 南宋의 대유학자(정호 程顥, 程이 형제와 주희(朱熹))를 일컫는다.
2) 李恒(1499~1576)
　조선 왕조 때의 유학자. 자는 恒之, 호는 一齋, 星州 사람. 30세에 학문을 시작, 朴英의 문하에서 수학했다. 성리학에 전심하여 조선왕조 중기의 대학자로 불린다. 1566년 義盈庫令에 이어 掌令掌樂院正을 역임한다. 저서로 ≪一齋集≫이 있다. 시호는 文敬.
3) 柳希春(1513~1577)
　명종 때의 유학자. 자는 仁仲, 호는 眉岩, 善山 사람. 을사사화에 관련되어 20년간 귀양살이를 한다. 宣祖 초에 출사하여 벼슬은 부제학에 이르렀다. 저서로 ≪眉岩日記≫ 18권이 있다. 시호는 文節.

다. 성리학적 사유를 공유한 문인들은 자유로운 상상력과 자신이 추구하는 문학적 규범과 미의식에 따라 좀 더 개방적인 사고방식을 가지고 있었다. 그런 상황에서 그들은 도학자의 사유체계와 엄정한 실천을 당시 사대부 모두에게 적용시키기는 쉽지 않았다. 문인들에겐 더욱 그러했다. 체계적으로 잘 정립되지 못한 사상이 행위에 옮겨지기는 더욱 어려운 것이었다.

특히 조선시대 주자 성리학의 폐해는 문인들로서는 익히 감지하고도 남았다. 지배하는 측에서는 언제나 성리학을 거룩한 이념으로 내세워 자신들의 지배를 정당화하지 않았는가. 그럼에도 지배층은 무위도식으로 농민들만 등골 휘어지게 일해야 하는 '비합리'를 '합리'적 사고로 아름답고 훌륭하게 보이기 위해 겉치장만 한 것이다. 그런 이념은 언제나 지배층의 욕망을 적절하게 절제할 것을 견제하고는 있다지만, 그것이 지켜진 시대는 유사 이래 없었다. 지배층의 욕망은 언제나 차고 넘쳐났다. 거기다 지배층의 욕망은 농민을 지나치게 압박했다. 지주들은 농민들의 토지를 침범하여 빼앗고 과도한 세금 등으로 농민들의 토지를 내동댕이치도록 부추긴다. 그것이 조선시대 전반에 걸친 현실을 제봉으로서는 가슴이 아리도록 몸에 스며들어 몹시 분개하면서 서럽게 애태우고 있었다.

그렇지만 사상적으로나 세계관으로 보아도 사대부의 정신적인 기반은 성리학을 멀리할 수는 없었다. 과연 그렇다면 특히 문인들의 경우엔 어떤 가치를 추구한 것일까. 그리고 어떤 문학적 특성이 형성되었을까. 제봉 역시 성리학적 사유의 의식을 피할 수는 없었다. 그것을 기반으로 의지를 펼치려 한 것은 분명했으니까. ……그래서 그도 지배층 지식인으로서 현실에 대한 인식을 도외시할 수는 없었다.

그는 성리학을 옹호했을 뿐, 대부분 다른 학파를 부추기는 의지를 직접적으로 드러내지는 않았다.

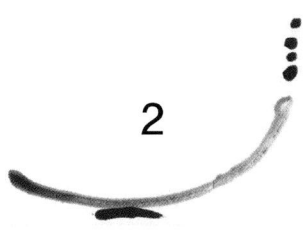

2

49세가 되던 해 제봉은 사행 길에서 지은 시에서도 '물줄기를 타고 남으로 가서 민월(진한시대, 지금의 복건성 지방에 있던 만족의 나라)을 살펴보아도 도의 그윽하고 아득한데 이를 어찌 두루 행할 수 있을까'라고 했다. 성리학에 대한 그의 의식 상태를 엿볼 수 있었다. 다음의 시는 좀 더 성리학적 사상의 편린을 분명하게 드러낸다.

관어대

바람이 가라앉고 잔물결 대 앞 스며오는데
한가히 거울 같은 물속 노니는 고기 때를 본다.
비단구름은 고요히 펼쳐지는데 엎드린 듯 잠겨 있다
금빛 북 문득 던지면 유연히 떠간다.
사물은 나와 처음부터 간격이 없으니
즐겁게 서려 잊어야 비로소 온전해진다.
물고기 뛰고 새 난다는 구절 진정으로 간절하니
휴문 호에 고기 잡는 장자의 신선이런가.

觀魚臺

漣漪風定浸臺前	閑看遊儵鏡裡天
雲錦靜鋪潛伏矣	金梭忽擲逝悠然
物爲吾與初無問	樂到想忘始是全
魚躍斷章眞喫緊	濠梁休問漆園仙

　호당에서 사가 독서하던 때 창작된 것에서도 보듯이 ≪중용≫의 <어약연비>의 구절에 대한 성리학적 견해를 수용하면서 장자의 '인생은 모두가 천명'이라는 숙명설의 사상을 배격한 것은 아닌지…….

　원래는 빛깔이 없는 물과 오(나)는 다시 온전해지는 합일에 도달한다는 의식은 우주적인 이에 대한 인식이었다.

　개별적으로 드러내는 것은 물아일체를 통해 천리로 통합된다는 성리학의 기본적 사유가 아닌가. 기에 대한 이해도 역시 성리학을 받아들인다는 것이다.

혼연한 밝은 천명은 본래 사사로움이 없으나
사람에게 형과 기는 부여되면서 질곡이 된다.
인욕이 적을 때 바로 힘을 얻을 것이나.
마음을 방종하게 한 후엔 문득 위태로워질 터.
미친 듯이 치는 물결과 고요한 물은 다른 사물이 아닌데
거센 말 예리한 날은 지니기 어려워라.
성이 편벽된 것은 가장 극복하기 어려운 일이니
한마디 엄한 규범 끝내 어기지 않으리.

混然明命本無私	形氣於人有梏之
慾到寡時方得力	心才放後便成危
汪瀾止水非他物	悍馬銛鋒未易持

最是性偏難克處　　　　一言終不負嚴規

「土亭見示所著寡慾論且戒酒邀以一言述鄙懷」

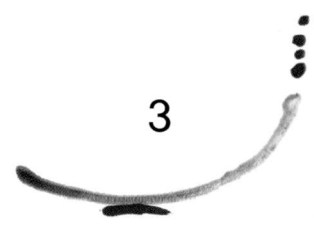

3

　제봉이 고향에 정치적 금고로 보내던 44세(1576) 때 토정 이지함의 「과욕설」을 보고 지은 것이다. 명철한 명이 형이나 기에 구속되어 현실 상태에서는 사(私)나 욕(慾)이 개입되며, 사욕이 적을 때에는 본연의 마음을 놓아 버리면 더욱 위태롭게 된다고 했다. 명철한 명은 성4)이나 다름이 없었다. 성이 현실 상태로 드러날 때 구속으로 작용하는 형기에 대한 인식도 본연지성5)과 기질지성6) 등 사욕과 인욕에 대한 것들이 모두 성리학적 사유에 포함된 것이다.

---

4) 명철한 명은 性: 사람이 본래부터 갖추고 있는 불변의 본질로서의 法性이나 佛性에 이름을 말한다.

5) 本然之性: 宋儒의 학설. 모든 사람이 본래부터 가지고 있는 착하고 평등한 天性. 사람이 본디부터 순수한 心性.

6) 氣質之性: 심리학에서 이르는 일반적인 감정의 경향으로 본 개인의 성질[1. 多血質(감정의 움직임이 빨라서 자극에 민감하고 곧 흥분하나, 오래가지 못하고 바로 식어 버린다. 성급(性急)하고 인내력이 부족하다. 다혈성), 2. 神經質(신경기능의 과민 또는 섬약(纖弱)을 특징으로 하는 심적 성질, 병리적 증후가 모인 신경쇠약과는 다르나, 흔히는 이 특질에 기인해 발생한다.), 3. 蕁汁質(일반적으로 情動反應이 강하고 격렬하며 화를 잘 내지만, 침착하고 냉정하며 의지력과 인내력이 강하나 고집스럽고 거만한 태도가 있다), 4. 粘液質(자극에 대한 정신적 반응이 둔하고 열심도와 활기가 적다. 보수적이나, 情에 편중되지 아니하고 의지와 인내력이 있다. 감정이 차갑고 활발하지 못하나 침착하고 의지가 강하며 끈기 있는 기질)] 따위

그는 격동이나 욕망의 분출을 억제하고 명경지수와 같은 본연의 상태를 유지하기 위해 노력했다. 의식도 본연지성을 넓히고 심적 도덕성을 최대한 실현키 위해 끊임없는 수양을 강조한 성리학적 사상의 소유자인 것이다.

이지함은 원래 방외인으로 알려진 인물인데, 사상적으로 성리학과 편차가 크고 행적이 특이했다. 그러나 그들의 사상적 기반은 성리학에서 벗어나는 경우는 드물었다.

이지함의 사상은 이 시대의 이데올로기인 도학이 그 뿌리가 되는데, 자기 시대의 다른 사대부들과는 사고와 의식을 달리하고 있었다. ……그의 기질은 심성과 이기의 학에 가까웠다. 노장기풍(노자와 장자의 전통적인 기질)의 색깔이 매우 짙었다. 즉 노자와 장자가 공통적으로 갖고 있는 전통적인 사상에 가까운 것이다. 그도 현실적이고 구체적인 의식, 사고의 소유자였기 때문이다. 그는 '박시재중'[7]을 표방했다. 행동적으로는 애민주의자인 것이다. 이런 점에서는 그 시대 사대부 가운데 보기 드물게 선견적인 경세가[8]로서의 식견과 태도를 굳게 지킨 것이다.

이지함의 과욕 설은 맹자의 「養心莫善於寡慾」을 부연한 성리학적인 사유를 드러낸 것이다.

"맹자는 말한다. '마음을 기르는 데는 욕심을 적게 하는 것보다 나은 것이 없다.'라고. 적게 한다는 것은 아예 없애는 것이다. 처음에는 적어지고 또 적어져서, 더 없이 적어지게 되면 마음은 고요하고 침착해져 신통하고도 영묘해진다. 그 신령스러움의 비침이 총명

---

7) 博施濟衆: 널리 은혜를 베풀어서 뭇사람을 구제한다.
8) 經世家: 세상을 다스려 나가는 사람.

하여 사리에 밝아 실질은 성(誠)이 된다.

성의 도는 중(中)이 되고, 중의 발현은 화가 된다는 것이다. 중과 화는 공도의 아버지요, 생성의 어머니가 된다. 어슴푸레하여 안도 없고 넓고도 넓어 바깥도 없다.

밖이 있는 것은 작아지게 되니, 처음에는 작아지고, 또 작아져서 형상과 기운에 함몰되어 막히게 되면 내가 있는 것은 알고 남이 있는 것은 모르게 된다. 남이 있는 것은 알면서 도가 있는 것은 모르게 된다. 물욕이 번갈아 덮어 상하게 하고 해치는 것이 많아져 욕심을 적게 하려고 해도 될 수 없다. 하물며 욕심이 없어지기를 어찌 바랄까."

후세에 교훈이 될 만한 훌륭한 맹자의 뜻을 전한 이지함의 말이 어찌 이리도 심언할까.

31. 허령불매

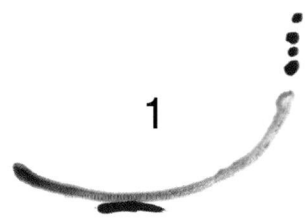

1

 마음에 잡념이 없어 영묘한 허령, 깨끗하고 진실한 명성, 성격이
나 감정이 치우침이 없이 올바른 상태의 중화, 공, 생, 즉 일생동안
공적인 삶의 관계를 말해 주는 것이다. 인간 심성에서 사욕이 완전
히 제거되고 나면 본연의 허령한 상태에 도달한다.

 그런 상태에서는 온갖 물건의 드러낸 형상인 만 가지의 형상에
대해 명철하게 된다. 인간의 본연지성은 스스로 모든 것을 받아들
이고 모든 것에 응하게 된다는 '허령불매'[1]와 같은 사유가 된다.
명철함의 구체적인 본질은 성에 있어, 성의 원리는 가운데에 있고
그것이 발현될 때에는 화가 된다고 했다. 성, 중, 화는 ≪중용≫의
핵심 개념과 같았다. 그들 사이의 관계를 설명하고 중화를 통해서
우주 삼라만상의 생성과 순환원리를 설명한 것이었다. 제봉이나 이
지함이 말하는 형과 기는 사욕이 본성인 이에 저해된다는 인식을
가지고 있었다. 그래서 마음을 끊임없이 수양해야 한다는 것이 아

---

1) 虛靈不昧: 마음이 거울같이 맑고 영묘하여 무엇이고 뚜렷이 비추어 일체의 대상을 명
 찰한다는 것, 유교에서 말하는 마음의 상태 및 명덕의 본질이다.

닐까. 의식은 성리학의 기본적인 사유인데, 이지함은 제봉의 이름 '명' 자에 근거해 「天命不己」에서 따다가 불기라는 제명(齊名)을 지어 준 것이다. 원래 '천명'은 사마천의 사기, 오제(고대 중국의 다섯 성군, 소호(황제), 전욱(顓頊), 제곡(帝嚳), 요(堯), 순(舜))의 본기에 보면 요 임금이 나이가 들어 순에게 정치를 대신하게하고 이 것이 '천명'에 부합하는지 살폈다는 이야기가 전한다. 임금은 선왕(先王)의 (총애)귀여움과 사랑으로서가 아니라 '천명'이 있어야 될 수 있다는 말이었다. 그래서 군주는 하늘이 낸다는 말이 여기서 생겨났다는 고사인 것이다.

제봉은 이 불기에 대한 명(銘)을 지어, 즉 '하늘의 명은 저버리지 않는다.' 그렇게 자신을 다잡으며 경계했던 것이다.

오직 하늘이 공경스러워 성인만이 순일하사

한순간이라도 혹 정지하면 한 생각이라도 혹 그치면 이것이 하늘이 하늘인 까닭이요.

기둥이 되는 큰 기틀의 지극한 요점은, 그침과 그치지 않음으로 하늘을 희구하는 자는 성인이요

이런 그치지 않음을 쌓으면 신이여 들으소서!

건을 행사함은 끝이 없으시고 하늘을 법받아 스스로 힘쓰신다. 그렇잖으면 하늘의 운행이 무너지리라.

성스런 공업이 이지러지지 않으리라. 문이 문인 까닭이니 그치지 않을 것이다.

하늘과 인간 사이에 나누어짐이 없다면, 성인을 희구하는 자는 현인일 것이다. 이같이 될 때 죽은 후에나 그치리라.

제봉은 주역 건, 괘의 의미를 부여했다. 천명은 끊임없이 운행하

는 것을 본받아 '자강불식'[2]하는 군자의 자세를 말한다. 절대적인 선인 천도의 무한한 순환과 그것을 본받으려 한 것이다. 인간의 끊임없는 노력도 저자의 형기와 본연지성에 대한 인식과 같이 성리학이 심성론이었다. 일반적인 토로이긴 하나 제봉은 성리학적 사유를 수용한 것이라고 보아야 했다. 그러나 그의 성리학적 사유가 도가적 사유와 결합된 경우도 없지 않았다.

"정(靜)은 조급함의 군주요, 허(虛)는 명철함의 본체이다. 정은 조급함을 진압하고 허는 명철함을 낳는다. 역(易)에 '곤(坤)은 지극히 고요하다.'고 했다. 장자가 '도(道)는 허에 모인다.' 했으니 정과 허의 뜻을 다했다는 것이고, 정은 잘하면 성급함에 부림꾼이 되지 않고, 허를 잘하면 명철함을 빼앗기지 않는다. 외모는 한가하지만 정신이 흐트러지면 이것을 좌치(쫓아 지켜야 한다)라 하고 외면은 환하지만 내면이 흐릿하면 이것을 고망(䭭亡)이라 한다. 물을 관찰하면 고요하고 멈추며, 거울을 관찰하면 비고(신분의 높음과 낮은 것)도 분명하다. 내 말이 이와 같으니 고요하면 안정되고 비면 지혜로워진다. 돌아가 청허자[3]에게 물어보면 반드시 말이 있을 것이다."

---

2) 自强不息: 스스로 힘써 쉬지 않는다.
3) 淸虛子: 마음이 맑으면 잡생각이 없어 깨끗한 상태를 말한다.

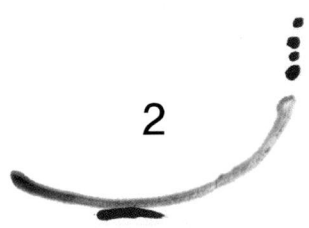

2

여기서는 장자적 사유가 강한 것이라 볼 수 있었다. 용어까지도 장자에서 인용한 것이 많았다.

이 정과 허는 ≪대학≫ 주자주의 「허령불매」와 같았다.

구체적인 것은 ≪소학≫의 '정으로 몸을 수양하고, 검으로 덕을 기른다. 담박함이 아니면 뜻을 밝힐 수 없다.'는 사유와도 흡사하다. 장자의 용어를 사용하고 있다고는 하나 사실상 성리학적 사유와 어긋나지 않는 것이다.

공자는 말년에 ≪역경≫에 심취했다는데, ≪논어≫의 <술이편>에 그가 한 말이 기록되어 있었다.

"나에게 몇 년을 보태 주어 50세에 이를 때까지 역을 공부할 수 있으면 큰 과오가 없게 될 것이다. (加我數年五十以學易可以無大過矣)"

≪역경≫의 원작에 대해서는 설이 분분하지만 대체적으로 이렇게들 전해진다.

팔괘는 옛날에 복희씨가 만들었다고 하고, 이를 64괘로 세분한 사람은 주나라의 문왕이라는 설이 유력한데 64괘의 각 효, 즉 384 효에 이르는 효사는 주공이 지었다는 것이다. 어찌하든 ≪역경≫ 은 점을 보는 안내서로 주(周)나라 초기에 완성되었기에 흔히 '주역'이라고 말한 것이다.

'주역'은 점을 보는 안내서라고는 하나, 그 원리를 말하면 우주론에서 시작, 자연의 섭리, 만물의 기원, 인생론, 음양론 같은 문제를 다루고 있었다. 송나라 때에는 만물의 근원이나 자연의 원리로 공자의 학문을 연구하는 성리학이 발전하고부터 ≪역경≫은 자연히 유가의 철학을 논하는 중요한 경전으로 크게 각광을 받게 된 것이다.

공자의 중요한 어록의 인식론은 이러했다.

<知之爲知之不知爲不知是知也>, 즉 아는 것은 안다고 하고, 모르는 것은 모른다고 하는 것이 바로 아는 것이다. 사람들은 대게가 '부지(不知), 알지 못하는 것'을 '지식이 없는 것 무지'로 착각하는데, 분명한 것은 '부지'와 '무지'는 큰 차이가 있었다. 공자가 말한 것은 '모르는 것은 모른다고 하는 것'은 '유지'이지 '무지'가 아니라는 것이다. 모든 것을 인식하는 것이 바로 실제로 '아는 것을 추구해 가는 인식의 출발점'이라고 주장하기 때문이다.

1581년 49세 때 제봉이 서장관으로 중국에 가면서 공자묘에서 지은 「알문묘」에서는 감회나 이념적인 사상 면에서도 아무런 묘사가 없었다. 석전제[4] 때 의식과 기물이 성대하다고 과장하던 요동사람들의 말에 비해 무너지고 떨어져 나가, 즉 퇴락해 버린 적막한

---

4) 釋奠祭: 묘에서 공자를 제사 지내는 의식, 음력 2월과 8월의 첫째 丁日에 거행한다.

문묘의 풍경만을 서술할 뿐이었다.

그는 돌아오는 길에 문천상을 추모해 지은 시에서는 문천상의 충절에 대해 강개한 의식이 드러나 있었다.

성리학의 주요한 정신적 덕목인 절의정신을 강렬하게 표현한 것이다.

이런 점들이 제봉의 의식 속에 성리학적 사유들로 유기적인 체계가 유지되고 있었다. 단편적으로 산재해 다른 의식들과 연관되어 있지 않았나 싶기도 했다. 성리학적 마음의 수양상태는 고향에서 불우한 시기를 보내면서 자신이 겪어야 했던 갈등과 밀접한 관련이 있다고 하는 데 있어서는 옳은 말이었다.

이양 사건 이후 고향에서 지내면서 제봉은 사리사욕을 벗어나 현실적인 이해에 냉담할 정도로 담담했다. 절의와 충절은 결국 의병으로 실천에 옮겨진 것이지만, 그의 의식은 전체적이고 체계적인 세계관으로 발을 내디딘 것이라고 단정할 수는 없었다. 성리학적인 심적 의식을 받아들이고 실천했던 것일 뿐이었다. 그는 성리학적 세계관의 일부인 지배층으로서의 각성이나 관리에 대한 생각을 겉으로 강하게 나타내고 있었다. <3권으로>

가문의 세계

동·서양의 어느 나라 역사든 태초에 대해서는 신화, 전설로 시작되고 있다. 특히 개국시조에 대해서는 여러 가지 신의 설화가 있기 마련이다. 三姓神話는 오랜 옛날부터 구전, 또는 문헌상으로 널리 알려진 전통적이고 토속적인 제주도의 開闢說話이다. ……高, 良, 夫 삼 신인의 탄생, 삼 공주의 출현, 耽羅國의 건국 등에 관한 이야기가 중요한 줄거리다.

우리 고대사회의 개국시조의 유래, 출생에 대한 설화는 다음과 같이 다섯 가지로 분류된다. <한국사 고대 편>

天神族說: 환웅설화, 北夫餘 解慕漱傳說

地神族說: 西述聖母說話, 제주도의 삼성설화

天地兩神族說: 檀君, 大伽倻 始祖傳說

外來族說: 箕子東來說, 昔脫解傳說

卵生說: 朱蒙, 赫居世, 昔脫解, 閼智, 首露傳說

이런 분류 중에 따르면 제주도의 고, 양, 부의 삼성설화는 三神人이 땅속에서 나왔기에 지신 족설에 속하게 된다. 이같이 땅속에서 솟아났다고 하는 전설은 어느 나라 신화, 전설에서도 찾아볼 수 없는 신비로운 점이 있었다.

위와 같은 전설은 영주지(瀛州誌: 영주는 탐라의 별칭이다)에 정확하게 기록되어 있다. 이 영주지는 고려 말에 편찬된 고려사 지리지, 세종실록지리지 등 각종 문헌은 증보문헌비고에 수록되어 서울대 규장각에 소장되어 있다.

그의 세계는 탐라의 노인성(용골자리에서 가장 밝은 별을 말하는데, 담황색의 −0.7등성으로 거리는 약 200광년이나 되는 남극성을 말

한다)

이 비추는 한라산의 **빼어난** 정기를 받아 세상에 나오게 된다. 남극 부근의 하늘에 떠 있는 별이라서 남극노인성이라 불렸던 이 별은 광도가 겨우 6등급(별빛의 강도를 구분하는 계급으로 육안으로 보아 가장 희미한 별을 6등급이라고 한다. 가장 밝은 별은 1등급으로 정하는데, 이는 광도가 2.512배가 될 때마다 1등급씩 감소한다. 측정 방법에 따라 실시로 등급을 정한다.)에 지나지 않았다. 중국에서는 사람의 수명을 맡아보는 카노푸스(Canopus)라고 하여 이 별을 보면 오래 산다고 했다.

구한시대에 어떤 神人이 한라산 북쪽 품자혈 같은 지형에서 솟아 나왔다고 했다. 이 사람이 곧 탐라왕국 시조 고을나(高乙那)² 왕이다. 고가 왕세기는 당효갑자(중국의 堯가 陶唐氏이기에 이르는 말)에 탐라국이 건국되어 제45대 高自堅王까지 왕정시대가 이어진다.

탐라국 왕의 계보는 이렇게 이어진다.

고을나(高乙那)왕(B.C. 2337∼2206) - 건(建)왕(2206∼1767) - 삼계(三繼)왕(1767∼1123) - 일망(日望)왕(1123∼935) - 도제(島濟)왕(935∼771) - 언경(彦卿)왕(771∼619) - 보명(寶明)왕(619∼520) - 신천(辛天)왕(520∼426) - 환(歡)왕(426∼315) - 식(湜)왕(315∼247) - 욱(煜)왕(247∼207) - 황(煌)왕(207∼157) - 위(偉)왕(157∼105) - 영(瑩)왕(105∼58) - 후(厚)왕(58∼7) - 두명(斗命)왕(7∼A.D. 43) - 선주(善主)왕(43∼93) - 지남(知南)왕(93∼144) - 성방(聖邦)왕(144∼195) - 문성(文星)왕(195∼243) - 익(翼)왕(243∼293) - 지효(之孝)왕(293∼343) - 숙(淑)왕(343∼393) - 현방(賢方)왕(393 - 423) - 기(璣)

왕(423~453) - 담(聃)왕(453~483) - 지운(指雲)왕(483~508 - 서(瑞)왕(508~533) - 다명(多鳴)왕(533~558) - 담(談)왕(558~583) - 체삼(體參)왕(583~608) - 성진(聲振)왕(608~633) - 홍(鴻)왕(633~658) - 처량(處良)왕(658~683) - 원(遠)왕(683~708) - 표륜(表崙)왕(708~733) - 형(逈)왕(733~758) - 치도(致道)왕(758~783) - 욱(勖)왕(783~808) - 천원(天元)왕(808~833) - 호공(好恭)왕(833~858) - 소(昭)왕(858~883) - 경직(敬直)왕(883~908) - 민(岷)왕(908~933) - 자견(自堅)왕(933~938) 45대왕에서 왕정시대는 막을 내린다.

이상 45대까지 왕정시대가 이어져 왔다. 고을나왕의 15세손 고후, 고청, 고계 등 삼 형제가 처음으로 배를 만들어 바다 건너 신라의 탐진(耽津)에 이르렀다. 때는 신라 성시(盛時)였다. 이는 신라가 중소제국을 병합하고 영토를 확장한 가장 번성했던 시대이다. 신라 17대 내물왕[1] 말경에 19대 눌지왕[2] 때까지로 보고 있다.

탐라국이 해외에 처음으로 진출해 맺은 역사적 사실이었다. 이때, 신라왕은 탐라왕족인 삼 형제가 오게 된 것을 매우 기뻐했다. 국빈으로 대우하고 마침 객성이 남쪽 하늘에 나타났다고 해서 성주, 왕자, 도내(徒內)의 작호를 내리고 나라이름을 탐라(耽羅: 탐라의 명칭은 신라(新羅), 탐진(耽津)에서 유래되었다는 것보다는 오히

---

[1] 奈勿王(재위 356~401)
신라 17대왕. 성은 김씨, 왕 9년(364) 일본이 쳐들어왔을 때, 부현(斧峴) 동방에서 싸워 크게 승리했다. 이 왕 때에 처음으로 우리나라에서 漢字를 쓰기 시작한 것 같다.

[2] 訥祗王(417~457)
신라 19대왕. 내물왕의 아들, 고구려에 볼모로 갔다가 돌아와 18대 실성왕을 죽이고 임금이 되었다.(실성왕은(?~417; 재위 402~417) 신라 18대 왕이었다. 내물왕이 죽자 왕자가 어려, 백성들의 추대로 즉위했다. 일본, 고구려와 修好를 맺었다. 내물왕의 아들 눌지를 시기해 죽이려다가 도리어 피살되었다.)

려 탐진은 탐라의 교통항(交通港)이고 경유지였다. 이로써 서로 간에 밀접한 관계가 있었기에 탐라의 명칭을 따라 통일신라시대에 탐진으로 바뀌었다고 추측된다.)라고 했다.

고구려와의 관계는 고구려를 창건한 동명왕 고주몽[3) 후손은 횡성(橫城) 고씨였다. 탐라국 고을나왕의 후손인 제주 고씨와는 관련이 없다고 한다.

탐나는 366년(近肖古王21)에 처음으로 백제와 교류를 갖기 시작했다. 498년8월 백제는 탐라가 조공을 소홀히 한다고 이를 구실삼아 탐라를 치려고 군사를 보냈다. 이때, 백제군이 광주까지 내려왔다는 소식을 듣고 탐라국 고지운왕은 사자를 급히 보낸다. 화의를 맺고 백제군을 되돌아가게 했다. 그러나 얼마 못 가 백제가 나당(羅唐) 연합군에게 멸망된다. 백제가 망하자 많은 유민들이 탐라에 망명 이주하게 된다. 백제는 탐라를 耽牟羅고 불렀다. 이는 중국의 牟縣(山東省에 있다)과 가까이 있다는 뜻이다. <百濟本紀>

삼국사기에 보면 589년 수(隋)가 진(陳)을 멸하고 중국을 통일(남북조시대가 끝난)할 때에 수의 전선 1척이 태풍으로 탐라에 표류했다. 660년 백제가 신라의 나당 연합군에 멸망했을 때, 백제의 오도독(五都督)이며 당나라 유인원(劉仁願)이 탐라 三神人의 고도지형(古都地形)을 가져갔다.

동국세기에는 다음과 같은 기록이 있었다.

"금강산을 봉래(蓬萊)라 하고 지리산(智異山)을 방장(方丈)이라

---

3) 高朱蒙
   고구려의 시조 東明聖王이다. 해모수(解慕漱)의 아들. 東扶餘에서 피난해 卒本川으로 이사한 후 松浪國, 荇人國 등 부근을 개척하고 나중에 북옥저(北沃沮)까지 정복해 점차 대국의 기초를 만들었다. 동명왕.(B.C. 58~19; 재위, B.C. 37~19)

하고 한라산을 영주(瀛洲)라 했다." 영주산에서는 선약(仙藥)이 많이 난다. 중국의 진시황이 불로초를 구하기 위해 동남동녀 500을 보냈다는 서불과차(徐市過此)라는 전설이 전해져 오기도 한다.

한유서(韓愈書)에 탐부라(耽浮羅: 耽羅)의 상선이 광주(廣州)에 폭주한다는 기록이 있었다. 이는 탐라인이 광동(廣東)에까지 진출해 중국과 빈번한 교역이 있었다는 것을 말해 준다. 탐라의 선박은 크고 단단했다고 하는 것은 탐라의 조선술이과 항해술이 뛰어났다는 것을 짐작게 한다.

탐라와 일본과의 관계는 지리적으로 가까운 위치에 있는 섬나라이다. 서기 60년경 일본사신이 탐라의 귤자(橘子) 묘목을 가져다 이식했다고 한다. 155년경부터 문물교역이 시작되었다. 양국 교빙관계는 249년 일본사신 갈나고(葛那古)[4]가 탐라에 다녀갔다는 기록이 보인다. 그 후 660년 백제의 멸망으로 교류관계가 활발하게 전개되었다. 이는 양국 간 교빙(交聘)의 시초로 보인다. 이 무렵 탐라의 고처량(高處良)왕[1]은 표류 중인 일본의 入唐使臣(당나라로 가던 사신)을 구출해 송환해 주었다.

이러한 관계는 양국 간 국교관계를 맺고 문물교환을 할 목적도 있었지만 사실은 백제의 멸망으로 탐라에 피신해 온 백제의 귀족들과 일본에 망명한 부여풍[5](扶餘豊: 백제왕자) 등 왕족들과의 백제 부흥운동에 탐라와 일본 양국이 긴밀히 접촉하고 협력했던 것

---

4) 九韓: 新羅 때 있었다는 九個國, 日本, 中國, 吳, 越(중국 춘추전국시대의 오나라와 월나라, 그 두 나라 사람 사이에 오랫동안 적의를 품고 있었다) 托羅, 鷹遊, 鞅鞬(滿洲 동북 지방에 있던 퉁구스계의 一族), 丹國(덴마크 Denmark의 音譯), 女狄(女眞이란 뜻), 穢貊(濊貊, 韓族의 선민들을 총칭하는 일반적인 칭호)
5) (이 사실은 高判伊 得宗이 지은 ≪瀛洲誌≫와 佔澤齋의 ≪東溟題詠≫과 淸陰 金先生의 제주에서 試할 때 지은 시에 실려 있다.)

이다.

이 무렵 백제의 복신(福信)이 주류성(周留城: 韓山)을 거점으로 일본에 있는 왕자 부여풍을 왕으로 삼고 고구려와 일본의 원군으로 신라와 당나라에 대항해 위세를 떨쳤다. 그 후 백제 부흥운동은 실패로 끝났다. 백제는 일본과의 역사적으로 밀접한 유대관계가 백제의 유신(遺臣)과 탐라인들이 일본으로 많이 이주 망명했다.

일본서기 천지기(天智紀)에 보면 탐라와 일본과의 관계는 일본의 요직을 차지한 백제인들의 주선으로 668년 일본에서 오곡종자를 들여오는 등 문물교류를 계속하다가 천무천황(天武天皇: 698~707) 때 일본의 국내사정으로 교류가 일시 중단되었다는 기록을 발견하게 된다.

특히 일본 九州지방에는 백제인, 탐라인 들이 많이 건너가 거주하고 있었다. 지금도 제주도와 구주지방은 여자들의 바느질, 아이 업는 법 등 생활풍습이 비슷한 것이 발견된다. 일본의 동북방 지역을 중심으로 분포돼 있는 星氏는 지금으로부터 1400년 전 신라 말엽에 일본으로 건너간 탐라성주(耽羅星主)인 고씨의 후손들이었다는 사실이 최근에 밝혀졌다. 그들은 일본에서 명문벌족을 이루고 있는 '星'씨는 대대로 그 조상이 한국인이었다. 이는 口傳族譜(입으로 전해진 것을 적은 족보)를 토대로 고증 조사한 결과 서기 935년(을미) 신라가 멸망할 때, 탐라성주의 후손들 중 일부가 일본으로 집단 이주하면서 고씨의 성을 星主의 '星' 자를 따서 바꾸어 사용했다.

일본서기(齋明紀)에는 662년 5월 탐라의 왕자 아파기(阿波岐) 등이 사신으로 다녀갔다고 했다. 이를 기화로 일본은 이길연박득(伊

吉連博得)을 탐라에 보낸다.

고려 태조 21년에 병합되어 제46대 왕자 고말로(高末老) 公이 초대 성주로 작위를 받고 탐라민정을 조선 태종 2년 때 제17대 성주 고봉례(高鳳禮) 公까지 이어지게 된다. 이처럼 상고시대부터 유구한 전통이 이어져 내려온다. 이로써 고을나왕 제46世, 고말로를 중시조로 하여 아홉 계파의 관향으로 분파된다.

신라 태종 무열왕[6] 때 후(厚)라는 사람 三兄弟가 배를 만들어 타고 바다를 건너올 때 하늘에 客星이 남방에 나타나자 태사(史官)가 아뢰기를 "다른 나라 사람이 와서 朝見할 상징입니다."라고 했다. 얼마 후에 그들 삼 형제가 도착하게 되는데, 임금께서 그를 아름답게 여겨 성주, 왕자, 도내 등의 벼슬을 주었다. 이후의 자손이 나중에 호종공신으로 長澤君으로 봉해진다. 그때부터 장택을 본향으로 삼게 된다. 이 장택군은 고려조에 검교 군자감이었다. 이상의 족보는 안타깝게도 전쟁 때 일어난 화재로 유실되고 말았다.

> 중간에 본가는 제주를 비롯해 장흥, 개성, 횡성, 연안, 용담, 담양, 의령, 소봉, 옥구, 상당, 김화, 면산, 회령, 안동 등 122본이었다. 그래도 모두가 뿌리는 하나였다. 지금은 제주를 하나의 본으로 삼아 중시조 말로의 세손들이 9개의 파로 나뉘었다. 장흥은 중시조 말로의 10세손 중연[7]을 파조로 하고 있었다.

---

6) 太宗武烈王
   신라 제29대왕. 성은 金, 휘는 春秋, 眞骨의 제1대왕으로, 인품과 수완이 뛰어나 唐, 일본과의 외교에 성공해 당나라의 원군을 얻어, 百濟를 멸하고 신라 삼국통일의 기초를 닦았다. 무열왕.(604~661; 재위 654~661)

7) 高中筵
   장흥 고씨 시조. 福林, 자는 壽一, 시호는 良獻. 그는 고려 말의 인물인데, 충숙왕 17년(1329)에 문과에 합격했다. 검교대위, 군기감사, 문화시중 등을 역임했다. 중시조 중연은 고려 말 남쪽으로는 왜적이 출몰하고 북쪽으로는 홍건적이 침입해 오는 왕조 말기적 시대 상황 속에서 활동을 했다. 공민왕 10년(1360)에 홍건적이 압록강을 넘어 2차 침입했다. 이로써 개경(개성의 고려 때 이름, 고려 태조 왕건이 왕위에 오른 다음 해인 919년에 이곳에 궁궐을 개설해 새로운 도시를 경영)이 함락되었다. 이렇게 되자 그는 왕을 모시고 복주(지금은 안동)로 피난을 갔다. 이때 그 공이 인정되어 호종공신으로 장흥백에 봉해져 본관을 장흥으로 삼았던 배경을 알 수 있었다.

고려 말에는 대륙과 바다 쪽에서 밀려오는 충격이 심했다. 안으로는 정치적 격동과 사상적인 변화가 확대되는 시기에 왕조는 교체되었다. 따라서 한 가문에서도 당연히 변화를 겪어야 했다. 당시 지도적 위치에 있었던 권력자들과 지식인들은 사상과 명분에 비추어 지난 왕조든 아니면 새로 들어서는 왕조든 간에 어느 한편에 속해야 했다. 이 일로 가문은 갈등을 겪어야 했다. 이는 한 가문의 운명을 결정짓는 문제였기에 그랬다. 이런 때 행동을 어떻게 처신하느냐에 따라 조선조에 반상이라는 신분이 결정되는 것이다. 이러한 격동기에 살았던 중연의 후손들은 어떤 행동을 결정했을까? 따라서 어떤 이유로 그의 후손들은 장흥에서 광주로 옮겨 살게 되었을까? 이를 알기 위해서는 중연의 8세 고운에 이르기까지 족보를 추적해 보아야 했다.

"파조인 중연은 일명 복림(福林)으로 자는 수일(壽一)이고 시호는 량헌(良獻)이다. 그는 고려 말 인물인데, 충숙왕 17년(1329)에 문과에 합격하여 관직은 검교대위, 군기감사, 문하시중에 오르게 된다. 부인은 개성군부인 王씨였다. 2세 합8)은 충정왕 2년(1349) 음서로 보승 별장을 했다. 그는 문과에 급제하여 지신 사판 상서를 지낸다. 부인은 광산 김씨다."

3세 백안9)은 공민왕 20년(1370) 문과에 급제하였다. 보승 중랑장,

고말로의 10세손, 개성이 홍건적에 의해 함락되자 공민왕을 호종해 개성에서 안동으로 피난을 떠났다. 그의 공이 인정을 받아 호종공신이 되었다.

8) 高合
   충정왕 2년(1349) 보승 별장. 그는 문과에 급제해 지신 사판 상서를 지낸다.

9) 高伯顔
   공민왕 20년(1370) 문과에 급제. 보승 중랑장, 참의를 지낸다.

참의를 지낸다. 이때 그는 전남 영광으로 이전을 했다. 부인은 문화 유씨이다.

4세 恊은 고려조 益原大君 玿의 사위로 병부시랑 또는 병부상서를 지내게 된다. 같은 나이에 오랜 친구인 태종이 臣傅이라는 이름을 하사한다. 그리고 호조참의를 제수하였으나 고려조의 의리를 지켜 받아들이지 않았다. 부인은 松京 王氏이었다.

5세 悅은 그가 탄생할 때 고려 공양왕이 비단보자기에 미역을 싸고 '열' 자를 지어 축하해 주어 그 이름을 얻게 된 것이다. 조선 태종이 호조참판을 제수했으나 이 또한 받지 않았다. 부인은 청주 한씨이다.

6세 尙志는 彰信校尉 忠佐衛副司直으로 좌통례(조선왕조 통례원의 으뜸벼슬)를 증직받았다. 부인은 광산 김씨이다.

7세 自儉은 하천 고운의 아버지로 자는 守約이고, 생원시험에 합격해 훈도를 지낸다. 중종조에 청사원종공신으로 봉사하고, 통정대부 호조참의에 추증된다. 광주광역시 남구 압촌동에 그의 묘소가 있었다. 부인은 남양 홍씨이다.

8세 고운의 호는 하천, 성종 11년(1479) 태어난다. 중종 2년(1507) 등제해 생원, 진사가 되었다. 같은 왕 14년(1519) 별시문과에 급제해 형조좌랑으로 의령현감에 이르렀다. 기묘사화 때에 화를 입어 고향인 압촌으로 돌아와 은거하면서 눌재 박상, 남촌 윤지화 등과 가까이 지내면서 시로 창수했다. 예조참판으로 추증되었다. 부인은 광산 이씨가 먼저 세상을 떠나자 죽산 안씨가 집안을 이어 갔다."

남촌(자는 순경) 윤지화가 고운에게 증정한 오언절구로 된 시에 고운이 화답한 시가 여기 있다.

좋은 시는 은근히 발설하길 아끼니
읊어 옴에 기쁨이 얼굴에 가득하네.
포숙아10)와 사방득11)의 오른쪽을 달리고

---

10) 鮑叔牙
중국 춘추시대 霽나라의 어진 신하. 그의 친구인 管仲과 친교가 깊었다. 이 까닭에 절친한 친구를 '管鮑之交'라 했다.

11) 謝枋得(1226~1289)
중국 宋代 말기의 충신. 자는 君直, 호는 첩산(疊山), 강서성 사람. 元나라 군사의 맹공을 받고 송나라가 쇠태한 후 복건, 건양에 망명하여 絶食하고 사망했다. 저서로는 《疊山集, 文章軌範》 등이 있다.

구양수12)와 소식의 사이를 출입했네.

나는 이미 丹禁13)을 사양했으나
그대 어찌 碧山에 늙으리오.
석잔 술에 기쁘게 취하여
해가 져도 오히려 돌아갈 길 잊는구나.

윤지화가 오언절구로 다시 운을 띄운다.

이곳은 진실로 하늘이 아끼었으니
올라와 굽어보니 한결같은 얼굴 활짝
백로는 紅蔘의 언덕에 차오르고.
고기는 연빈緣蘋 속에 노는구나.

軒前의 물은 거울처럼 투명하고
檻外의 산은 병풍처럼 둘러 있네.
많고도 많은 기묘한 경치
시 읊으며 구경하니 돌아갈 줄 모른다.

윤지화가 오언율시 2수를 다시 읊는다.

功名은 내가 이미 늙었으니
笏도 던지고 王公도 물리치네.
세월은 狂歌 속에 흘러가고
情懷는 술잔 가운데 떠오르네.

丹衷은 白日 같으나
부질없는 자취는 나부끼는 쑥대 같네.

---

12) 歐陽脩(1007~1072)
　　중국 송나라의 문인, 정치가, 호는 醉翁, 또는 六一居士, 唐宋八大家의 한 사람.
　　王安石의 개혁에 반대하고 정계에서 은퇴했다. 편저로는 ≪五代史記, 歐陽文忠公集≫
　　등이 있다.
13) 丹禁: 붉은 칠을 한 아름다운 궁전.

他日 서로 생각난 곳에
흐름에 臨해 멀리서 詩筒을 보내리라

세상살이 이제 여러 해인데
한가한 吾公을 부러워하네.
글귀를 찾음에 삼상14)을 따르고
酬酌15)할 때 한결같이 중도를 지키리.

그대 생각하니 白髮을 보는 듯하고
도리를 배움에 마음이 흐트러짐이 부끄럽네.
遠遊를 이미 거두게 되었으니
굴통16)을 던져 재할 날을 期하노라.
齒牙가 흔들리니 벗어진 듯하고
頭髮을 어루만지니 공평하지 않는구나.
悲歌는 風月 속이요
浪吟은 醉醒中이네.

湖海에서 몸이 장차 늙으니
親朋의 情도 흩어지려 하는구나
원진17)과 백거이18)의 詩句 없음이 부끄러우니
어떻게 그대의 詩筒에 들어가리.

---

14) 三上: 문장을 생각할 때 좋은 기회가 되는 세 곳, 바로 馬上과 枕上과 厠上(뒷간).

15) 酬酌: 主客이 서로 술을 권하며 말도 서로 나눈다.

16) 屈筒: 屈原이 물속에 뛰어든 5월 5일에 祭를 지낸 故事로 竹筒 속에 쌀을 넣어 물에 던져 祭의식을 행한다.

17) 元稹(779~831)
중국 당대의 시인. 자는 薇之. 806년 친구인 백거이와 함께 진사가 되어 左拾遺, 尙書左丞, 武昌軍節度使 등을 역임했다. 시풍은 平易輕妙하다. 당시 유행하던 傳奇소설의 발상에 영향을 받은 연애시를 지어 元和體의 대표자가 되었다. 자신의 체험을 토대로 하여 애정소설 ≪鶯鶯傳≫을 남겼다. 장편 서사시 ≪連昌宮詞≫가 유명하다.

18) 白居易(772~846)
중국 당대의 대표적 시인. 자는 樂天, 호는 香山居士. 대중적 작품 ≪長恨歌≫, ≪琵琶行≫ 등은 文士, 서민들 간에 널리 애송되었다. 평이, 유려한 시풍은 원진과 같아 원백체로 함께 불린다. 시문집 ≪백씨문집≫이 있다.

눌재 박상이 오언절구로 운의 시에 화답한 것이다.

늙은 나이엔 훤하면 잠을 못 자
백발을 새벽되면 빗는다.
마음은 공중에 가로 걸린 劍에 꺾인다.
얼굴은 거울에 가득 찬 봄에 쭈그러들고
어느 곳에 지나간 날들 쌓여 있는가.

남은 시간은 다투어 사람에게 닥쳐오는데
다시금 읊조리는 빛 찾아보니
風光이 금성 밖에 새롭구나.
淸齋에서 來賓이 나가는 날은
밤이 짧아 새벽이 쉽게 다가온다.

나그네 생각엔 세상을 근심하는 뜻이 있고
詩情은 봄 아끼는 데 많이 쓰인다.
碧桃는 전부 열매 맺혔고
패랭이꽃은 半이나 씨방이 찼다.
스스로 다행하게 여기는 것은 몸이 건강해
금년에도 또 새 열매를 먹게 되는 일이다.

仲尼(孔子)가 해가 되어 비춰 주니
긴 밤이 문득 새벽으로 펼쳐진다.
詩書의 餘澤은 아직 끊어지지 않아
禮樂을 익히는 봄을 즐기게 된다.

학교에서 課席에 참석해
여러 인재들 사람 성취시키는 일을 돕네.
木鐸울려 우리 道 唱導하니
선비들이 새것을 배우도록 할 수 있게 되었다.

눌재 박상이 나주목사로 부임한 것은 54세(1527년) 되던 해의 여름
이었다. 그는 2년 동안 재임을 했다. 사람이 늙으면 잠이 없어져 새

벽 같이 일어나게 된다는 것을 박상의 시에서도 언급하고 있었다.
눌재는 일어나 백발된 머리를 빗는다. 목사는 그 지방의 병권도 가
지고 있었다. 그것을 상징하는 검을 방에 걸어 놓은 것이었다. 눌재
는, '거울에 비치는 것은 모두가 봄인데 자기 얼굴만은 늙어 쭈그러
들었다'는 것을 새삼 깨닫는다. 최는 최잔을 말하는데, 볼 상 없이
망가진 자기 얼굴을 보고 덧없는 세월을 회상해 본 것이다. 여귀는
해 그림자를 말하는데, 나머지 시간은 일생의 대부분을 살아 버렸다
는 입장에서 여생의 시간을 지적해 한 말일 터, 즉 사람이 늙으면
세월이 빨리 지나간다는 것을 뼈저리게 느낀 것이다. 음중채는 시로
읊어 낼 거리를 말하는데, 아직 읊어 내지 않은 것은, 즉 빚이라 본
것이다. 금외는 금성(예전 나주를 다르게 부른 이름)의 교외를 지적
하고 있다.

청재는 깨끗한 방인데, 이 시에서는 방문한 고운을 거처하게 한 방
이었다. 내출일(들어오고 나가는 일자)은 유숙하던 내빈이 떠나는 날
밤새 담론에 열중해 시간 가는 줄 몰라 어느 틈에 날이 새어 버렸
다는 것이다. 객인 운의 생각에는 세상을 근심하는 마음이 많이 들
어 있었다. 그들이 주고받는 시에는 봄이 가는 것을 哀惜해하는 정
도 많이 나타낸 것이다. 벽도는 푸른 복숭아이고, 자는 열매이다. 구
맥은 패랭이꽃이다.

공자는 태양이 되어 온 누리에 빛을 비춰 암흑 속에 뒤덮였던 세상
에 黎明을 가져왔다는 것이고. 참절은 단절, 즉 끊어짐을 ……시서
의 여택은 시경, 서경을 비롯한 경전의 여택(남에게까지 끼치는 넓
고 큰 은혜)이 끊어지지 않고 계승되어 학교에서 예악을 익히고 경
전을 배우게 되었다. 흡족하게 즐긴다는 의미로 감(酣) 자를 사용했
는데, 이는 술에 흠뻑 취했다는 것이다. 禮樂春은 예악을 익히는
봄, 또한 春은 술이란 의미로도 사용되기에 '감' 자를 쓴 것이다.
……課席은 경전의 강론과 시문의 제작을 學人士子에게 배워 그 성
적을 판정 논평하는 모임이었다. 역박(棫樸)은 시경 大雅의 편명으
로 현재의 대중적이고 많은 것을 비유한 것이다. 그 자리에 모인 현
능한 인재들이 후진의 성취를 도와준 것이다. 그들의 성적을 비평
지도해 주는 것이다. 본탁은 혀가 나무로 된 요령인데, 고대에 문사
는 본탁을 흔들어 대중에게 알리고 무사에는 금탁을 사용했다. ……
학교에서 경전을 가르쳐 유도를 선양하였다. 새것을 익힌다는 것은

배우지 않은 것을 가르쳐 그것을 익혀 알도록 했다.

그 외에도 남촌과 나눈 많은 시가 있었다. 모두 소개할 수 없어 여간 아쉽지만 재봉가문의 이야기를 계속 이어 가기 위해 어쩔 수 없었다.

이처럼 고려조의 장흥 고씨는 파조 중연, 그리고 합(2세)과 백안(3세)에 이르기까지 모두 문과에 급제했다. 출사해 높은 관직에 올라 하나의 문벌 집안이었다. 그러나 백안과 그의 아들 협이 활동하던 시기에 역성혁명[19]이 일어나 고려는 망했다.

고려가 망하고 조선이 건국되자 사류들은 두 부류로 나뉘게 되었다. 권근, 정도전과 같이 개국에 적극적으로 가담한 부류가 있었다. 그러나 많은 절의 파 지식인들은 불사이군[20]을 외치며 재야로 숨어들었다. 백안 또한 고려조의 은덕을 입은 사람이었다. 전 왕조와의 의리를 지켜 전라도 영광으로 옮겨 왔다. 그의 아들인 협(4세)은 고려 왕족인 益原大君 招의 사위로 부원군이었다. 같은 나이에 옛 교분을 가졌던 태종이 그의 이름을 臣傅으로 고쳐 주면서 신하 겸 스승으로 도와 달라고 했어도 고려조에 대한 의리를 꺾지 않고 거절했던 것이다. 또 협의 두 아들 悅과 直에게 태종이 관직을 제수하였다. 그러나 아버지의 뜻을 받들어 출사하지 않았다. 이로써 고려 말기 선조의 3대(3세~5세)는 고려왕조에 대한 의리를 버리지 않고 초야에 묻히면서 전라도와 인연을 맺게 된 것이다.

이 가문이 조선왕조와 인연을 맺게 된 것은 상지(6세)부터였다. 그의 관직은 창신교위 충좌위부사직에 올랐다. 그런데 조선조에 들어 고려왕조에 대한 절의를 마치고 다시 출사한 최초의 인물이었다. 세종대왕과 같이 한 씨의 외손으로 六寸契를 만들었는데, 서열은 13위였다. 상지의 아들이고 고운의 아버지 자검(7세) 또한 생원시험에 합격하여 훈도를 지낸 것을 보면 출사에 뜻이 있는 것으로 추측된다.

백안이 전라도로 거주지를 옮긴 이유에 대해 일설에는 파조 중연의 부인이 왕씨이기에 역성혁명 후 피해를 입었다는 것이다. 그 파급효

---

19) 易姓革命: 제왕이 부덕해 민심을 잃으면 다른 유덕자가 천명을 받아 부덕한 왕조를 무너뜨리고 새로운 왕조를 세워도 좋다고 하는 사상.

20) 不事二君: 한 사람이 두 임금을 섬기지 않는다.

과가 손자 백안까지 지속되자 전라도 영광으로 이전하였다고 하나 조선왕조에서도 계속적으로 이들에게 관직을 주고 머지않은 시일에 후손들이 스스럼없이 관직에 나가고 있다는 것은 후대에 와서 그릇 전해진 것이 아닌가는 의심이 들었다. 그런 이유보다는 전 왕조의 유신(왕조가 망한 뒤에 남아 있는 신하)으로 의리를 지키기 위한 것이라 보는 것이 더 설득력이 있어 보인다. 어찌하든 백안이 영광으로 내려온 이후 협(4세) - 열(5세) - 상지(6세)까지 4대에 걸쳐 이곳에 터를 삼고 살았던 것이다. 지금도 백안과 협의 묘소는(장성군 삼계면 이암리)에 열과 상지의 묘소는 (장성군 동화면 수연리)에 각각 소재하고 있었다.

광주 압촌에 처음 자리를 잡은 사람은 고운의 아버지 자검이었다. 그는 영광에서 현재의 광주광역시 남구 압촌 마을로 옮겨 와 생활터전을 마련했던 것이다.

장흥을 본으로 한 이 가문은 선대의 절의적인 전통과 혼인을 해 인척이 된 것이다. 이곳 토착사족들과 의기투합할 수 있었다. 가문은 학문적 계통을 이어받고, 공유하면서 번성해 왔다. 이로써 자검이 압촌 마을로 옮긴 후 후손들에게 사회적 학문적 사상적 기반을 마련해 준 결정적인 역할을 한 것 같았다. 이런 기반 위에서 고운은 문과에 급제했고, 출사한 후 기묘사화에 연루되어 낙향함으로써 기묘명현으로, 또는 사림으로서의 위치를 확고하게 다질 수 있었다. 고운이 문과에 급제한 이후 점차적으로 이 지역에서 주도적인 활동을 하게 된 것이다. 자검, 이후 가문의 후손들은 100여 년간 5대를 연이어 문과 급제자가 10여 명이 넘었다. 이렇게 해서 이 가문은 이지역의 대표적인 가문으로 번성하게 된 것이다.

고운부터 5세에 이르기까지 문과 급제자는 이러했다.

1세: 高雲* 1479~1530. 호는 하천, 별시문과. 을유 1519년 41세, 형조좌랑. 부인은 광산 이씨, 죽산 안씨.

2세: 孟英* 1504~1565, 호는 하헌. 62세, 별시문과. 경자, 1540년 37세, 부제학, 대사간. 부인은 남평 서씨.

3세: 敬命 1533~1592. 별시문과 장원. 무오, 1558년 26세, 성균관 전적 공조참의. 부인은 울산 김씨.

3세: 敬祖 1528~1596. 호는 구암. 89세, 식년문과 을과. 신유, 1561년 34세, 해미현감, 판교 광주(경기)목사, 사헌부 지평. 부인은 영광 김씨, 맹영의 동생, 중영의 아들.

4세: 從厚 1554~1593. 호는 준봉, 별시문과 병과. 정축, 1577년, 24세, 임피현령, 교서관 정자. 부인은 의령 남씨, 철성 이씨.

4세: 因厚 1561~1592. 증광문과 병과 을축. 1589년, 29세, 권지 성균관학유 승문원정자. 부인은 함평 이씨.

4세: 循厚1569(선조2. 기사)~?. 선조 때 문신. 자는 道常, 호는 靜軒, 신유년에 진사에 합격, 형조정랑.

4세: 用厚 1577~1640. 호는 청사. 64세, 증광문과 을과. 병오, 1606년, 30세, 판결사 지제교 예조좌랑 병조좌랑. 부인은 청해 이씨, 행주 기씨.

4세: 成厚 1549~1602. 호는 죽촌. 54세, 별시문과 병과. 계미, 1583년, 35세, 전중어사 예조참의에 추증. 부인은 함양 박씨, 경조의 자.

5세: 傅川* 1578~1636. 호는 월봉. 59세, 알성문과 병과. 을유, 1615년 38세, 필선 교서관 정자. 부인은 풍천 노씨, 인후의 자.

무과는 高傅沃*(성후의자), 高必光*(성후의 증손) 이 현황은 16세기 ~17세기 입격자만을 기록한 것이다.

제봉의 시에

"우리 검교공이 비로소 장흥백에 봉해졌지"라고 했기에 제봉은 검교 공을 선조로 삼은 것 같다.

2세의 이름은 슴이고 관직은 좌우의 보승 별장이다. 조선왕조 때의 관직으로 본다면 용호영(대궐의 숙위)의 종2품의 주장 격이다.

3세는 伯顔이고, 관직은 봉선대부 지녕지사이다. 고려 충렬왕 때 정한 종4품.

4세는 臣傳, 처음 이름은 協, 관직은 여조에서 병부시랑 북부상서(고려 6부의 으뜸벼슬, 장관), 삼한(조선의 남쪽에 있던 馬韓, 辰韓, 弁韓)의 삼중 벽상공신을 역임했다. 고려가 멸망되자, 협은 온 집안을 이끌고 남쪽으로 피난지를 찾아 내려오게 된 것이다. 我朝 (조선왕조 제3대 왕) 太宗(호는 芳遠)은 신전을 同年舊交, 즉 같은 해에 태어난 오랜 친구라 하여 四方에 令을 내려 찾았다. 그때 만나 태종은 협이라는 이름 대신에 臣傳이라는 이름을 하사한 것이다. 그 후로 신전이라는 이름을 사용하게 된다. 이것은 臣下로서 師傳(스승으로부터의 傳授)을 겸한다는 뜻이다. 또 호조참의 겸 판사 복시사를 재수시켰다. 그러나 臣傳은 끝내 강호에 숨어서 벼슬길에 나가지 않는다. 그에게는 두 아들이 있다. 큰 아들은 悅, 다음 직은 장령이다.

5세의 이름도 같은 悅, 관직은 증 호조참판이다. 그는 태종조에 잡혀 들어가 벼슬을 않겠다고 진술한 말에 "紅牌[21]는 先祖의 遺蔭(世澤: 조상이 남긴 恩惠)인 줄 아오나 외가의 원수에게 벼슬할 수 없습니다."라고 했다.

悅도 역시 두 아들을 두고, 맏아들은 尙志, 다음 尙德은 지평을 지낸다.

6세의 이름은 尙志, 관직은 副詞直에 증 좌통례(정3품)이다. 그는 아들만 7명을 두었다. 맏이 自溫은 생원, 둘째는 自良, 셋째 自恭은 監役, 넷째는 自儉, 다섯째 自謙은 부사, 여섯째는 自讓, 일곱째 自愼은 진사이다.

7세, 自儉, 자는 子約이며 벼슬은 생원이다. 일설에는 함평현감에 증 호조참의라고도 하고 또 ……정사공신(광해군10, 1618년)에 일어난 인조반정의 공신 金瑬, 李适 등 50인에게 내린 훈호였다.

---

21) 紅牌: 文科의 會試에 급제한 사람에게 주는 증서이다. 조부 臣傳 등의 명망과 은덕으로 문과의 회시 합격증을 내밀면서 悅은 태종조와 적대적 관계인 외척이 걸려 벼슬을 노골적으로 사양한 것이다.

그도 두 아들을 두었다.

8세, 맏이는 운, 자는 언용, 호는 하천. 벼슬은 생원. 진사, 문과에 다 합격하여 형조좌랑을 역임하고 贈 예조판서이다. 정암 조광조와 눌재 박상과 더불어 도의교(도덕적인 친분)를 가졌으나 중종 14년(을유, 1519) 사화가 일어나자 정암과 사이가 좋았다는 지적을 받고 시골로 내려온다. 이 사실은 <己卯名賢錄>에 누락되었다. 그도 3형제가 있다. 맏이는 맹영, 다음 중영은 생원. 셋째 계영은 진사를 지낸다.

9세, 孟英. 자는 英之, 호는 霞軒, 생원 문과에 합격하고 벼슬은 홍문관 부제학을 지냈는데, 증직은 의정부우의정이다. 夫人은 남평 서씨인데 진사 竹軒傑의 딸인 정경부인(조선조 때, 외명부 최상위의 품계)의 칭호를 받았다. 세 아들을 두었는데, 맏이는 경명, 다음 경훈은 생원, 셋째는 경윤이다. 경훈의 아들 敬身은 계사년(1593)에 종후의 격문을 소지하고 제주로 들어가다가 태풍을 만나 물에 빠져 죽는다. 경형은 계사년(1593)에 준봉을 따라 진주 남강에서 순절한다. 주부(注簿: 여러 관아에 속한 종6품)에 증직, 정려의 포전까지 세워져 있다.

10세, 경명, 자는 而順, 이가 바로 이 책의 주된 인물인 그의 호 제봉이다. 그는 별도의 年譜가 있다. 그의 아들은 6형제.

종후, 인후, 존후, 순후, 유후, 용후이다.

종후의 호는 隼峯, 관직은 진사, 문과에 합격하고 임피현령, 증 이조판서 시호는 孝烈, 1593년에 아버지의 복수를 위해 의병을 일으킨다. 창의사 김천일, 병마절도사 최경회와 함께 진양까지 가서 적과 싸우다가 진주성이 함락되자 김천일, 최경회와 함께 남강에 몸을 던져 순절, 이들이 바로 진주 삼 장사이다. 국가에서 정려와 부조전(나라에서 큰 공훈이 있는 사람의 신주를 영구히 사당에 제사 지내게 하던 특전)을 내린다. 광주 포충사, 진주 창열사에 배향. ㄱ의 후손은 광주에 살고 있다.

因厚의 호는 鶴峯, 진사와 문과에 합격하고 벼슬은 성균관 학유(종9품)를 지낸다. 贈 의정부 영의정. 시호는 毅烈. 임진년(1592)에 아버지 경명을 따라 금산에서 적과 싸우다가 같은 날 아버지와 함께 순절. 국가에서는 정려와 부조전을 내린다. 금산 종용사, 광주 포충사에 배향. 그의 자손은 창평에 살고 있다.

존후는 요사(젊어서 죽었다)한다.

循厚의 호는 靜軒. 진사에 합격하고, 벼슬은 형조정랑(6조의 정5품)을…… 인조 2년(갑자, 1624) 仁祖 때 副元帥 李适의 叛亂. 仁祖 5년(정유, 1627) 胡亂에 두 차례나 의병을 일으켜 적에게 대항, 자손은 同福에 살고 있다.

해사공 由厚는 아버지가 순절한 후 너무 애통해하다가 병이 들어 아버지 3년 상을 마친 후 한 해를 넘기고 세상을 떠난다.

用厚의 호는 晴沙. 생원, 진사, 문과에 다 합격한 다음 湖堂에 들어가 사가독서를 하게 된다. 관직은 판결사(시비, 선악을 판결하는 일. 장예원의 으뜸벼슬, 정3품)까지. 그는 일찍이 사명을 받들어 연경으로 떠날 때 西郊餞席(餞別하는 자리)에서 술잔을 던져 金自點의 뺨에 맞자, 그의 모함에 빠져 화가 미치게 되나, 출가한 딸 행폄(幸貶)의 부군이 격고[22]까지 하면서 억울하다는 것을 호소한

---

22) 擊鼓: 임금이 외출할 때, 원통한 일이 있는 사람이 임금에게 하소연한다. 임금이 지나는 길가에서 북을 치면서 임금의 하문을 기다리는 것을 말한다.

결과 무사히 풀려나게 된다. 자손은 나주에서 살고 있다.

2008년 10월 11일, 조형물 『고씨 유래비』 제막식 <대전시 중구 침산동 소재 뿌리공원> 규모는 점유면적 23㎡, 높이: 3.5m, 폭이: 2.2m. 재질: 몸체는 화강석, 비문은 오석. 의의(뜻)는 바닥의 구(球)는 삼성혈 시조 탄생, 양쪽 기둥은 후손 단합, 상단의 종문 심벌마크는 조상 선현(先賢)을 상징하고 있다.

제봉연보

中宗 28년(1533, 계사) 11월 30일 경명은 광주광역시 압촌동에서 태어난다. 자는 而順, 호는 霽峯 또는 苔軒, 시호는 忠烈이다.

그가 태어난 鴨村 마을은 한때 나라에 대한 그의 충훈이 있었다고 해서 모든 세금과 雜役을 면제받는 특전이 내려진다. 그런 결과 압촌이란 마을 이름이 한때 復戶村이라 불리기도 했다. 그는 어려서부터 외모나 언행이 점잖으면서도 생기발랄했다. 그는 나이에 비해 신체적, 정신적 발육이 빠른데다 올이 곧고 밝아 성인처럼 행동했다.

그의 선친 맹영은 사간원 대사간까지 오른 사람이나, 본래 홍문관, 사헌부 등 三司 중에 하나였던 사간원은 임금에게 여러 가지 사건과 백성들의 갖가지 소리를 상달하는 일을 맡아보는 관청이다. 때에 따라서는 임금에게 직언도 할 수 있는 관리직이었던 것이다.

그의 조부 하천 고운은 「己卯錄 補遺」에 傳이 실려 있는 <을유사류>로, 호랑이 그림을 잘 그렸던 유명한 인물이다. 대동야승 제10권, 기묘록 보유 하권에 백인걸을 비롯한 34명 중에 <고운전>을 포함하고 있다. 거기 고운의 백저가(일정한 조세 이외의 불법으로 더 징수하는 것의 부당함을 노래로 지어 부른 것이다.)에 "상원의 관리는 백성 벗기기만을 힘써서 江淮(揚子江과 淮水를 비유로 든 것)의 백성들에겐 백저가 많다오. 上元官吏務剌削江淮之多白著"라는 노래의 시가 수록되어 있었다.

중종 14년(1519, 을유)년 고운은 별시에 급제한다. 정암 조광조 눌재 박상 등과는 가깝게 지낸 사이다. 사화이후 조광조가 귀양지 능주(전라남도)에서 사사되자 고운은 세상에 환멸을 느낀다. 일정한 직업이 없는 재야 예술인이나 다름이 없다. 그의 명예는 결코 세상에 드러내는 일이 없었다. 증 예조참판.

맹영은 경명의 장인 김백균과 함께 이양 일파의 핵심 인물로 지목받은 사람이다. 이양이 몰락하자 경명 부자에게까지 불똥이 튀어 동반 몰락을 하게 된다.

맹영이 세상을 떠난 뒤에는 손자인 淸沙公 用厚의 상소에 따라 좌의정에 증직된 바 있다. 용후는 제봉의 막내아들이다. 용후가 조부의 신원소를 올려 대간공의 복직을 가져오게 된다. 애절하고 간절한 상소를 했다. 그의 조부에 그의 손자가 아닌가. 이는 용후의 충의와 당시 영의정 이덕형과 좌의정 이항복의 (지혜롭고도 용기 있는 영단)결정으로 복직이 가능했다. 이는 파격적인 처사였다.

경명은 약관 20세 때인, 명종 7년(임자 1552) 봄, 사마 진사 시험에 제일인으로 합격한다.

명종 8년(계축 1553) 그의 나이 21세가 되던 해에 울산 김씨 가문에서 부인을 맞이한다.

울산 김의 시조, 덕나는 신라 경순왕의 아들로 935년 경순왕이 고려 태조에게 항복하려 할 때, 마의태자와 함께 이를 극력 반대하였으나 뜻을 이루지 못하자 처자를 버리고 마의태자를 따라 계골산 (금강산의 겨울 이름)에 들어갔다고 하고, 또는 해인사에 들어가 중이 되었다고 한다. 그러나 그의 행방에 대해 자세히 알려져 있지는 않았다. 아마도 배다른 이복형제가 있어 동명2인이 아닌가 싶다.

명종 9년(1554) 그의 나이 22세가 되는 그해 정월에 장남 종후가 태어나자, 5월에는 그의 어머니 서씨(증 정경부인)가 세상을 떠난다.

경명은 슬하에 딸 둘과 아들 여섯을 두었는데, 큰딸은 벼슬하지 않은 광주의 선비 박숙에게 출가하여 아들 하나를 얻는다. 그의 이름은 충겸이다.

막내딸은 영광의 선비 노상용에게 출가해 정유재란에 못되게 구는 왜병을 꾸짖으며 절개를 굽히다 못해 칼에 엎드려 자결하고 만다.

명종 13년(무오 1558) 26세로 문과 갑과에 장원급제하여 성균관 전적(정6품)과 호조좌랑(정6품)에 임명된다.

그해 문관을 뽑기 위한 방편으로 조정에서는 시험 합격자를 널리 알리기 위해 길거리에 써 붙인다. 합격자 명단에는 갑과에 합격한 사람이 모두 세 사람이다. 그중 제일이면서 진사시험에 합격했던 사람은 경명 단 한 사람뿐이었다.

승사로는 밀양 사람 박율이 두 번째이고(그는 나중에 목사에 이른다.) 3번째로는 풍천사람 임몽신이다.

을과는 나중에 성리학자로 잘 알려진 幸州 사람 생원에 기대승과 해평인 윤두수, 정유일, 이우직, 구사맹, 황정욱, 오건 등 7명이 합격한다. 윤두수는 차후에 영의정까지 오른다. 그뿐인가. 아니 또 병과가 있다. 병과에는 한때 감옥에 들어가 있던 이순신을 변호했던 정탁이 있다. 그는 순신에게 매우 호의적인 사람이다. 장차 우의정까지 오른 생원 정탁을 포함해 을과 합격자는 25명이나 된다.

문과는 문관을 뽑기 위한 시험제도인데, 글을 직접 짓는 제술시험과 경서강론 즉 유교의 경전인 역경, 서경, 시경, 예기, 춘추, 대학, 논어, 맹자, 중용, 경적 등 이를 가르치는 것을 시험관이 참관하여 보고 듣고 행동을 관찰하는 것이라 할 수 있다. 하나의 교수 능력과 자질을 알아보는 것이다.

대책이라 함은, 높은 직위의 관료와 대면하여 주고받는 일종 면

접시험과도 같은 것, 덧붙여 말한다면, 시험관은 어떤 사건이나 긴박한 문제를 제시하고, 그에 대한 해결책이나 대책을 수험생이 내놓게 하는 것이다. 어떤 사건 또는 시국에 대한 것이라든가 상대방의 태도나 술책에 대응하는 능력 등 이른바 순발력과 지혜의 폭을 평가하는 것이다.

장차 문관으로서 지도력과 문제의 해결 능력 등을 평가해 보는 당시로서는 시의 적절한 시험 방식이었던 것이다. 그런 과정을 통해서 지도력을 갖춘 인재를 뽑는 것이다. 한성부와 8도에서 관찰사 주재하에 4년마다 한 번씩 실시하는 식년. 한 해 전 가을에 보는 초시 240명이었는데 나중에는 223명으로 줄었다. 식년 봄에 한성에서 예조 주재하에 보는 복시(33명)와 국왕이 직접 참석하여 보게 되는 전시로 나누게 된다.

같은 해 5월, 명종은 즉시 제봉을 성균관전적과 호조좌랑에 임명시키고서 관직에 발을 들여놓게 한다. 나중에 명종실록편찬에도 참여하게 되는 淸江 李濟臣에게 경명은 시를 지어 부친다. 자석으로 만든 벼루가 있다는 소문을 듣고 그 벼루를 얻고자 시를 지어 보낸 것이다.

> 어느 날 뇌운[1] 속에 단계석[2]이 떨어졌는지
> 갈고 다듬어 묘한 벼루 만들었다네.
> 깨끗한 광채는 옥처럼 보일 테고
> 일렁이는 못에는 별들도 번쩍일 거야.

---

1) 雷雲: 번개나 천둥 또는 뇌우를 몰고 오는 구름.
2) 端溪石: 중국 단계지방에서 나는 품질이 좋은 벼룻돌.

글씨 쓰는 재주 없어 부끄럽지만
붓을 한 번 휘둘러 볼 생각이 드는구려.
이런 보배 나도 한 개 가질 수 있다면
육정에게 번거롭게 할 필요가 없겠죠.

명종 14년(기미 1559) 봄, 그가 27세 때, 다시 세자시강원사서(정6품)에 임명된다.

시강원에는 세자시강원과 왕태자궁시강원이 있는데, 세자시강원은 왕의 세자들을 가르치는 일과 그에 따른 것은 도서관리 등 서적을 맡아보는 부서이다. 오늘날 국·공립 도서관에서 도서정리 보존 및 열람 등을 맡아보는 사서와도 같은 업무를 관장. 아마 세자들을 가르치는 스승들이 사용하는 여러 경서 등 중요한 서책들을 보존 관리하고 또 그들의 필요한 자료를 준비하고 열람을 도와주는 일이 주 업무일 것이다.

그해 봄, 하지가 지나도 비가 오지 않는다. 명종은 경명에게 명을 내린다. 기우재문을 지어 삼각산에 올라 기우제를 지내도록 …….

명종 15년(경신 1560) 28세에 경명은 알성문과에 장원급제한다.

왕이 성균관에 알성한 뒤에 보는 문과를 말한다. 알성이란, 임금이 문조의 공자 신위에 참배한다는 것. 이 신위가 목판이 아니고 소상(찰흙으로 만든 사람의 형상, 흔히 조각, 주물의 원형으로 쓰이는 것)이었기에 생겨난 말인데, 이는 대과전시에 해당된다. 단시일에 성균관에서 보는 과거시험.

시험은 왕의 친필인 <胡安國不識奏檜論>란 논제에 응시. 경명은 제1인에 합격한다. 부상으로 말 한 필을 하사받는다(賜馬之典陪隨). 그리고 사간원정언으로 옮겼다가 그해 여름에 형조좌랑이 되어 지제교에…….

대제학이었던 임당 정유길의 추천으로 경명은 지제교가 되었으니 그에겐 정유길의 은공이 컸다.

그해 여름에 다시 형조좌랑으로 바뀌었다가 또다시 병조좌랑 지제교로 옮긴다. 그때부터 그는 언제나 세 글자의 직함을 벗어나지 못하고…… 좌랑 벼슬이란, 6조의 정6품인데, 이, 호, 예, 병, 형, 공 조 등 6관청.

병조에서는 무기를 다루는 일, 제반 군 인사 업무와 우편물을 관리하고 죄인의 호송을 돕는 일이다. 왕이나 높은 벼슬아치의 호위 책임도.

그는 무인이 아닌 문인이었기에 우편물 처리 등 일반 사무처리 업무를 맡아 일하지 않았을까.

어찌 됐건 직급이 지제교이니 병무 일을 맡아보는 중간 관리 역할이었던 것은 분명……

그는 그 자리에서도 오래 머물지 못한다.

나중에는 규장각으로 이름이 바뀌었으나 독서당을 고친 호당에서 사가독서를…… 그때, 제봉과 함께 뽑힌 호당 지우는 정유길의 추천으로 정윤희, 이양원이었다.

명종 16년(신유, 1561), 29세가 되던 봄에 그는 사간원 헌납이 된다. 삼사(사헌부, 사간원, 그리고 홍문관)의 하나인 임금에게 간하는 일을 맡아보던 관아, 그 관아의 정5품 벼슬이 헌납이다. 正言의 위이지만 사간의 아래 직급.

그해 여름에 그는 임금의 특명으로 다시 홍문관 수찬이 된다. 내부의 경적 및 문한과 왕의 자문을 맡아보는 관아인데, 그곳에서 경명은 서책을 편집하고 글을 짓는 일을 맡아본다. 정5품인 헌납이다가 정6품 수찬으로 한 직급 낮추어 자리를 옮겨 나앉게 된 연유가 무엇일까. 사간원과 홍문관은 삼사 중, 격이 같을 텐데…… 왕과 수시 대면하는 자리라서 직급은 낮더라도 맡은 바 일의 중대성에 기인한 것인가. 재료를 뽑고 글을 지어 책을 꾸며 내는 것 등이 그가 하는 일, 홍문관 정6품 벼슬의 부책임자 격으로, 경명을 수찬에 직접 임명한 왕의 뜻은 다른 데 있었던 것 같다.

경명은 얼마 안 있어 홍문관 수찬에서 또 겨울에는 홍문관 부교리에 승급. 여하튼 홍문관의 관원은 모두 경연관, 임금 앞에서 경서를 강론하는 자리가 경연인데 그 자리에 참여하는 관원을 경연관이라 했다.

다시 헌납으로 있다가 사헌부 지평에 임명. 당시에 정치에 대해 논의하고, 모든 관리의 비행을 조사하여 그 책임을 규탄하는 자리이다. 풍기라든가 풍속을 바로잡고, 백성이 억울하게 누명을 쓰는 일이 없나를 살피어 백성들의 원한을 풀어 주는 것을 주로 하는 임무이다.

한성부에서는 서울의 행정을 맡아보던 서울 시청과 같은 행정 기관이라면 사헌부는 정치와 풍속을 바로잡는 관아, 즉 내치를 담당한 치안부서이다. 형조는 법률 소송과 종들에 관한 일을 보던 곳…….

지평에는 감찰. 사헌지평이 있었는데 그 직은 정5품이다. 임금에게 직접 간하는 즉 언로, 임금을 교육하고 인품을 닦는 교육, 관리들의 비행과 횡포로부터 백성들의 원한과 민심을 살펴 백성을 보살피려는 정치와 사법을 집행하는 제반 부서를 두루 거치는데, 이를테면 출세가도를 향해 의정부 산하 청요(청환)직을 모두 거쳐 가는 과정이다.

5월에는 아들 인후가 태어난다. 차남인 그는 기축년에 문과에 급제하여 권지 성균관 학유에 제수된다. 아버지를 따라 금산 싸움터에서 죽으니 그에게는 예조참의, 후에 영의정에 증직된다.

경명은 가을에 임금의 명령을 받들어 대궐에 들어가고, 임금은 열무정에 나아가 삼공과 모든 재상(정이품 이상)과 추상(종이품, 정삼품)옥당, 춘방, 백정, 미원을 모두 불러들이고 열무정 밑에서 잔치를 하사 …….

그로서는 궁중 술이 처음, 그가 막 술을 마시려고 할 때인가, 임금께서 여러 신하들에게 꽃을 하사하면서 화기애애하게 온종일 놀도록 당부하는 말을 한다.

대궐 안에서는 비단으로 만든 시축(시를 적은 두루마리) 한 통을 내보내고.

"의정 이하부터 모두 시 한 편씩 지어 차례로 써서 어전에 바치라."는 임금의 분부가 있었기에 …… 임금의 명에 따라 임시로 치르는 과거와 버금가는 기회가 ……

사헌부 지평으로 임명되자마자 겪는 경명으로서는 임금의 명에 따라 시문을 짓는다는 것 …… 관료의 선비라면 누구나 부러워하는 그로서는 얼마나 목말라 하던 절호의 기회일까. 그의 응제시에는 이렇게 적혀 있었다.

푸른 장막 펄럭이고 날씨가 화창한데

구슬 같은 자리 위에 여러 선비 모이네.
차례대로 마주앉아 마음껏 이야기하니
이보다 더 좋은 일 어디에 있을까.

눈동자에 가득한 꽃 우로에 젖은 듯하고
박자에 따라 부르는 노래 신선도 감동하리.
향안(香床)을 모시는 이 못난 신하도
온종일 하늘 위에서 노는 것 같아라.

라고…… 다음 날은 여러 신하가 갖추어 지은 시를 올려 임금을 축하한 것이다.

경명은 얼마 안 있어 홍문관 수찬에서 또 겨울에는 홍문관 부교리에……

임금은 그를 사신으로 관서에 보내려고 준비를 갖추게 하기 위해서 그랬던 것이다. 서책을 다룸으로써 식견을 풍부하게 쌓고 지리와 역사를 탐구함으로 써 그 지방의 문화와 풍습 등을 익히는 것도 중요한 일이기에…… 그에게는 아주 좋은 기회이다.

경명은 이윽고 그해 초가을 사명을 받아 관서로 떠난다.

경명은 흔쾌하게 생각되어 왕명을 받들고 이곳으로 떠나는데…… 그를 극진히 아껴 주던 명종의 명령이었으니까.

그가 왕명을 끝내고 성공적인 귀환길이 될 무렵, 그가 돌아오자마자 그의 취향에 걸맞은 커다란 과제가 명종으로부터 내려지는데…… 관서를 오고 가던 대로변에서 지은 시를 다듬어 왕에게 올리라는 명령이 떨어진다. 이때 어떤 사명으로 관서를 다녀왔는지 분명치 않으나, 4율 두 편과 절구(기승전결의 4구로 된 한시. 한 句는 글자 수에 따라 오언절구와 칠언절구로 나뉜다.) 두 편이다.

가을에 떠났으니 관서팔경의 가을 운치를 마음에 담아 지은 시를 왕에게 올리라는 어명.

10월에 명종의 부름을 받고 경명은 대궐에 들어간다. 명종은 이때 창경원에 …… 부제학 이언충 등을 불러들여, 장경문 안에서 선온을 하사한다. 선온이라 함은 사온서를 말하는데, 대궐에서 쓸 주류에 관한 일을 맡아보던 관아이다. 그곳에서 준비한 술을 임금이 신하에게 내린 것이다.

명종 17년(임술, 1562) 그의 나이 30세가 되는 그해 1월 15일에 酒隱 金命元과 함께 대궐에 입직.

두 사람이 숙직을 하고 있는데 임금께서 감귤을 하사, 잇달아 술까지 내려 주신다.

밝게 다스리는 태평한 나라에 하나의 성대한 일이 아닐 수 없다. 그때 그의 마음에 품었던 회포의 시가 있다.

……. 벌써 상원절3) 이 되었다고
맛좋은 감귤이 법궁4)에서 나왔다네.
노란 껍질 벗긴 다음 한 조각씩 갈라놓으니
향기로운 냄새가 온 방 안에 스며든다.

먼 지방에서 오기에 얻기가 어려운데
더구나 임금께서 하사한 데에 있어서랴.
아! 나 같은 인생 어머님이 계시지 않아
옛날에 육적5)처럼 드릴 수 없구나.

---

3) 上元節: 음력 정월 보름을 달리 부른 명칭. 오래오래 살라는 뜻으로 약밥을 먹고 귀가 밝으라고 귀밝이술을 한 잔씩 마시며 이를 튼튼히 하고 부스럼이 나지 않도록 한다는 뜻으로 밤, 호두, 잣 같은 부럼을 까먹는 대보름.

4) 법궁: 임금의 궁전.

5) 陸積: 삼국시대의 吳나라 사람. 그의 나이 여섯 살 때였다. 그가 袁術의 집에 갔을 때

정유길은 이 시를 보고 "남의 자식 된 자로서는 차마 읽을 수 없으니 <시경>, <小雅> 편을 이을 만하다."라고 ……

그해 별시가 있었다. 경서에 정통한 사람을 뽑는 고시를 주장하는 시관이 된 경명은 그때 진사이던 송강 정철을 장원으로 뽑자 모든 공론이 사람을 옳게 뽑았다고 그를 치하한다. 아마도 그때부터 두 사람 사이에 우정이 더욱 돈독 해졌는지 모른다.

얼마 안 있어 경명은 몸에 병이 들어 부교리에서 물러난다.

임술년 봄에도 질병이 있어 그랬는지 성균관의 정6품인 전적으로 직급이 다시 내려간다. 여름에 수찬이 됐다가 또다시 부교리에 승진한다. 관리들의 인사 이동이 퍽이나 잦았다.

그해 9월 24일 그는 동호6)에서 뱃놀이를 했다는 기록이 있는데 ……

원래는 봉은사로 떠나려 했으나 강사필과 오흠 윤두수와 함께 동호 상류로 가 뱃놀이를 하게 된다. 그때 창수7)한 시가 있다.

그때 동행했던 또 다른 이는 敬脩 尹自新과 仲誠 張實이 따라온 것이다.

명종 18년(계해, 1563) 31세, 정철이 병조좌랑에서 공조정랑으로 승진했다는 소문을 듣고 기뻐하면서 경명은 절구 한 편을 지어 보

애술은 귤을 육적에게 먹으라고 내어 준다. 그때 積은 귤을 몇 개인지 먹고서 세 개를 품에 넣고 떠나갈 때, 작별인사로 術에게 절하다가 가슴에 품어 간직했던 귤이 그만 품에서 빠져나와 땅에 떨어지는데…… 술이 말한다. "남의 집에 손님으로 온 사람이 귤을 품에 넣고 가느냐?"라고. 애술의 이 말에 적이 대답한다. "집에 돌아가 어머님께 드리려고 했습니다." 이 말을 들은 애술이 그를 크게 칭찬하면서 기특하게 여겼다는 고사.

6) 東湖는, 함경북도 富寧郡 富居面에 있는 호수를 말한다.

7) 唱酬: 시가나 문장을 지어 서로 주고받고 한다.

낸다.

경명은 동호에 돌아와 기대승에게도 시를 지어 보냈다. 이 시는 그의 편지를 받아 보고 난 후 사례로 보낸 것이다.

기대승은 성리학자로서 행주 사람인데, 이퇴계와 성리학 문답을 하여 더욱 학설을 명확히 굳힌다. 선조 초에 대사간으로 혁신적인 정치를 하고자 했으나 뜻을 이루지 못한다.

같은 해에 제봉은 홍문관 교리에 승진, 임명되었다가 그해 가을에 좌천, 전적(성균관 정6품 벼슬)이 된다. 바로 울산군수에 임명된 것이다. 그야말로 그의 관운은 기복이 심해도 지나칠 정도로 심하다.

남쪽 바닷가 외딴곳으로 좌천되어 가는 그의 심정, 가족과 이별하고 울산까지 가는 길은 아득하기만 하다. 정기 어린 해변에 물고기들조차 좋지 않을 것 같은 그런 불안과 비애가 서린 슬픔 ……
자신의 신세에 대해 서글픔을 느끼면서도 명종의 은혜는 언제나 그의 곁을 떠나지 않는다고 믿었다. 기대와 희망을 아직도 품은 채 …….

그는 울산군수자리도 곧 파직되어 부임한 지 얼마 되지 않아 고향으로 돌아오게 된다.

당로자로부터 꺼림을 받게 되자 벼슬을 그만두고 시골로 내려와 오직 산수와 독서로 낙을 삼는다.

4년여가 지났던가. 1567년 6월에 그의 우상과도 같은 명종이 승하하는데, 이때 느낀 경명의 좌절은 또 어떠했을까. 그의 좌절과 비통함을 시로써 달랠 뿐이다.

선조 원년(무진, 1568) 그해 12월 滄浦 松亭에서 놀이가 있었는데, 주인 宋中立이 술을 받고 안주를 장만해 주어 아주 유쾌하게 놀이를 한다. 그는 시를 지어 창포의 경치를 빛내고……

아들 순후가 2월에 태어난다. 순후는 신유년 진사에 합격하여 아버지가 나라에 몸을 바친 공로로 추은[8] 사헌부 감찰이 된다.

경명은 37세가 되던 두 해 후 선조 3년(경오, 1570) 기대승이 적벽[9]에 유람한다는 소문을 듣고 그에게 축하시를 보낸다.

    겨울철 강물에 바위가 다 드러나고
    내리던 가랑비도 깨끗이 개었었지.
    자네가 돌아올 줄 산신령이 미리 알고서
    지팡이 끌고 갈 만한 데는 티끌 한 점 없이 했다오.

丁丑년 큰아들 종후가 진사에 합격하여 곧바로 임피 현령을 지낸다. 경명은 그해 여름에 교명을 받는다. 가뭄이 심했던 그때 궁궐 안에 들어가 기우재문을 지어 바친다.

선조 5년(임신, 1572) 40세가 되던 해에 아들 존후가 장가도 들기 전에 요사하고 만다. 그해 여름에는 송순을 그의 정자로 찾아간다.

    송순이 그의 정자에 써 붙인 시를 간절히 청하기에
    그가 지은 절구 한 편을 외워 보인다.

    두 갈래로 나눠진 섬 백로주와 흡사하고

---

8) 推恩: 시종이나 병사, 수사 등의 아버지로, 나이가 일흔이 넘는 사람에게 가자하던 일. 가자란 의미는, 정삼품 통정대부 이상의 품계를 말한다. 또는 정삼품 통정대부 이상의 품계를 올리는 일을 뜻하기도 ……

9) 赤壁: 중국 湖北省 嘉魚縣 양자강 연안에 있다.

높이 솟은 세 봉우리 하늘에 닿은 듯하다.
중국의 황학루[10]도 이보다 더 낫지 않았을 텐데
이백처럼 뛰어난 문장 언제 오려나.
라고 했다.
이는 송순이 그의 정자 경치를 제대로 모사하여 작자에게 이런 뜻으로 짓도록 했던 것이다. 경명은 이윽고 두 편 율시를 지어 준다.

들판에 가득한 풀 하늘에 닿은 듯하니
이름난 황학루도 이보다 더 낫지 않았으리.
잇달아 솟은 봉우리 온 고을 에워싸 있고
빙 둘러 흐르는 물 두 갈래로 나눠졌구나.

물속에 잠긴 달은 물결 따라 일렁이고
비 갠 후에 연기는 백로주에 피어오르네.
온갖 경치 호음노인[11]다 읊었는데
더 이상 이야기할 필요 없지 않는가.

지령도 벌써 참다운 주인 만나기 위해
푸른 봉우리 구름 속에 우뚝 솟았네.
넓은 들판 한눈에 다 들어오고
빽빽하게 우거진 숲 삼면으로 가렸구나.

나이는 늙었어도 몸은 오히려 강건하니
어지러운 세상 일 못 잊을 거요.
외로운 이 몸은 어디로 돌아갈지
장간[12]만 바라보면서 시 한 편 읊습니다.

---

10) 黃鶴樓: 중국 湖北省 武昌城안 黃鵠山에 있는 高樓. 양자강을 眺望하는 경치가 아름답기로 유명.

11) 湖陰老人: 명종 때 정사용의 호.

12) 長干: 중국의 한 지명인데, 李白의 長干行에 "妾髮初覆額折花門前戲郎騎竹馬來遶床弄青梅同居長長天里兩小無嫌猜十四爲君婦書類未嘗開"라 하였다. 즉 임금을 못 잊는다는 비유로 사용한 것.

이때가 바로 만력 41세가 되던 그가 4월 9일에는 이첩(栗岾) 유람에서 仲實 鄭諶과 止叔 兪涵과 함께 영암 월출산에 오른다. 정심은 경명이 과거 보던 같은 해 사마시험에 응시한 사람이다.

內官이던 오계성도 유배지 진도에서 오고, 모두 이첩 시냇가에 모여 술에 취하도록 마신다. 오계성이 가야금을 타면서 명종이 지은 악부 2장을 부르자, 온 좌석에서 모두 눈물을 흘리고 …… 경명은 옛날 받았던 잊을 수 없는 은총이 상기되어 목메어 운다. 그때 지어 읊었던 그의 시는 이러하다.

옛날에는 뛰어난 은총 많이 받았건만
지금은 이 가련한 신세가 되었구려.
누가 저 가야금 아름다운 곡조를
이 쓸쓸한 황야에 와 타도록 했을까.

이 시는 용담대 위에서 소풍할 때 백록 신응시에게 보내 준다.

경명은 신응시와는 우의를 아주 두텁게 쌓은 사이다. 그 외에도 전후로 창수한 시가 너무 많은데다 지면상 여기에 다 소개할 수 없어 안타깝다. 용담은 바로 용추 아래 있다. 이때는 진흙이 쌓여 별로 깊지가 않았다고 한다.

선조 7년(신술, 1574) 42세가 되던 4월에 그는 무등산에 오른다. 지주 갈천 임훈 선생과 함께 마음을 비우고 가슴속에 품은 생각들을 털기 위해 유람하기로 한 것. 안음 사람이던 임훈은 당시 광주 목사로 재직 중에 여가를 내어 많은 손님들을 초청하고 막하 수종들을 이끌고 명산을 유람하기 위해 서신으로 경명을 특별히 초청한 것이다.

같은 해에 아들 유후가 태어나나, 장차 아버지와 두 형의 죽음으로 애통해하다가 병이 드니 상복을 벗고 1년이 지나자 세상을 하직한다.

다음 해 정월 초 2일에 인순왕후가 승하하자 비통한 마음을 시로 달랜다.

> 국모로 군임한 지 30년이 가까워
> 억조창생 모두들 애통해합니다.
> 고요한 교산13)에 궁검을 묻고
> 쓸쓸한 상강14) 숲에 눈물 뿌렸죠.
> 옛날에 받은 은총 생각할수록
> 새삼스레 슬픈 마음 더해집니다.
> 호해15)에 떠도는 신하 어디로 돌아갈지
> 강릉16)에 푸른 송백 잡을 길 없네.

선조 9년(병자, 1576) 그의 나이 44세가 되던 해 겨울에는 「不己齋銘」17)을 지었다. 이때 토정 이지함이 광주를 방문할 기회가 있었다. 그에게는 이지함이란 본명보다도 <토정비결>의 작자로 더 잘 알려진, 조선의 풍류사에 신비로운 발자취를 남기고 사라진 전설적인 奇人이다.

---

13) 喬山: 皇帝의 궁검을 장사 지냈다는 산 이름인데, 임금의 산릉을 일컫는다.

14) 湘江의 비화는 이렇다. 舜임금의 后妃 娥皇, 女英 자매는 중국 고대의 임금 堯임금의 딸들이다. 娥皇은 동생 女英과 함께 순임금에게 시집을 간다. 순임금이 창오에서 죽자 두 자매는 상강에 빠져 죽는다. 그래서 상군(湘水의 神을 일컫는 말인데 상수에 빠져 죽은 두 자매는 죽어 물귀신)이 되었다는 고사를 비유로 시를 지은 것.

15) 湖海는, 호수와 바다, 또는 바다처럼 넓고 큰 호수를 말한다.

16) 康陵: 고려 成宗의 능. 경기도 開豊郡 靑郊面 排也里에 있다. 조선왕조 明宗과 인순왕후 심씨의 묘지는 경기도 양주에 있다.

17) 「詩經」 周頌 維天之命 篇 "維天之命於穆不己於乎不顯文王之德之純"라는 말이다.

이때 경명이 창작한 「土亭見示所著寡慾論且戒酒邀以一言敢述鄙懷」와 「不己 齊銘」[18]에는 성리학적 사유가 적극적으로 표현되어 있었다.

선주 10년(정축, 1577) 제봉이 45세가 되던 해에 아들 용후가 출생하고 큰아들 종후가 문과에 합격한다. 그야말로 한 가정에 겹경사가 난 것이다.

선조 11년(무인, 1578), 그의 나이 46세가 되던 이해 여름에 그는 「靜慮名說」을 지었다.

"靜이란 躁의 주인이고 虛란 明의 본체이다.

정은 躁를 억누르고 허는 명을 드러낸다. 「周易」에 坤은 지극히 정하다." 했다.

선조 12년(1579, 을유), 인후가 진사시험에 합격한다. 경명은 이윽고 관직에 다시 나설 채비를 하고 있었다.

선조 14년(신사, 1581), 이윽고 영암군수를 거쳐 서산군수로 재직하게 된다.

얼마 후 변무사, 김계휘의 서장관에 임명되어 성균관 직강으로 옮겨 사헌부지평을 겸직으로 경사(연경)에 들어간다.

이때 궐내에서 왕실의 기록이 잘못된 것을 명나라에 들어가 '종계변무(조선조 왕실의 잘못된 기록을 변명하여 바로잡으려는 것)'를 하려고 할 때, 사신으로 임명된 황강 김계휘 상사와 경명은 서장관으로 함께 여행길에 오른다.

명나라에 들어간 경명은 일행들과 함께 허베이 성 동북 경계 장성의 동단에 있는 도시의 산해관에 도착하자마자 망해정에 올라

---

18) 문왕: 주나라를 세운 시조 희창의 王號. 「純赤不己」라는 성인의 칭호를 받는다.

소풍을 한다. 이 망해정은 산해관에서 십 리 정도 떨어진 곳이다. 상사 김계휘, 부사 최입, 한경홍과 함께 올라간다. 경명이 절구 한 편을 짓자 일행들도 모두 화답한다.

이재조에 참배하면서 느꼈던 것이 마음에서 우러나 시 한 구절을 읊는다.

> 옛날에 西伯이 養老할 때
> 太公의 마음을 잘 알았을 텐데,
> 鷹揚할 계획을 가지기 전에,
> 혁명하지 말라고 왜 못 했을까.

사당에 안치된 백이와 숙제, 이 두 형제는 殷나라를 위해 절개를 지킨다. 周나라가 혁명하기 전 문왕의 작호인 태공인데, 그는 아들 무왕을 위해 혁명을 일으킨다. 「맹자」에 "伯夷居北海之濱 吾聞西伯 善養老 太公居東海之濱 吾聞西伯善養老"라고 했다.

매가 높이 날듯이 무용이 있다는 비유로서, 태공을 가리킨 말인데, 「시경」 대아, 대명장에 "維師尙父 時維鷹揚"이라는 데서 나온 말이다.

선조 15년(임오, 1582) 이해 봄, 경명은 명나라에서 돌아온다.

그는 왕에게 복명하자 곧바로 서산군수로 내려가라는 명령을 받는다.

그는 군수로 잠시 머물다가 그해 가을에는 원접사 율곡 이이의 종사관에 임명된다.

종부시 첨정을 맡는다. 역시 같은 직급인 첨정으로 한강 가까이 나가 사신을 영접하게 된다.

선조 16년(계미, 1583) 봄에는 한성부 서윤(종4품)을 거쳐 얼마 후 한산군수로 옮겼다가 그해 겨울에는 문한(문필에 관한 일)에 대한 일로 예조정랑(정5품)을 제수받으나, 그는 취임하지 않고 곧바로 향리로 돌아와 버린다.

계미년 봄에 제봉은 한성부 서윤 종4품 벼슬로 옮겨간 것인데,

서윤 자리는 그 당시 한성부와 평양부에 두었던 판관보다는 조금 위이고 좌우윤보다는 좀 낮은 직분이다.

얼마 되지 않아 그는 또 한산군수가 된다. 그곳은 한산모시로도 유명한 충청남도 서천군에 있는 한 고을이다.

그해 겨울 문한이 있다고 했다. 즉 문필에 관한 일이다. 조정에서는 문장을 잘 짓는 사람이 필요했다.

그가 적임자로 낙점이 되어 예조정랑에 임명된다. 자리가 탐탁지 않았던가. 사신 등, 이 자리 저 자리 불려 다니던 그의 몸이 휴식을 필요로 했던가!

그는 단번에 그 직을 사양하고 취임하지 않는다. 곧바로 시골로 돌아오고 만다. 그러나 왕은 그를 끈질기게도 놔주지 않았고 또 불러들인다.

다음 해 여름 그는 종부시정이 되었다가 사복시 첨정(종4품)으로 옮겨 간다.

겨울에 또다시 사예가 되고, 직급은 매양 같은 종4품이다.

이듬 해 정월 27일 경명은 찬성이던 정철(의정부의 종1품)에게 편지를 보낸다.

"이 달 14일에 비로소 조보를 얻어 보고, 새해가 되기 전에 나를 사예로 제수했다는 사실을 알았으나, 본관에서 丘史를 내려보내지

않았기에 무슨 사고가 있는지 염려되어 아직껏 떠날 채비를 하지 않고 있다."라고……

승정원에서 처리한 일을 날마다 아침에 적어서 반포(세상에 널리 퍼뜨리다.)하기 위해 종이 적어 놓은 글이 조보이다. 공신인 지방 관노비 구사를 통해 제수에 대한 기별을 보내곤 했던 것.

선조가 그를 사예(성균관의 정4품)로 제수한 것에 대한 궁금증을 풀기 위해 정철에게 편지를 띄운 것은, 경명 자신을 선조에게 추천한 이가 바로 정철이기에……

선조 19년(병술, 1586), 그의 나이 54세가 되는 해이다. 이해 7월 기망(음력 매월 열엿샛날, 十六夜)에는 적벽이 있는 성에서 유람을 한다.

청계 양대박*이 동파고사로 경명에게 비교한 시가 있었다. 그는 이에 화답한다.

매년 음력 7월 16일 밤이 되면 적벽성에는 사람들이 몰려들어 유람을 일삼는 풍습이 있었다. 경명도 그가 죽기 6년 전에 그 풍습 놀이를 즐겼던 추억에 한껏 자긍심이 인 모양이다.

宋나라 소동파의 고사를 인용한 것에 경명을 비교한 양대박의 시가 있음을 지적한 것이다.

선조 20년(정해, 1587), 그는 윤두수와 함께 창수할 기회가 있었는데, 동갑내기라서 평소 흉허물 없이 지낸 두 사람은 느낀 대로 시를 지어서로 주고받곤 한다. 이때 윤두수는 임금을 대신하여 지방관들을 격려하고 살피는 접절사(관찰사 역할) 노릇을 하느라 호남을 두루 살피게 되던 때이다. 때마침 순창에 이르게 되어 경명과도 우연히 만나게 되었던 것.

선조 21년(무자, 1588)에 경명은 4년여를 순창군수로 있다가 그만두게 된다. 그해 11월 7일, 종계에 대해 개정할 일로 황제의 조정에서 칙서가 내려온다는 소문을 듣고 경명은 감격한 나머지 지감시를 짓는다.

억울하던 옛날 심정 다 해소되어
안개를 해쳐 버리고 푸른 하늘 보는 것 같구나.

삼천 리 이 강산에 은륜19)이 뿌려지고
이백 년 우리 보전20) 다시 새로워졌네.

오묘21)에 계신 영령 아름답게 여기실 테죠.
구소22)에서 내리는 뇌우23) 좋은 소식 전해 주는데,
연대24)에서 못 죽은 이 몸 오히려 살아 있어,
이리저리 떠돌면서 머리만 썩힙니다.

선조 22년(기축, 1589), 경명의 아들 인후가 문과에 합격한다.

경명은 다음 해인 경인 여름에는 내첨시정이 되었다가 교린(이웃 나라와의 교제)의 문서를 맡아본다는 승문원 판교(교서관의 당하 정3품)지제교로 옮겨 시정(당시의 정사)의 기록을 맡아본다. 춘추관

---

19) 恩綸: 임금이 신하에게 고맙게 여겨 내리는 말씀.
20) 寶典: 조선조 왕실의 세보.
21) 五廟: 제후의 종묘. 「예기」 왕제 편에 "天子七廟 三昭三穆 與太祖之廟 而七 諸侯五廟 二昭二穆 與太祖之廟而五"라는 글이 있다.
22) 九霄: 하늘, 구천.
23) 雷雨: 우뢰와 비. 「周易」 解卦에 "天地解而雷雨作 雷雨作而草木甲坼 解之時義 大矣哉"라고 말한다. 이는 억울한 마음을 다 풀리게 했다는 비유를 인용한 것이다.
24) 燕臺: 연경에 있다는 황금대를 말한다. 이것은 경명이 서장관으로 연경에 갔을 때의 일을 추억한 말이다.

에서 책을 편집하고 수정하는 편수관을 겸임한다.

이는 한 대신이 임금의 자리 앞에서

"전하! 경명의 문장을 이대로 방치해 두긴 너무 애석하옵니다. ……"라고 진언하자 임금께선 곧 "승문원 지제교에 제수토록 하라. ……"

하명함으로써 경명에게 곧바로 구관직을 없애고 새로운 관직을 내린 것이다.

甲申년 여름에 종부시복첨정을 거쳐 겨울에는 사예에 명령을 받는다. 성균관 종4품, 종5품인 직강의 윗자리지만 대사성의 아래인 사성의 밑에 있다.

을유년 봄 임금은 문장수준이 높은 경명이 의외로 지위가 낮은 관리직에 맴돌고만 있는 것을 마땅치 않게 여겨 그를 무려 세 계급을 건너뛰어 군자감정에 발탁한다.

군수품의 출납과 군인의 제반 일을 감독 하는 책임 있는 자리다.

그러나 그때 그를 좋아하지 않아 반대하는 신하가 있었다. 그러자 그는 병을 핑계 대고 그 자리에 나가지 않았다. 그는 자기를 지지하지 않는 자가 있는 한 자리에 연연하지 않고 과감하게 사양하곤 했다. 그는 반대의 목소리가 있는 자리에 굳이 앉아 있고 싶지 않았다. 세상일을 냉정한 시선으로 바라본 그의 대쪽 같은 성품은, 기껍게 모두가 그를 원해도 직책을 맡을까 말까 하는 처지인데 단 한 사람이라도 반대자가 있다면 그의 강직한 성품으로 보아 자신을 희생해서 그가 나라에 굳이 봉사하고픈 마음이 일지 않도록 사기를 꺾는 일이었다.

선조 23년(1590), 명나라 역사에 이씨 세계가 잘못 기록된 것을 바로잡은 공로로 윤근수 등 19명의 훈명이 내려질 때 경명이 광국 공신의 공적을 기록하게 된다.

같은 해에는 경명이 광국일등공신 해평군 윤근수의 녹훈교서를 지어 임금에게 올린다.

그는 여름에 또다시 동래 부사직에서 물러나 서울에 돌아온다. 그 당시 때마침 조정에서는 신하들 간에 좌상이던 정철에 대해 논쟁하고 있었다. 그러는 가운데 어떤 신하는 경명을 지목해 그도 정철이 추천한 사람이라고 상기시킨다. 그 소리가 들려오자 경명은 곧바로 필마를 타고 고향으로 내려와 버린다.

선조 24년(1591), 그가 59세가 되던 해 봄에는 광국훈에 그의 이름이 올려지는데……? 명단에는 그의 이름이 없었다. 아마도 녹훈교서를 그가 지었던 것으로 잘못 전해졌나 싶다. 그가 만일에 광국훈에 올랐다면…….

조선 왕실의 계보가 명나라 신전에 잘못 기록된 것을 중국 조정에서 사신 김계휘의 서장관으로 진정서를 제출하고 바로잡는 데 변무하였다는 공로일 것이다.

그때 아들 순후가 진사시험에 합격한다. 착잡한 그의 마음에 다소 위안이 될까.

그는 시골에 안착하게 되자 칩거에 들어선다. 책과 더불어 벗 삼아 지내게 되는데 이것이 그의 일상이 되었다.

선조 25년(1592), 60세 때 봄 천문을 우러러 보고 부인에게 말한다. '…… 금년에 장성이 안 좋아 장수가 불리하다'고 예언한다.

4월 13일, 일본군 20만이 부산항에 상륙하는데, 먼저 부산성이 함락되어 첨사 정발이 전사하고, 14일에는 동래성이 함락되어 부사

송상현이 전사한다. 17일에는 밀양이 무너지자 부사 박진이 적진을 뚫고 왕에게 달려가 왜적침입을 보고한다.

18일에는 김해도 무너져 부사 서예원은 겁이 나서 도망해 버린다.

28일엔 충주 달천도 함락되어 신입 등이 전사한다.

30일엔 선조가 서울을 포기하고 5월 1일에 송도(개성)로 떠난다. 그러자 3일엔 서울까지 일본 수중에 들어가고…….

선조는 다시 평양에서 의주로 이동 중 …… 이때 관군은 거의 무너지고 각 지방 관리들은 대부분 도주하고 백성들은 산 채로 고기밥이 되다시피 하니 민심은 몹시 흉흉했다.

이때 제봉은 광주의 집에 있다가 이 슬픈 소식을 전해 듣고 밤낮 3일을 실성통곡하다가 흩어진 관군을 설득하여 모은다. 두 아들 (종후, 인후)에게 의병들을 인솔하여 수원에서 일본군과 대항하고 있는 광주목사 정윤우의 부대에 합류토록 지시한다.

제봉은 충성스런 마음과 의로운 용기로 손수 격문을 써서 본도 (전라도) 순찰사에게 보낸다. 나주에 있는 김천일에게도 격문을 띄워 보내 의거할 것을 약속한다.

5월 29일에 담양 추성관에서 의병청을 설치하고 의병의 식량공급 책임은 박광옥*에게 위촉한다. 종사관에는 유팽로*, 안영*, 양대박*으로 식량유사에는 최상중*, 양사형*, 양희적* 등에게 각각 위임했다.

제봉은 또다시 격문을 작성하여 도내 10개 읍에 발송한다(이 원본은 아직도 포충사에 보관 중이다.).

6월 1일 출사표를 제작하여 양산숙*, 곽현*에게 서해간도를 통해 의주에 있는 선조에게 상달하도록 당부…….

선조는 얼굴에 기쁨을 머금고 말하기를 "고경명, 김천일에게 하루속히 국권을 회복하여 임금이 두 사람의 얼굴을 볼 수 있게 하라."라고 한다.

제주목사 양대수에게 격문을 보내 전투에 쓰일 말을 보내 줄 것을 요청한다.

모집된 의병이 전주에 도착하자 제봉은 각 도 10개 읍에 또다시 격문을 보내 의병에 함께할 것을 호소한다(이 격문의 원본도 보존하고 있다.).

1592년 7월 23일경 작은 아들 인후, 종사관 유팽로, 안영과 그 외 여러 막하장들과 함께 금산 1차 전투에서 장렬하게 순절한다. 이로써 60여 년의 그의 생애가 막을 내린다.

제봉이 금산 1차 전투에서 순절한 지 10년째 되던 선조 34년(신축, 1601) 光州 霽峯山에 사당을 창건하게 된다. 2년 후 선조 36년 계유에 전 사헌부 감찰 박지효[1], 전 선무랑 유사경[2], 전 계공랑 신필[3], 생원 고경이[4], 유학 이수용[5], 김형, 김진필[6] 등 사림 수십 명의 명의로 청사액소를 올린다.

선조의 윤허를 얻어 사액을 내려받게 된다. 사액 때, 예문관 대제학이 '褒忠', '彰義', '義烈'의 세 가지 사명을 적어 올린다.

포충으로 하라는 하계가 있어 '포충사'라는 이름으로 사액 사당이 지금까지 불리게 된 것이다.

청건사소문의 소두(지난날, 연명으로 하는 상소에서 이름을 맨 앞에 적어 주체가 된 이)는 韓守臣[7]과 李惟泰[8] 등이었다.

그러나 '포충사'는 선조 34년에 창건되고, 36년에 사액되었으나 정조 1년까지 사당을 세울 부지가 정리되지 않았다.

1978년 국가의 시책으로 '포충사' 성역화 공사를 착수하게 된다. <襃忠祠廟庭碑>를 1979년 12월에 전라남도에서 세운다. 비문은 임창순[9]이 짓고 글씨는 김병남[10]이 썼다. 1980년 1월에 세운 '포충사' 정화 기념비의 글은 강주진[11]이 지은 것을 구철우[12]가 썼다.

2008년 12월 22일 오전 11시, 광주광역시 월드컵경기장 잔디공원에(높이: 8.6m, 바닥넓이: 56m) 말을 타고 '마상격문'을 펼쳐 보이며 적진을 향해 진격 명령을 내리는 모습의 동상을 건립했다.

고씨 문중에서는 광주광역시에서 토지를 제공받아 건립한 것이다.

서울 용산 '전쟁 기념관'에는 의병을 모아 담양에서 출진하는 모습이 그림으로 전시되어 있다. 양진영에 유팽로, 안영 등과 함께 투구를 쓰고 갑옷을 입은 채 말을 타고 경명을 호위하고 있는 모습과 병사들이 칼과 창을 들고 뒤를 따르는 대형 그림액자였다. 이것은 고씨 문중에서 기증한 것이다.

임진란의 공신과 순절한 사람

高　堅고견 文忠公. 임진란 공신. 성균관 생원. 尙膳을 지냄. 임란 때 공을 세워 扈聖原從功臣 3등. 1624년 이괄의 난을 진압하는 데 공을 세워 淸難原從功臣 3등.

高敬命고경명(1533~1592)長興伯. 임진란의병장. 6천 의병을 규합해 금산전투에서 순절. 扈聖光國功臣, 宣武原從功臣 1등. 시호 忠烈. 광주 포충사 재향.

敬　民경민 장흥백. 壬辰亂 功臣. 1593년 훈련 판관으로 병사를 이끌고 단천에서 함북 評事 鄭文孚를 도와 일본군을 물리침. 선무원종공신.

敬　身경신(?~1593) 장흥백. 임진란 의병. 친형 경명이 금산에서 순국하자 형의 원수를 갚기 위해 의병으로 출전, 복수의병장 고종후의 군관이 됨. 1593년 군마를 얻기 위해 격문을 가지고 제주로 가던 중 높은 파도에 표류하다가 물에 빠져 애석하게 순국함.

敬　臨경임 장흥백. 명종 중엽에 출생, 통덕랑을 지냄. 임진란 때 의병으로 나가 싸움. 종형인 경명과 함께 금산전투에서 전사함.

敬　兄경형 장흥백 임진란, 문무가 출 중, 친형 경명과 조카 인후가 금산전투에서 순국하자 나라와 형의 원수를 갚기 위해 조카 종후<'병든 어머니와 몸이 약한 동생도 있어 부양을 해야 하니 나가지 마십시오.' 라고 長조카가 만류했다>의 권유를 받고도 진주성에서 조카와 함께 순절했다.

大　鵾대곤(1570~1635) 靈谷公. 임진란 공신. 임란 때 종묘의 신

주를 行在所가 있는 평양으로 무사히 옮겼다. 다음해 宗廟署 直長 유해俞瀣와 같이 神主를 海州의 栢林亭으로 안전하게 대피시킨 공로로 호성원종공신 3등.

德 鵬덕붕(1552~1624) 장흥백. 정유재란 의병장. 野叟 蔡弘國 과 함께 의병장 고경명 6천 의병과 합세하여 금산 전투에 참전. 興 德 南塘에 흩어진 의병을 모아 盟主가 되고 채흥국은 義旅將. 적 군 한명을 생포해 모두 죽이자고 했으나 놓아주어 포로의 정보를 역이용하는 작전을 써 크게 승리. 1597년 정유재란 때 의병을 일으 켜 扶安 胡伐峙에서 적을 크게 무찌름. 그 후 향리에서72세에 여 생을 마친다. 승정원 좌승지 추증.

德 隆덕융 문충공. 임진란 공신. 무과에 급제, 선전관. 임란 때 宗社를 보호하고 일본을 물리치는데 큰 공을 세운다. 원종공신. 五 衛都摠府도사. 이덕형이 임금의 명에 따라 임란의 공신으로 忠賢 錄에 기록한다.

得 賚득뢰(?~1593) 文禎公. 1577년 무과에 급제. 於蘭萬戶(전남 靈光郡)의 감찰, 防踏僉節制使(종3품)를 역임. 임진란 때 고향 남 원에서 의병장 崔慶會의 부장이 되어 長水. 茂朱. 居昌. 開寧 등 지에서 일본군과 싸워 전과를 올린다. 그 공로로 평창군수에 임명 되었으나 '적군이 사나운 위세를 떨쳐 나라가 위태로운데 어찌 자 신만 편안하게 지낼 수 있겠는가.'하고 부임하지 않았다. 의병장 최 경회를 따라서 진주성에서 전사. 선무원종공신 3등. 漢城府右尹을 추증, 旌忠祠에 배향.

夢 龍목룡(1518~1592년) 문충공. 임진란 武人, 義兵. 금산전투에서 의병장 고경명과 함께 순절. 宣武原從功臣 2등. 금산 종용사 배향.(高夢龍. 高山立. 高台亢. 高弘達. 高武全 등을 5충신이라고 해 전남 康津 長春祠에 배향)

夢 龍목룡(1571~?) 장흥백. 임진란 공신. 선조 때, 무과에 급제하여 부장部將으로 임란 때 의병장 고경명 막하에서 전공을 세움. 선무원종공신. 좌승지 증직.

夢 春몽춘(?~1592) 장흥백. 임진란 의병. 主簿(종6품). 임란 때 三從祖인 의병장 고경명 막하에서 승지 安瑛, 학유 柳彭老 등과 함께 의병으로 참전 금산전투에서 고경명과 같이 전사함. 그 뒤 작爵호와 호諡, 정려旌閭의 명이 없어 당시 사림들이 억울하게 여기고 여러 번 포상을 추천했으나 旌表하라는 특전을 받지 못함.

武 全무전(1568~1597) 문충공. 丁酉再亂 공신. 1589년 무과에 급제 선전관(정5~종5품) 1597년 정유재란 때 일본군이 또다시 쳐들어오자 의병을 일으켜 屯兵谷에서 전사함. 선무원종공신.

鳳 鳴봉명 문충공. 임진란 공신. 임진란에 공을 세워 호성원종공신3등. 묘소는 伊川郡 大老谷.

鳳 翔봉상 문충공. 임진란 공신. 무인으로 순천부사 역임. 임진란의 공로로 선무원종공신 3등.

士 仁사인 花田公. 임진란 공신. 임진란 때 공을 세워 호성원종

공신 2등에 녹훈. 가선대부, 忠佐衛副護軍 겸 司僕將을 역임. 묘소, 旌善郡 北面 南坪里.

山 立산립(1542~1595) 문충공. 임진란 공신. 忠義가 지극해 奉事(종8품)를 지내고, 임진란 때는 숙부인 部將公 高夢龍이 금산전투에서 전사하자 의병을 일으켜 錦城(나주) 東谷에서 전투 중 전사. 선무원종공신. 첨지중추부사를 추증.

山 海산해 문충공. 정유재란 공신. 1593년 무과에 급제하여 수문장. 정유재란에 일본군을 물리친 전공으로 선무원종공신 2등.

三 春삼춘 장흥백. 임진란 공신. 무과에 급제, 奉事. 임란시 숙부 高彦章과 함께 의병장 최경회 막하에서 의병으로 참전. 영남지방 전투에서 많은 적을 참살하는 전공을 세우고 적탄에 맞아 전사함. 선무원종공신.

高 祥고상 문충공. 임진란 공신. 임란 때 많은 전공을 세워 호성원종공신에 책록 1605년4월 녹권.

成 厚성후(1549~?) 장흥백. 임란공신. 고경명 문하에서 수학. 1583년 별시문과 병과 합격. 사헌부 감찰. 임진란 때 고경명 막하에서 모병과 모량을 맡아 소임에 충실함. 경명이 금산에서 전사하자 권율을 도와 梨峙와 幸州에서 대승을 거두는데 큰 공을 세움. 영남에 주둔한 명군에게 군량미 보급으로 明將 呂應鐘으로부터 각별한 치하가 있었다. 선무원종공신 2등 예조참의에 추증. 금산대첩비에 그의 공적 기록.

世 臣세신 영곡공. 중종 조에 출생. 임진란 공신. 종묘 위패를 海州로 무사히 옮겨 그 후 선무원종공신 3등에 녹훈. 통정대부. 첨지 중추부사, 수안군수를 역임.

世 忠세충 장흥백. 임란공신. 효성이 지극하여 부모상에 3년을 시묘하고 무술에 능해 1549(명종4)년 무과에 급제. 임진란 때 의병 30명 군량 20여석을 모아 도원수 권율장군의 막하에서 행주대첩에 큰 공을 세워 선무원종공신 3등에 녹훈, 판관에 제수.

守 緯수위(?~1593) 장흥백. 임란 의병. (蘇齋 盧守愼. 松川 楊應鼎의 문하)임진란 때 의병장 김천일의 향군유사로 많은 전공을 세우고 다음해 고종후 복수의병장과 함께 진주성에서 순절, 호조참의에 추증.

彦 伯언백(?~1609) 문충공. 武將. 宣武功臣. 임진란 때 斥候將으로 충주 달천 전투에 참전. 경상도, 경기도 지방에서 적과 싸워 많은 전과를 세움. 1593년 명군과 합세해 평양 수복에 큰 공을 세운다. 1597년 정유재란 때 경기도 방어사로 많은 전공. 선무공신3등으로 濟興君의 봉함. 녹훈 도감에는 李舜臣. 權慄. 元均. 高彦伯 등 네 장수만 왜적을 정벌한 장군이라고 기록되어 있다. 그러나 1609(광해1)년 광해군이 즉위 한 후 臨海君을 제거할 때 그가 임해군의 심복이라고 함께 살해당함. 星岡祠(경북 영일군 기계면 화대리)

彦 壽언수(1550~?) 장흥백. 정유재란 의병. 1570년 무과에 급제.

訓練院 奉事. 鏡城判官. 임란 때 경명을 도와 군량미 보급과 의병을 모집하고, 금산전투에서 경명과 함께 전사하지 못함을 한탄함. 정유재란 때 의병을 모집하여 적과 싸우다가 牙山에서 전투 중 전사함. 금산 종용사 배향.

彦 章언장(1539~?) 장흥백. 임란공신. 무과에 급제, 훈련원정. 곡성현감을 지냄. 임진란 때 조카 高三春과 의병을 일으켜 많은 전공으로 선무원종공신 3등.

允 成윤성 장흥백. 임진란 공신. 무장으로 출전 전투에서 많은 공을 세움. 선무원종공신.

應 景응경(1572~1592)良敬公. 임진란 공신. 禦侮將軍으로 아우 應秀, 應叔과 의병을 일으켜 의병장 고경명 6천여(고 씨 문중에서는 7천명으로 알고 있다) 의병과 합세하여 많은 전공을 세웠으나 금산전투에서 순국한다. 선무원종공신. 자헌대부, 병조판서 겸 지의금부사를 받음. 충남 금산 종용사에 배향.

應 涉응섭 上黨君. 임진란 공신. 무과에 급제 수문장. 內禁衛將으로 있을 때 임진란이 일어나자 끝까지 궁궐을 지키며 용전분투함. 친형 應淵과 흩어진 병사들을 모아 창의 군을 조직 새재, 마령, 상주, 대구 등지에서 일본군과 전투를 벌려 많은 전공을 세움. 선무원종공신 3등.

應 秀응수(1576~1592) 양경공. 임진란 공신. 임란 때 16세의 어린 나이로 친형 應景과 사촌형 應叔을 따라 의병에 참전 금산전투

에서 형과 함께 전사함. 선무원종공신. 忠佐 衛衛長의 증직. 금산 종용사에 배향.

應 叔응숙(?~1592) 양경공. 임진란 공신. 사촌형인 高應景과 함께 의병으로 나가 싸움. 의병장 고경명의 의병군에 가담하여 금산 전투에서 용전분투했으나 적탄에 맞아 전사한다. 선무원종공신. 가선대부 증직. 충남 금산 종용사에 배향.

應 淵응연(?~1594) 상당군. 임진란 공신. 明宗 말 무과에 급제 훈련원 주부. 병사를 이끌고 문경새재에서 방어, 전투 중 적탄에 맞아 중상을 입고, 2년 후 상처가 악화 되어 사망. 1604년 선무원종공신 3등.

應 潛응잠 상당군. 임진란 공신. 임금이 의주로 피난 갈 때 호종한 공로로 호성원종공신 1등(아우 응연. 응섭. 3형제가 모두 임란공신)

應 春응춘(1551~1635) 화전군. 임진란 공신. 임금이 의주로 피난할 때 內禁將으로 大駕를 호종해 호성원종공신. 훈련판관. 통정대부. 벼슬을 버리고 고향에서 전란으로 황폐된 솔선수범 농사와 양잠을 권장하고, 蒙訓須知와 養蠶經, 繰絲最要 등을 만들어 농민을 지도, 마을이 점차 윤택해지고 발전해가자 조정에서 여러 차례 불렀다. 그러나 그는 사양한다. 채소를 가꾸고 산림녹화에 낙을 삼고, 향리의 인재들을 교육하는데 전념한다. 향년 85세로 가선대부 추증. 江原道 旌善邑 北五里에 안장.

仁 柱인주(1565~1592) 문충공. 임진란 의병. 1591년 무과에 급

제. 고경명 막하에서 의병으로 참전 그해 7월 10일 금산 벌에서 일본군과 격전 끝에 전사함. 병조참판 증직과 예관을 보내 사패지인 부안에 있는 自藏山에 장사함.

　因　厚인후(1561~1592) 장흥백. 임진란 의병. 1579년 진사시. 1589년 증광문과 병과에 급제. 수백의 의병을 이끌고 태인, 전주, 무주, 진안 등에 복병을 배치하여 영남을 점령한 일본군이 호남으로 침입하는 것을 막았음. 의병본진과 함께 6월27일 은진에 도착한 후 다시 연산에서 방어함. 금산에 도착 방어사 곽 영과 좌우로 대치했으나 관군이 무너짐에 따라 의병군도 무너진다. 아버지 경명과 함께 장렬하게 순직.

　貞　喆정철 화전군. 정유재란 의병. 일본군이 求禮의 石柱城을 침입하자 5~6명의 결사대를 조직, 기습 공격하여 적 수십 명을 사살하는　큰 전공을 세우고 전사함. 이들을 7 의사라 함. 전남 求禮郡 上旨面 松亭里에 1963년 七義祠를 건립. 호조좌랑 증직.

　宗　慶종경 화전군. 임진란이 일어나자 친형인 宗遠과 수백 명의 의병을 일으킨다. 의병장에 추대되어 홍천과 춘천사이에서 방어, 道伯이 營軍 5백 명을 주어 興原의 役을 도왔으나 공격하는 사이에 영군이 모두 도주함. 지휘책임을 물어 여러 관리들의 만류에도 부득이 사형 당한다.

　宗　吉종길 화전군. 중종 말에 출생. 임진란 의병. 華曳公 高宗遠과 의병을 일으켜 일본과 싸움. 적의 진지에 잠입 정탐하려다 체포되어 원주에 감금되자 적의 취조와 고문에 불응 스스로 목숨을

끊어 殉忠.

從 厚종후(1554~1593) 장흥백. 복수의병장. 어려서부터 부친의 가르침을 받아 학문이 뛰어남. 1570년 진사시에 합격. 1577년 별시 문과 병과에 급제. 전적, 감찰, 예조좌랑을 거쳐 1588년 임피현령. 그 후 지제교에 기용됐지만 곧 사직. 임진란 때 일본에 진주성이 함락되자 김천일. 최경회와 함께 남강에 몸을 던져 순국. 특명으로 장려를 세우고 광주의 포충사와 진주의 창렬사에 배향. 1711년 이조판서, 대제학을 추증하고 시호를 孝烈이라함. 1786년 정조의 특명으로 不祧廟를 세움.

處 謙처겸(1558~?) 문충공. 임진란 공신. 선무원종공신 3등. 정유재란 명나라 제독 麻貴군대와 합세, 개운포, 도산, 등지에서 일본군을 격파 그 전공으로 만호가 됨.

台 亢태항(1522-?) 문충공. 임진란, 정유재란의 공신. 扈聖原從功臣. 병조참판에 증직.

翰 雲한운(1552~1592) 영곡공. 임란 의병. 어려서부터 아버지 두곡공의 가르침을 받아 학문이 출중해 退溪 李滉에게 글을 올려 칭찬을 받음. 1585년 별시문과에 장원급제, 성균관 전적. 감찰. 호조좌랑. 부안현감. 임진란 때 의병을 일으켜 인동. 금릉 등지에서 일본군의 보급로를 기습공격, 많은 전공을 세운다. 금오산 전투에서 중상을 입고 古人洞으로 돌아와 치료 중 그 해 8월 14일 순국한다.

高 晛고현(1562~1609) 문충공. 임진란 공신. 1580년 무과에 급제 선전관. 1589년 兵馬節度衛. 다음해 봉정대부. 성주 목판 관을 역임하고, 임금이 의주로 피난할 때 친형 瀛城君 高曦를 따라 아들 弘達, 弘建과 함께 임금을 호종. 1605년 4월 호성원종공신 3등. 통정대부. 병조참의에 추증.

弘 達홍달(1570~?) 문충공. 임진란 공신. 사복시정, 충청병사를 지낸다. 임금 피난 때 호종한 공로로 호성공신 3등.

弘 達홍달(1575~1644) 문충공. 임진란 공신. 임란 때 18세의 어린 나이에 아버지 晛과 백부 瀛城君 曦를 따라 大駕를 호종 함. 1605년 증광사마시에 급제 생원이 된다. 호성원종공신 3등

高 勳고훈(?~1592) 장흥백. 임진란 공신. 1584년 무과급제. 의병장 고경명을 따라 금산전투에 참가 일본군과 공방전을 벌이다 적탄에 맞아 전사. 선무원종공신.

高 曦고희(1560~1615) 문충공. 임진란 공신. 1584년 무과에 급제 수문장이 된다. 임진란, 무신으로 임금을 평양을 거쳐 의주로 호종한 공로, 호성공신. 호조판서 겸 지의금부사를 추증.

이상에서 본 것처럼 고 씨 가문은 임진란과 정유재란에서 순절한 사람과 공신이 기록에 나타난 것만 모두 50여명에 이른다. 그들은 대부분이 아버지와 아들 또는 형제, 사촌들로 출전했다. 모르긴 해도 임진란 싸움에서 가문 중에서는 순절한 사람이 가장 많은 것 같았다. 여기에 나타난 인물들은 대부분 과거에 급제하고 관직에

재직했거나 선비들이었다. 여기에 나타나지 않은 고 씨 가문의 선조들은 아마 이보다 더 훨씬 많을 것으로 추측해본다. 기록에 나타난 것만을 따진다면 고 씨의 9개 파 중 7개(문충 공 17명. 장흥 공 18명, 영곡 공 3명, 문정 공 1명, 화전 공 5명, 양경 공 3명, 상당 군 3명)파에서 임란에 참여한 것으로 기록되어 있었다. 여기서 참고로 덧붙이는 것은 계파의 근거를 간략하게 적어둔다.

이 고 씨 가문은 탐라국 高乙那 왕을 시조로, 성주공 高末老를 중시조로 하는데, 고씨는 「濟州」를 본관으로 삼고 있다. 단일 본이라 할 수 있다. 중시조의 아들 3형제가 고려초 출사하여 육지로 진출하게 되자 그 후손들이 각 지방으로 번창함에 따라 본관이 자연스럽게 발생하게 된 것이다. 즉 중시조 고말로高末老의 5세 손 高適은 汝霖과 世在 형제를 두었다. 장남 여림의 후손인 仁旦을 성주공파로 삼고 있다.

여림의 차남 臣傑은 典書公파가 된다. 따라서 3남 得宗은 영곡공파로, 이상의 모두는 본관을 제주로 정하고 있다.

고적의 차남 세재는 경기 지방으로 출사했다. 그의 5세손에 와서 伯筵, 仲筵, 季筵 3형제가 있었다. 장남 백연의 아들 高慶은 文忠公으로 그 후손들은 본관을 제주로 정한다. 차남 중연은 장흥 백으로 하는 데는 이유가 있었다.

중연은 고려조정의 左拾遺(高麗中書 門下省의 종6품)벼슬로 홍건적에 의해 고려말경 개성이 함락되자 31대왕 공민왕을 모시고 안동으로 피난했다가 수복 되자 귀경한 공로로 長興을 하사받아 그곳을 본관으로 정한 것이다.

3남 계연의 아들 仁庇를 花田君으로 그 후손들은 본관을 橫城으로 정했다. 그러다가 1971년 횡성을 제주로 개관하기로 한 것이다. 지금도 횡성을 본관으로 하는 고구려 高朱蒙 후손들이 일부 남아있어 이들과 구별하기 위해서이다.

중시조(고말로)의 증손인 高恭益은 上黨君으로 하여 그 후손들은 본관을 청주로 정하고, 중시조 증손 高令臣은 良敬公으로 그 후손들은 본관을 개성으로 정하고 있었다. 그러나 상당군 고공익의 9세손 陽山公 高哲의 후손들은 1786(정조10)년부터 본관을 「제주」로 개관 했다. 한 가지 어려운 문제가 있었다.

문충공 高慶의 증손 天祥과 天佑 형제는 고려가 망하자 개성 杜門洞에 은거하고 있었다는 이유로 그 후손들이 본관을 「제주」가 아닌 「開城」을 쓰고 있어 양경공파와 혼동을 일으키고 있었다.

朝鮮 氏族 通譜에 수록된 고 씨의 본관은 「제주」이외의 장흥, 개성, 청주 등이 있지만, 중시조 고말로의 후손이므로 모두가 제주에서 分貫 된 것임을 밝혀둔다.

따라서 여기 기록된 데로는 고 씨 성을 가진 사람들이 학생운동·독립운동·의병활동을 했던 인원은 391명이나 되었다. 이들은 중국 북경. 만주 봉천에서, 상해에서, 일본 동경과 대판. 고베에서, 또는 러시아 新韓村. 미국 등 세계 각지에서였다. 그리고 국내 전국각지에서 학생신분으로 또는 의병으로 광주학생운동을 비롯하여 3.1운동과 임진란 정유재란 등에서 나라를 구하기 위해 나이와 신분을 가리지 않고 분연히 구국운동과 싸움에 동참했다. 이 때 그들은 고귀한 희생을 치른 것이었다. 궁극적으로는 조선이 일본의 침략을 막아낸 전쟁이었지만 한편으로는 고 씨 가문과 일본의 싸움이기도 했다. <이상은 고 씨 대관을 참고 한 것이다>

◆ 국조방목에 기록된 조선시대 과거에 입격한 고 씨 가문의 자랑스러운 사람들

이름	자	호	시험	등위
고경명(高敬命)	이순(而順)	제봉(霽峯)	명종13(무오, 1558) 식년시(式年試)	甲科1
고경조(高敬祖)	이원(貽遠)		명종16(신유, 1561) 식년시(式年試)	乙科2
고맹영(高孟英)	영지(英之)	하헌(霞軒)	중종35(경자, 1540) 별시(別試)	丙科13
고부천(高傅川)	군섭(君涉)		광해군7(을묘, 1615) 알성시(謁聖試)	丙科5
고성후(高成厚)	여관(汝寬)		선조16(계미, 1583) 별시(別試)	丙科8
고습(高習)	성중(誠仲)		중종19(갑진, 1524) 별시(別試)	丙科2
고시기(高時夔)			고종16(기묘, 1879) 식년시(式年試)	乙科6
고용후(高用厚)	선행(善行)	청사(晴沙)	선조39(병오, 1606) 증광시(增廣試)	乙科3
고운(高雲)	종용(從龍)	하천(霞川)	중종14(기묘, 1519) 별시(別試)	丙科14
고응관(高應觀)			정조7(계묘, 1783) 식년시(式年試)	丙科3
고익경(高益擎)	주백(柱伯)		영조23(정묘, 1747) 식년시(式年試)	乙科7
고인후(高因厚)	선건(善健)	학봉(鶴峯)	선조22(기축, 1589) 증광시(增廣試)	丙科6
고정주(高鼎柱)			고종28(신묘, 1891) 증광시(增廣試)	丙科18
고제일(高濟鎰)			고종1(갑자, 1864) 증광시(增廣試)	丙科9
고종후(高從厚)	도중(道仲)	준봉(準峯)	선조10(정축, 1577) 별시(別試)	丙科1
고필상(高必相)			고종13(병자, 1876) 식년시(式年試)	甲科3
고위규(高緯奎)	문백(文伯)		숙종6(경신, 1680) 별시(別試)	丙科11
고득용(高得溶)			고종17(경진, 1880) 춘당대시(春塘臺試)	丙科4
고몽필(高夢弼)	천뢰(天賚)		중종32(정유, 1537) 식년시(式年試)	乙科7
고상안(高尙顔)	사물(思勿)		선조9(병자, 1576) 식년시(式年試)	丙科4
고선경(高善慶)			세조3(정축, 1457) 친시(親試)	丙科4
고언겸(高彦謙)			성종10(기해, 1479) 별시(別試)	丙科4
고유(高裕)	순지(順之)		영조19(계해, 1743) 정시(庭試)	丙科16
고익형(高益亨)	회지(會之)		숙종4(무오, 1678) 증광시(增廣試)	丙科8

고인계(高仁繼) 선승(善承)		선조39(병오, 1606) 식년시(式年試)	乙科7
고종필(高宗弼) 상경(商卿)		중종29(갑오, 1534) 식년시(式年試)	丙科11
고흥운(高興雲) 천상(天祥)		선조3(경오, 1570) 식년시(式年試)	乙科6
고응척(高應陟) 숙명(叔明) 취병(翠屏)		명종16(신유, 1561) 식년시(式年試)	丙科5
고한운(高翰雲) 자룡(子龍)		선조18(을유, 1585) 식년시(式年試)	甲科1
고득종(高得宗)		세종9(정미, 1427) 중시(重試)	乙科2
고신교(高愼驕)		세종26(갑자, 1444) 식년시(式年試)	丁科18
고대혁(高大赫) 광안(光顔)		명종4(기유, 1549) 식년시(式年試)	丙科24
고만구(高萬九)		순조22(임오, 1822) 식년시(式年試)	丙科4
고성진(高性鎭)		헌종10(갑진, 1844) 증광시(增廣試)	丙科29
고시경(高時景)		고종10(계유, 1873) 식년시(式年試)	丙科25
고시면(高時勉)		철종6(을묘, 1855) 식년시(式年試)	丙科19
고시신(高時臣)		순조10(경오, 1810) 식년시(式年試)	丙科1
고시협(高時協)		고종2(을축, 1865) 식년시(式年試)	乙科2
고시홍(高時鴻)		헌종15(기유, 1849) 식년시(式年試)	甲科3
고의상(高儀相)		고종22(을유, 1885) 증광시(增廣試)	乙科7
고정봉(高廷鳳)		정조24(경신, 1800) 별시(別試)	丙科17
고정헌(高廷憲)		정조7(계묘, 1783) 증광시(增廣試)	丙科24
고택겸(高宅謙)		정조4(경자, 1780) 식년시(式年試)	丙科16
고경준(高景峻)		철종14(계해, 1863) 별시(別試)	乙科1
고경진(高景軫) 응임(應任)		명종8(계축, 1553) 별시(別試)	乙科6
고경허(高景虛) 응실(應實)		명종1(병오, 1546) 증광시(增廣試)	丙科3
고극충(高克忠)		정조1(정유, 1777) 식년시(式年試)	丙科21
고기승(高基升)		고종17(경진, 1880) 증광시(增廣試)	丙科28
고기종(高起宗)		숙종2(병진, 1676) 정시(庭試)	丙科6
고덕수(高德秀)		세종14(임자, 1432) 식년시(式年試)	同進士4
고덕칭(高德稱)		세종29(정묘, 1447) 식년시(式年試)	丁科15
고득종(高得宗) 자전(子傳)		태종14(갑오, 1414) 친시(親試)	乙科3
고만갑(高萬甲) 성백(星伯)		숙종43(정유, 1717) 식년시(式年試)	丙科22
고만첨(高萬瞻)		숙종34(무자, 1708) 식년시(式年試)	丙科26
고명열(高命說)		영조9(계축, 1733) 식년시(式年試)	丙科20
고명학(高鳴鶴)		정조19(을묘, 1795) 식년시(式年試)	丙科33
고몽성(高夢聖) 계주(季周)		영조32(병자, 1756) 정시(庭試)	丙科4
고몽현(高夢賢)		태종2(임오, 1402) 식년시(式年試)	同進士17

고봉한(高鳳翰)		고종17(경진, 1880) 증광시(增廣試)	丙科22
고세창(高世昌)	백겸(伯謙)	성종25(갑인, 1494) 별시(別試)	乙科4
고승갑(高昇甲)		정조7(계묘, 1783) 식년시(式年試)	丙科21
고승안(高承顔)		세종8(병오, 1426) 식년시(式年試)	丙科1
고승헌(高丞憲)		경종3(계묘, 1723) 식년시(式年試)	丙科20
고경오(高敬吾)	여일(汝一)	선조38(을사, 1605) 증광시(增廣試)	丙科11
고형산(高荊山)	정숙(靜叔)	성종14(계묘, 1483) 춘당대시(春塘臺試)	丙科21

합계 65명

다른 성씨와 비교한다면 숫자적으로는 많지는 않았다. 그러나 성씨별 인구수를 감안해 보았을 때 적은 수는 아니라는 생각이었다.

참고사항

정기시험인 **식년시**는 3년에 한 번씩 실시되는 것인데 비정기시험인 **증광시**는 태종의 즉위를 계기로 설행되어 국가에 경사가 있을 때 실시되는 시험이었다.

특별시험인 별시에는 별시別試, 외방별시外方別試, 알성시謁聖試, 정시庭試, 춘당대시春塘臺試, 중시重試, 발영시拔英試, 등준시登俊試, 도과道科 등이 있었다. 증광시와는 달리 각종 별시는 문무과에만 있고

별시別試는 예고 없이 실시되었기 때문에 지방 거주자에게는 불리했다. 선발 인원이 제도적으로 정해진 것이 아니라 그때그때의 사정에 따라 달랐기 때문이었다.

외방별시外方別試는 국왕이 지방에 行幸할 때 行在所에서 실시하는 특별시험. 국방상의 요지인 함경도에서 실시하는 北道科, 평

안도에서 실시하는 西道科, 강화도와 제주도 개성부에서 실시하는 별시가 있었다.

알성시謁聖試는 국왕이 봄가을에 성균관 文廟에 참배한 후 明倫堂에서 주로 성균관 유생을 대상으로 치루는 시험이었다. 국왕이 직접 나와 실시하는 親臨科의 하나로 단 한 번의 시험으로 합격여부가 결정되었다.

정시庭試는 단 1회의 제술시험으로 당락이 결정되는 시험으로 본래 정식 과거라기보다는 권학의 의미로 시행하여 우수한 사람에게 殿試에 직접 응시할 수 있는 자격을 주거나 給分하던 시험이었는데 宣祖 이후에 독자적인 시험으로 승격된 것이었다.

춘당대시春塘臺試는 본래 각 軍門의 무사들을 춘당대(현, 창경궁)에 모아 武才를 시험 보던 것이었는데 뒤에 문과에도 적용되었다.

중시重試는 당하관 이하의 문관을 대상으로 하는 시험으로 10년에 한 번씩 시행했다. 합격자에게는 성적에 따라 4등급에서 1등급씩 올려주었다. 참하관에서 참상관으로, 당하관에서 당상관으로 승진시키는 시험이라 할 수 있다.

국조방목(國朝榜目)이란?

조선 태조 초기부터 1877년(고종 14)까지의 문과(文科) 급제자를 기록한 책. 필사본. 10권 10책. 20.2×20cm. 규장각도서. 책머리에 958년(고려 광종 9) 한림학사 쌍기(雙冀)의 헌의 (獻議)에 따라 시부(詩賦) 송(頌) 및 시무책(時務策)으로 진사(進士)를 시험 임명한 일과 고려 역대의 과거에 급제한 인명을 덧붙이고 있다. <네이버 지식inwltlrrhk 내가 함께 커가는 곳>

◆ 대표적인 참고도서

1. 國譯 "霽峯全書"(상, 중, 하), 韓國精神文化研究院.
2. "正氣錄", 忠烈公 濟峯 高敬命先生記念事業會.
3. 朴銀淑, "高敬命 詩 研究", 集文堂.
4. 崔仁鎬, "儒林"(1~3), 열림원.
5. 黃源甲, "歷史人物紀行", 한국일보사.
6. 김영두, "퇴계와 고봉 편지를 쓰다", 소나무.
7. 김덕진, "瀟灑園 사람들", 다할미디어.
8. 田英鎭 編著, "鄭澈, 松江歌辭(關東別曲)", 홍신문화사.
9. 金光洲(曾先之 原著) 편저, "中國의 歷史"(1~5), 韓國出版公社.
10. 국역 "신증동국여지승람"(1~3), 저작권자, 재단법인 민족문화 추진
    회, 발행자, 민족문화문고간행회.
11. 新完譯 "禮記" 四書五經7, 南晚星 譯註, 平凡社.
12. 신완역 "春秋左傳" 中, 사서오경11, 李錫浩 역주, 평범사.
13. 신완역 "孟子" 사서오경2, 張基槿 解說, 평범사.
14. 박영규, "朝鮮王朝實錄", 들녘 출판.
15. 리기원·허경진 옮김, "연암 박지원 산문집", 한양출판사.
16. 강명관, "조선의 뒷골목풍경", 푸른 역사.
17. 유홍준, "나의 문화유산답사기" 1, 창작과비평사.
18. 李文烈, "詩人", 도서출판 미래문학.
19. 김경진, "임진왜란"(주), 자음과모음.
20. 정비석, 금강산 기행 "山情無限", 소나무.

21. 李光洙, "금강산유기", 실천문학사.

22. 박선홍, "無等山", 도서출판 다지리.

23. 趙湲來, "壬辰倭亂史 研究", 아세아 문화사.

24. 베어드 T 스폴딩(Baird T. Spolding) 원저, 정창영·정진성 옮김, "초인들의 삶과 가르침을 찾아서(Life and Teaching of the Masters of the Far East)", 정신세계사.

25. 닐 도날드 월시(Neal Donald Walsch), "신과 나눈 이야기(Conversations With God)" 1~3, 아름드리

26. Daum 카페, 여행, 바람처럼 흐르다 - 춘원 이광수, "금강산유기" 1~12p.

27. Daum 한메일 - 편지 읽기, "조선조 양반들의 풍류"(허균의 '성수시화'에 나온 이야기. 김상조(제주대 교수) 한문학 - 중앙일보 2006년 5월 16일자 칼럼)

28. 개역 개정판 "성경전서" 재단법인 대한 성서공회.

29. "몰몬 경(The Book of Mormon 예수그리스도의 또 다른 성약)" the church of Jesus Christ Letter - day Saints(예수그리스도 후기 성도 교회 발행).

30. 그리운 '반쪽' 그곳 미술은…… 윤범모 著, '평양미술기행', 네이버 뉴스.

31. 달 뫼의 역사 이야기 - 14, 사림계, "동인과 서인으로 갈라서서" 네이버 통합검색창.

32. 임어당, "생활의 발견", 육문사.

33. 한상윤, "거친 밥 먹고 베옷입기", 도서출판 계간문예.

34. 김병총, "우륵", 개미.

35. 신병주, "이지함 평전", 글항아리.

36. 金學主 譯解, "墨子", 明文堂

37. 壬辰倭亂史, "고경명의 의병운동" 기획, 발행: 국립진주박물관(편자: 임진왜란연구회).

38. "癸巳 晋州戰鬪 三壯士……" 大邱史學제20~21輯 248~249p. 朴性植(경상대학 교수)

39. 인터넷. from ballocha.

40. 고운, "하천유집", 엔코리안(주)

41. 한국의 명가 창평고씨일가(창평슬로시티 해설가 해설 시나리오로 준비한 내용).
42. "高氏大觀" 발행: 高氏中央宗門會, 발행인: 高濟哲, 뿌리文化社.

◆ 여기에 소개된 사람들

▌약 력

계간 『자유문학』에 단편소설 「익명(匿名)」으로 신인상 당선
중편소설 「딸을 위한 세레나데」로 황희문화예술상 본상 수상
작품집 『세레나데』·『물너울 저편』, 산문집 『나 울게 내버려 두어요』 등의 작품을 문예지에 다수 발표

자유문인협회, 한국문인협회, 한국소설가협회 회원
한국세계작가회 고문
육군하사(일반)로 제대
육군의 각 5개 부대 부대장 5회 표창과 포상
(주)삼양사 15년, 삼성화재(주) 13년 근무
"칭찬합시다"의 공로표창
예수그리스도(후기성도)교회 감독으로 13년 봉직
기타 역원직 40년 봉사

▌주요 언론과 방송 소개

중앙일보, 한겨레신문 등 여러 잡지에 보도
KBS, MBC, SBS, 교육방송, 하이 서울, 송파방송 등 다큐멘터리 제작 방영
라디오, TV 방송 및 각종 프로그램 매체와 여러 지역 방송에 다수 출연

풍류랑의
애가 ㊥

초판인쇄 | 2009년 12월 15일
초판발행 | 2009년 12월 15일

지은이 | 고천석
펴낸이 | 채종준
펴낸곳 | 한국학술정보㈜
주 소 | 경기도 파주시 교하읍 문발리 파주출판문화정보산업단지 513-5
전 화 | 031) 908-3181(대표)
팩 스 | 031) 908-3189
홈페이지 | http://www.kstudy.com
E-mail | 출판사업부 publish@kstudy.com
등 록 | 제일산-115호(2000. 6. 19)

ISBN   978-89-268-0601-2 04810 (Paper Book)
       978-89-268-0602-9 08810 (e-Book)
       978-89-268-0597-8 04810 (Paper Book set)
       978-89-268-0598-5 08810 (e-Book set)

이담
Books 는 한국학술정보(주)의 지식실용서 브랜드입니다.